es 1437

edition suhrkamp

Neue Folge Band 437

Dieser Band enthält die *Aufsätze*, das Theaterstück *Verbannte*, die Prosaskizze *Giacomo Joyce* und die sogenannten *Epiphanien.*

Die Auswahl der *Aufsätze* – Essays, Vorträge, Rezensionen – umfaßt das Wesentliche. Neben wichtigen früheren Arbeiten wie *Drama und Leben* (1900), *Ibsens neues Drama* (1900) und *Der Tag des Pöbels* (1901) stehen die Notate zur Ästhetik aus Paris und Pola, die Triestiner Vorträge über irische Kultur und Politik, über Blake und Defoe, und die irischen Reiseberichte, die Joyce 1912 für den *Piccolo della Sera* schrieb. *Verbannte,* das einzige Theaterstück, das Joyce schrieb, entstand um 1914. Warum der Titel *Exiles*? Ein Volk verlangt eine Buße von denen, die gewagt haben, es zu verlassen, zahlbar bei der Heimkehr.

James Joyce
Kleine Schriften

Übersetzt von Hiltrud Marschall
und Klaus Reichert

Suhrkamp

Die vorliegende Ausgabe erschien zum erstenmal 1974
als Band 4.1 der von Klaus Reichert unter Mitwirkung
von Fritz Senn betreuten Frankfurter Ausgabe
der Werke James Joyces.

edition suhrkamp 1437
Neue Folge Band 437
Erste Auflage dieser Ausgabe 1987

Druck: Ebner Ulm. Umschlagentwurf: Willy Fleckhaus.
Printed in Germany

1 2 3 4 5 6 – 92 91 90 89 88 87

Epiphanien

I

[Bray: im Wohnzimmer des Hauses
in Martello Terrace]

MR. VANCE – *(kommt mit einem Stock herein)* ... O wissen Sie, erst muß er Entschuldigung sagen, Mrs. Joyce.

MRS. JOYCE – O ja ... Hast du gehört, Jim?

MR. VANCE – Sonst – wenn ers nicht tut – kommen die Adler und hacken ihm die Augen aus.

MRS. JOYCE – O, aber bestimmt sagt er Entschuldigung. Heraus ...

JOYCE – *(unterm Tisch, zu sich)*

– Hacken ihm die Augen aus,
Sagt Entschuldigung heraus,
Sagt Entschuldigung heraus,
Hacken ihm die Augen aus.

Sagt Entschuldigung heraus,
Hacken ihm die Augen aus,
Hacken ihm die Augen aus,
Sagt Entschuldigung heraus.

(Vgl. *Ein Porträt des Künstlers als junger Mann*, S. 256)

2

Keine Schule morgen: es ist ein Samstagabend im Winter: ich sitze am Feuer. Bald werden sie zurückkommen mit Lebensmitteln, Fleisch und Gemüse, Tee und Brot und Butter, und weißem Preßsack der so ein Geräusch macht im Topf ... Ich sitze und lese eine Geschichte vom Elsaß, wende die gelben Seiten um, beobachte die Männer und Frauen in ihren sonderbaren Gewändern. Ich lese gern davon, wie sie da leben; durch sie scheine ich das Leben eines Landes jenseits dem ihren zu berühren und teilhaftig zu werden der Kommunion mit dem deutschen Volk. Liebste Illusion, Freund meiner Jugend! .... In ihm habe ich ein Bild meiner selbst gesehn. Heilig sind unsre Leben immer noch in ihrem tiefinneren Mitfühlen. Ich bin bei ihm des Nachts, wenn er die Bücher der Philosophen liest oder ein Märchen aus uralten Zeiten. Ich bin bei ihm, wenn er alleine umherstreift oder mit einer die er nie gesehn, dem jungen Mädchen, das um ihn Arme legt die ohne Falsch sind, das seine schlichte, überströmende Liebe darbringt, seiner Seele lauscht und ihr Antwort gibt, er weiß nicht wie.

3

Die Kinder, die bis zuletzt geblieben sind, ziehen ihre Sachen an, um nach Hause zu gehen, denn das Fest ist zu Ende. Dies ist die letzte Tram. Die hageren braunen Pferde wissen das und schütteln ihre Schellen in die klare Nacht hinaus, daran zu gemahnen. Der Kondukteur spricht mit dem Fahrer; beide nikken oft im grünen Licht der Lampe. Es ist niemand in der Nähe. Wir scheinen zuzuhören, ich auf dem oberen Tritt und sie auf dem unteren. Sie kommt viele Male herauf zu meinem Tritt und geht wieder hinunter, zwischen unseren Sätzen, und bleibt ein- oder zweimal neben mir, vergißt hinunterzugehen, und geht dann hinunter ..... Laß sein; laß sein .... Und nun paradiert sie ihre Eitelkeiten nicht – ihr feines Kleid mit Schärpe und ihre langen schwarzen Strümpfe – denn nun (Weisheit der Kinder) scheinen wir zu wissen, daß dies Ende uns mehr zusagen wird als jedes andre, um das wir uns mühten.

(Vgl. *Ein Porträt des Künstlers*, S. 322–324, 332, 498)

4

[Dublin: Mountjoy Square]

JOYCE – *(resümiert)* ... Das macht vierzigtausend Pfund.

TANTE LILLIE – *(kichert)* – Heiliger Bimbam! ... Ich bin auch so gewesen ... Wie ich ein junges Mädchen war, war ich *sicher* ich würde einen Lord heiraten ... oder so was ...

JOYCE – *(denkt)* – Ist es die Möglichkeit, daß sie sich mit mir vergleicht?

5

Hoch droben in dem alten, dunkelfenstrigen Haus: Feuerschein in dem engen Zimmer: Dämmerung draußen. Eine alte Frau hantiert herum und kocht Tee; sie erzählt von den Veränderungen, ihrem merkwürdigen Gehaben, und was der Priester und der Doktor gesagt haben ..... Ich höre ihre Worte aus der Ferne. Ich streife durch die Kohlen, auf abenteuerlichen Wegen....... Gott! Was steht da in der Tür? ..... Ein Schädel – ein Affe; eine Kreatur, angezogen vom Feuer, von den Stimmen: eine blöde Kreatur.

– Ist das Mary Ellen? –

– Nein, Eliza, es ist Jim –

– O...... O, Guten Abend, Jim –

– Brauchste was, Eliza? –

– Ich hab gedacht, es wär Mary Ellen ..... Ich hab gedacht, du wärst Mary Ellen, Jim –

(Vgl. *Ein Porträt des Künstlers,* S. 321 f.)

6

Ein kleines Feld unbewegter Unkräuter und Disteln, wimmelnd von wirren Gestalten, halb Menschen, halb Ziegen. Drohend bewegen sie sich hin und her, die großen Schwänze schlurrend. Die Gesichter tragen schüttere Bärte, spitz und grau wie Radiergummi. Eine geheime persönliche Sünde leitet sie, hält sie jetzt, als Folge, gefangen in nicht endender Boshaftigkeit. Einer schlägt sich ein zerrissenes Flanelljackett um den Leib; ein anderer jammert monoton, wie sich der Bart in den harten Unkräutern verhakt. Sie bewegen sich um mich her, kreisen mich ein, die alte Sünde schärft ihnen die Augen zur Grausamkeit, wie sie durch die Felder schwirren in langsamen Kreisen, ihre Grausgesichter in die Höhe recken. Hilfe!

(Vgl. *Ein Porträt des Künstlers,* S. 401 f.)

7

Es ist jetzt Zeit zu gehn – das Frühstück steht bereit. Ich spreche noch ein Gebet ..... Ich habe Hunger; doch blieb ich gern noch hier in dieser stillen Kapelle, wo die Messe so still kam und ging ..... Sei gegrüßt, heilige Königin, Mutter der Gnade, unser Leben, unsere Süße und unsere Hoffnung! Morgen und alle Tage will ich dir zum Opfer etwas Tugendhaftes vollbringen, weiß ich doch, ich werde dir wohlgefällig sein, wenn ich es tue. Und nun, leb wohl für jetzt ..... O, das wundervolle Sonnenlicht in der Allee, und o, das Sonnenlicht in meinem Herzen!

8

Trübe Wolken haben den Himmel bedeckt. An der Mündung dreier Wege, vor einem sumpfigen Strand, liegt hingestreckt ein großer Hund. Von Zeit zu Zeit hebt er die Schnauze in die Luft und stößt ein langes klagendes Geheul aus. Menschen verhalten den Schritt um ihn anzusehn und gehen weiter; einige bleiben stehn, gebannt, vielleicht, von dieser Lamentation, in der sie den klagenden Ausdruck des eigenen Leids zu vernehmen scheinen, das einst selber sich verlautbarte und nun lautlos ist, ein Diener aus Tagen der Mühsal. Regen beginnt zu fallen.

(Vgl. *Stephen der Held*, S. 40).

9

[Mullingar: ein Julisonntag: Mittag]

TOBIN – *(schreitet geräuschvoll aus in seinen dicken Stiefeln und klopft dazu mit seinem Stock auf die Straße)* ... O, die Ehe ist das beste für jemand, der solid werden will. Bevor ich hier zum *Examiner* gekommen bin, hab ich mich mit jungen Leuten herumgetrieben und hab rumgesoffen.... Jetzt habe ich ein anständiges Heim und ..... abends geh ich nach Haus und wenn ich einen trinken will ...... na ja, dem steht nichts im Weg..... Darum rate ich jedem jungen Mann, der sichs leisten kann: heirate jung.

(Vgl. *Stephen der Held*, S. 21 f.)

10

[Dublin: im Stag's Head, Dame Lane]

O'MAHONY – Gibts bei euch nicht diesen kleinen Priester, der Gedichte schreibt – Pater Russell?

JOYCE – O ja... Soviel ich weiß, hat er Lyrik geschrieben.

O'MAHONY – *(lächelt pfiffig)* ... Lyrik, ja ... das ist genau das richtige Wort dafür....

11

[Dublin: bei Sheehys, Belvedere Place]

JOYCE – Ich hab gewußt, daß ihr ihn meint. Aber über sein Alter seid ihr im Irrtum.

MAGGIE SHEEHY – *(beugt sich vor und fragt ernsthaft)* Nun, wie alt ist er?

JOYCE – Zweiundsiebzig.

MAGGIE SHEEHY – Ehrlich?

(Vgl. *Stephen der Held*, S. 48 f.)

[Dublin: bei Sheehys, Belvedere Place]

O'REILLY – *(mit wachsendem Ernst)* .... Ich bin jetzt wohl dran..... *(ganz ernst)*.... Wer ist dein Lieblingsdichter?

(eine Pause)

HANNA SHEEHY – .... Deutsch?

O'REILLY – ...... Ja.

(Totenstille)

HANNA SHEEHY – .. Ich glaube ..... Goethe .....

(Vgl. *Stephen der Held*, S. 46)

13

[Dublin: bei Sheehys, Belvedere Place]

FALLON – *(im Vorbeigehen)* – Ich habe gehört, man müßte Ihnen sehr gratulieren zu Ihrer schauspielerischen Leistung.

JOYCE – Danke.

BLAKE – *(nach einer Pause)* .. Ich würde niemals jemand nahelegen, zu ... Ach, das Leben ist schrecklich! ....

JOYCE – Ha.

BLAKE – *(zwischen Wolken aus seiner Pfeife)* – natürlich ... von außen sieht es nicht weiter schlimm aus ... für die die nicht wissen .... aber wenn Sie wüßten ... es ist wirklich schrecklich. Ein Kerzenstumpf, nein ... die Mahlzeit, dürftig .... Armut. Sie haben einfach keine Idee ....

[Dublin: bei Sheehys, Belvedere Place]

Dick Sheehy – Was ist eine Lüge? Mr. Speaker, ich muß doch fragen...

Mr. Sheehy – Ruhe, Ruhe!

Fallon – Sie wissen, daß es eine Lüge ist!

Mr. Sheehy – Ziehen Sie das zurück, Sir.

Dick Sheehy – Wie ich gerade sagte....

Fallon – Ich denke nicht daran.

Mr. Sheehy – Ich wende mich an den Herrn Abgeordneten für Denbigh.... Ruhe, Ruhe!...

(Vgl. *Stephen der Held*, S. 47 f.)

15

[Mullingar: ein Abend im Herbst]

Der lahme Bettler – *(seinen Stecken umklammernd)*.... Ihr seid das gewesen die mir gestern hinterher gerufen ham.

Die beiden Kinder – *(ihn anstarrend)*... Nein, Sir.

Der lahme Bettler – 'türlich seid ihr des gewesn.... *(seinen Stecken hin und her schwingend)*.... Paßt ja auf, was ich euch sage.... Seht ihr den Stecken da?

Die beiden Kinder – Ja, Sir.

Der lahme Bettler – Wenn ihr mir nochma hinterher ruft schlitz ich euch die Bäuche auf mit dem Stecken da. Ich schlitz euch die Gedärme raus.... *(erklärt sich)*... Habt ihr mich verstanden? Ich schlitz euch die Bäuche auf. Ich schlitz euch die Gedärme unds Gekröse raus.

(Vgl. *Stephen der Held*, S. 14)

16

Ein weißer Nebel fällt in langsamen Flocken. Der Pfad geleitet mich hinab zu einem düsteren Weiher. Etwas bewegt sich darin; es ist ein arktisches Tier mit rauhem gelbem Fell. Ich stoße mit dem Stock hinein, und als es sich aus dem Wasser erhebt, sehe ich, daß sich sein Rücken zur Kruppe zu senkt und daß es sehr träg ist. Ich habe keine Angst, stoße es vielmehr oft mit dem Stock und treibe es vor mir her. Es bewegt schwerfällig die Tatzen und murmelt Wörter in einer Sprache, die ich nicht verstehe.

17

[Dublin: bei Sheehys, Belvedere Place]

Hanna Sheehy – O, da wird ja bestimmt ein großer Auflauf sein.

Skeffington – Es wird in der Tat, wie unser Freund Jocax sagen würde, der Tag des Pöbels sein.

Maggie Sheehy – *(deklamiert)* – Vielleicht steht dieser Pöbel schon vor der Tür!

[Dublin, an der North Circular Road: Weihnachten]

MISS O'CALLAGHAN – *(lispelt)* – Ich hab dir doch gesagt wies heißt, *Die entsprungene Nonne.*

DICK SHEEHY – *(laut)* – Na, ich würde so ein Buch nicht lesen... Ich muß mal Joyce fragen. Hier, Joyce, hast du mal *Die entsprungene Nonne* gelesen?

JOYCE – Ich bemerke, daß ein gewisses Phänomen um diese Stunde sich ereignet.

DICK SHEEHY – Was für ein Phänomen?

JOYCE – Na... die Sterne kommen raus.

DICK SHEEHY – *(zu Miss O'Callaghan)*.. Hast du mal bemerkt wie ... die Sterne aus den Löchern von Joyces Nase rauskommen um diese Stunde? ... *(sie lächelt)*.. Weil, ich bemerke dieses Phänomen.

19

[Dublin: im Haus in der Glengariff Parade: Abend]

MRS. JOYCE – *(erscheint zitternd, hochrot, in der Wohnzimmertür)*... Jim!

JOYCE – *(am Klavier)* ... Ja?

MRS. JOYCE – Hast du eine Ahnung vom Körper? ... Was soll ich bloß tun? ... Da kommt irgendein Zeug aus dem Loch in Georgies Bauch .... Hast du schon mal von so was gehört?

JOYCE – *(überrascht)*... Ich weiß nicht....

MRS. JOYCE – Soll ich den Doktor holen lassen, meinst du?

JOYCE – Ich weiß nicht...... Was fürn Loch?

MRS. JOYCE – *(ungeduldig)*... Das Loch das wir alle haben ..... hier *(zeigt)*

JOYCE – *(steht auf)*

(Vgl. *Stephen der Held*, S. 172 f.)

20

Sie schlafen alle. Ich gehe jetzt hinauf..... Er liegt auf meinem Bett, in dem letzte Nacht ich lag: sie haben ihn mit einem Laken bedeckt und ihm die Augen mit Pennies verschlossen.... Der arme kleine Kerl! Wir haben oft zusammen gelacht – er trug seinen Leib nur leicht.... es tut mir sehr leid, daß er gestorben ist. Ich kann für ihn nicht beten wie die anderen..... Der arme kleine Kerl! Alles andere ist so ungewiß!

21

Zwei Leidtragende quetschen sich noch durch die Gruppe. Das Mädchen, mit einer Hand an den Rock der Frau geklammert, rennt voraus. Das Gesicht des Mädchens ist ein Fischgesicht, farblos und schrägäugig; das Gesicht der Frau ist klein und eckig, das Gesicht einer Feilscherin. Das Mädchen schaut mit verzogenem Mund hoch zu der Frau, um zu sehen, ob es soweit ist, zu weinen; die Frau nestelt an einer flachen Haube und eilt weiter nach der Totenkapelle.

(Vgl. *Stephen der Held*, S. 177)

22

[Dublin: in der National Library]

Skeffington – Es tat mir leid, vom Tod deines Bruders zu hören.... tat mir leid, daß wirs nicht rechtzeitig erfahren haben..... um beim Begräbnis zu sein.....

Joyce – O, er war noch sehr jung.... ein Bub....

Skeffington – Trotzdem..... weh tut es....

(Vgl. *Stephen der Held*, S. 179)

23

Das ist kein Tanzen. Steige hinab vor das Volk, junger Knabe, und tanze für es.... Dunkelgewandet läuft er hinaus, geschmeidig und ernst, vor der Menge zu tanzen. Es spielt für ihn keine Musik. Tief unten im Amphitheater beginnt er zu tanzen mit langsamer schmiegsamer Bewegung der Glieder, von einer Bewegung zur nächsten sich steigernd, in allem die Anmut der Jugend und Distanz, bis er ein wirbelnder Leib zu sein scheint, eine Spinne, die im Raum sich dreht, ein Stern. Preisende Worte möchte ich ihm zurufen, arrogant über die Köpfe der Menge hinrufen »Seht! Seht!«..... Sein Tanzen ist nicht das Tanzen von Huren, der Tanz der Töchter der Herodias. Es steigt auf aus der Mitte des Volkes, jäh und jung und männlich, und fällt darauf wieder zur Erde in bebendem Schluchzen, zu sterben in seinem Triumph.

24

Ihr Arm legt sich einen Augenblick auf mein Knie, wird wieder weggenommen, und in ihren Augen hat sie sich geoffenbart – geheimnisvoll, wachsam, ein umfriedeter Garten – in einem Augenblick. Ich erinnere eine Harmonie aus Rot und Weiß, die für eine wie sie gemacht war, ihr Namen zu geben, Herrlichkeiten zu nennen, sie aufzustehen heißen wie zur Hochzeit und mitzukommen, sie zu schauen heißen, eine Braut, von der Höhe Amana und von den Bergen der Leoparden. Und ich erinnere die Antwort, in die die vollkommene Zartheit des Leibes und der Seele mit all ihrem Geheimnis eingegangen ist: Inter ubera mea commorabitur.

(Vgl. *Ein Porträt des Künstlers*, S. 418 f.)

25

Der rasche leichte Schauer ist vorüber aber säumt noch, eine Traube von Diamanten, in den Büschen des Gevierts, wo er aus der schwarzen Erde dünstend aufsteigt. In der Kolonnade stehn die Mädchen, eine Aprilgesellschaft. Sie verlassen den Schutz, mit manch zweifelndem Blick, mit dem Geplapper schmucker Stiefel und der hübschen Rettung der Unterröcke, unter Schirmen, leichter Rüstung, in neckischem Winkel hochgehalten. Sie kehren zum Konvent zurück – nüchtern-spröde Korridore und einfache Dormitorien, ein weißer Rosenkranz von Stunden –, nachdem sie die lieblichen Verheißungen des Frühlings vernommen haben, dieses anmutigen Botschafters.......

In flachem regengepeitschtem Land steht ein hohes einfaches Gebäude mit Fenstern, durch die das trübe Tageslicht sickert. Dreihundert Knaben, lärmend und hungrig, sitzen an langen Tischen und essen Rindfleisch, gerändert von grünem Fett, und Gemüse, das noch scharf nach Erde riecht.

(Vgl. *Stephen der Held,* S. 194 f., und *Ein Porträt des Künstlers,* S. 492)

Sie ist verlobt. Sie tanzt mit ihnen in die Runde – ein weißes Kleid beim Tanzen leicht gerefft, ein weißes Gezweig in ihrem Haar; die Augen ein wenig abgewandt, und ein leichtes Glühen auf den Wangen. Ihre Hand liegt einen Augenblick in meiner, sanfteste Ware.

– Du kommst jetzt so selten her. –

– Ja, ich werde so eine Art Eremit. –

– Neulich hab ich deinen Bruder gesehn...... Er ist dir sehr ähnlich. –

– Ach wirklich? –

Sie tanzt mit ihnen in die Runde – gleichmäßig, behutsam, niemandem sich gebend. Das weiße Gezweig sträubt sich beim Tanzen, und wenn sie im Schatten ist, ist das Glühen auf den Wangen dunkler.

(Vgl. *Ein Porträt des Künstlers,* S. 495)

27

Schwach, unter der schweren Sommernacht, durchs Schweigen der Stadt, die sich aus Träumen in traumlosen Schlaf gefunden hat wie ein müder Liebender den kein Streicheln mehr erregt, das Geräusch von Hufen auf der Dubliner Straße. Jetzt nicht mehr so schwach, wie sie sich der Brücke nähern; und in einem Augenblick, wie sie die dunklen Fenster passieren, wird das Schweigen alarmierend zerrissen wie von einem Pfeil. Jetzt hört man sie in der Ferne – Hufe die in der schweren Nacht wie Diamanten leuchten, die eilen, über die grauen, stillen Moore hinaus, ans Ende welcher Reise – zu welchem Herzen – und mit welcher Botschaft?

(Vgl. *Ein Porträt des Künstlers*, S. 531)

28

Eine mondlose Nacht, in der schwach die Wellen schimmern. Das Schiff fährt in den Hafen ein, an dem ein paar Lichter stehn. Die See ist unruhig, erfüllt von einem dumpfen Zorn wie die Augen eines Tieres das ansetzt zum Sprung, die Beute seines eigenen erbarmungslosen Hungers. Das Land ist flach und dünn bewaldet. Viele Menschen stehen am Ufer beisammen, um zu sehen, welches Schiff es ist, das in ihren Hafen einfährt.

(Vgl. *Ein Porträt des Künstlers*, S. 277)

29

Eine lange gewundene Galerie: vom Boden steigen Säulen dunkler Dünste auf. Sie ist bevölkert von den Bildern fabulöser Könige, in Stein gehaun. Die Hände liegen ihnen gefaltet auf den Knien, zum Zeichen der Müdigkeit, und ihre Augen sind verschattet, denn die Irrtümer der Menschen steigen ewig vor ihnen auf als dunkle Dünste.

(Vgl. *Ein Porträt des Künstlers*, S. 529)

30

Diese Magie der Arme und Stimmen – die weißen Arme der Straßen, ihre Verheißung enger Umarmungen und die schwarzen Arme hoher Schiffe die gegen den Mond stehn, ihre Mär ferner Länder. Sie sind ausgestreckt, wollen sagen: Wir sind allein, – komm. Und die Stimmen sagen mit ihnen: Wir sind dein Volk. Und in der Luft schwärmts von ihresgleichen, da sie mich rufen, einen von ihrem Geschlecht, und sich anschicken zu gehen und die Schwingen schütteln, die Schwingen ihrer jubilierenden und schrecklichen Jugend.

(Vgl. *Stephen der Held*, S. 7, und *Ein Porträt des Künstlers*, S. 533)

31

Hier trafen wir zusammen, Fahrensleut; hier nahmen wir Quartier, zwischen verzweigten Gassen, von Nacht und Schweigen dicht zugedeckt. In Freundschaft rasten wir, zufrieden, nicht mehr der irrigen, verschlungenen Wege gedenkend, die wir gefahren. Was bewegt sich auf mich zu aus dem Dunkel, unmerklich und murmelnd wie eine Flut, leidenschaftlich und wild mit anstößiger Bewegung der Lenden? Was springt, mit einem Schrei antwortend, aus mir hervor, wie Adler zu Adler hoch in der Luft, dem Schrei, zu obsiegen, dem Schrei um freventliche Hingabe.

(Vgl. *Ein Porträt des Künstlers*, S. 358)

Die Menschenmenge wimmelt auf dem Platz und schiebt sich durch den Matsch. Eine dicke Frau kommt vorbei, das Kleid kühn gerefft, das Gesicht in einer Orange schnüffelnd. Ein bleicher junger Mann mit einem Cockney-Akzent macht Tricks in seinen Hemdsärmeln und trinkt aus einer Flasche. Ein altes Männchen hat Mäuse auf einem Schirm; ein Schutzmann in schweren Stiefeln schreitet zu einer Amtshandlung und beschlagnahmt den Schirm: das alte Männchen verschwindet. Buchmacher brüllen Namen und Preise; einer von ihnen kreischt mit Kinderstimme – »Bonny Boy!« »Bonny Boy!«... Menschliche Geschöpfe wimmeln auf dem Platz und schieben sich vor und zurück durch den dicken Schlamm. Manche fragen, ob das Rennen läuft; sie erhalten zur Antwort »Ja« und »Nein«. Eine Kapelle beginnt zu spielen...... Ein wunderschönes braunes Pferd, mit gelbem Reiter obenauf, blitzt in der Ferne im Sonnenlicht.

33

Sie streichen vorüber zu zweit und zu dritt inmitten des Lebens auf dem Boulevard, gehen wie Menschen die Muße haben an einem Ort der für sie erleuchtet ist. Sie sind beim Pastetenbäcker, plappern, malmen kleine Stückchen Backwerk, oder sitzen stumm an Tischen bei der Cafétür, oder steigen aus einem Gefährt mit geschäftigem Rauschen der Gewänder, sanft wie die Stimme des Ehebrechers. Sie streichen vorüber in einer Wolke von Parfums: unter den Parfums haben ihre Körper einen warmen feuchten Geruch ..... Kein Mann hat sie geliebt und sie haben sich selber nicht geliebt: sie haben nichts gegeben für alles das man ihnen gab.

34

Sie kommt des Nachts, wenn die Stadt still ist; unsichtbar, unhörbar und ungebeten. Sie kommt von ihrem uralten Thron, das geringste ihrer Kinder zu besuchen, ehrwürdigste Mutter, als wäre er ihr nie fremd geworden. Sie kennt das innerste Herz; darum ist sie sanft, nichts erheischend; sie spricht, ich bin empfänglich für den Wechsel, ein imaginativer Einfluß in den Herzen meiner Kinder. Wer hat Mitleid mit dir, wenn du traurig bist unter den Fremden? Jahre und Jahre liebte ich dich, da du in meinem Schoße lagst.

35

[London: in einem Haus in Kennington]

EVA LESLIE – Jawoll, Maudie Leslie 's meine Schwester und Fred Leslie 's mein Bruder – schomma gehört von Fred Leslie?... *(träumend)*... Ha, der Schuft mit seim weißn Arsch... Im Moment isser ja nicht da.......

(später)

Ich hab dir doch gesagt, einer is schomma zehn ma eine Nacht bei mir gewesn.... Das 's Fred – mein eigner Bruder Fred.... *(träumend)*... Der 's schöööön... Ah, *den* hab'ch gern, den Fred....

Ja, das sind die beiden Schwestern. Die die mit stämmigen Armen das Butterfaß dreht (ihre Butter ist berühmt), sieht dunkel und unglücklich aus: die andere ist glücklich, weil sie ihren Willen hatte. Ihr Name ist R.... Rina. Ich kenne das Verb ›sein‹ in ihrer Sprache.
– Sind Sie Rina? –
Ich wußte, daß sie es war.
Aber hier ist er selbst in einem Rock mit Schößen und mit einem altmodischen Zylinder. Sie sind für ihn Luft: er geht mit winzigen Schritten und spreizt dabei die Schöße seines Rocks.... Lieber Himmel! wie klein er ist! Er muß sehr alt und eitel sein. .... Vielleicht ist er gar nicht was ich... Es ist komisch, daß diese beiden großen Frauen sich entzweiten wegen dieses kleinen Mannes.... Nur ist er ja der größte Mensch auf der Welt....

37

Ich liege ausgestreckt an Deck, vor dem Maschinenraum, von dem der Dunst lauwarmen Öls ausströmt. Gigantische Nebel marschieren unter den französischen Klippen, die von einer Landzunge zur nächsten die Küste einhüllen. Die See ist mit dem Geräusch vieler Skalen in Bewegung.... Hinter den Nebelwänden, in der dunklen Kathedrale Unserer Lieben Frau, höre ich die hellen, ebenmäßigen Stimmen von Knaben, die dort singen vor dem Altar.

[Dublin: an der Ecke von Connaught Street, Phibsborough]

DER KLEINE BUB – *(am Gartentor)*.. Nee..ee.

DIE ERSTE JUNGE DAME – *(kniet halb, nimmt seine Hand)* – Na, ist denn Mabie dein Schätzchen?

DER KLEINE BUB – Nee..ee.

DIE ZWEITE JUNGE DAME – *(beugt sich über ihn und sieht dabei auf)* – Wer *ist* denn dein Schätzchen?

39

Sie steht, ihr Buch hält sie leicht vor der Brust, und liest die Lektion. Gegen den dunklen Stoff ihres Kleides hebt sich ihr Gesicht, mit weichen Zügen und niedergeschlagenen Augen, sanft umrissen ab im Licht; und von einer gefältelten Haube, achtlos weit vorn aufgesetzt, fällt eine Troddel zu ihrem Lokkenhaar ...
Welche Lektion ist es, die sie liest – über Affen, über merkwürdige Erfindungen, oder die Legenden der Märtyrer? Wer weiß, wie nachdenklich, wie erfüllt von Erinnerung diese leichte Anmut Raffaels ist?

40

[Dublin: O'Connell Street: in der Drogerie von Hamilton Long]

Gogarty – Ist das für Gogarty?

Der Kommis – *(sieht nach)* – Ja, Sir... Wollen Sie es gleich bezahlen?

Gogarty – Nein, schreiben Sie es aufs Konto und schicken Sie es. Sie haben die Anschrift.

Der Kommis – *(nimmt einen Stift)* – Jaa – aah.

Gogarty – No. 5, Rutland Square.

Der Kommis *(halb zu sich, während er schreibt)* .. No. 5 ... *Rutland* ... Square.

Zur Ästhetik und Autobiographie

Pariser Notizbuch[1]

Verlangen ist das Gefühl, das uns drängt, auf etwas zuzugehen, und Abscheu ist das Gefühl, das uns drängt, von etwas fortzugehen: und uneigentlich ist eine Kunst, wenn sie darauf abzielt, diese Gefühle in uns zu erregen, sei es in der Komödie oder der Tragödie. Von der Komödie später. Doch die Tragödie zielt darauf ab, in uns Gefühle des Mitleids und der Furcht zu erregen. Furcht nun ist das Gefühl, das uns gefangen nimmt vor allem, was schwer ist im menschlichen Schicksal und was uns mit seiner verborgenen Ursache eins werden läßt, und Mitleid ist das Gefühl, das uns gefangen nimmt vor allem, was schwer ist im menschlichen Schicksal und uns mit dem leidenden Menschen eins werden läßt. Abscheu aber, den eine uneigentliche Kunst mit den Mitteln der Tragödie erregen will, unterscheidet sich, wie wir sehen werden, von den Gefühlen, die der tragischen Kunst angemessen sind, nämlich von Furcht und Mitleid. Denn Abscheu drängt uns aus der Ruhe, weil er uns drängt, von etwas fortzugehen, während Furcht und Mitleid uns gleichsam wie durch Faszination in Ruhe halten. Wenn tragische Kunst meinen Körper erzittern läßt, ist dabei mein Gefühl nicht Furcht, denn ich werde aus der Ruhe gedrängt, und darüber hinaus zeigt diese Kunst mir nicht, was schwer ist – damit meine ich, was konstant und unveränderlich am menschlichen Schicksal ist – noch läßt sie mich eins werden mit einer verborgenen Ursache, denn sie zeigt mir nur, was außergewöhnlich und heilbar ist und läßt mich eins werden mit einer nur allzu augenscheinlichen Ursache. Auch ist eine Kunst, die mich dazu bewegen möchte, menschliches Leid zu verhindern, ebensowenig wahrhaft tragisch, wie eine Kunst, die mich zu einer zornigen Reaktion gegen irgendeine augenscheinliche Ursache menschlichen Leids bewegen möchte. Furcht und Mitleid nämlich sind Aspekte des Schmerzes, die im Schmerz begriffen werden – dem Gefühl, das der Entzug von etwas Gutem in uns erregt.

Und nun zur Komödie. Eine uneigentliche Kunst zielt darauf ab, mit den Mitteln der Komödie das Gefühl des Verlangens zu erregen, doch das der komischen Kunst eigentliche Gefühl ist das Gefühl der Freude. Verlangen, sagte ich, ist das Gefühl, das uns drängt, auf etwas zuzugehen, doch Freude ist das Gefühl, das der Besitz von etwas Gutem in uns erregt. Verlangen, das Gefühl, das eine uneigentliche Kunst mit den Mitteln der Komödie in uns zu erregen sucht, unterscheidet sich, wie wir sehen werden, von der Freude. Denn Verlangen drängt uns aus der Ruhe, weil wir etwas besitzen wollen, die Freude hingegen hält uns in Ruhe, solange wir etwas besitzen. Verlangen kann daher nur durch eine Komödie (ein komisches Kunstwerk) in uns erregt werden, die in sich selbst ungenügend ist, insofern sie uns dazu drängt, nach etwas zu suchen, das außerhalb ihrer liegt; aber eine Komödie (ein komisches Kunstwerk), die uns nicht dazu drängt, etwas zu suchen, das außerhalb ihrer liegt, erregt in uns das Gefühl der Freude. Alle Kunst, die in uns das Gefühl der Freude erregt, ist so weit komisch, und je nachdem, wie dieses Gefühl der Freude erregt wird von Dingen, die substantiell oder akzidentell für das menschliche Schicksal sind, kann die Kunst als mehr oder weniger trefflich beurteilt werden: und man kann sogar sagen, daß die tragische Kunst am Wesen der komischen Kunst teilhat, insofern der Besitz eines tragischen Kunstwerks (einer Tragödie) in uns ein Gefühl der Freude erregt. Daraus wird ersichtlich, daß die Tragödie die unvollkommene und die Komödie die vollkommene Form in der Kunst ist. Alle Kunst ist ferner statisch, denn die Gefühle der Furcht und des Mitleids auf der einen und der Freude auf der anderen Seite sind Gefühle, die uns gefangen nehmen[2]. Später werden wir sehen, wie diese Ruhe notwendig ist für die Wahrnehmung des Schönen – dem Ziel aller Kunst, tragisch oder komisch –, denn diese Ruhe ist der einzige Zustand, in dem die Bilder, die Furcht oder Mitleid oder Freude in uns erregen sollen, uns angemessen dargestellt und von uns angemessen gesehen werden können. Denn Schönheit ist eine Eigenschaft von etwas Gesehenem, Furcht und Mitleid und Freude dagegen sind Stadien des Bewußtseins. JAMES A. JOYCE, 13. Febr. 1903

...Es gibt drei Zustände der Kunst: den lyrischen, den epischen und den dramatischen. Lyrisch ist die Kunst, durch die der Künstler das Bild in unmittelbarer Beziehung zu sich selbst entwickelt; episch ist die Kunst, durch die der Künstler das Bild in mittelbarer Beziehung zu sich selbst und zu anderen entwickelt, dramatisch ist die Kunst, durch die der Künstler das Bild in unmittelbarer Beziehung zu anderen entwickelt...

JAMES A. JOYCE, 6. März 1903, Paris

Rhythmus ist wahrscheinlich die erste oder formale Beziehung eines Teils zum anderen in einem Ganzen oder eines Ganzen zu seinem Teil oder seinen Teilen, oder jedes einzelnen Teils zum Ganzen, dessen Teil es ist... Teile konstituieren ein Ganzes, insofern sie ein gemeinsames Ziel haben.

JAMES A. JOYCE, 25. März 1903, Paris

e techne mimeitai ten physin – Dieser Satz wird fälschlich mit »Kunst ist die Nachahmung der Natur« wiedergegeben. Aristoteles definiert hier die Kunst nicht; er sagt lediglich: »Die Kunst ahmt die Natur nach« und meint damit, daß der künstlerische Prozeß dem natürlichen Prozeß gleicht...[3] Es ist z. B. falsch zu sagen, die Bildhauerei sei eine Kunst in Ruhe, wenn damit gesagt sein soll, daß sie nichts mit Bewegung zu tun habe. Skulptur hat mit Bewegung zu tun, insofern sie rhythmisch ist. Denn ein Werk der Bildhauerkunst muß in seinem Rhythmus gesehen werden und dieses Sehen ist eine Bewegung der Phantasie im Raum. Es ist nicht falsch zu sagen, die Bildhauerei sei eine Kunst in Ruhe, insofern ein Werk der Bildhauerkunst nicht selbst bewegt im Raum dargestellt werden und dabei ein Werk der Bildhauerkunst bleiben kann.

JAMES A. JOYCE, 27. März 1903, Paris

Kunst ist das dem Menschen eigene Arrangement sensibler

oder intelligibler Materie, auf einen ästhetischen Zweck hin ausgerichtet.

JAMES A. JOYCE, 28. März 1903, Paris

Frage: Warum sind Exkremente, Kinder und Läuse keine Kunstwerke?

Antwort: Exkremente, Kinder und Läuse sind menschliche Produkte – menschliche Arrangements sensibler Materie. Der Vorgang, durch den sie produziert werden, ist natürlich und unkünstlerisch; sie haben keinen ästhetischen Zweck: daher sind sie keine Kunstwerke.

Frage: Kann eine Photographie ein Kunstwerk sein?

Antwort: Eine Photographie ist ein Arrangement sensibler Materie und kann zu ästhetischem Zweck so arrangiert werden, doch ist es kein menschliches Arrangement sensibler Materie. Daher ist es kein Kunstwerk.

Frage: Wenn ein Mann wütend auf einen Holzblock einhackt und dabei, sagen wir, das Bild einer Kuh herauskommt, hat er dann ein Kunstwerk gemacht?

Antwort: Das Bild einer Kuh, von einem Mann gemacht, der wütend auf einen Holzblock einhackt, ist ein menschliches Arrangement sensibler Materie, aber es ist kein Arrangement sensibler Materie zu einem ästhetischen Zweck. Daher ist es kein Kunstwerk.

Frage: Sind Häuser, Kleider, Möbel etc. Kunstwerke?

Antwort: Häuser, Kleider, Möbel etc. sind nicht notwendigerweise Kunstwerke. Sie sind menschliches Arrangement sensibler Materie. Wenn sie auf einen ästhetischen Zweck ausgerichtet sind, sind sie Kunstwerke.

1 Es handelt sich um Tagebuchaufzeichnungen, die 1903 in Paris gemacht wurden. Es gibt z. T. wörtliche Entsprechungen zu den ästhetischen Ideen, wie sie kurz darauf in *Stephen der Held* und später im *Porträt* entwickelt wurden. Siehe auch das Polaer Notizbuch von 1904, S. 64ff.

2 Joyce setzt Stasis an die Stelle der Katharsis. Im *Porträt* beschränkt sich die Untersuchung fast ganz auf die Tragödie. Aus »Freude« wird »die leuchtend stumme Stasis des ästhetischen Wohlgefallens«. (Frankfurter Ausgabe, Band 2, S. 488)

3 Eine Vorwegnahme der Theorie Stephens, wonach die Entstehung eines Kunstwerks sich in drei Stadien vollzieht: »Künstlerische Konzeption, künstlerische Gestation und künstlerische Reproduktion« (*Porträt*, S. 484).

Ein Porträt des Künstlers[1]

Die Züge der Kindheit werden im Jugendporträt gewöhnlich nicht mit abgebildet, denn so eigensinnig sind wir, daß wir uns die Vergangenheit in keinem anderen denn ihrem eisern gegossenen Denkmalsaspekt vorstellen können oder wollen. Doch schließt die Vergangenheit zugestandenermaßen eine fließende Folge von Gegenwarten in sich, die Entwicklung eines Wesens, wovon unsre aktuale Gegenwart nur eine Phase ist. Unsere Welt erkennt ferner Bekanntschaft zuvörderst an Merkmalen wie Bart und Zoll und steht meistenteils denen der ihr Zugehörigen fremd gegenüber, die durch irgendeine Kunst, mittels eines noch nicht tabulierten geistigen Prozesses, aus den personifizierten Materiebrocken das zu befreien suchen, was deren individualisierenden Rhythmus ausmacht, die erste oder formale Beziehung ihrer Teile. Aber für solche ist ein Porträt kein identifikatives Papier, sondern vielmehr die Kurve einer Emotion.

Der Gebrauch des Verstandes wird vom öffentlichen Urteil um die sieben Jahre vordatiert, und so ist es nicht leicht, das genaue Alter zu fixieren, in dem das natürliche Empfinden des Gegenstandes dieses Porträts zu den Ideen der ewigen Verdammnis, der Notwendigkeit der Reue und der Wirkkraft des Gebets erwachte. Seine Erziehung hatte früh einen sehr lebendigen Sinn für geistliche Pflichten entwickelt, auf Kosten dessen, was gesunder Menschenverstand heißt. Er wickelte das ihm Verordnete ab wie ein verschwenderischer Heiliger, erstaunte viele durch inbrünstige Stoßgebete, gab vielen Anstoß durch klösterliche Allüren. Einmal in einem Wald bei Malahide hatte ein Arbeiter sich verwundert, einen Knaben von fünfzehn in der Ekstase orientalischer Positur beten zu sehen. Es dauerte wahrhaftig eine lange Zeit, bis dieser Knabe die Natur jener sehr marktgängigen Güte verstand, bestimmten Sätzen bequeme Zustimmung zu geben, ohne das eigene Leben damit in Einklang zu bringen. Den verdauungsfördernden Wert der Religion wußte er nie zu schätzen, und er wählte, als auf seinen Fall passender, jene ärmeren niedrigeren Orden, in denen ein Beichtiger nicht darum besorgt zu sein schien, sich, in der Theorie wenigstens, als ein Mann von Welt auszuweisen. Indes, trotz beständiger Erschütterungen, die ihn von atemlosen Flügen des Eiferns schmählich inwärts trieben, wurde er immer noch von Andachtsübungen besänftigt, als er auf die Universität kam.

Um diese Zeit wurde das Änigma einer Manier allen Ankömmlingen gegenüber angelegt, um die Krise zu decken. Er sah jetzt rasch genug, daß er seine Angelegenheiten im geheimen abmachen müsse, und Reserve war je nur eine leichte Buße gewesen. Sein Widerstreben, über Geläster zu disputieren, an anderen sich neugierig interessiert zu geben, half ihm in seiner wirklichen Anklage und war nicht ohne einen genugtuenden Hauch Heroismus. Es war Teil jenes unausrottbaren Egoismus, den er später den Erlöser nennen sollte, daß er die Werke und Gedanken des Mikrokosmos als in ihm zusammenlaufend sich vorstellte. Ist der Geist der Knabenzeit mittelalterlich, daß er Ränkespiel so ahnend erfaßt? Freisport (oder dessen Korrespondenzen in der Welt des Denkens) ist vielleicht die wirksamste Kur, aber für diesen verstiegenen Idealisten, der der murrenden gestiefelten Erscheinung mit einem Satz sich entzog, war die mimische Jagd nicht weniger absurd denn ungleich, auf Gründen, zu seinem Nachteil gewählt. Aber hinter dem rasch sich verhärtenden Schild antwortete Sensibles. Soll nur die Meute Feindseligkeiten nach ihrem Wild ins Hochland witternd gestürzt kommen; da war sein Grund: und auf sie schleuderte er Verachtung aus blitzendem Geweih. Es lag klare Eigenschmeichelei in dem Bild, doch die Gefahr der Selbstgefälligkeit auch. Weshalb er über das keuchendere Gekläff in diesem Chorus, das durch keine Meilen der Entfernung musikalisch werden konnte, sich hinwegsetzte und hochherrlich die Jünglinge zu diagnostizieren begann. Sein Urteil war exquisit, entschieden, scharf; sein Spruch wie gemeißelt. Diese jungen Männer sahen im plötzlichen Tod eines öden französischen Romanciers die Hand Emmanuel Gottes mitten unter uns; sie bewunderten Gladstone, die Naturwissenschaften und die Tragödien Shakespeares; und sie glaubten an die Angemessenheit katholischer Lehre an die Bedürfnisse des täglichen Lebens, an die kirchliche Diplomatie. In ihren Beziehungen untereinander und zu ihren Oberen stellten sie einen nervösen und (wann immer es um Autorität ging) einen sehr englischen Liberalismus zur Schau. Er bemerkte das halb bewundernde, halb mißbilligende Betragen einer Klasse, implizit zu Enthaltsamkeiten solchen gegenüber verschworen, denen (wie das Gerücht ging) wildes Leben nicht unbekannt war. Obschon die Union Glaube und Vaterland eh und je geheiligt war in jener Welt leicht entzündbarer Enthusiasmen, gebrach es einem Couplet von Davis[2], das das ungelehrigste Temperament anschuldigte, nie an Beifall, und das Angedenken von McManus[3] wurde kaum weniger hochgehalten als das Kardinal Cullens.[4] Sie hatten viele Gründe, Autorität zu respektieren; und selbst wenn es einem Studenten verboten wäre, in den *Othello* zu gehen (»Es kommen ein paar derbe Ausdrücke darin vor«, sagte man ihm), welch geringes Kreuz war das schon? War das nicht eher ein Beweis von wachsamer Sorge und Interesse, und waren sie nicht versichert, daß in ihrem künftigen Leben diese Sorge fortwähren, dieses Interesse nicht aufhören würde? Die Ausübung der Autorität mochte manchmal (selten) fragwürdig sein, ihre Absicht niemals. Wer wäre also bereitwilliger gewesen als diese jungen Männer, die Kapriolen eines freundlichen Professors oder die Verdrossenheit eines Portiers dankbar zur Kenntnis zu nehmen, wer eifriger, die Ehre der Alma Mater in jeder Weise hochzuschätzen und persönlich zu befördern? Seinesteils war er in dem schwierigen Alter, verarmt und bedürftig, spürte alles, das unedel war an derlei Manier, er, der, in Träumen wenigstens, das Edle gekannt hatte. Ein ernster Jesuit hatte eine Kontorstelle bei Guinness verordnet: und zweifelsohne hätte der designierte Kontorist einer Brauerei nicht Hohn und Mitleid nur für eine bewunderungswürdige

Gemeinschaft gehabt, hätte es ihn nicht (in der Sprache der Schulmänner) nach einem *bonum arduum* verlangt. Es war unmöglich, daß er Trost in Gesellschaften für die Förderung des Denkens in Laienkreisen oder andere denn körperliche Erquickung in der warmen Sodalität unter so vielen törichten oder grotesken Virginitäten hätte finden können. Überdies war es unmöglich, daß ein je auf seine Ekstase hin bebendes Gemüt sich der Unterwerfung hätte fügen, daß eine Seele, über die das Bild der Schönheit wie ein Deckmantel gefallen war, sich Knechtschaft zum Los hätte dekretieren können. Eines Abends zu Beginn des Frühjahrs – er stand am Fuß der Treppe in der Bibliothek – sagte er zu seinem Freund, »Ich bin nicht mehr in der Kirche«. Und wie sie Arm in Arm heimgingen durch die Straßen, erzählte er, in Worten, die ein Echo ihrer Abgeschiedenheit zu sein schienen, wie er sie verlassen hätte durch die Tore Assisis.

Es folgte Extravaganz. Die schlichte Geschichte des Poverello war bald vergessen und er suchte sich die irrest denkbare Gesellschaft. Joachim Abbas[5], Bruno der Nolaner[6], Michael Sendivogius[7], all jene Hierarchen der Initiation schlugen ihn in Bann. Er fuhr nieder zu den Höllen Swedenborgs und demütigte sich im Dunkel des Heiligen Johannes vom Kreuz. Sein Himmel ward jäh erhellt von einer Sternenhorde, den Schriftzeichen der Natur, und die Seele gedachte uralter Tage. Wie ein Alchemist beugte er sich über seine Schöpfungen, verband die geheimnisvollen Elemente und schied das Feine vom Groben. Für den Künstler waren die Rhythmen von Satz und Periode, war die Symbolik von Wort und Anspielung von größter Bedeutung. Und war es ein Wunder, daß er aus diesem phantastischen Leben, darin er die Erfahrung vernichtet und neu errichtet, darin er sich geplagt hatte und verzweifelt war, endlich hervorging mit einem einzigen Ziel – die Kinder des Geistes wieder zu einen, die eifersüchtigen und lang getrennten, gegen Betrug und Herrschergewalt sie zu einen. Ein Tausend Ewigkeiten hatten wieder bekräftigt, göttliches Wissen hatte wieder in seine Rechte gesetzt zu werden.

Oh über die Einfalt! gerade so gut hätte er ein Regiment Winde herbeizitieren können. Sie entschuldigten sich mit den für sie naturgemäßen Obliegenheiten – sozialen Grenzen, ererbter nationaler Apathie, einer liebenden Mutter, der christlichen Mär. Ihr Verrat war nicht mehr als läßlich. Wo immer das Monster Staat es gestattete, würden sie das Äußerste an Heterodoxie wagen, über eine eingebildete ethische Determinante diskutieren, über Anarchie (das Volk), blaue Dreiecke, die Fischgötter, und in einem Augenblick der Inbrunst die Notwendigkeit zu handeln verkünden. Seine Rache bestand in einem Satz und Isolation. Er rührte die Emanzipierten zu einem Klumpen – giftige Butter – und machte sich ab aus der schäbigen Nachbarschaft.
Isolation, hatte er einmal geschrieben, ist das erste Prinzip künstlerischer Ökonomie, aber traditionelle und individuelle Offenbarungen machten zu jener Zeit ihre Ansprüche geltend, und nur schüchtern war die Selbstkommunion begrüßt worden. Doch in den Pausen zwischen Freundschaften (deren drei hatte er nämlich hinter sich gebracht) hatte er die Schwesternschaft meditativer Stunden kennengelernt, und nun begann die Hoffnung in ihm zu wachsen, bei ihnen jenes Gefühl heiterer Gelassenheit und jene Gewißheit zu finden, die er bei den Menschen nicht gefunden. Eine jähe Regung hatte ihn in der dunklen Jahreszeit an stille und einsame Orte geführt, wo Nebelstreifen zwischen den Bäumen hingen; und wie er dort gegangen war in der dämpfenden Nacht, im heimlichen Fallen der Blätter, dem duftenden Regen, dem Netzwerk monddurchsiebter Dünste, hatte er sich eine Mahnung an die Gebrechlichkeit aller Dinge vorgestellt. Im Sommer hatte es ihn zum Meer gezogen. Wenn er über die dürren Grashügel lief oder den Strand entlang, angeblich auf der Suche nach Schalengetier, war ihm der Tag fast zuviel geworden. Die da wateten und in deren kindliches oder mädchenhaftes Haar, mädchenhafte oder kindliche Kleider der ganze Übermut des Meers gedrungen war – sogar sie hatten nicht fasziniert. Doch wenn der Tag zur Neige ging, war es schön gewesen, die paar

letzten Gestalten als Inseln in fernen Lachen zu betrachten; und wenn der Abend das graue Glühen überm Meer dunkler machte, war er hinausgegangen, hinaus in die seichten Wasser, und die heiligen Freuden der Einsamkeit hoben ihn auf, inbrünstig singend zur Flut. Skeptisch, zynisch, mystisch, hatte er nach absoluter Erfüllung gesucht, und nun, ganz allmählich, wurde er sich der Schönheit alles sterblich Bedingten bewußt. Er erinnerte sich an einen Satz bei Augustin – »Es ward mir offenbart, daß gut sind jene Dinge, welche doch verderbt sind; welche weder wenn sie vollkommen gut sind, noch ohne daß sie's wären, könnten verderbt werden: denn wären sie vollkommen gut, müßten sie unverderbbar sein, aber wenn sie nicht gut wären, gäbe es an ihnen nichts, welches könnte verderbt werden.«[8] Eine Philosophie der Versöhnung ... möglich ... wenn der Abend ... [*zwei Zeilen am Ende der Manuskriptseite sind zerschlissen*] Die ... der ... am ... leuchtete von den Lichtern der Dalben, doch die Lichter in den Kammern des Herzens waren nicht verlöscht, ja, sie brannten wie für die Braut.

Liebste der Sterblichen! Trotz Huldigungsgedichten und trotz der Komödie von Begegnungen hier und in der närrischen Gesellschaft des Schlafs war der Quell des Seins (so schien es) nicht unbeeinflußt geblieben. Jahre zuvor, in der Knabenzeit – die Triebkraft Sünde schloß ihm eine Welt auf – war er Deiner gewahr geworden. Die gelben Gaslampen, die in seiner verschwommenen Sicht aufstiegen, gegen einen herbstlichen Himmel, geheimnisvoll vor jenem violetten Altar dort funkelten – die Gruppen, die in den Torwegen standen, aufgebaut wie zu einem Ritual – die Schimmer von lauten Vergnügungen und phantasmagorischer Freude – das unbestimmte Gesicht einer die ihn einlud, das unter seinem Blick aus einem jahrhundertelangen Schlaf zu erwachen schien – die blinde Konfusion (Frevel! Frevel!) die jäh ihn überkam – in all dem glühenden Abenteuer der Lust, kommuniziertest Du nicht einmal da? Du Wohltätige! (die Schläue der Liebe steckte in der Anrede) zur rechten Zeit bist Du gekommen, wie die Hexe zur Agonie des Selbstzerfleischers, eine Gesandte von den lieblichen Residenzen des Lebens. Wie konnte er Dir danken für dies Reicherwerden der Seele, von Dir vollbracht? Zur Meisterschaft in der Kunst hatte er es mit Ironie gebracht; intellektuelle Askese war eine Stimmung empörten Stolzes gewesen: aber wer hatte ihm ihn, ihn selber, offenbart, wenn nicht Du? In Zärtlichkeit, schlichter, intuitiver Zärtlichkeit, hatte Deine Liebe in ihm die reißendsten Ströme des Lebens aufsteigen lassen. Gelegt hattest Du um ihn Deine Arme und, innig gefangen gehalten wie Du es warst, im sanften Aufruhr Deines Busens, den Verzückungen des Schweigens, den gemurmelten Worten, hatte Dein Herz zu seinem Herzen gesprochen. Dein Wesen konnte seine Leidenschaft läutern und leiten, bloße Schönheit in neckischstem Winkel distanziert haltend. Du warst wie das Sakrament, Dein unauslöschliches Merkmal einprägend, einer sehr sichtbaren Gnade. Eine Litanei muß Dich preisen; Liebe Frau der Apfelbäume, Freundliche Weisheit, Süße Dämmerblume. In einer anderen Phase war es nichts Außergewöhnliches gewesen, Festmähler in Weiß und Purpur über der Gegenwärtigkeit des Haferbreis zu erfinden, doch hier ist kräftige oder erlesene Nahrung greifbar, gewiß; nicht nötig, zu erfinden. Sein Leben (jähes Geschöpf!) schreibt sich der meßbaren Welt nun zu und den weiten Räumen der Tätigkeit. Das Blut läuft schneller, galoppiert in seinen Adern; seine Nerven speichern elektrische Kraft; er ist flammenfüßig. Ein Kuß: und sie schießen zusammen, unteilbar, aufwärts, strahlende Lippen und Augen, und ihre Leiber erklingen mit Harfentriumph! Noch einmal, Geliebte! Noch einmal, Du Braut! Noch einmal, ehe denn unser das Leben ist!

In ruhigerer Stimmung konnte der Kritiker in ihm nicht umhin, ein sonderbares Vorspiel zu der neuen Krönungsära in einer Zeit der Melancholie und Unrast zu bemerken. Er rechnete die Anzahl seiner Verluste aus – eine genugsam deprimierende Zahl, selbst wenn sie unkommentiert geblieben wäre. Die Aura des falschen Christus war offenkundig die Maske physischer Hinfälligkeit, welche selber Mal und Zeichen ordinärer Brünste war; daher die Treuherzigkeit, Nachsicht, süßliche Liebenswürdigkeit und die ganze Rotte häuslicher Tugenden. Des Schlimmsten traurig eingedenk, überkam ihn düster die Vision seiner Toten, die Vision (weit erbärmlicher noch) angeborenen Lebens überhaupt, das zwischen Gähnen und Heulen weiterkraucht, Hungerleider an Leib und Seele, deren Visionen als momentanes Versagen seiner alten, aufgesetzten Manier erschienen. Die Wolke von Schwierigkeiten um ihn her ließ nur Pünktchen von Licht durch; sogar seine Rhetorik verkündete den Übergang. Wenigstens konnte er sich von einem natürlichen Unvermögen, alles zur gleichen Zeit zu beweisen, überzeugen, und gewisse zufällige Unternehmungen ergaben die Notwendigkeit regelmäßiger Kampagnen. Sein Glaube wurde stärker. Er machte ihn so stark, daß er zu einem Mäzen der schönen Künste sagen konnte, »Welchen Vorschuß gibts auf geistige Waren?«, und zu einem Kapitalisten, »Ich brauche zweitausend Pfund für ein Projekt.« Er hatte der orthodoxen griechischen Literaturwissenschaft die lebendige Lehre der *Poetik* vorinterpretiert und hatte, aus den brennenden Büschen des Exzesses heraus, einem nächtlichen Schutzmann über den wahren Status öffentlicher Frauen peroriert: aber es gab kein Reißaus von diesen Bergen, keine gefahrvolle Hirntätigkeit. In einem Anflug von Wahnsinn rief er nach den Elfen. Viele in unseren Tagen, so mag es scheinen, können einer Entscheidung zwischen Empfindungsfähigkeit und Stumpfheit nicht aus dem Wege gehen; sie empfehlen sich einer gleichgesinnten Minderheit durch Beweise von Kultur oder beherrschen den größeren Teil der Welt, da mager im Fleische. Aber er sah zwischen Lagern seinen Bodenvorteil, Gelegenheiten für den Spotteufel auf einer doppelt dem Festland entrückten Insel, unter der gemeinsamen Herrschaft Ihrer Intensitäten und Ihrer Ochsenschaften.[9] Sein Nego, vor einer Kulisse aus jüdischem Hausierergemauschel und christlichem Schwadronieren geschrieben, war darum heldenmütig-trutzig aufgezogen, während wahre Gläubige gerösteten Atheismus prophezeiten, und wurde geschleudert gegen die obszönen Höllen Unserer Heiligen Mutter: aber, nachdem dieser Ausbruch vorüber war, beherrschte Urbanität die Kriegführung. Vielleicht würde sein Staat die alte Tyrannis in den Ruhestand versetzen – eine Gunst in nicht mehr hoffnungsloser Ferne – angesichts jener gereiften Kultur, zu der er (nehmt alles nur in allem) in gewisser Weise beigetragen hatte. Schon wurden die Botschaften von Bürgern durch die Drähte der Welt gefunkt, schon war die üppige Vorstellung von einem dreißigjährigen Krieg in Deutschland aufgetaucht und bestimmte die Konzile der Lateiner. Jenen Vielen, die noch nicht im Schoße der Menschheit waren, aber gewißlich darin zu erzeugen, würde er das Wort geben: Mann und Frau, aus euch kommt die Nation, die da sein wird, die Erleichterung eurer sich plagenden Massen; die Ordnung des Wettbewerbs hat sich gegen sich selbst gekehrt, die Aristokratien sind verdrängt; und in der allgemeinen Paralyse einer verrückten Gesellschaft schreitet der konföderierte Wille zur Tat.

JAS. A. JOYCE
7/1/1904

1 Geschrieben im Januar 1904, als erster autobiographischer Versuch. Als Joyce den Text dem Herausgeber der Zeitschrift *Dana* ›John Eglinton‹ (W. K. Magee) zur Veröffentlichung anbot, lehnte dieser mit der Begründung ab, er könne nicht drucken, was er nicht verstehe. Daraufhin begann Joyce sofort mit der ausführlichen Niederschrift des autobiographischen Romans, dessen erhaltene Teile später unter dem Titel *Stephen Hero (Stephen der Held)* aus dem Nachlaß publiziert wurden. Zahlreiche Passagen des frühen *Porträt* wurden verbatim in diesen Text aufgenommen; manche Wendung findet sich noch in der endgültigen Fassung des Stoffes, in *Ein Porträt des Künstlers als junger Mann;* das Augustin-Zitat taucht wieder auf in der Äolus-Episode des *Ulysses.*

2 Thomas Osborne Davis (1814–1845), patriotischer irischer Lyriker, Führer der Young Ireland-Bewegung und Gründer der separatistischen Zeitung *The Nation.*

3 Terence Bellew McManus (1823?–1861), militanter irischer Freiheitskämpfer, der am Aufstand von 1848 teilnahm. Er starb in San Francisco, wurde aber in Irland begraben. Fünfzigtausend Fenier sollen an der Beerdigung teilgenommen haben.

4 Paul Kardinal Cullen, seit 1852 Erzbischof von Dublin. Scharfer Geg-

ner der militanten irischen Nationalisten. Er verbot alle Trauergottesdienste für McManus in den Kirchen seiner Diözese.

5 Joachim, Abt von Fiore (um 1132–1202), italienischer Mystiker und Apokalyptiker. Seine Schriften wurden 1263 von einer Provinzialsynode in Arles wegen Häresie verboten.

6 Giordano Bruno (1548–1600), als Häretiker verbrannt, blieb auch später eine von Joyces Leitfiguren.

7 Michael Sedziwoj (1556 od. 1566–1636 od. 1646), polnischer oder mährischer Alchemist.

8 *Confessiones*, Buch VII, Abschnitt 12.

9 Intensitäten: Sinn-Feiner; Ochsenschaften: Tölpel vom Lande oder möglicherweise Priester. Vgl. Briefe I, 121.

Polaer Notizbuch

Bonum est in quod tendit appetitus. Thomas von Aquin

Das Gute ist das, auf dessen Besitz sich ein Verlangen richtet: das Gute ist das Wünschenswerte. Das Wahre und das Schöne sind die dauerhaftesten Ordnungen des Wünschenswerten. Nach Wahrheit begehrt das intellektuelle Verlangen, das durch die überzeugendsten Relationen des Intelligiblen befriedigt wird; nach Schönheit begehrt das ästhetische Verlangen, das durch die überzeugendsten Relationen des Sensiblen befriedigt wird. Das Wahre und das Schöne werden geistig in Besitz genommen; das Wahre durch einen Denkvorgang, das Schöne durch Wahrnehmung, und beide Male ist daher das Verlangen, das sie zu besitzen begehrt, das intellektuelle wie das ästhetische, ein geistiges Verlangen...

J. A. J., Pola, 7. XI. 1904

Pulchra sunt quae visa placent. Thomas von Aquin

Diejenigen Dinge sind schön, deren Wahrnehmung angenehm ist. Darum ist Schönheit jene Eigenschaft des sensiblen Objekts, derzufolge seine Wahrnehmung dem ästhetischen Verlangen angenehm ist oder es befriedigt, das die überzeugendsten Relationen des Intelligiblen wahrzunehmen begehrt. Nun enthält der Akt der Wahrnehmung wenigstens zwei Tätigkeiten, die Tätigkeit des Erkennens oder der einfachen Perzeption und die Tätigkeit des Wiedererkennens. Wenn die Tätigkeit der einfachen Perzeption, wie jede andere Tätigkeit, in sich angenehm ist, so kann man sagen, daß jeder sensible Gegenstand, der wahrgenommen worden ist, von vornherein in einem bestimmten Maß schön war und ist; und selbst vom abscheulichsten Gegenstand kann man sagen, daß er schön war und ist, insofern er wahrgenommen worden ist. In bezug auf jenen Bereich im Akt der Wahrnehmung, der als Tätigkeit der einfachen Perzeption bezeichnet wird, gibt es keinen sen-

siblen Gegenstand, von dem man sagen könnte, er sei nicht in einem bestimmten Maße schön.
In bezug auf den zweiten Teil des Akts der Wahrnehmung, den man als Tätigkeit des Wiedererkennens bezeichnet, kann man weiterhin sagen, daß es keine Tätigkeit der einfachen Perzeption gibt, der nicht, in welchem Maß auch immer, die Tätigkeit des Wiedererkennens folgt. Denn mit der Tätigkeit des Wiedererkennens ist ein Entscheidungsakt gemeint; und je nach der Übereinstimmung mit diesem Akt in allen denkbaren Fällen wird ein sensibles Objekt als befriedigend oder unbefriedigend bezeichnet. Doch die Tätigkeit des Wiedererkennens ist, wie jede andere Tätigkeit, in sich selbst angenehm, und daher ist auch zweitens jeder Gegenstand, der wahrgenommen worden ist, in irgendeinem Maße schön. Folglich darf man selbst den abscheulichsten Gegenstand als schön bezeichnen, und zwar aus dem Grund, weil er a priori als schön bezeichnet werden kann, insofern er von der Tätigkeit der einfachen Perzeption berührt wird.
Sensible Gegenstände werden jedoch gewöhnlich aus keinem der erwähnten Gründe als schön oder nicht schön bezeichnet, sondern vielmehr auf Grund der Art, des Grades und der Dauer der aus ihrer Wahrnehmung resultierenden Befriedigung, und einzig in Übereinstimmung mit diesen letzteren werden die Begriffe »schön« und »häßlich« in der praktischen ästhetischen Philosophie verwendet. Es bleibt noch zu sagen, daß diese Begriffe nur ein größeres oder geringeres Maß an erzielter Befriedigung bezeichnen und daß jeder sensible Gegenstand, auf den das Wort »häßlich« in der Praxis angewandt wird, das heißt also, ein Gegenstand, dessen Wahrnehmung ein geringes Maß an ästhetischer Befriedigung erzielt, trotzdem, insofern durch seine Wahrnehmung überhaupt irgendein Maß an Befriedigung erzielt wird, ein drittes Mal als schön bezeichnet werden kann ...

J. A. J., Pola, 15. XI. 04

Der Akt der Wahrnehmung

Wir haben festgestellt, daß der Akt der Wahrnehmung mindestens zwei Tätigkeiten enthält – die Tätigkeit des Erkennens oder der einfachen Perzeption und die Tätigkeit des Wiedererkennens. In seiner vollständigsten Form umfaßt der Akt der Wahrnehmung jedoch drei Tätigkeiten – wobei die dritte die Tätigkeit der Befriedigung ist. Aufgrund der Tatsache, daß all diese drei Tätigkeiten in sich angenehm sind, muß jeder sensible Gegenstand, der wahrgenommen wird, doppelt und vielleicht sogar dreifach schön sein. In der praktischen ästhetischen Philosophie werden die Epitheta »schön« und »häßlich« hauptsächlich im Hinblick auf die dritte Tätigkeit verwendet, das heißt also im Hinblick auf die Art, den Grad und die Dauer der Befriedigung, die sich aus der Wahrnehmung eines sensiblen Gegenstands ergibt, und daher muß jeder sensible Gegenstand, auf den die praktische ästhetische Philosophie das Epitheton »schön« anwendet, in dreifacher Hinsicht schön sein, muß also von den drei Tätigkeiten berührt worden sein, die der Akt der Wahrnehmung in seiner vollständigsten Form umfaßt. Praktisch muß also die Eigenschaft des Schönen drei Komponenten enthalten, um von jeder dieser drei Tätigkeiten berührt werden zu können...

J. A. J., Pola, 16. XI. 04

Aufsätze und Vorträge

Der Schein trügt[1]

AMDG[2]
Der Schein trügt

Nichts ist so irreführend und trotz alledem so verlockend wie eine schöne Oberfläche. Das Meer im warmen Sonnenglanz eines Sommertags; der Himmel, blau im zarten bernsteinfarbenen Schimmer der Herbstsonne, gefallen dem Auge gar wohl: doch wie anders bietet sich das Schauspiel dar, wenn der wilde Zorn der Elemente die Zwietracht des Aufruhrs von neuem wachgerufen hat; wie anders der Ozean, kochend vor Brodeln und Brausen, als das stille, friedliche Meer, das in der Sonne glänzend sich heiter kräuselte. Doch das beste Beispiel für die Unbeständigkeit der Erscheinung sind: der Mensch und das Glück. Ein kriecherischer, unterwürfiger Blick, eine hochmütige und überhebliche Miene verbergen gleichermaßen die Wertlosigkeit des Charakters. Das Glück – dieser glitzernde Tand, dessen Schimmer Arm und Reich betört und mit ihnen sein Spiel treibt – ist so wechselhaft wie der Wind. Dennoch – es gibt ein »etwas«, das uns den Charakter eines Menschen verrät. Das Auge ist es. Der einzige Verräter, den selbst der eiserne Wille eines verruchten Bösewichts nicht beherrschen kann. Das Auge ist es, das dem Menschen Schuld oder Unschuld entdeckt, die Laster oder die Tugenden der Seele. Hier haben wir die einzige Ausnahme, für die das Sprichwort »Der Schein trügt« nicht gilt. In allen anderen Fällen muß nach dem wahren Wert erst gesucht werden. Das Gewand des Königtums oder der Demokratie sind nur die Schatten, die ein »Mann« hinter sich wirft. »Oh traurig Los des Armen, der an Königs Gunst gebunden!«[3] Die launische Flut des stets sich wandelnden Glücks bringt beides mit sich – Gutes und Böses. Wie schön erscheint es uns nicht als Sendbote des Guten und wie grausam als Künder des Verhängnisses! Wer die Launen eines Königs hofiert, ist wie eine

Nußschale auf diesem weiten Meer. So erkennen wir den Trug des äußeren Scheins. Der Heuchler ist die schlimmste Spielart des Schurken, denn unter dem Schein der Tugendhaftigkeit verbirgt er das schlimmste aller Laster. Der Freund, ein wahrer Wetterhahn des Glücks, scharwenzelt und kriecht zu Füßen des Reichtums. Doch ein Mensch, der keinen Ehrgeiz hat, keinen Reichtum, keinen Luxus außer dem der Zufriedenheit, kann die Freude des Glücks nicht verbergen, das aus einem reinen Gewissen und einem freien Sinn fließt.

LDS[4]

1 Von den wöchentlichen Aufsätzen, die Joyce am Belvedere College zu schreiben hatte, ist im *Porträt des Künstlers* (S. 334) die Rede. 1897 und 1898 bekam er den Preis für den besten englischen Aufsatz. ›Der Schein trügt‹ ist das einzige Beispiel, das sich erhalten hat, und stammt vermutlich von dem Vierzehnjährigen (1896). Es ist zugleich das früheste Werk des Autors, das sich erhalten hat.

2 Ad Majorem Dei Gloriam

3 Shakespeare, Heinrich VIII., III,2.

4 Laus Deo Semper

Gewalt[1]

[*die erste halbe Seite des Manuskripts fehlt*]

– beide Fragen sind von großer Tragweite und schwer zu beantworten. Und wenngleich es grundsätzlich klar ist, daß die in einem gerechten Krieg gemachte Eroberung auch selbst gerecht ist, wird es doch nicht nötig sein, ins Gebiet der politischen Ökonomie etc. abzuschweifen, man möge aber nicht vergessen, daß alle Unterwerfung durch Gewalt, ausgeführt und aufrechterhalten durch Gewalt, nur hiermit Geist und Hoffnung der Menschen erfolgreich brechen kann. Auch, daß sie in extremer Weise Feindseligkeit und Rebellion hervorbringt, daß sie zudem, seit ihrer Entstehung in unheiligem Kriege, mit dem Zeichen des elementaren Konflikts gezeichnet ist. Doch scheint es wahrlich zu primitiv, Unterwerfung einzig und allein als unterdrückende Kraft zu betrachten, denn wir werden sehen, daß sie weit häufiger als Einfluß denn als absolute Macht auftritt und besser eingesetzt werden kann als nur in sinnlosem Blutvergießen.

In den verschiedenen Stufen des Lebens gibt es zahlreiche wohlvertraute Beispiele für ihr Wirken – nicht weniger wahr, weil sie ohne Glanz und Ruhm sind und sich im schlichtesten Zusammenhang finden. Der Landmann, der den Pflug übers Feld führt und die »widerspenstige Scholle« bricht, ist eines von ihnen. Der Gärtner, der den ungebärdigen Weinstock beschneidet oder die wuchernde Hecke auf ein anständiges Maß zurückzwingt, das wilde Element in »gepflegten Gärten« unterwirft, ist ein anderes. Beide verkörpern die Unterwerfung durch Gewalt – die Methode des Seemanns hingegen ist diplomatischer. Er hat keinen Pflug, um den eigensinnigen Wind zu furchen, noch ein Messer, um der brutalen Heftigkeit des Sturms Einhalt zu gebieten. Dessen Unbotmäßigkeit kann er mit seinen begrenzten Fähigkeiten nicht beikommen. Wenn Äolus sein Machtwort gesprochen hat, ist kein direkter

Widerspruch gegen seinen Befehl mehr möglich. Auf diesem Wege kann der Seemann ihn nicht besiegen; aber durch Fieren der Segel und geduldige Versuche, mit denen er hier die Stärke des Windes benutzt, sie dort vermeidet, einmal voranstrebt, dann wieder zurückweicht, sind die schwankenden Segel zu guter Letzt auf graden Kurs gesetzt, und durch die folgende Windstille steuert das Schiff in den Hafen. Auch das Mühlrad, das den Strom zwar aufhält, ihn aber seines Weges ziehen läßt, wenn er den geforderten Dienst geleistet hat, ist ein sinnfälliges Beispiel. Das Wasser, das in schnellem Strom dahinstürzt, ist im Gebirge eine wilde Kraft, die sowohl die Gefühle erregt als auch die Felder überschwemmt. Doch der zauberkräftige Müller verändert sein Temperament, und es setzt seinen Weg fort, die wirren Locken in ordentliche Wellen gelegt, und umspült fortan in sanfter Resignation die Ufer, die sich gelassen von ländlichen Villen herabsenken. Mehr noch, seine Kraft wurde für kommerzielle Zwecke genutzt und trägt nun dazu bei, mit feinem Mehl und Brot nicht länger die poetischen, sondern die hungrigen Gemüter zu speisen.

Nachdem wir so die Unterwerfung der Elemente gezeigt haben, kommen wir zur Unterwerfung der Tiere. Einstmals, im Garten Eden, ging es dem ehrwürdigen Adam wohl. Die Vögel der Lüfte und die Tiere des Feldes dienten seinem Behagen. Zu seinen Füßen ruhte der gefügige Löwe, und alle Tiere waren seine willigen Diener. Doch als Sünde sich in Adam erhob – die zuvor nur ein schlafendes Übel war – und seine herrlich angelegte Natur verderbte und zerbrach, da wurde auch in den Tieren der bis dahin nicht gekannte Bodensatz der Wildheit wach. Unter ihnen fand eine vergleichbare Revolte gegen den Menschen statt, und von nun an sollten sie nicht mehr freundliche Diener, sondern erbitterte Feinde für ihn sein. Von jener Stunde an haben sie – in mehr oder weniger starkem Maße, in manchen Ländern mehr als in anderen – gegen ihn gekämpft und ihm den Dienst verweigert. Da sie häufig über unendliche Stärke verfügen, kämpften sie erfolgreich.

Doch auf die Dauer wurden sie besiegt, zum größten Teil jedenfalls, durch überlegene Macht und weil der Mensch Mensch ist und sie nur Bestien sind. Einige von ihnen, den Hund zum Beispiel, machte er zu Wächtern seines Hauses; andere, wie Pferde und Ochsen, zu Helfern seiner Arbeit. Andere wiederum konnte er nicht besiegen, sondern sich nur vor ihnen schützen, und da war es insbesondere eine Rasse, die ihn durch Zahl und Riesenkraft zu überwinden drohte; so erscheint es sinnvoll, deren Schicksal hier zu verfolgen und zu sehen, wie eine höhere Macht eingriff, um dem Menschen seinen – ernstgemeinten – Titel als Herr der Schöpfung zu erhalten und ihn aus der Furcht vor Mammut und Mastodon zu befreien. Die Zoo-Elefanten sind die traurigen Nachfahren jener riesenhaften Ungetüme, die einst die Ebenen überquerten, auf denen heute rußige Städte stehen; die in unbezähmbaren und furchtlosen Horden, im Stolz ihrer Stärke, durch fruchtbare Gegenden und Wälder stürmten, wo jetzt die Zeichen geschäftiger Menschen und die Denkmäler ihrer Arbeit und ihres Fleißes zu finden sind; sie verbreiteten sich über ganze Kontinente und trugen ihren Schrecken nach Norden und nach Süden, den Menschen verhöhnend, weil er sie nicht unterwerfen konnte; und schließlich, am Ende ihrer Zeit, von dem sie nichts wußten, zogen sie hinauf in die nördlicheren Regionen des Pols, in das Verhängnis, das ihnen bestimmt war. Dort wurde unterworfen, was der Mensch nicht unterwerfen konnte, denn sie konnten den schrecklichen Veränderungen, die über die Erde kamen, nicht widerstehen. Länder, die in strahlender Blüte standen, verloren nach und nach all ihre Schönheit und Verheißung. Die Üppigkeit der Bäume und die Fülle der Früchte schwanden langsam dahin und waren nicht mehr, und an ihre Stelle trat eine verkümmerte Vegetation von Gestrüpp und verschrumpelten Beeren, die keine Sonne mehr zur Reife bringen würde. Die Herden der Mammuts drängten sich in staunender Verwirrung zusammen, und diese Verwüstung trieb sie noch enger zusammen. Von einigen Oasen aus, die ihnen noch geblieben waren, beäugten sie die vorandrängenden Wellen, die sie in ihren öden Zufluchtsstätten einschlossen. Zwischen langsam vordrängendem Eis und Wasser fristeten sie kümmerlich die letzten Lebenstage ihrer Überheblichkeit, und als ihnen nur noch der Tod blieb, starben die elenden Tiere in der feindseligen Kälte des ewigen Winters, und heute findet man ihre kolossalen Stoßzähne und elfenbeinernen Knochen aufgeschichtet zu riesigen Grabhügeln auf den Inseln von Neu-Sibirien. Das ist alles, was von ihnen geblieben ist, damit der Mensch von ihrem Tode profitiere, die er zu ihren Lebzeiten nicht zu seinen Sklaven machen konnte; aber auch, um seine Gier in Versuchung zu führen, über die gefahrvollen Polarmeere hinweg, nach jenen Banketten des Reichtums aus vergangenen Zeiten, die verstreut vor sich hinbleichen unter dem trostlosen Himmel, weiß und schweigend im ewig gleichen Lied der Wellen und am Rande der unendlichen Tiefen. Was für eine Unterwerfung ist dies gewesen – wie furchtbar und wie total! Es ist kaum die Erinnerung an das Mammut geblieben, und die Furcht vor dem großen wolligen Elefanten gibt es nicht mehr, sondern nur noch Verachtung für seine Riesengröße und den Nutzen seiner Schwerfälligkeit.

Gewöhnlich war es der Umgang mit dem Menschen, der die Tiere gezähmt hat, und es ist bezeichnend, daß die getigerte Hauskatze und das verachtete Schwein in fernen Landen noch mit all ihrer angeborenen Wildheit und Stärke wüten. Sie und andere werden in einem ständigen Kampf unterworfen oder aus ihrer gewohnten Umgebung vertrieben, und dann stirbt ihre Rasse aus, wie der Bison in Amerika ausstirbt. Nach und nach werden alle bekannten Tiere den Gesetzen des Menschen unterworfen, werden aufs neue seine Diener und erlangen etwas von ihrer früheren Willigkeit wieder, im geduldigen Pferd und im treuen Hund. Gelegentlich ist auch der hochmütige und zielbewußte Sieg der drei Spieße zu beobachten. So werden in den sumpfigen Marschen Südamerikas die giftigen Schlangen vom leisen Gesang des Zauberers in totenähnlichen Schlaf versetzt und liegen nutzlos und harmlos da, und

in Shows und Zirkussen zeugen gebrochene Wüstenkönige vor einem großen Publikum ebenso wie die tapsigen Bären auf der Straße von der Macht des Menschen.
Es mag sein, daß der Wunsch zu siegen und die Dinge zu beherrschen, der in der Geschichte des menschlichen Fortschritts zum Ausdruck kommt, in großem Maße für diese Überlegenheit verantwortlich ist. Hätte der Mensch einen derartigen Wunsch niemals besessen, hätten Bäume und Vegetation alles Sonnenlicht erstickt, alle Wege versperrt; Berge und Meere wären die Grenzen seiner Behausungen geblieben; der ungelenkte Gebirgsfluß hätte seine primitiven Hütten immer aufs neue davongerissen und die räuberischen, hungrigen Tiere die Asche seines Feuers zertrampelt. Doch sein überlegener Geist besiegte all diese Hindernisse, freilich nicht ein für allemal, denn es gibt, wenn auch nicht viele, immer noch Gegenden, wo die niedere Schöpfung sein Königreich usurpiert hat, und seine Mühsal beginnt von neuem, wenn er den wilden Tiger in den Dschungeln und Forsten Indiens jagt und den Baum in den kanadischen Wäldern fällt.
Die nächste wichtige Unterwerfung ist die eines Volkes durch ein anderes. Unter den menschlichen Rassen ist der weiße Mann bestimmt, der Eroberer zu sein. Der Neger ist ihm gewichen, und die roten Männer hat er aus ihren Ländern und ihrer Heimat vertrieben. Im fernen Neuseeland erlauben ihm die trägen Maoris, das Land ihrer Väter zu verteilen und zu besitzen, wenn ihnen nur ihre Faulheit zugestanden wird. Wo immer Gegend und Klima es gestatteten, ist er hingekommen. Er praktiziert auch nicht länger den Mißbrauch der Unterwerfung – die Sklaverei – und darf es auch nicht mehr, jedenfalls nicht in ihrer brutalsten Form und überhaupt generell. Doch scheint die Sklaverei dem Gewissen der Menschen nur zu der Zeit erträglich gewesen zu sein, als ganz extrem niedrige und unmenschliche und geringfügigere Vergehen sie gar nicht berührten. Glücklicherweise konnte das nicht ewig so weitergehen, und heute wird jedem Eingriff in die Freiheiten anderer, vom streitsüchtigen Türken begangen oder nicht,

mit entschiedenem Widerstand und gerechtem Zorn begegnet. Verletzte Rechte, mattgesetzte Institutionen, mißachtete Privilegien, zum Glück rufen diese, nicht als Losungsworte oder Kriegsgeschrei, sondern als tiefverwurzelte, echte Realitäten, immer wieder die Kräfte und Sympathien der Menschen zu ihrem Schutz und ihrer Verteidigung auf den Plan, nicht in törichter romantischer Verranntheit oder aus Zerstörungswut, sondern in der unnachgiebigen Festigkeit des Widerstands.

Bisher haben wir nur von der Unterwerfung durch den Menschen gesprochen

[*es fehlt eine halbe Seite*]

oft, wenn sich jemand auf ein so umfassendes Thema einläßt, daß all seine Anstrengungen fast gänzlich davon verschluckt werden, läßt der Gegenstand den Autor winzig erscheinen; oder wenn ein Logiker von großen Dingen handelt, in der Absicht, eine bestimmte Theorie zu entwickeln, geht er von der Grundidee ab und verliert sich in elaborierten Untersuchungen über die gefälligeren Aspekte seiner Argumentation. In Werken der Phantasie wiederum geschieht es, daß eine allzu blühende Einbildungskraft mit dem Autor buchstäblich davonfliegt und ihn in Gegenden von unaussprechlicher Schönheit trägt, die sein Denkvermögen kaum faßt, die seine Sinne berauscht und die jeder Sprache spottet; und daher sind seine Schöpfungen überaus schön, aber schön in der Verhülltheit und Traumschönheit des Visionärs. So etwas geschieht häufig bei Dichtern von heftiger, phantasiereicher Natur, wie Shelley z. B., und macht ihre Dichtung vage und verschwommen. Wenn hingegen die große und wunderbare Gabe eines dichterischen Gefühls in Schauen und Sprechen und Fühlen durch Umsicht und Sorgfalt gebändigt und daran gehindert wurde, sich in Extreme zu verrennen, dann dringt der wahre und überlegene Geist wachsamer in sublime und erhabene Gegenden vor, betritt sie mit größerer Furcht und größerem Staunen und größerer Ehrerbietung und schaut demütig auf zu den verschleierten Regionen, die nun voller Licht sind, und erläutert den Menschen ohne Mystik die großen Dinge, die ihren Augen verborgen sind, im Laub der Bäume und in den Blumen, um sie zu trösten, ihre Frömmigkeit zu vermehren und ihre Ehrfurcht zu befördern. Dieses Ergebnis kommt aus der Unterwerfung einer großen Begabung, und eigentlich ist es mit allen unseren Gaben so. Wir gewinnen an Kraft, wenn wir mit ihr haushalten, an Gesundheit, wenn wir sorgsam damit umgehen, an geistiger Ausdauer, wenn wir sie nicht überfordern. Sonst würden in den Künsten, in Bildhauerkunst und Malerei, die großen Ereignisse, die die Aufmerksamkeit des Künstlers gefangennehmen, in monumentaler Formlosigkeit und wildem Gekleckse ihren Ausdruck finden, und im Ohr des berauschten Musikers die lieblichsten Melodien sich verströmen, wie toll, ohne Takt und Rhythmus, in chaotischen Verschlingungen – »wie süßer Glocken schriller Ton, mißgestimmt und grell«.

Es ist dargelegt worden, welchen Einfluß dieses Verlangen des Menschen, zu überwältigen, auf das Tier- und Pflanzenreich ausgeübt hat und wie es nicht nur zerstört und die schlimmeren Seiten des Daseins in den Griff bekommt, sondern auch, wie es verbessert und vervollkommnet, was gut ist. Es gibt Stellen auf dieser Erde, wo noch das ungezügelte Wachstum die absolute Herrschaft behauptet, wo Laub das Licht erstickt und üppige Vegetation den Boden überwuchert, wo es gefährliche Reptilien gibt und ungezähmte, wilde Tiere, in einer Umgebung von großer Schönheit, farbig und fruchtbar, doch überschattet vom Grauen wilder Gesetzlosigkeit. Aber mit der Ankunft des Menschen in seinem Fortschritt wird das Antlitz der Dinge verändert – selber gut, wird er auch die Gebiete, in denen er herrscht, zum Guten führen. Wie es geschrieben steht – »wenn die wahren Diener des Himmels in diese Paradiese einziehen und der Geist Gottes mit ihnen kommt, dann wird ein anderer Geist wehen, auch in der physikalischen Luft; und das stechende Insekt, die giftige

Schlange und der giftige Baum vergehen vor der Macht der erneuerten menschlichen Seele«. Dies ist die erwünschte Unterwerfung, die in Erfüllung gehen wird zu ihrer Zeit. Und inzwischen haben wir uns mit der Macht des sieghaften Menschen über die niedriger stehenden Rassen der Welt beschäftigt und mit seinem Einfluß auf die Unterwerfung seiner eigenen geistigen Fähigkeiten, und es bleibt uns nun noch die Betrachtung der vielfältigen Einwirkungsmöglichkeiten seines Siegesverlangens auf seine menschlichen Instinkte, seine Arbeit und Geschäfte und auf seinen Verstand.

In den nordischen Sagas, in den alten Epen von »Rittern und Fürsten kühn« und heutzutage in den Geschichten Hall Caines[2] haben wir in überreichem Maß Beispiele dafür, welche Verheerungen menschliche Leidenschaften anrichten, wenn sie ihre Gewalt in berserkerhafter Freiheit entfalten dürfen. Natürlich gibt es im Alltagsleben weit weniger Beispiele für Charaktere wie Thor, Ospakar, Jason und Mylrea als einst in jenen wilden Ländern, die ihre Heimat waren. Die moderne Zivilisation gestattet niemandem solche unbegrenzten Freiheiten, wie sie die damaligen Verhältnisse möglich machten. Der Menschenschlag, der heute in den Städten lebt, ist nicht von wilder Leidenschaft geprägt, jedenfalls nicht in dem Maße, daß die Menschen zu Sklaven ihrer Wutausbrüche werden. Der Durchschnittsmensch muß sich nicht mehr so häufig vor Anfällen dämonischen Zorns hüten – wenngleich in Südeuropa die Vendetta noch gang und gäbe ist –, doch stehen der Menschheit heute so viele Möglichkeiten der Selbstunterwerfung offen wie eh und je. Jähzorniges Temperament, üble Nachrede, närrischer Hochmut, die *fin-de-siècle*-Arroganz, die alles ironisiert, Klatsch, Hilfsverweigerung, verletzende Worte und sinnloser Hohn, dazu Undankbarkeit und das Vergessen alter Freunde – all das erwartet uns tagtäglich, um unterworfen zu werden. Vor allem die vielgeschmähte höchste Nächstenliebe, die so gar nichts mit animalischer Verschwendung oder zügelloser Freigebigkeit zu tun hat und die auch nicht allein in den Taten der Nächstenliebe besteht, sondern aus den tiefinneren Quellen der Freundlichkeit und der Güte entspringt; sie zögert, Beweggründe zu unterstellen; sie »legt alles zum besten aus«; sie diktiert, aus einem gottgegebenen Gefühl heraus, daß man der dringenden Not alles zu opfern hat, was einem teuer ist; sie empfängt ihr Wesen und ihre Schönheit von oben; sie lebt und webt in einer Atmosphäre von Gedanken, die so erhaben und rein sind, daß sie es nicht leiden, auf Erden unter die Menschen herabzusteigen, sondern sie tun in ihrer eigenen erhabenen Luft »ihre Anwesenheit kund und haben Umgang nur mit sich selbst« – diese äußerste Selbstlosigkeit in allen Dingen, wie ruft sie uns doch zu immerwährender Verwirklichung und würdiger Erfüllung auf!

Was nun wiederum die Aufgabe des Menschen betrifft, die ihm am Tor des Paradieses bestimmt wurde, Mühsal und Arbeit nämlich – hat hier nicht die Unterwerfung einen direkten Einfluß, zum Vorteil sowohl der Welt als auch des Menschen selber? »Stinkende Urwälder«, sagt Carlyle, »werden gerodet, schöne Saatfelder und prächtige Städte entstehen an ihrer Statt, und obendrein wird der Mensch...

[*eine halbe Seite fehlt*]

für manche eine größere Schwierigkeit darin, ihren Verstand zu bezähmen als ihre Leidenschaften. Denn sie untergraben den Intellekt und Verstand der Menschen mit ihrem eitlen Theoretisieren, gegen das die übermenschliche Logik des Glaubens steht. Für einen rechtdenkenden Geist bergen die Popanze des Unglaubens wahrlich keine Schrecken und rufen kein anderes Gefühl hervor denn das der Verachtung. Die Menschen haben nun einmal beides, Verstand und Leidenschaften, und die Doktrin von der Zügellosigkeit ist ein genaues Gegenstück zur Doktrin der Freidenkerei. Der menschliche Verstand kann keine Weisheit erlangen, wenn er nicht jene drei Attribute gänzlich erfüllt, die der erleuchtete Schreiber nennt: wenn er nicht »pudica, pacifica et desursum« ist –

keusch, friedfertig und von oben. Wie kann er blühen, wenn er sich nicht aus der Quelle aller Weisheit speist, sondern seinen Ursprung anderswo hat? Und wie können irdische Geister, wenn sie ihre Augen vor den Epitheta der Weisheit – pudica, pacifica et desursum – verschließen, jemals hoffen, dem zu entgehen, was Abälard zum Verhängnis wurde und seinen Fall verursachte!

Das Wesen der Unterwerfung liegt im Bezwingen des Höheren. Was immer erhabener und besser ist oder auf festeren Fundamenten ruht als der Rest, feiert zur vorbestimmten Stunde seinen vorbestimmten Triumph. Wenn Recht in Macht pervertiert wird oder, um genauer zu sprechen, wenn Gerechtigkeit sich in pure Gewalt verwandelt, erfolgt Unterwerfung – aber eine vorübergehende, keine dauernde. Wenn sie ungesetzlich ist, wie nur allzuoft im Verlauf der Geschichte, folgt die Strafe unweigerlich in Form jahrhundertelanger Kämpfe. Einige Dinge gibt es, die durch keine Unterwerfung unterdrückt werden können, und wenn diese, wie sie es eh und je getan haben und weiterhin tun werden, den Samen des Erhabenen in guten Menschen und in heiligmäßigem Leben erhalten, so erhalten sie auch für diejenigen, die streben und gehorchen, das Versprechen des endlich zu erringenden Siegs und den Trost und die Hilfe tätiger Erwartung. Unterwerfung ist »beinahe das innerste Wesen eines Imperiums, und wenn es aufhört zu erobern, hört es auf zu sein«. Sie ist ein eingeborener Teil der menschlichen Natur und zu einem großen Maße verantwortlich für die Stellung des Menschen in der Welt. Auch politisch ist sie ein dominierender Faktor und eine machtvolle Kraft in den Beziehungen der Völker untereinander. Unter den Fähigkeiten der Menschen ist sie von großem Einfluß, und sie ist ein Teil der Gesetze, nach denen die Welt funktioniert, unveränderbar und ewig – Unterwerfung bei gleichzeitig existierender Freiheit und sogar mit der Möglichkeit, daß es eine dauerhafte Manifestation von Mächten über jedwedes geben möge, eine Form der Unterwerfung, die alle Dinge unter ihre Herrschaft bringt, mit fest bestimmten Grenzen und Gesetzen und gleicher Ordnung, die dem Strauchdieb nicht erlaubt...

[*eine halbe Seite fehlt*]

... Macht statt Gewalt und Überzeugung statt blutiger Eroberung, hat uns die verheißene dauerhafte Herrschaft der Liebe gebracht, über alle, die guten Willens sind, jetzt und immerdar, in einer neuen Unterwerfung.

Ende

verfaßt von
JAS. A. JOYCE
27. 9. 98

1 Aufsatz, den Joyce für die Aufnahmeprüfung am University College, Dublin, 1898 schrieb. Die Herausgeber des englischen Texts, R. Ellmann und E. Mason, geben als Titel des Aufsatzes ›Force‹ (›Gewalt‹) an. Es erscheint uns aus dem Zusammenhang wahrscheinlicher, daß er ›Subjugation‹ (›Unterwerfung‹) lautete.

2 Sir Hall Caine (1853–1931), Verfasser leidenschaftlicher Romane, die sich großer Popularität erfreuten. Der im nächsten Satz erwähnte [Daniel] Mylrea ist eine Figur in *The Deemster* (1887).

Das Studium der Sprachen[1]

In der Kirche von San Maria Novella gibt es sieben Gestalten von Memmi, die sieben irdischen Wissenschaften genannt. Von rechts nach links gelesen, kommt zuerst die »Kunst der Literatur« und zuletzt die »Arithmetik«. Die erste wird häufig auch als »Grammatik« bezeichnet, weil sie sich unmittelbarer auf diesen Zweig der »Literatur« bezieht. Die Absicht des Künstlers bei dieser Anordnung war es, das stufenweise Fortschreiten von einer Wissenschaft zur anderen zu zeigen, von der Grammatik zur Rhetorik, von der Rhetorik zur Musik, und so fort bis zur Arithmetik. Bei der Wahl seines Themas geht er von zwei Voraussetzungen aus. Zunächst setzt er voraus, daß die Grammatik die primäre Wissenschaft ist, das heißt also die Wissenschaft, die für den Menschen die erste und natürlichste ist, und außerdem, daß die Arithmetik die letzte ist, nicht unbedingt die Krönung der anderen sechs, aber doch der endgültige, in Zahlen gefaßte Ausdruck des Menschenlebens. Zweitens, oder vielleicht auch erstens, setzt er voraus, daß die Grammatik, oder die Literatur, eine Wissenschaft ist. Seine erste Voraussetzung ordnet, wenn sie sonst nichts leistet, Grammatik und Arithmetik als die ersten und letzten Dinge des menschlichen Wissens einander zu. Die zweite Voraussetzung macht, wie wir festgestellt haben, die Grammatik zu einer Wissenschaft. Beide Voraussetzungen stehen in direktem Widerspruch zur Auffassung vieler ruhmreicher Jünger der Arithmetik, die bestreiten, daß die Literatur eine Wissenschaft sei, und sie als etwas von der Arithmetik Grundverschiedenes zu sehen scheinen, oder es vorgeben. Literatur sei nur an der Wurzel eine Wissenschaft, das heißt in Grammatik und Schriftzeichen. Doch ist diese Haltung der Arithmetiker äußerst unvernünftig.

Wir wollen hoffen, daß sie zugeben werden, es sei für einen Menschen, der sich auf gewöhnlichem Wege mit seinem Mitmenschen verständigen will, wesentlich, daß er sprechen könne. Wir wollen unsererseits zugeben, daß es für die Entwicklung des geistigen Menschen kein wichtigeres Studium gibt als das der Mathematik. Dieses Studium ist es, das geistige Präzision und Genauigkeit am stärksten in ihm entwickelt, das ihm die Begeisterung für sorgfältige und saubere Methodik vermittelt, das ihn also in erster Linie für einen geistigen Beruf ausrüstet. Wir, als pluralisierter Essayist, der wir nie ein glühender Verehrer dieses Sujets waren, sagen das eher aus Mißfallen am Lösen von Aufgaben als aus einer tiefverwurzelten Abneigung heraus. Darin unterstützen uns die großen Leuchten der Epoche, obwohl Matthew Arnold seine eigene bescheidene Ansicht zu der Frage hat, wie zu anderen Fragen auch. Aber wogegen die Verfechter phantasievollerer Beschäftigungen die überaus große Bedeutung der mathematischen Erziehung voll anerkennen, muß man mit Bedauern feststellen, daß die Anhänger der rigideren Richtung selbst einen Teil der Rigidität dieser Richtung und ein gewisses Maß ihrer kompromißlosen Theoreme angenommen haben und das Studium der Sprachen als völlig unter ihrem Niveau anzusehen belieben, als einfach irgendeine ziellose, zufällige Art von Studium. Gegen solch eine Behandlung müssen die Linguisten protestieren dürfen, und ihre Verteidigung verdient gewiß Beachtung.

Denn was das Studium der Mathematik in den Augen der Weisen so vornehm erscheinen läßt, ist die Tatsache, daß sie nach einem festen Plan vorgeht, daß sie eine Wissenschaft ist, ein Wissen von Tatsachen, im Gegensatz zur Literatur, die, was ihre eleganteren Seiten betrifft, imaginär und spekulativ ist. Das zieht eine scharfe Trennungslinie zwischen den beiden; und doch, so wie die Mathematik und die Wissenschaften von den Zahlen an der Natur der allgegenwärtigen Schönheit teilhaben, die sich fast lautlos in der Ordnung und Symmetrie der Mathematik wie im Zauber der Literatur ausdrückt, so teilt auch die Literatur ihrerseits die Klarheit und Regelmäßigkeit der Mathematik. Auch können wir eine derartige Herausforderung keinesfalls unwidersprochen hingehen lassen, doch bevor wir für Sprache und Literatur in den Kampf ziehen, möchten wir klargestellt wissen, daß das Studium der Mathematik zugegebenermaßen das wichtigste für den Geist ist, und unsere Ehrenrettung der Literatur wird es nie wagen, sie in dieser Hinsicht über die Mathematik zu stellen.

Die Behauptung, das Studium der Sprachen sei zu verachten, da es imaginär sei und sich weder mit Fakten beschäftige noch in präziser Weise mit Ideen, ist absurd. Erstens, weil das Studium jeder Sprache ganz von unten anfangen und sich langsam und sorgfältig auf gesichertem Grund vorwärtsbewegen muß. Die Grammatik einer Sprache, ihre Orthographie und Etymologie werden als bekannt vorausgesetzt. Das sind Lerngegenstände von der gleichen Art wie Tabellen in der Mathematik, abgesichert und exakt. Einige werden das zugeben, dann aber fortfahren, soweit könne man eine Sprache zwar billigen, aber die höheren Stufen der Syntax, des Stils und der Geschichte seien fingiert und phantastisch. Nun basiert aber das Studium der Sprachen auf einem mathematischen Fundament und hat darin einen sicheren Halt, und folglich ist sowohl im Stil wie in der Syntax ständig eine bestimmte Sorgfalt vorhanden, eine Sorgfalt nämlich, die aus der ursprünglich eingepflanzten Exaktheit erwächst. So sind sie nicht einfach Auswüchse von ungezügelten, schönen Ideen, sondern Methoden richtigen Ausdrucks, die von klaren Regeln beherrscht und gelenkt werden, und manchmal Fakten, manchmal Ideen wiedergeben. Und sind es Ideen, dann erhebt sich ihr Ausdruck über die Härte, die für »platte, nicht gehobene Aussagen« hinreicht, durch den zusätzlichen Einfluß dessen, was schön ist an ergreifenden Formulierungen, am Aufschwellen von Worten, an Sturzbächen von Schmähungen, an Tropen und Abwandlungen und Figuren, wobei aber selbst in Augenblicken höchster Emotion eine naturgegebene Symmetrie bewahrt bleibt.

Zweitens: selbst wenn wir, was uns allerdings fernliegt, jenem unhaltbaren »folglich« der Mathematiker zuzustimmen bereit wären, würden wir damit nicht zugeben, daß Poesie und Imagination, weil sie nicht in so hohem Maße intellektuell sind, geringzuschätzen wären und ihre Namen gänzlich ausgemerzt werden müßten. Sollen unsere Bibliotheken nur noch Werke der Wissenschaft enthalten? Sollen Bacon und Newton die Bücherbretter monopolisieren? Shakespeare und Milton keinen Platz mehr dort finden? Auch die Theologie ist eine Wissenschaft, doch würde es einem Katholiken oder Anglikaner, wie tiefgründig und gelehrt er auch sein mag, je einfallen, die Dichtung aus seinen Studien zu verbannen, wodurch der eine ein lebendiges, konstantes Element seiner Kirche ausschalten und der andere das »Christian Year«[2] verbieten würde? Die höheren Ränge der Sprache, Stil, Syntax, Poesie, Beredsamkeit, Rhetorik sind wiederum, in welcher Weise auch immer, die Anwälte und Vertreter der Wahrheit. So sieht man also in der Gestalt der Rhetorik in der Kirche von Santa Maria die Wahrheit in einem Spiegel reflektiert. Die von Aristoteles und seiner Schule vertretene Ansicht, daß es auch für eine schlechte Sache wahre Beredsamkeit geben könne, ist absolut unrichtig. Wenn sie schließlich noch behaupten, die Naturwissenschaften trieben die Zivilisierung der Welt stärker voran, müssen hier einige Einwände geltend gemacht werden. Die Wissenschaften können Fortschritte bringen und gleichzeitig demoralisieren. Man denke an Dr. Benjulia[3]. Hat die große Wissenschaft der Vivisektion ihn edler gemacht? »Herz und Wissenschaft!« Ja, große Gefahr liegt in einer herzlosen Wissenschaft, wahrlich sehr große Gefahr, die nur zur Unmenschlichkeit führen kann. Möge es nicht unser Schicksal sein, wie er zerschmettert und gebrochen, jenseits allen Mitgefühls, an der Tür seines Laboratoriums zu stehen, während die verstümmelten Tiere zwischen seinen Beinen hindurch entsetzt in die Dunkelheit fliehen[4]. Man glaube doch nicht, daß die Wissenschaft, gleichgültig ob human oder theologisch, einerseits eine große entscheidende Wendung zum Guten bei Menschen und Dingen bewirken kann, wenn sie nach dem Interesse der Menschen nur in ihrem eigenen Interesse fragt, ihnen Gutes nur tut, um sich selbst Gutes zu tun, und in jeder Hinsicht über den ersten und natürlichsten Aspekt des Menschen hinweggeht, nämlich den, daß er ein lebendiges Wesen ist, und in ihm einen unendlich kleinen Akteur sieht, der eine durchaus uninteressante Rolle im Weltendrama spielt. Oder daß sie andrerseits, wenn sie sich auf religiöse Objekte richtet und dabei als nützliche Vorrichtung fungiert, um zu harten rationalen Schlüssen zu gelangen, jemals eine Steigerung von Vertrauen und Andacht im Menschen bewirken wird.

Nachdem wir solchermaßen die lästigen Mathematiker losgeworden sind, soll einiges über das Studium der Sprachen und hier insbesondere über das Studium unserer eigenen gesagt werden. Erstens ist in der Geschichte der Wörter vieles enthalten, was auf die Geschichte der Menschen verweist, und wenn wir die heutige Sprache mit der vergangener Jahre vergleichen, haben wir eine brauchbare Illustration dafür, wie sich äußere Einflüsse bis in die Wörter eines Volkes hinein auswirken. Manchmal hat sich die Bedeutung auf Grund von heute nicht mehr existenten Bräuchen weitgehend gewandelt, wie bei dem Wort »villain«[5], und manchmal läßt sich die Ankunft einer siegreichen Macht durch die verkrüppelte Sprechweise bezeugen, oder dadurch, daß die ursprüngliche Sprache gänzlich außer Gebrauch kommt, ausgenommen vereinzelte, sehr persönliche Ausdrücke, die in Freude und Leid spontan sind[6]. Zweitens: dieses Wissen trägt dazu bei, unsere Sprache reiner und durchsichtiger zu machen, und trägt folglich auch dazu bei, Stil und Komposition zu verbessern. Drittens sind uns die Namen, denen wir in der Literatur unserer Sprache begegnen, als verehrungswürdige Namen überliefert worden, die nicht leichtfertig abgetan werden dürfen, sondern von vornherein einen Anspruch auf unsere Achtung haben. Sie sind Wegmarken in den Übergangsstadien einer Sprache, erhalten sie unversehrt, dirigieren ihren geradlinigen Fortgang wie auf einem voranführenden Weg, der sich im Fortgehen verbreitert und verbessert, doch stets der Hauptstraße folgt, obschon viele Nebenstraßen davon abzweigen, die leicht begehbar zu sein scheinen. So sind diese Namen, als die der Meister des Englischen, Standard für Nachahmung und Referenz und deshalb von Wert, weil ihr Gebrauch der Sprache ebenfalls auf dem Studium der Sprache basierte und daher umfassende und ernsthafte Aufmerksamkeit verdient. Viertens, und das ist das Wichtigste, ist das sorgfältige Studium der von diesen Männern verwendeten Sprache fast die einzige Möglichkeit, gründliche Kenntnis von der Kraft und Würde zu gewinnen, die in den Elementen einer Sprache stecken, und darüber hinaus, soweit die Natur es gestattet, die Gefühle der großen Schriftsteller zu verstehen, in ihr Herz und in ihren Geist einzudringen, durch Privileg in den Privatbereich ihrer ureigensten Gedanken eingelassen zu werden. Das Studium ihrer Sprache ist auch deswegen sinnvoll, weil es nicht nur unsere Belesenheit und unseren Gedankenvorrat erweitert, sondern weil es auch unseren Wortschatz bereichert und uns unmerklich an ihrer Eleganz oder Kraft teilhaben läßt. Wie oft geschieht es Menschen, wenn sie sich erregen, daß jegliches Sprachgefühl sie zu verlassen scheint, daß sie unzusammenhängend herumstottern und sich wiederholen, damit ihre Worte klangvoller und bedeutsamer erscheinen sollen. Man sehe nur, welch ungeheure Schwierigkeiten viele haben, selbst die einfachsten Gedanken in richtigem Englisch auszudrücken. Wäre es einzig zu dem Zweck, diese bei uns vorhandenen Fehler zu bereinigen, müßte sich uns das Studium unserer Sprache von selbst empfehlen. Wieviel mehr aber dann, wenn dadurch nicht nur diese Defekte beseitigt, sondern durch den bloßen Kontakt mit guter Diktion höchst erstaunliche Veränderungen in unserer Sprechweise bewirkt und wir mit Schönheiten bekannt gemacht werden – wir können hier nicht näher auf sie eingehen, sondern sie nur im Vorübergehen streifen –, zu denen uns unsere frühere Unkenntnis oder Nachlässigkeit den Zugang verwehrte. Damit es nicht aussieht, als verweilten wir ungebührlich lang bei unserer eigenen Sprache, wollen wir uns nun den Klassikern zuwenden. Ein sorgfältiges und richtig angelegtes Studium des Lateinischen – demütig bekennt der Verfasser seine Unkenntnis des Griechischen – kann nur von großem Vorteil sein. Denn es macht uns mit einer Sprache vertraut, die ein starkes Element des Englischen ist, und läßt uns so die Ableitung unzähliger Wörter erkennen, die wir dann viel korrekter anwenden und die daher auch eine wahrere Bedeutung für uns haben. Zudem ist das Lateinische die anerkannte Sprache der Gelehrten und Philosophen und die Waffe der Gebildeten; deren Bücher und Gedanken eröffnen sich nur durch das Medium der Übersetzung. Weiterhin ist es erstaunlich, daß jedermann das Lateinische wie Shakespeare im Munde führt, offenbar ohne es im geringsten zu bemerken. Ständig werden Zitate gebraucht, selbst von denen, die kein Latein gelernt haben, und der allgemeine Vorteil müßte uns nötigen, uns damit zu beschäftigen. Dann ist es ja auch die einheitliche Sprache des kirchlichen Rituals. Und zudem ist es für diejenigen, die es studieren, geistig eine große Hilfe, da es einige bündige Ausdrücke hat, die wesentlich wirksamer sind als viele unserer vergleichbaren Ausdrücke. Eine einzige lateinische Wendung oder ein Wort kann zum Beispiel so komplex in seiner Bedeutung sein und in das Wesen so vieler Wörter eingehen und dabei doch eine zarte eigene Nuancierung haben, daß kein einzelnes Wort des Englischen sie adäquat wiedergeben kann. So ist Vergils Latein, wie es heißt, derart idiomatisch, daß es der Übersetzung widersteht. Offensichtlich muß die sorgfältige Übertragung einer solchen Sprache in ein angemessenes Englisch eine hervorragende Übung für Urteilsvermögen und Ausdruck sein, selbst wenn man sonst nichts dabei in Rechnung stellen will. Aber das Lateinische ist nicht nur in einer degenerierten Form die Sprache der Schulmänner, sondern in einer besseren Form die Sprache von Lukrez, Vergil, Horaz, Cicero, Plinius und Tacitus, große Namen allesamt, die Tausende von Jahren überdauert haben, ohne von ihren Thronen gestoßen zu werden – eine Tatsache, die allein schon genügt, sie lesenswert zu machen. Außerdem sind sie interessant als Schriftsteller einer unermeßlichen Republik, der größten und unermeßlichsten, die die Welt gesehen hat, einer Republik, die seinerzeit fünfhundert Jahre lang die Heimat fast aller bedeutenden Männer der Tat war, die ihren Namen von Gibraltar bis nach Arabien erschallen ließ und hinauf bis zum fremdenhassenden Britannier, überall ein Name der Macht, und überall Sieg im Troßwagen ihres Heers.

[*Hier bricht das Manuskript ab.*]

1 Der Aufsatz muß 1898-99, in Joyces erstem Jahr am University College Dublin, entstanden sein.

2 Sammlung religiöser Gedichte von John Keeble, einem der Initiatoren des Oxford Movement (1827).

3 Herzloser Vivisektierer, die Hauptfigur in dem Roman *Heart and Science* von Wilkie Collins.

4 Episode aus dem Kapitel 62 des Romans von Collins.

5 Ursprüngliche Bedeutung »Bauernknecht«, auch »Pächter« (von lat. *villa*), später in der Bedeutung »Schurke, Bösewicht«.

6 Joyce denkt an gälische Wendungen und Ausrufe, die in Irland gebräuchlich sind.

Königlich-Irische Akademie
»Ecce Homo«[1]

Munkacsys[2] Bild, das bereits in den größten europäischen Städten ausgestellt wurde, ist nun in der Königlich-Irischen Akademie zu besichtigen. Zusammen mit zwei weiteren Bildern, »Christus vor Pilatus« und »Christus auf Golgatha«, bildet es fast eine vollständige Trilogie über den letzten Teil der Passionsgeschichte. An dem in Frage stehenden Bild beeindruckt wohl am stärksten das Gefühl von Leben, die realistische Illusion. Man könnte sich leicht einbilden, diese Männer und Frauen wären aus Fleisch und Blut und die Hand eines Magiers habe sie plötzlich in stumme Trance versetzt. Daher ist das Bild in erster Linie dramatisch, nicht makellos ausgeführte Form oder auf Leinwand reproduzierte Psychologie. Unter Drama verstehe ich das Zusammenspiel von Leidenschaften; Drama ist Kampf, Evolution, Bewegung, in welcher Form es sich auch entfaltet. Drama existiert als etwas Unabhängiges, es wird bestimmt, aber nicht beherrscht, von seiner Szene. Ein idyllisches Porträt oder eine Szenerie mit Heuhaufen ergeben noch kein pastorales Schauspiel, ebensowenig wie sich aus Rodomontaden und einem monotonen Trick wie dem ›tutoyer‹ eine Tragödie aufbauen läßt. Wenn im einen nur Friedsamkeit und im anderen nur Vulgarität herrschen, wie es gewöhnlich der Fall ist, dann klingt weder im einen noch im anderen der Ton des wahren Dramas auch nur für einen Augenblick auf. Mag der Ton der Leidenschaften noch so gedämpft, die Handlung noch so geordnet und die Diktion noch so banal sein, wenn ein Schauspiel, oder ein Musikstück oder ein Bild sich mit den unvergänglichen Hoffnungen, Wünschen und Haßgefühlen der Menschheit beschäftigt oder sich um eine symbolische Darstellung unserer weitverzweigten Natur, und sei es auch nur eine Phase dieser Natur, bemüht, dann ist es Drama. Maeterlincks Gestalten, wenn sie dem prüfenden Licht jener so hochzuschätzenden Lampe,

dem gesunden Menschenverstand, ausgesetzt werden, mögen uns als unverantwortliche, orientierungslose, schicksalsgetriebene Kreaturen erscheinen – kurz, wie man in unserer Zivilisation solche Menschen betitelt, als zweifelhafte Existenzen. Doch ihre Leidenschaften sind menschlich, mögen sie noch so reduziert und marionettenhaft sein, und darum sind sie vom Entwurf her dramatisch. Das ist einigermaßen einsichtig, wenn es sich um ein *sujet* der Bühne handelt; wenn wir das Wort Drama jedoch in gleicher Weise auf Munkacsy anwenden, mag wohl ein zusätzliches Wort der Erläuterung vonnöten sein.
In der plastischen Kunst war der erste Schritt in Richtung Drama die Trennung der Füße. Davor war die Skulptur eine Kopie des Körpers, lediglich inspiriert durch einen momentan entstehenden Impuls, und routiniert ausgeführt. Erst die Einflößung von Leben, oder dessen Anschein, brachte augenblicklich Seele ins Werk des Künstlers, belebte seine Formen und erhellte sein Thema. Aus der Tatsache, daß der Bildhauer darauf abzielt, ein bronzenes oder steinernes Abbild des Menschen zu schaffen, folgt ganz natürlich, daß ihn sein Impuls zum Porträtieren einer augenblicklichen Leidenschaft führt. Folglich sind, obwohl er dem Maler gegenüber den Vorteil hat, das Auge auf den ersten Blick täuschen zu können, seine Möglichkeiten, dramatisch zu sein, begrenzter als die des Malers. Seine Modellierkunst kann vom Maler durch Hintergründe und sorgfältige Verteilung von Schattierungen kompensiert werden, und während solchermaßen auf der flächigen Leinwand Naturalismus erzielt wird, verhelfen die Farben, die eine weitere Dimension des Lebens hinzufügen, seinem Thema zum Ausdruck in einem sehr viel umfassenderen und klareren Ganzen. Mehr noch, und das gilt gerade in unserem Fall sehr deutlich – je gehobener und ausgedehnter das Thema wird, desto eindeutiger kann es seine adäquate Behandlung in einem großen Bild erfahren und nicht in der Gruppierung farbloser, perfekt modellierter Statuen zu einem Tableau. Ganz augenfällig gilt diese Unterscheidung im Falle von »Ecce Homo«, wo an die siebzig Personen auf einer Leinwand ab-

gebildet sind. Es wäre ein Irrtum, wollte man Drama auf die Bühne beschränken; ein Drama kann ebensogut gemalt wie gesungen oder gespielt werden, und »Ecce Homo« ist ein Drama. Zudem verdient es den Kommentar eines Theaterkritikers weit eher als die Mehrheit der Stücke, denen er im Theater seine unmittelbare Aufmerksamkeit widmet. Vom Gesichtspunkt der Technik über ein derartiges Kunstwerk zu sprechen, erübrigt sich meiner Auffassung nach. Selbstverständlich zeigt sich in der Drapierung der Gewänder, in den erhobenen Händen und ausgestreckten Fingern eine technische Perfektion und ein Können jenseits aller Kritik. Der enge Hof ist der Schauplatz einer Menschenansammlung, in der jeder einzelne mit meisterhafter Lebenstreue gezeichnet ist. Der einzige Schönheitsfehler ist die eigenartig verzerrte Haltung der linken Hand des Statthalters. Man gewinnt aus der Art, wie der Mantel sie verhüllt, den Eindruck, sie sei verstümmelt oder verkrüppelt. Der Hintergrund ist ein zum Beschauer hin offener Korridor mit Säulen, die eine Veranda tragen, auf der sich orientalische Pflanzen gegen einen saphirnen Himmel abzeichnen. Rechterhand und in der äußersten Ecke, wenn man vor dem Bild steht, führt eine Treppe in zwei Absätzen – alles in allem vielleicht zwanzig Stufen – zu einer Plattform hinauf, die damit fast im rechten Winkel zu den Säulen erscheint. Das grelle Sonnenlicht fällt direkt auf diese Plattform, weshalb der Rest des Hofes teilweise im Schatten liegt. Die Wände sind geschmückt, und im Hintergrund der Piazza ist ein enger Torweg, in dem sich römische Soldaten drängen. Der erste Teil des Mobs, das heißt diejenigen, die direkt unter der Plattform stehen, ist zwischen den Säulen und einer parallel dazu pendelnden Kette im Vordergrund eingeschlossen. Ein altersschwacher Straßenköter, das einzige Tier auf dem Bild, hat sich daneben zusammengerollt. Auf der Plattform, vor den Soldaten, stehen zwei Gestalten. Einer der beiden sind die Hände vorn zusammengebunden, der Mann steht mit dem Gesicht zum Pöbel, seine Finger berühren gerade die Balustrade. Ein roter Mantel ist so um seine Schultern gelegt, daß er den ganzen Rücken und einen Teil der vorderen Schultern und der Arme bedeckt. Die ganze Vorderseite der Gestalt ist demnach bis zur Taille entblößt. Eine Krone aus unregelmäßigen, gelblichen Dornen ist auf Schläfen und Kopf gedrückt, und die zusammengepreßten Hände halten kaum noch ein leichtes, dünnes Rohr. Es ist Christus. Die andere Gestalt steht etwas näher beim Volk und lehnt sich ihm ein wenig über die Balustrade entgegen. Die Gestalt weist auf Christus, den rechten Arm in der höchst natürlichen Haltung des Zeigens und den linken Arm in der eigenartig verkrüppelten Weise ausgestreckt, die ich bereits erwähnte. Es ist Pilatus. Direkt unter diesen beiden Hauptgestalten befindet sich im gepflasterten Hof die auf und ab wogende Masse des jüdischen Pöbels. Die Ausdruckskraft dieser immer neuen Gesichter, Gesten, Hände und offenen Münder ist wunderbar. Hier die halb gelähmte, zerstörte Körperhülle eines geilen Kerls; sein Gesicht ist vertierter Animalismus, zu einem Grinsen schwächlich verzogen. Dort ein breiter Rücken und ein sehniger Arm und eine fest geballte Faust, doch das Gesicht des muskelprotzenden »Protestanten« bleibt verborgen. Zu seinen Füßen, in der Ecke des Treppenabsatzes, kniet eine Frau. Ihr Gesicht ist von unbekömmlicher Blässe überzogen, doch es zittert vor Emotion. Ihre schön gerundeten Arme sind als Kontrast händeringenden Erbarmens gegen die Brutalität der Masse gesetzt. Ein paar lose Locken ihres üppigen Haars werden darüber geweht und winden sich wie Ranken darum. Ihr Ausdruck ist ehrfürchtig, ihre Augen sind von Tränen verschleiert. Sie ist das Inbild der Reue, sie ist die neue Verkörperung der Klage, gegen die gewohnten strengen Typen konzipiert; sie ist eine von jenen, die unter dem Unglück weinen und klagen und doch getröstet werden sollen. Ihrer scheuen Haltung nach zu urteilen, ist sie eine Magdalena. Neben ihr liegt der Straßenköter, und neben dem steht ein Gassenjunge. Er dreht uns den Rücken zu, doch wirft er beide Arme hoch und auseinander in jugendlicher Erregung, die Finger zeigen steif und gespreizt nach außen.

Mitten in der Menge befindet sich die Gestalt eines Mannes, der sich aufregt, weil er von einem gutgekleideten Juden angerempelt worden ist. Seine Augen schielen vor Wut, und eine Verwünschung schäumt auf seinen Lippen. Der Gegenstand seiner Wut ist ein reicher Mann, von jenem abscheulichen Gesichtsschnitt, der unter den Ausbeutern des modernen Judentums so häufig ist. Ich meine ein Gesicht, dessen Linie über die runde Stirn bis zum Nasenrücken verläuft und dann in ähnlicher Kurve zum Kinn zurückweicht, welches in diesem Fall von einem strähnigen, spitzen Bart bedeckt ist. Die Oberlippe ist aus ihrer Stellung gehoben und entblößt zwei lange weiße Zähne, während die ganze Unterlippe eingezogen ist. Das ist das bösartige Knurren der Kreatur. Ein Arm ist höhnend vorgestreckt, wobei das feine weiße Linnen über den Unterarm zurückfällt. Direkt dahinter ein riesiges Gesicht mit plumpen, unregelmäßigen Zügen, die Kinnbacken in einem heiseren Gebrüll auseinandergerissen. Dann im Halbprofil die Gestalt eines triumphierenden Fanatikers. Der lange Kaftan fällt auf die nackten Füße, der Kopf ist erhoben, die Arme senkrecht, in Siegespose hochgeworfen. Am äußersten Ende sieht man das verschwommene Gesicht eines schwachsinnigen Bettlers. Überall ist immer wieder ein neues Gesicht. In den dunklen Mänteln, unter den konischen Kopfbedeckungen, hier Haß, dort ein Mund, so weit aufgerissen, daß es weiter nicht mehr geht, ein in den Nacken zurückgeworfener Kopf. Hier eilt eine alte Frau voller Entsetzen davon, und dort steht eine Frau von gefälligem Äußeren, doch offensichtlich eine Proletin. Sie hat schöne schmachtende Augen, üppige Züge und Figur, doch werden sie verdorben durch widerwärtige Dummheit und vollkommene, wenn auch weniger abstoßende Tierheit. Ihr Kind klammert sich an ihre Knie, das Baby hat sie an der Schulter. Selbst die Kinder sind nicht frei von der alles durchziehenden Abneigung, und in ihren kleinen Perlaugen flackert das Feuer der Ablehnung, die bittere Torheit ihrer Rasse. Dicht daneben stehen Johannes und Maria. Maria ist ohnmächtig geworden. Ihr Gesicht hat die graue Tö-

nung einer Dämmerung ohne Sonne, ihre Züge sind starr, aber nicht verzerrt. Ihr Haar ist kohlschwarz, ihre Haube weiß. Sie ist fast tot, doch die Gewalt ihres Schmerzes hält sie am Leben. Johannes hat seine Arme um sie geschlungen und hält sie aufrecht, sein Gesicht ist fast weiblich gezeichnet, doch voller Entschlossenheit. Das rostfarbene Haar fällt ihm über die Schultern, seine Züge drücken Anteilnahme und Mitleid aus. Auf den Stufen steht ein Rabbi, von Staunen gefesselt, ungläubig und doch wieder angezogen von der außergewöhnlichen zentralen Gestalt. Um sie herum die Soldaten. Ihre Gesichter tragen selbstgewisse Verachtung zur Schau. Sie betrachten Christus wie ein Ausstellungsstück und den Pöbel wie einen Haufen freigelassener Tiere. Pilatus wird die Würde, die ihm seine Stellung gegeben hätte, dadurch genommen, daß er nicht Römer genug ist, ihnen seine Verachtung zu zeigen. Sein Gesicht ist rund, sein Schädel massiv, das Haar darauf kurz geschnitten. Er windet sich, weiß nicht, wie er den nächsten Schritt tun soll. Seine Augen sind weit geöffnet in seelischem Fieber. Er trägt die weißrote römische Toga.
Aus all dem wird deutlich, daß das Ganze ein wunderbares Bild ergibt, intensiv, von stummer Dramatik, die nur auf die Berührung eines Zauberstabs wartet, um in Wirklichkeit, Leben und Konflikt auszubrechen. Von daher kann man dem Bild gar nicht genügend Tribut zollen, denn es ist eine furchtbar realistische Darstellung aller niedrigen Leidenschaften der Menschheit, beiderlei Geschlechts, in jeglicher Abstufung, ans Licht geholt und aufgepeitscht zu einem dämonischen Karneval. Insofern muß es gelobt werden, doch wird aus alledem auch klar, daß der Ansatz des Künstlers menschlich ist, zutiefst und machtvoll menschlich. Um eine solche Menge zu malen, darf man die Menschheit nicht mit dem feinen Seziermesser erforschen. Pilatus ist selbstsüchtig, Maria mütterlich, die weinende Frau reuig, Johannes ein starker Mann, der innerlich von einem starken Schmerz zerrissen wird, die Soldaten sind von der hartnäckigen Stupidität der Eroberer geprägt; ihr Stolz ist unnachgiebig, denn sind sie nicht schließlich die

Sieger? Es wäre ein leichtes gewesen, Maria zur Madonna und Johannes zum Evangelisten zu machen, doch der Künstler hat sich entschieden, aus Maria eine Mutter und aus Johannes einen Mann zu machen. Ich halte diese Behandlung für die schönere und subtilere. In einem Augenblick wie dem, als Pilatus den Juden zurief: »Sehet, welch ein Mensch!«, wäre es ein frommer, aber doch zweifelsohne ein Irrtum, wollte man Maria als die Urmutter all der andächtigen und verklärten Madonnen unserer Kirchen zeigen. Daß diese beiden Figuren in dieser Art auf einem religiösen Bild dargestellt werden, ist in sich schon ein Zeichen höchster Genialität. Wenn an dem Bild irgend etwas Übermenschliches sein soll, irgend etwas, das höher und weiter ist als das menschliche Herz, dann muß es in Christus erscheinen. Aber von welcher Seite man Christus auch betrachtet, es ist keine Spur davon in seinem Aussehen zu finden. Er hat nichts Göttliches an sich, nichts Übermenschliches. Das ist kein handwerkliches Ungeschick von seiten des Künstlers, mit seiner Kunst hätte er alles erreichen können. Es war sein bewußt gewählter Standpunkt. Van Ruith[3] malte vor ein paar Jahren ein Bild von Christus und den Wechslern im Tempel. Es war seine Absicht, erhabenen Tadel und fromme Buße zu erzielen, doch versagte seine Hand vor dieser Aufgabe, und das Ergebnis war ein schwächlicher Hieb und eine Mischung aus göttlicher Güte und Friedsamkeit, was dem Ereignis in keiner Weise gerecht wird. Munkacsy dagegen wäre der Eigengesetzlichkeit seines Pinsels niemals ausgeliefert; seine Sicht der jeweiligen Ereignisse ist menschlich. Folglich ist sein Werk Drama. Hätte er Christus als den menschgewordenen Sohn Gottes malen wollen, der seine Geschöpfe aus seinem eigenen anbetungswürdigen Willen heraus zu erlösen kam, trotz Schmähung und Haß, so wäre das nicht Drama, es wäre göttliches Gesetz gewesen, denn Drama handelt vom Menschen. Wie es aus der Konzeption des Künstlers hervorgegangen ist, ist es ein gewaltiges Drama, das Drama der dreifach erzählten Revolte der Menschheit gegen einen großen Lehrer.

Christi Gesicht ist eine superbe Studie des Duldens, der Passion – ich gebrauche das Wort in seiner eigentlichen Bedeutung – und der unerschrockenen Entschlossenheit. Es ist deutlich, daß kein Gedanke an die Menge seinen Geist bedrängt. Er scheint nichts mit ihr gemein zu haben, abgesehen von seinen Gesichtszügen, die durch die Rasse geprägt sind. Der Mund ist unter einem braunen Schnurrbart verborgen, das Kinn bis hinauf zu den Ohren von einem ungeschnittenen, nicht allzu üppigen Bart der gleichen Farbe überwachsen. Die Stirn ist niedrig und steht ein wenig über die Augenbrauen vor. Die Nase ist leicht jüdisch, aber fast adlerhaft, die Nasenflügel sind dünn und sensibel, die Augen von heller blauer, wenn überhaupt von irgendeiner erkennbaren Farbe, und da das Gesicht dem Licht zugewandt ist, sind sie halb unter die Brauen gehoben – die einzig wahre Stellung für heftigste Todespein. Sie sind scharf, aber nicht groß, und scheinen die Luft zu durchdringen, teils in Erleuchtung, teils in Schmerz. Das ganze Gesicht ist das eines asketischen, erleuchteten, hochherzigen, wunderbar leidenschaftlichen Menschen. Es ist Christus als der Schmerzensmann, sein Gewand rot wie das der Männer, die die Weinkelter treten. Es ist im wahrsten Sinn des Wortes: »Sehet, welch ein Mensch!«
Diese Art, das Thema zu behandeln, ist es, die mich veranlaßt hat, es als Drama zu würdigen. Sie ist groß, nobel, tragisch – doch sie macht den Begründer des Christentums zu nichts Höherem als zu einem großen sozialen und religiösen Reformator, zu einer Persönlichkeit, in der sich Majestät und Stärke vereinen, zum Protagonisten eines Weltdramas. Aus diesem Grunde wird das Publikum keine Einwände gegen das Bild erheben, denn seine allgemeine Einstellung, wenn es überhaupt eine Meinung zu dieser Frage hat, entspricht der des Malers, nur weniger edel und weniger interessiert.
Munkacsys Auffassung ist um so viel bedeutender als die ihre, wie ein durchschnittlicher Künstler bedeutender ist als ein durchschnittlicher Gemüsehändler, doch sie ist von derselben Art, sie ist, um Wagner zu mißbrauchen, die Einstellung der

ganzen Stadt. Der Glaube an die göttliche Natur Christi ist kein hervorstechender Charakterzug des säkularisierten Christentums. Doch gelegentliche Teilnahme an dem ewigen Konflikt zwischen Wahrheit und Irrtum, Recht und Unrecht, wie er in dem Drama auf Golgatha beispielhaft wurde, steht durchaus nicht jenseits seiner Billigung.

J.A.J.
Sept. 1899

1 Geschrieben im September 1899.

2 Michael Munkacsy (1844–1900), ungarischer Maler, der gerade in England einiges Aufsehen erregt hatte.

3 Horace van Ruith, englischer Akademiemaler, der seine Arbeiten von 1888 bis 1909 in der Royal Academy, London, zeigte.

Drama und Leben[1]

Wenngleich die Beziehungen zwischen Drama und Leben von ganz grundlegender Natur sind und sein müssen, sind sie doch offenbar in der eigentlichen Geschichte des Dramas nicht zu allen Zeiten durchweg im Blickfeld gewesen. Das früheste und bekannteste Drama diesseits des Kaukasus ist das der Griechen. Ich habe nicht die Absicht, hier so etwas wie einen historischen Überblick zu versuchen, kann an ihm aber auch nicht vorbeigehen. Das griechische Drama erwuchs aus dem Kult des Dionysos, des Gottes der Fruchternte, der Freude und der frühesten Kunst, dessen Lebensgeschichte einen praktischen Grundriß für die Errichtung eines tragischen und eines komischen Theaters anbot. Wenn man vom griechischen Theater spricht, darf man nicht vergessen, daß seine Form von seiner Entstehung bestimmt wurde. Die Verhältnisse auf der attischen Bühne legten ein Kompendium von Anweisungen für Schauspieler und Vorschriften für Autoren nahe, die zu späteren Zeiten törichterweise in allen Ländern als Regeln der dramatischen Kunst aufgestellt wurden. So reichten die Griechen eine Sammlung von Gesetzen weiter, die ihre Nachkommen in engstirniger Weisheit unverzüglich zur Würde erleuchteter Aussagen emporstilisierten. Mehr will ich dazu nicht sagen. Es mag eine Grobheit sein, ist aber die reine Wahrheit, wenn man sagt, daß das griechische Drama ausgespielt hat[2]. Ob gut oder schlecht, es hat seine Arbeit getan, die, mochte sie auch in Gold getrieben sein, doch nicht auf unzerstörbaren Säulen ruhte. Seine Wiederbelebung hat keine dramatische, sondern nur pädagogische Bedeutung. Selbst aus seinem eigenen Lager ist es verdrängt worden. Nachdem es allzu lang unter priesterlicher Obhut und in zeremonieller Form gediehen war, verlor es allmählich jeglichen Reiz für den arischen Genius. Darauf erfolgte, wie unvermeidlich, eine Gegenreaktion; und war das klassische Drama aus der Religion geboren, so erwuchs sein Nachfolger aus einer literarischen Bewegung. In dieser Gegenreaktion spielte England eine wichtige Rolle, denn die Macht der Shakespeareschen Clique war es, die dem bereits im Sterben liegenden Drama den Todesstoß versetzte. Shakespeare war vor allem andern ein literarischer Künstler; mit Humor, mit Eloquenz, einer Begabung für seraphische Musik, mit theatralischem Instinkt – damit war er reich gesegnet. Das Werk, dem er so großartigen Impuls verlieh, war von höherer Art als das, das ihm vorausging. Es war weit entfernt vom bloßen Drama, es war Literatur in Dialogform. Hier muß ich eine Demarkationslinie ziehen zwischen Literatur und Drama[3].

Die menschliche Gesellschaft ist die Verkörperung unveränderlicher Gesetze, welche von den Absonderlichkeiten und Eigenheiten von Männern und Frauen eingehüllt und überdeckt werden. Das Reich der Literatur ist das Reich dieser zufälligen Gewohnheiten und Launen – ein ausgedehntes Reich; und der echte literarische Künstler beschäftigt sich vor allem mit ihnen. Das Drama hat in erster Linie mit den darunterliegenden Gesetzen in all ihrer Nacktheit und göttlichen Strenge zu tun und erst in zweiter Linie mit dem buntscheckigen Volk der Handelnden, die sie in die Tat umsetzen. Wenn man das einmal begriffen hat, ist das ein Fortschritt in Richtung auf eine rationalere und wahrere Bewertung der dramatischen Kunst. Solange eine derartige Unterscheidung nicht gemacht wird, ist Chaos das Ergebnis. Lyrizismus spielt sich als poetisches Drama auf, psychologische Konversation als literarisches Drama, und die traditionelle Farce bewegt sich, mit dem Etikett Komödie versehen, über die Bretter.

Nachdem diese beiden Arten von Drama ihre Arbeit als Prologe zum »erhabenen Schauspiel« geleistet haben, dürfen wir sie in die Abteilung literarischer Kuriositäten verweisen. Es ist sinnlos, zu sagen, es gäbe kein neues Drama, oder aber zu behaupten, seine Proklamation bedeute bereits einen ungeheuren Aufschwung. Platz ist kostbar, und ich kann diese Behauptungen hier nicht widerlegen. Doch ist mir sonnenklar, daß das dramatische Drama seine Vorfahren überleben muß, deren Leben nur durch sehr geschickte Handhabung und sorgfältigsten Kräftehaushalt mühsam verlängert wird. Wegen dieser Neuen Schule sind ein paar harte Schläge ausgeteilt und eingesteckt worden. Die Öffentlichkeit erfaßt die Wahrheit nur langsam, und ihre Anführer sind schnell dabei, sie falsch zu benennen. Viele, deren Gaumen sich an die alte Kost gewöhnt hat, stimmen ein verdrießliches Geschrei gegen eine Änderung des Speisezettels an. Für sie ist Gebrauchswert und Bedürfnis der siebente Himmel. Lautstark preisen sie Corneilles schmiegsame Brüllerei, den Wäschestärkeblick von Trapassis[4] Gottgefälligkeit, die Pumblechookische[5] Hölzernheit Calderóns. Vor ihren infantilen Mätzchen in puncto Handlungsführung stehen sie offenen Mundes, so supergeschickt sind sie. Solche Kritiker kann man nicht ernst nehmen, sie sind komische Figuren! Freilich ist es ganz offenkundig, daß die »neue« Schule sie auf ihrem eigenen Grund und Boden schlägt. Man vergleiche das Können von Haddon Chambers und Douglas Jerrold, von Sudermann und Lessing. In diesem Zweig ihrer Kunst ist die »neue« Schule überlegen. Diese Überlegenheit ergibt sich ganz natürlich, da sie Werke von ungleich höherem Kaliber begleitet. Selbst der geringste Teil von Wagner – von seiner Musik – geht über Bellini hinaus. Dem Geschrei dieser Liebhaber des Vergangenen zum Trotz bauen die Maurer ein geräumigeres und erhabeneres Heim für das Drama, wo es Licht statt Düsternis und weite Tore statt Zugbrücke und Bergfried geben wird.

Lassen Sie mich ein wenig erklären, wie es um diesen großen Gast bestellt ist. Unter Drama verstehe ich das Zusammenspiel von Leidenschaften in der Absicht, die Wahrheit zu porträtieren; Drama ist Kampf, Evolution, Bewegung, in welcher Form es sich auch entfaltet; es existiert unabhängig, schon ehe es Form annimmt; es wird von seinem Schauplatz bestimmt, aber nicht beherrscht. Mit etwas Übertreibung könnte man behaupten, daß von dem Augenblick an, als Mann und Frau ihr Leben in der Welt begannen, ein Geist über ihnen und um sie war, dessen sie sich dunkel bewußt waren, den sie gern, um vertrauter mit ihm zu werden, zum Verweilen in ihrer Mitte gebracht hätten und nach dessen Wahrheit sie sich in späteren Zeiten auf die Suche machten, voller Sehnsucht ihn zu fassen. Denn dieser Geist, der dahinziehenden Luft vergleichbar, kaum der Veränderung unterworfen, geriet nie aus ihrem Blickfeld und wird es nie tun, bis das Firmament wie eine Schriftrolle eingerollt wird. Zu manchen Zeiten mochte es scheinen, als habe der Geist in der einen oder anderen Form seinen Aufenthalt genommen – doch ganz plötzlich wird er mißbraucht, ist er verschwunden, und sein Aufenthaltsort bleibt leer zurück. Er ist, man kann es erraten, von ziemlich elfischer Natur, ein Wassernix, ein wahrer Ariel. So müssen wir also zwischen ihm und seiner Wohnung unterscheiden. Ein idyllisches Porträt oder eine Szenerie mit Heuhaufen ergeben noch kein pastorales Schauspiel, ebensowenig wie aus Rodomontaden und Gepredige eine Tragödie gebaut wird. Friedsamkeit deutet ebensowenig wie Vulgarität auf Drama hin. Der Ton der Leidenschaften mag noch so gedämpft, die Handlung noch so geordnet, die Diktion noch so banal sein, nur wenn ein Schauspiel oder ein Musikstück oder ein Bild unsere unvergänglichen Hoffnungen, Wünsche und Haßgefühle vergegenwärtigt oder sich um eine symbolische Darstellung unserer weitverzweigten Natur bemüht, auch wenn es sich nur um eine Phase dieser Natur handelt, dann ist es Drama. Ich werde hier nicht von seinen vielfältigen Formen sprechen. Aus jeder Form, die ihm nicht entsprach, ist es ausgebrochen wie damals, als der erste Bildhauer die Füße voneinander trennte. Moralität, Mysterienspiel, Ballett, Pantomime, Oper – sie alle durchlief es eilends und verwarf sie. In seiner wahren Form ist »das Drama« immer noch intakt. »Viele Kerzen stehen auf dem Hochaltar, mag eine auch fallen.«

Welche Form immer es annimmt, sie darf nicht aufgepfropft oder konventionell sein. In der Literatur lassen wir Konventionen zu, denn Literatur ist eine vergleichsweise niedrige Form der Kunst. Literatur wird durch Stärkungstränke am

Leben gehalten, sie blüht durch Konventionen in allen menschlichen Beziehungen, in jeder Aktualität. In Zukunft wird das Drama mit der Konvention kämpfen müssen, wenn es sich wahrhaft verwirklichen will. Hat man erst eine klare Vorstellung vom Körper des Dramas, so wird von allein manifest, welches Gewand zu ihm paßt. Ein solchermaßen aufrichtiges und bewundernswertes Drama muß alle Herzen vom Spektakulären und Theatralischen abziehen, da in allen Aspekten Wahrheit und Freiheit seine Kennzeichen sind. Was sollen wir tun[6], könnte man fragen, um mit Tolstoi zu reden. Zuerst müssen wir unsere Gedanken vom Kauderwelsch befreien und die Unwahrheiten abschaffen, die wir bisher unterstützt haben. Üben wir Kritik wie freie Menschen, wie ein freies Volk, das sich wenig um Zuchtrute und Zunftregeln schert. Das Volk ist, glaube ich, fähig, das zu tun. *Securus judicat orbis terrarum*[7] ist kein zu hoch gegriffenes Motto für alle menschliche Kunstbetätigung. Unterdrücken wir die Schwachen nicht, bedenken wir die abgestandenen Äußerungen jener unvergleichlichen Seriokomiker, der »littérateurs«, mit einem toleranten Lächeln. Wenn gesunde Einsicht den Geist der dramatischen Welt beherrscht, wird akzeptiert werden, woran heute nur wenige glauben, werden *Macbeth* und *Baumeister Solneß*[8] über jeden Zweifel erhaben in die ihnen zukommenden Wertgrade eingestuft werden. Ein sentenziöser Kritiker des dreißigsten Jahrhunderts mag dann mit Recht sagen: Zwischen ihm und jenen klafft ein tiefer Abgrund.

In den Beziehungen zwischen Drama und Künstler gibt es einige gewichtige Wahrheiten, an denen wir nicht vorbeigehen können. Das Drama ist seinem Wesen nach eine Kunst für viele und hat einen ausgedehnten Herrschaftsbereich. Drama – ein ihm wirklich angemessenes Medium setzt ein aus allen Klassen kommendes Publikum beinahe von selbst voraus. In einer kunstliebenden und kunstschaffenden Gesellschaft würde das Drama ganz natürlich die Spitzenstellung unter allen künstlerischen Institutionen einnehmen. Darüber hinaus ist das Drama von so unanfechtbarer, unbeeinflußbarer Art, daß es sich in seinen höchsten Ausprägungen jeder Kritik völlig entzieht. Die *Wildente,* zum Beispiel, kann man eigentlich kaum kritisieren; man kann nur darüber grübeln wie über einen persönlichen Kummer. Überhaupt grenzt gerade bei den späteren Werken Ibsens Dramenkritik, die zu Recht so genannt werden könnte, an Unverschämtheit. In jeder anderen Kunst werden Persönlichkeit, stilistische Manierismen, Lokalkolorit als Zierat, als zusätzlicher Reiz gewertet. Hier aber gibt der Künstler sein eigenes Ich auf und steht als Mittler einer schrecklichen Wahrheit vor dem verschleierten Angesicht Gottes.

Wenn Sie mich fragen, wie Drama entsteht oder wozu es überhaupt notwendig ist, so antworte ich: Notwendigkeit. Es ist der reine animalische Instinkt, übertragen auf den Geist. Neben dem Wunsch, der so alt ist wie die Welt, nämlich über den flammenden Wall hinauszugelangen, hat der Mensch noch das weitere Verlangen, Schöpfer und Bildner zu sein. Darin liegt die Notwendigkeit aller Kunst. Zudem ist das Drama unter allen Künsten diejenige, die am wenigsten von ihrem Material abhängig ist. Wenn der Vorrat an formbarer Erde oder an Stein zu Ende geht, wird die Bildhauerkunst zu einer Erinnerung, wenn es keine Pflanzenfarbstoffe mehr gibt, gibt es auch keine Bildkunst mehr. Doch anders als bei Marmor oder Farben ist der Werkstoff des Dramas immer vorhanden. Weiterhin glaube ich, daß das Drama spontan aus dem Leben entsteht und ihm zeitlich entspricht. Jedes Volk hat seine eigenen Mythen geschaffen, und in ihnen findet das frühe Drama oft einen Ausdruck. Der Autor des Parsifal hat das begriffen, und daher ist sein Werk so unerschütterlich wie ein Felsblock. Wenn der Mythos die Grenze überschreitet und in den Tempel der Anbetung einbricht, nehmen die Möglichkeiten seines Dramas beträchtlich ab. Doch selbst dann noch kämpft es sich zurück auf seinen rechtmäßigen Platz, sehr zum Unbehagen der schwerfälligen Gemeinde.

Wie die Leute sich über den Ursprung des Dramas streiten,

so auch über die Ziele. Fast immer wird von den Verfechtern der antiken Richtung gefordert, daß das Drama speziellen ethischen Ansprüchen genügen müsse, daß es, um ihre Standardformel zu gebrauchen, belehren, erbauen und unterhalten müsse. Das ist eine weitere Fessel, die die Gefängniswärter ihm angelegt haben. Damit will ich nicht behaupten, daß das Drama nicht eine oder alle diese Funktionen erfüllen kann, ich bestreite aber, daß ihre Erfüllung wesentlich ist. Wenn die Kunst in die überhöhte Sphäre des Religiösen hinaufbefördert wird, verliert sich gewöhnlich ihre wahre Seele in stagnierendem Quietismus. Was die niedrigere Form dieses Dogmas angeht, so ist sie einfach komisch. Diese höfliche Aufforderung, der Dramatiker möge gefälligst eine Moral aufzeigen, indem er Cyrano nachahmt und durch alle Akte hindurch ständig wiederholt: »A la fin de l'envoi je touche«, ist erstaunlich. Bei der liebenswürdig-provinzlerischen Haltung, die so etwas hervorgebracht hat, können wir beruhigt darauf verzichten. Mr. Beoerley, randvoll mit Strychnin, oder Mr. Coupeau in einem Anfall von Schwermut, der eine im Chorrock, der andere in der Dalmatika, sind lediglich bemitleidenswert. Doch diese Absurdität frißt sich selber auf, wie der Tiger im Märchen, den Schwanz zuerst.

Eine weit heimtückischere Forderung ist die Forderung nach Schönheit. Was die, die sie fordern, darunter verstehen, ist ebensooft blutarme Geistigkeit wie anmaßender Animalismus. Weil nun aber Schönheit für den Menschen einen willkürlichen Charakter hat und vielfach nicht tiefer geht als bis zur Form, wäre es gewagt, dem Drama vorzuschreiben, daß es sich damit befassen müsse. Schönheit ist das Swerga[9] der Ästheten; doch hat die Wahrheit ein eher zu verifizierendes und realeres Reich[10]. Die Kunst bleibt sich selber treu, wenn es ihr um die Wahrheit geht. Sollte ein so unziemliches Ereignis wie eine universale Reformation auf Erden je stattfinden, dann wäre die Wahrheit die eigentliche Schwelle zum Haus des Schönen.

Auf eine weitere Forderung muß ich noch eingehen, selbst

wenn ich dadurch Ihre Geduld zu erschöpfen drohe. Ich zitiere Mr. Beerbohm Tree[11]: »Heutzutage, wo der Glaube von philosophischen Zweifeln gefärbt ist, halte ich es für die Funktion der Kunst, uns doch eher Licht als Dunkelheit zu vermitteln. Sie sollte uns nicht auf unsere Verwandtschaft mit den Affen hinweisen, sondern uns vielmehr an unsere Affinität mit den Engeln erinnern.« Diese Äußerung enthält ein beträchtliches Maß an Wahrheit, das jedoch der Interpretation bedarf. Mr. Tree unterstellt, daß die Menschen die Kunst immer als den Spiegel sehen, in dem sie sich in idealisierter Form betrachten können. Ich möchte jedoch glauben, daß die Menschen selten ernstlich über ihre eigenen Impulse der Kunst gegenüber nachdenken. Die Fesseln der Konvention binden sie allzu fest. Aber schließlich darf die Kunst nicht von der Unaufrichtigkeit der kompakten Majorität beherrscht werden, sondern, sagt Mr. Tree, weit eher von jenen ewigen Bedingungen, die sie von Anbeginn beherrscht haben. Das gebe ich als unwiderlegbare Wahrheit zu. Doch sollten wir wohl bedenken, daß diese ewigen Bedingungen nicht die Bedingungen moderner Gemeinschaften sind. Die Kunst wird durch solch mißverstandenes Beharren auf ihren religiösen, ihren moralischen, ihren ästhetischen und idealisierenden Tendenzen zugrunde gerichtet. Ein einziger Rembrandt wiegt eine Galerie voller van Dycks auf. Und diese Doktrin vom Idealismus in der Kunst ist es auch, die in beachtlichen Fällen mutige Vorstöße beeinträchtigt und überdies einen kindischen Instinkt genährt hat, nämlich den Kopf unter die Decke zu stecken, sobald das Schreckgespenst Realismus erwähnt wird. Also lehnt das Publikum die Tragödie ab, wenn sie nicht mit Dolch und Giftbecher rasselt, verabscheut Romanzen, die nicht in Einklang mit den Prosodiegesetzen stehen, und hält es für eine bedauerliche Wirkungslosigkeit in der Kunst, wenn aus dem vergossenen Blut glücklosen Heldentums nicht augenblicklich ein üppiger Wuchs melancholischer Blüten entspringt. Da sich die Leute im Wahn, in der Raserei dieser Einstellung direkt wünschen, daß das Drama sie zum Narren

hält, versorgt also der Lieferant den Plutokraten mit einer Parodie des Lebens, die letzterer im abgedunkelten Theater medizinisch verdaut, wobei die Bühne buchstäblich vom geistigen Auswurf ihrer Patrone fett wird.
Wenn nun aber derartige Ansichten überholt sind, was wäre dann statt dessen zweckmäßig? Sollen wir das Leben – realistisches Leben – auf die Bühne bringen? Nein, sagt der Chor der Philister, denn das zieht nicht! Welche Mischung aus bornierten Ansichten und selbstgefälligem Kommerzialismus! Zwischen Parnassus und Stadtbank spalten sich die Krämerseelen. Sicher, das Leben ist heute oft nur ein trauriges Einerlei. Viele denken wie der Franzose, daß sie zu spät in eine zu alte Welt geboren wurden, wobei ihr hoffnungsloser und schlapper Un-Heroismus stets unerbittlich auf ein letztes Nichts, eine ungeheure Vergeblichkeit verweist, und bis dahin – auf das Tragen von Lasten. Epische Blutrunst ist durch umsichtige Polizeiüberwachung unmöglich gemacht, und die Ritterlichkeit ist von den Modeorakeln der Boulevards umgebracht worden. Es rasseln keine Rüstungen mehr, kein Nimbus ist um den Edelmut, kein Hüteschwenken, kein Bramarbasieren! Die Tradition des Romantischen wird nur noch in der Boheme hochgehalten. Dennoch glaube ich, daß selbst aus der öden Einförmigkeit der Existenz ein bestimmtes Maß an dramatischem Leben gezogen werden kann. Auch die durchschnittlichsten, auch die abgestorbensten unter den Lebenden können eine Rolle in einem großen Drama spielen. Es ist sündige Torheit, den guten alten Zeiten nachzujammern, unseren Hunger mit den kalten Steinen abzuspeisen, die sie uns bieten. Das Leben müssen wir akzeptieren, wie es vor unseren Augen steht, Männer und Frauen, wie wir ihnen in der wirklichen Welt begegnen, nicht wie wir sie uns in einem Feenland vorstellen. Die große menschliche Komödie, in der jeder mitspielt, bietet dem wahren Künstler ein unbegrenztes Betätigungsfeld, heute wie gestern und in längst vergangenen Zeiten. Die Formen der Dinge haben sich, wie die Kruste der Erde, verändert. Die Planken der Schiffe von Tharsis zer-

fallen oder werden von der gierigen See verschlungen; die Zeit ist in die Festungen der Mächtigen eingebrochen; die Gärten Armidas sind baumlose Wildnis geworden. Aber die unvergänglichen Leidenschaften, die menschlichen Wahrheiten, die einst darin ihren Ausdruck fanden, sind wahrhaft unvergänglich, im heroischen Zyklus wie im wissenschaftlichen Zeitalter. Lohengrin, dessen Drama sich in einer Szenerie der Abgeschiedenheit, im Halblicht entfaltet, ist keine antwerpische Legende, sondern ein Weltdrama. *Gespenster*, dessen Handlung sich in einem ganz gewöhnlichen Salon abspielt, ist von universaler Bedeutung, ein tiefhängender Zweig am Baume Yggdrasil, dessen Wurzeln in der Erde stecken, durch dessen oberes Blattwerk jedoch die Sterne des Himmels glänzen und sich regen. Mag sein, daß viele sich um solche Geschichten nicht kümmern oder glauben, ihre gewohnte Kost sei alles, was sie brauchten. Doch heute stehen wir auf den Bergen, schauen nach vorn und zurück, schmachten nach dem, was nicht mehr ist, und erkennen in der Ferne kaum die Flecken offenen Himmels; wenn spitze Zacken drohen und der Weg von Dornen überwuchert ist – was nützt es uns da, daß wir uns ein Dandystöckchen als Bergstock in die Hand gegeben haben oder daß wir uns mit duftiger Seide gegen den scharfen Hochlandwind schützen? Je eher wir unsere wahre Lage erkennen, desto besser; und desto eher werden wir aufbrechen und uns auf den Weg machen. Mittlerweile mag uns die Kunst, und vor allem das Drama, dazu verhelfen, daß wir unsere Ruheplätze mit mehr Verstand und mehr Vorausschau anlegen, auf daß ihre Steine kühn gemauert und die Fenster schön und hell seien. »...Mit Verlaub, Fräulein Hessel, was wollen Sie in unserem Verein?« fragte Rörlund. »Ich will auslüften, Herr Pastor«, antwortete Lona[12].

Jas. A. Joyce
10. Januar 1900

1 Als Student am University College hielt Joyce zwei Vorträge vor der Literarisch-Historischen Gesellschaft, den ersten, »Drama und Leben«, am 20. Januar 1900. Er widersetzte sich mit Erfolg den Versuchen von

Pater William Delaney, dem Präsidenten des College, einzelne Stellen zu zensieren. Die Unterredung mit dem Präsidenten ist in *Stephen der Held* geschildert (S. 94–103), der Vortrag selbst schließt sich daran an (S. 105 bis 110). Allerdings bewahrte Joyce nicht, wie er es Stephen Daedalus tun läßt, vornehmes Schweigen, sondern ging auf jede einzelne Kritik gewandt und ausführlich ein (Eugene Sheehy, *May It Please the Court*, Dublin, 1951, S. 12–13).

2 In *Stephen der Held* (S. 106) macht ein Student den Einwand, »daß Mr. Daedalus die Schönheit des attischen Theaters nicht verstehe. Er bedeutete, daß Äschylus ein unvergänglicher Name sei, und sagte voraus, das Drama der Griechen werde viele Kulturen überleben.«

3 Die Abwertung von »Literatur« als einer inferioren Form verbalen Ausdrucks findet sich wieder in »James Clarence Mangan« (s. S. 143) und in *Stephen der Held* (S. 80). Im *Porträt* ist die Unterscheidung aufgegeben. Stephen spricht dort von der Literatur als »der höchsten und geistigsten Kunst« (S. 489).

4 Gemeint ist Pietro Metastasio, geb. Trapassi (1698-1782), arkadischer Librettist und Oratorienschreiber.

5 Pumblechook, servil-hochstaplerische Figur aus Dickens' Roman *Great Expectations*.

6 Titel einer sozialrevolutionären Schrift L. Tolstois (1880).

7 St. Augustin, *Contra Epistolam Parmeniani*, III, 24. Vermutlich verweist Joyce in erster Linie auf dieses Zitat in Kardinal Newmans *Apologia Pro Vita Sua* (1864).

8 In *Stephen der Held*, S. 107 f., macht jemand den Einwand: »jeder wisse, daß *Macbeth* berühmt sein werde, wenn die unbekannten Autoren, die Mr. Daedalus so hochschätze, längst tot und vergessen wären«.

9 Der Götterhimmel in der Hindu-Literatur.

10 Vgl. die Behandlung von Wahrheit und Schönheit im Polaer Notizbuch (s. o. S. 64 f.).

11 Sir Herbert Beerbohm Tree, englischer Schauspieler und Theaterdirektor.

12 Ende des ersten Aktes von Ibsens *Stützen der Gesellschaft*.

Ibsens neues Drama[1]

Zwanzig Jahre sind vergangen, seit Henrik Ibsen *Ein Puppenheim* schrieb und damit fast eine neue Epoche in der Geschichte des Dramas markierte. In diesen Jahren ist sein Name der Länge und Breite nach über zwei Kontinente hinweggegangen und hat mehr Diskussion und Kritik provoziert als der eines anderen lebenden Menschen. Er ist als religiöser Reformer, als Sozialreformer, als semitischer Gerechtigkeitsfanatiker und als großer Dramatiker anerkannt worden. Er ist rigoros verworfen worden als lästiger Eindringling, als minderwertiger Künstler, als unverständlicher Mystiker und, in den eloquenten Worten eines gewissen englischen Kritikers, als »im Schmutz wühlender Köter«[2]. Durch die Unstimmigkeit dieser unterschiedlichen Kritik tritt das große Genie dieses Mannes täglich klarer hervor, wie ein Held, der aus irdischen Anfechtungen hervortritt. Die mißtönenden Schreie werden schwächer und immer entfernter, die vereinzelten Huldigungen vereinen sich zu regelmäßigerem und chorähnlicherem Gesang. Selbst dem unbeteiligten Zuschauer muß es bedeutsam erscheinen, daß das diesem Norweger entgegengebrachte Interesse über ein Vierteljahrhundert lang niemals erlahmt ist. Es bliebe zu fragen, ob zu unseren Zeiten je ein anderer Mann eine so feste Herrschaft über die denkende Welt ausgeübt hat. Rousseau nicht, Emerson nicht, Carlyle nicht; nicht einer von jenen Giganten, die heute fast alle aus dem Gesichtskreis der Menschen verschwunden sind. Ibsens Macht über zwei Generationen ist durch seine persönliche Zurückhaltung noch gesteigert worden. Selten, wenn überhaupt, hat er sich herabgelassen, den Kampf mit seinen Feinden aufzunehmen. Es sieht so aus, als sei der Sturm erregter Debatten kaum je in seine wunderbare Ruhe eingebrochen. Die kontroversen Stimmen haben sein Werk nicht im geringsten beeinflußt. Sein Ausstoß an Dramen war von äußerster Regelmäßigkeit bestimmt, von der Routine eines Uhrwerks, die selten ist bei einem Genie. Ein einziges Mal hat er seinen Angreifern nach ihrer heftigen Attacke gegen *Gespenster* geantwortet. Doch von der *Wildente* bis zu *John Gabriel Borkman* sind seine Dramen fast mechanisch in Abständen von zwei Jahren erschienen. Die kontinuierliche Energie, die ein derartiger Schlachtplan erfordert, wird leicht unterschätzt; aber auch das Staunen darüber muß der Bewunderung über den schrittweisen, unaufhaltsamen Progreß dieses außergewöhnlichen Mannes weichen. Elf Stücke, die alle das moderne Leben zum Thema haben, sind veröffentlicht worden. Hier ist die Liste: *Ein Puppenheim, Gespenster, Ein Volksfeind, Die Wildente, Rosmersholm, Die Frau vom Meere, Hedda Gabler, Baumeister Solneß, Klein Eyolf, John Gabriel Borkman* und zuletzt – am 19. Dezember 1899 in Kopenhagen erschienen – sein neues Drama, *Wenn wir Toten erwachen.* Dieses Stück wird bereits in fast ein Dutzend verschiedene Sprachen übertragen – eine Tatsache, die Bände spricht für die Wirkungskraft des Verfassers. Das Drama ist in Prosa geschrieben und hat drei Akte.

Mit der Darstellung eines Ibsenschen Stückes zu beginnen, ist wahrhaftig kein leichtes Unterfangen. Der Gegenstand ist auf der einen Seite so begrenzt und auf der anderen so unermeßlich. Man kann mit Sicherheit voraussagen, daß neun Zehntel aller Rezensionen über dieses Stück etwa folgendermaßen anfangen werden: »Arnold Rubek und seine Frau Maja sind zu Beginn des Stücks vier Jahre verheiratet. Ihre Verbindung ist jedoch unglücklich. Jeder ist unzufrieden mit dem anderen.« Das ist soweit unanfechtbar; nur geht es eben nicht sehr weit. Es vermittelt nicht einmal eine auch nur schattenhafte Vorstellung von den Beziehungen zwischen Professor Rubek und seiner Frau. Es ist eine dürre, bürokratische Version zahlloser, undefinierbarer Komplexitäten. Es ist, als schriebe man die Geschichte eines tragischen Lebens grob in zwei Spalten nieder, in einer für die Pros und einer für die Kontras. Man sagt nur die reine Wahrheit, wenn man behauptet, daß in den drei Akten alles gesagt ist, was für ein

Drama wesentlich ist. Von Anfang bis Ende gibt es kaum überflüssige Worte oder Sätze. Darum bringt das Stück seine Ideen so knapp und konzis zum Ausdruck, wie sie eben in der dramatischen Form zum Ausdruck gebracht werden können. Also ist es klar, daß eine Rezension keine angemessene Vorstellung von dem Drama geben kann. Das ist nicht der Fall bei der Mehrzahl der üblichen Stücke, denen in einer sehr begrenzten Anzahl von Zeilen vollste Gerechtigkeit zuteil werden kann. Meistens sind das aufgewärmte Gerichte – unoriginelle Kompositionen, von unbekümmerter Eulenblindheit, was heroischen Scharfblick angeht, einzig ihrer offenen Effekthascherei lebend – mit einem Wort: theatralisch. Die beiläufigste Knappheit wird ihnen am ehesten gerecht. Aber vor dem Werk eines Mannes wie Ibsen wird die dem Rezensenten gestellte Aufgabe wirklich so umfassend, daß ihn aller Mut verlassen könnte. Er kann lediglich hoffen, daß es ihm gelingt, einige der hervorstechendsten Punkte so zu verbinden, daß sich die Komplexität der Handlung mehr von selbst ergibt, als daß sie aufgezeigt wird. Ibsen hat schon zuvor eine derartige Meisterschaft in seiner Kunst erreicht, daß er in scheinbar beiläufigen Dialogen darstellt, wie seine Männer und Frauen durch die verschiedensten seelischen Krisen gehen. Seine analytische Methode wird so bis ins Letzte ausgenutzt, und bei all seinen Charakteren ist das »Leben im Leben« in den verhältnismäßig kurzen Zeitraum von zwei Tagen komprimiert. Obwohl wir etwa Solneß nur von einem Abend bis zum nächsten erleben, sind wir in Wirklichkeit mit angehaltenem Atem dem gesamten Lauf seines Lebens bis zu dem Moment, da Hilde Wangel sein Haus betritt, gefolgt. Und wenn wir in dem hier zur Debatte stehenden Stück Professor Rubek zum ersten Mal erblicken, sitzt er in einem Gartensessel und liest die Morgenzeitung, aber nach und nach wird die gesamte Schriftrolle seines Lebens vor uns aufgerollt, und wir haben das Vergnügen, sie nicht vorgelesen zu hören, sondern sie selbst lesen zu können, indem wir die verschiedenen Teile zusammenstücken und näher herangehen, um besser

zu sehen, immer wenn die Schrift auf dem Pergament blasser oder schwer leserlich wird.
Wie ich schon sagte, sitzt Professor Rubek, wenn das Stück beginnt, im Park eines Hotels und frühstückt oder ist vielmehr gerade fertig mit seinem Frühstück. In einem Sessel dicht neben ihm sitzt Maja Rubek, die Frau des Professors. Der Ort der Handlung ist Norwegen, ein beliebter Badeort am Meer. Durch die Bäume kann man den Hafen der Stadt erkennen und den zuletzt ins offene Meer übergehenden Fjord mit Landzungen und kleinen Inseln, von Dampfern durchpflügt. Rubek ist ein berühmter Bildhauer mittleren Alters und Maja eine noch jugendliche Frau, in deren hellen Augen ein Hauch von Traurigkeit liegt. Die beiden lesen ruhig ihre Zeitungen in der friedlichen Stille des Morgens. Für einen oberflächlichen Blick sieht alles sehr idyllisch aus. Die Frau bricht das Schweigen in gelangweiltem, mißmutigem Ton und beklagt sich über die tiefe Stille, die um sie herrscht. Arnold legt seine Zeitung mit mildem Vorwurf nieder. Sie unterhalten sich über dies und jenes, zuerst über die Stille, dann über den Ort und die Leute hier, über die Eisenbahnstationen, durch die sie in der Nacht zuvor gekommen waren mit ihren schläfrigen Gepäckträgern und ziellos pendelnden Laternen. Dann gehen sie dazu über, davon zu sprechen, wie die Menschen sich verändert haben, und von allem, was sich seit ihrer Heirat entwickelt hat. Von da ist nur noch ein kleiner Schritt zum zentralen Problem. Während sie von ihrer Ehe sprechen, wird schnell offenbar, daß die innere Perspektive ihrer Beziehungen längst nicht so ideal ist, wie die äußere es erwarten lassen könnte. Langsam werden die Tiefen dieser zwei Menschen aufgewühlt. Nach und nach nimmt man wahr, wie der Sauerteig des kommenden Dramas in der Fin-de-siècle-Szenerie arbeitet. Offenbar ist die Dame eine schwierige kleine Person. Sie beklagt sich über die leeren Versprechungen, mit denen ihr Mann ihre Sehnsüchte genährt hat.

Maja Du sagtest, du wolltest mich mitnehmen auf einen hohen Berg und mir alle Herrlichkeit der Welt zeigen.

Prof. Rubek *stutzig:* Wirklich? Das hab ich dir auch versprochen?

Kurz, etwas Unwahres liegt ihrer Verbindung zugrunde. Inzwischen kommen die Hotelgäste, die ihre Bäder nehmen wollen, rechts aus dem Hoteleingang, plaudernde und lachende Menschen. Sie werden zwanglos vom Badeinspektor dirigiert. Dieser Mann ist unverkennbar der Typ des konventionellen Angestellten. Er begrüßt Herrn und Frau Rubek und erkundigt sich, wie sie geschlafen hätten. Rubek fragt ihn, ob manche Gäste auch nachts Bäder nähmen, da er in der Nacht eine weiße Gestalt durch den Park gehen sah. Maja macht sich über diese Idee lustig, aber der Badeinspektor erzählt, es sei eine fremde Dame hier, die den zur Linken liegenden Pavillon gemietet habe und dort mit einer einzigen Begleiterin – einer Diakonissin – wohne. Während sie noch sprechen, kommen die fremde Dame und ihre Begleiterin langsam durch den Park und gehen in den Pavillon. Dieser Vorfall scheint Rubek zu beeindrucken, und Majas Neugier ist geweckt.

Maja *etwas pikiert und unangenehm berührt:* Vielleicht hat dir die Dame einmal Modell gestanden, Rubek? Denk mal nach.

Rubek *blickt sie durchdringend an:* Modell!

Maja *mit einem herausfordernden Lächeln:* Nun ja, in deinen jüngeren Jahren. Du sollst doch so unzählig viele Modelle gehabt haben. Dazumal, natürlich.

Rubek *im selben Ton:* Ach nein, meine kleine Frau Maja. Ich hab im Grunde immer nur ein einziges Modell gehabt. Ein einziges – für alles, was ich geschaffen habe.

Während dieses Mißverständnis in der Unterhaltung zum Ausdruck kommt, erschrickt der Inspektor plötzlich vor einer herannahenden Person. Er sucht ins Hotel zu entkommen, aber die gereizte Stimme des Herankommenden hält ihn zurück.

ULFHEIMS STIMME *von außen*: So warten Sie doch'n bißchen! Warten Sie doch, zum Teufel nochmal! Warum rennen Sie denn immer vor mir weg?

Mit diesen Worten, in schrillem Ton gesprochen, betritt der zweite Hauptakteur die Szene. Er wird als großer Bärenjäger beschrieben, hager, groß, von unbestimmtem Alter, muskulös. Sein Diener Lars und eine Koppel Jagdhunde begleiten ihn. Lars spricht im ganzen Stück nicht ein einziges Wort. Für den Augenblick entläßt Ulfheim ihn mit einem Fußtritt und kommt auf das Ehepaar Rubek zu. Er fängt eine Unterhaltung mit ihnen an, denn er kennt Rubek als gefeierten Bildhauer. Über die Bildhauerei gibt dieser ungeschlachte Jäger ein paar originelle Bemerkungen ab.

ULFHEIM ... Wir arbeiten in einem harten Material, wir beide, Gnädige – ich und Ihr Mann. Er wird sich wohl mit dem Marmor abschinden müssen, wie ich mir's so vorstelle. Und ich schinde mich ab mit krampfhaft zitternden Bärensehnen. Und beide kriegen wir denn das Material schließlich unter. Machen uns zum Herrn und Meister darüber. Geben nicht nach, bis wir den hartnäckig widerstrebenden Stoff nicht bezwungen haben.

RUBEK *nachdenklich vor sich hin*: Das ist gar nicht so unrichtig, was Sie da sagen.

Dieser exzentrische Kerl hat, vielleicht gerade durch die Kraft seiner Exzentrik, einen Zauber um Maja zu weben begonnen. Jedes Wort, das er äußert, scheint das Netz seiner Persönlichkeit enger um sie zu ziehen. Das schwarze Kleid der Diakonissin veranlaßt ihn zu einem sardonischen Grinsen. Ruhig spricht er von seinen besten Freunden, die er aus dieser Welt befördert hat.

Maja Und was haben Sie da mit ihnen gemacht?
Ulfheim Erschossen hab ich sie, natürlich.
Rubek *blickt ihn an*: Erschossen?
Maja *rückt ihren Stuhl zurück*: Totgeschossen?
Ulfheim *nickt*: Ich schieße nie vorbei, meine Gnädige.

Es stellt sich jedoch heraus, daß er mit den besten Freunden seine Hunde meint, und die Gemüter seiner Zuhörer sind einigermaßen beruhigt. Im Laufe ihrer Unterhaltung hat die Diakonissin auf einem Tisch vor dem Pavillon eine leichte Mahlzeit für ihre Herrin aufgetragen. Die wenig nahrhaften Eigenschaften des Essens erregen Ulfheims Heiterkeit. Er spricht mit überlegener Geringschätzung von solch verweichlichter Kost. Sein Appetit ist der eines Realisten.

Ulfheim *steht auf*: Bravo! Sie sind wirklich eine schneidige Dame, meine Gnädige. Also kommen Sie. Große dicke Knochen schlingen die Kerle [seine Hunde] ganz hinunter. Würgen sie wieder aus und schlingen sie abermals. Ich sage Ihnen, das ist eine Wonne zu sehen.

Auf diese halb grausige, halb komische Aufforderung geht Maja mit ihm fort und läßt ihren Mann in Gesellschaft der fremden Dame zurück, die gerade den Pavillon verläßt. Fast gleichzeitig erkennen der Professor und die fremde Dame einander. Die Dame war Rubeks Modell für die zentrale Gestalt in seinem berühmten Meisterwerk »Der Auferstehungstag«. Nachdem ihre Arbeit für ihn beendet war, war sie ganz unerklärlich geflohen und hatte alle Spuren hinter sich verwischt. Rubek und sie geraten in eine vertraute Unterhaltung. Sie fragt ihn, wer die Dame sei, die gerade wegging. Nach leichtem Zögern antwortet er, sie sei seine Frau. Dann fragt er, ob sie verheiratet sei. Sie antwortet, sie sei verheiratet. Dann fragt er sie, wo ihr Ehemann sich augenblicklich aufhalte.

Rubek Und wo ist er jetzt?

Irene Irgendwo da unten auf einem Kirchhof. Über sich ein hohes stattliches Monument. Und in seiner Hirnschale eine klappernde Bleikugel.

Rubek Hat er sich selbst getötet?

Irene Es beliebte ihm, mir zuvorzukommen.

Rubek Trauerst du nicht um ihn, Irene?

Irene *verständnislos*: Trauern? – Um wen?

Rubek Nun, um Herrn von Satow.

Irene Er hieß nicht Satow.

Rubek Nicht?

Irene Mein zweiter Mann heißt Satow. Er ist Russe –

Rubek Und wo steckt d e r ?

Irene Weit von hier, im Ural. Bei seinen Goldminen.

Rubek Da lebt er also?

Irene *zuckt die Achseln*: Lebt? Lebt? Eigentlich habe ich ihn getötet.

Rubek *fährt zusammen*: Getötet?

Irene Jawohl, mit einem kleinen spitzen Dolch, den ich immer bei mir im Bett habe –

Rubek beginnt zu verstehen, daß hinter diesen eigenartigen Worten eine Bedeutung versteckt ist. Er fängt an, ernstlich über sich selbst, seine Kunst und über Irene nachzudenken, indem er sein Leben seit der Entstehung des Meisterwerkes »Der Auferstehungstag« Revue passieren läßt. Er erkennt, daß er das Versprechen dieses Werks nicht erfüllt hat, und es wird ihm klar, daß in seinem Leben etwas fehlt. Er fragt Irene, wie sie gelebt habe, seit sie sich zum letzten Mal sahen. Irenes Antwort auf diese Frage ist von großer Bedeutung, da sie den Grundton des gesamten Stückes anschlägt.

Irene *erhebt sich langsam und sagt bebend*: Ich war tot, jahrelang. Sie kamen und banden mich. Sie schnürten mir die Arme auf dem Rücken zusammen. Und dann senkten sie mich hinab in eine Gruft. Die war mit Eisenstangen vergittert und hatte gepolsterte Wände – so daß oben auf Erden niemand den Schrei der Begrabenen hören konnte.

In Irenes Anspielungen auf ihre Situation, als sie Modell stand für das große Bild, beweist Ibsen einmal mehr seine außerordentliche Kenntnis der Frau. Kein anderer Mann hätte die Natur der Beziehungen zwischen dem Bildhauer und seinem Modell so subtil ausdrücken können, und wenn sie ihm im Traum erschienen wäre.

IRENE Ich stellte mich dir zur Schau, wie man sich nur zur Schau stellen kann – *leise* Und nicht ein einziges Mal hast du mich berührt.

*

RUBEK *blickt sie fest an*: Ich war Künstler, Irene.
IRENE *dunkel*: Eben darum.

Indem er tiefer und tiefer über sich selbst und seine frühere Haltung dieser Frau gegenüber nachdenkt, kommt ihm noch stärker zu Bewußtsein, daß große Abgründe zwischen seinem Leben und seiner Kunst klaffen und daß selbst in seiner Kunst sein Können und sein Genie alles andere als vollkommen sind. Seit Irene ihn verlassen hat, hat er nichts anderes gemacht, als Porträtbüsten von Bürgern zu verfertigen. Schließlich flammt eine Art Entschluß in ihm auf, der Entschluß, seine Stümperei wiedergutzumachen, denn das hält er nicht für ganz aussichtslos. Eine leise Erinnerung an die Willensverherrlichung von *Brand* liegt in den folgenden Zeilen:

RUBEK *unsicher, mit sich kämpfend*: Wenn wir das könnten – das könnten –!
IRENE Warum sollten wir nicht können, was wir wollen?

Kurzum, die beiden sind sich einig, daß ihr gegenwärtiger Zustand unerträglich ist. Für sie ist es klar, daß Rubek tief in ihrer Schuld steht, und mit der gegenseitigen Anerkennung dieser Tatsache und Majas Rückkehr, frisch aus der Verzauberung durch Ulfheim, endet der erste Akt.

RUBEK Wann fingst du an, dich wieder nach mir umzusehn, Irene?

IRENE *mit einem bitteren Zug*: Seit es mir klar wurde, Arnold, daß ich dir etwas ganz Unersetzliches gegeben hatte. Ein Gut, von dem man sich nicht trennen sollte.

RUBEK *beugt das Haupt*: Ja, das ist eine schmerzliche Wahrheit. Du gabst mir drei, vier Jahre deiner Jugend.

IRENE Mehr, viel mehr als d a s. Verschwenderin, die ich damals war!

RUBEK Ja, verschwenderisch warst du, Irene. Du gabst mir deine ganze nackte Schönheit –

IRENE – zur Betrachtung –

RUBEK – und zur Verherrlichung.

*

IRENE Aber das kostbarste Geschenk hast du vergessen.

RUBEK Das kostbarste –? Und das war?

IRENE Ich gab dir meine junge lebendige Seele – und stand da mit leerer Brust; seelenlos. *Blickt ihn starren Auges an.* Daran bin ich gestorben, Arnold.

Selbst aus dieser verstümmelten Wiedergabe wird deutlich, daß der erste Akt meisterhaft ist. Ohne sichtbare Anstrengung erwächst das Drama, entfaltet es sich mit methodisch natürlicher Leichtigkeit. Der gepflegte Garten eines Hotels aus dem neunzehnten Jahrhundert wird nach und nach zum Schauplatz eines sich langsam steigernden dramatischen Kampfes. Für jeden der Charaktere ist Interesse geweckt worden, es genügt, um den Geist zum folgenden Akt hinüberzuleiten. Die Situation wird nicht dümmlich erklärt, sondern die Handlung hat einfach eingesetzt, und am Schluß hat das Stück ein deutlich fortgeschrittenes Stadium erreicht.
Der zweite Akt spielt in der Nähe eines Sanatoriums in den Bergen. Ein Wasserfall stürzt vom Felsen und fließt in einem

ruhigen Strom nach rechts. Am Ufer spielen ein paar Kinder, sie lachen und schreien. Es ist Spätnachmittag. Man sieht Rubek links auf einem kleinen Hügel liegen. Kurz darauf kommt Maja, zum Bergsteigen ausgerüstet. Mit Hilfe ihres Stockes überquert sie den Bach, ruft nach Rubek und kommt auf ihn zu. Er erkundigt sich, wie sie sich mit ihrem Begleiter amüsiere, und fragt sie nach ihren Jagderfolgen. Ein exquisiter Hauch von Komik belebt ihre Unterhaltung. Rubek fragt, ob sie in der näheren Umgebung Bären zu jagen beabsichtigen. Sie antwortet ihm sehr überlegen.

MAJA Ich bitte dich, hier oben auf dem nackten Kamm gibt's doch keine Bären.

Nächstes Thema ist der ungehobelte Ulfheim. Maja bewundert ihn, weil er so häßlich ist – dann dreht sie sich abrupt zu ihrem Gatten um und bemerkt nachdenklich, daß er auch häßlich sei. Der Beschuldigte führt sein Alter als Entschuldigung an.

RUBEK *zuckt die Achseln*: Man wird älter, Frau Maja. Man wird älter.

Dieses halbernste Geplänkel bringt sie auf ernstere Dinge. Maja legt sich der Länge nach in die weiche Heide und zieht sanft über den Professor her. Für die Geheimnisse und Ansprüche der Kunst hat sie eine leicht komische Mißachtung.

MAJA *lacht ein wenig verächtlich*: Ja freilich, du bist immer und ewig Künstler.

und wieder –

MAJA ... Du gehst am liebsten deinen Weg für dich und beschäftigst dich mit deinen eigenen Interessen. Und ich kann nun einmal von deinen Sachen nicht ordentlich mit dir reden – von diesen Kunstfragen und so weiter. *Macht eine wegwerfende Handbewegung.* Und das interessiert mich, weiß Gott, auch gar nicht.

Sie zieht ihn mit der fremden Dame auf und spielt boshaft auf ein heimliches Einverständnis zwischen den beiden an. Rubek sagt, er sei nur Künstler und sie die Quelle seiner Inspiration gewesen. Er bekennt, daß die fünf Jahre ihrer Ehe Jahre geistigen Hungers für ihn gewesen sind. Er hat seine eigenen Gefühle seiner Kunst gegenüber nun in ihrem wahren Licht gesehen.

RUBEK *lächelnd*: Aber d a s war's nun eigentlich nicht, was ich zunächst meinte.
MAJA Sondern?
RUBEK *wieder ernst:* Dieser ganze Künstlerberuf und diese ganze künstlerische Tätigkeit – und alles, was damit zusammenhängt – fing an, mir so von Grund aus leer und hohl und nichtig vorzukommen.
MAJA Was wolltest du denn statt dessen?
RUBEK L e b e n, Maja.

Die entscheidende Frage ihres gemeinsamen Glücks wird berührt, und nach einer lebhaften Unterhaltung kommen sie zu der stillschweigenden Übereinkunft, sich zu trennen. Als die Dinge dieses glückliche Stadium erreicht haben, sieht man Irene über die Heide kommen. Sie ist umgeben von den ausgelassenen Kindern und verweilt eine Zeitlang unter ihnen. Maja springt aus dem Gras auf, geht auf sie zu und sagt rätselhaft, ihr Gatte benötigte ihren Beistand, um »einen kostbaren kleinen Schrein zu öffnen«. Irene verneigt sich und geht auf Rubek zu, während Maja vergnügt davonläuft, um ihren Jäger zu suchen. Das folgende Gespräch ist sicherlich bemerkenswert, auch vom theatralischen Gesichtspunkt aus. Es macht praktisch die Substanz des zweiten Aktes aus und nimmt das Interesse völlig gefangen. Zugleich muß man hinzusetzen, daß eine solche Szene die Fähigkeiten der sie darstellenden Mimen auf die Probe stellt. Nichts außer einer vollkommenen Verwirklichung der beiden Rollen kann die komplexen Gedankengänge dieser Unterhaltung wiedergeben.

Wenn wir überlegen, wie wenig Bühnenkünstler sowohl die Intelligenz zu dem Versuch als auch die Fähigkeiten zu seiner Verwirklichung haben, wird uns eine traurige Erkenntnis zuteil.
In der Unterhaltung dieser beiden Menschen auf der Heide wird der gesamte Verlauf ihres Lebens mit kühnen, gleichmäßigen Strichen umrissen. Vom Austausch der ersten einleitenden Worte an bezeichnet jeder Satz ein Kapitel ihrer Erfahrungen. Irene spricht von dem dunklen Schatten der Diakonissin, der ihr überall folgt, wie auch Arnold der Schatten seines unruhigen Gewissens überall folgt. Als er das, fast ohne es zu wollen, bekannt hat, ist eine große Barriere zwischen ihnen niedergerissen. Das gegenseitige Vertrauen ist zu einem gewissen Grade wiederhergestellt, und sie finden sich in ihre frühere Bekanntschaft zurück. Irene spricht offen von ihren Gefühlen, von ihrem Haß auf den Bildhauer.

IRENE *heftig*: Ja, gegen dich – gegen den Künstler, der so ganz unbekümmert und sorglos einen warmblütigen Leib nahm, ein junges Menschenleben, und ihm seine Seele stahl – weil ein Kunstwerk daraus werden sollte.

Rubeks Vergehen war in der Tat schwer. Er hat sich nicht nur ihrer Seele bemächtigt, sondern hat dem Kind ihrer Seele seinen rechtmäßigen Thron vorenthalten. Mit ihrem Kind meint Irene die Statue. Sie fühlt, daß sie diese Statue in einem sehr wahren und sehr realen Sinn geboren hat. Tag für Tag sah sie sie unter den geübten Händen des Schöpfers zu voller Entfaltung wachsen, und dabei wurde das innere Gefühl ihrer Mutterschaft, ihres Anrechts darauf, ihrer Liebe zu ihr, immer stärker und entschiedener.

IRENE *schlägt einen warmen herzlichen Ton an*: Aber die Statue im nassen lebendigen Ton, die liebte ich – wie sie so aus dieser rohen, unförmigen Masse emporstieg, ein beseeltes Menschenkind – denn das war u n s e r Geschöpf, u n s e r Kind. Meins und deins.

In Wirklichkeit hat sie sich ihrer starken Gefühle wegen fünf Jahre lang von Rubek ferngehalten. Als sie nun hört, was er dem Kind angetan hat, ihrem Kind, empört sich ihre ganze Natur grollend gegen ihn. In geistiger Agonie versucht Rubek zu erklären, während sie zuhört wie eine Tigerin, der ihr Junges von einem Dieb entrissen wurde.

RUBEK Ich war damals noch jung und ohne alle Lebenserfahrung. Die Auferstehung, dachte ich mir, müßte am schönsten und wunderlieblichsten darzustellen sein als ein junges unberührtes Weib – das von keines Erdenwallens Erlebnissen entweiht – und aller Flecken und Schlacken ledig zu Licht und Herrlichkeit erwacht.

Mit wachsender Lebenserfahrung hat er es für nötig befunden, sein Ideal zu verändern; er hat ihr Kind nicht mehr zu einer Hauptfigur, sondern zu einer Verbindungsfigur gemacht. Rubek wendet sich zu ihr um und sieht, daß sie ihn gerade erstechen will. Von Schrecken und Überlegung fieberhaft geschüttelt, stürzt er sich in seine Verteidigung, sucht verzweifelt nach Entschuldigungen für die Irrtümer, die er begangen hat. Irene kommt es vor, als versuche er seine Sünde zu poetisieren, als bereue er, aber mit Genuß an seinen Schmerzen. Der Gedanke, daß sie sich selbst, ihr ganzes Leben, auf Geheiß seiner betrügerischen Kunst hingegeben hat, nagt mit schrecklicher Beharrlichkeit an ihrem Herzen. Sie klagt sich selbst an, nicht laut, sondern in tiefer Betrübnis.

IRENE *scheinbar gefaßt*: Ich hätte Kinder zur Welt bringen sollen. Viele Kinder. Richtige Kinder. Nicht solche, die in Gräbern verwahrt werden. Das wäre mein Beruf gewesen. Nie hätt ich dir dienen sollen – Dichter!

Rubek, in poetischer Versunkenheit, hat darauf keine Antwort; er träumt von den alten glücklichen Tagen. Ihre toten Freuden geben ihm Trost. Irene aber erinnert sich an ein bestimmtes Wort von ihm, das er unbedacht gesagt hatte. Er hatte erklärt, er schulde ihr Dank für ihre Hilfe bei seiner Arbeit. Es war, hatte er gesagt, eine wahrhaft segensreiche *Episode* in meinem Leben. Rubeks gequältes Gemüt kann keine weiteren Vorwürfe mehr ertragen, allzu viele sind bereits darauf gehäuft worden. Er fängt an, Blumen in den Bach zu streuen, wie sie es in jenen vergangenen Tagen am Taunitzer See zu tun pflegten. Er erinnert sie daran, wie sie einst ein Boot aus Blättern machten und einen weißen Schwan davorspannten, Lohengrins Boot imitierend. Selbst ihrem Spiel hier liegt eine verborgene Bedeutung zugrunde.

IRENE Du sagtest, ich sei der Schwan und zöge dein Boot.
RUBEK Nannt' ich dich so? Ja, das mag wohl sein. *Mit dem Spiel beschäftigt.* Sieh nur, wie die Möwen den Fluß hinunterschwimmen.
IRENE *lacht*: Und Deine Schiffe stranden alle.
RUBEK *wirft mehr Laub in den Bach*: Ich habe noch Schiffe in Vorrat.

Während sie ziellos herumspielen, in einer Art kindlicher Verzweiflung, kommen Ulfheim und Maja über die Heide. Diese beiden ziehen auf Abenteuer in die Hochebenen aus. Maja singt ihrem Mann ein kleines Lied vor, das sie in ihrer fröhlichen Stimmung erfunden hat. Mit sardonischem Lachen wünscht Ulfheim Rubek gute Nacht und verschwindet mit seiner Begleiterin den Berg hinauf. Sofort haben Irene und Rubek den gleichen Gedanken. Doch in diesem Moment taucht die düstere Gestalt der Diakonissin in der Dämmerung auf, ihre steinernen Augen sind auf die beiden gerichtet. Irene reißt sich von ihm los, verspricht aber, ihn diese Nacht auf der Heide zu treffen.

RUBEK Und du kommst, Irene?
IRENE Ich komme bestimmt. Erwarte mich hier.
RUBEK *wiederholt wie im Traum*: Sommernacht in den Ber-

gen. Mit dir. Mit dir. *Seine Augen begegnen den ihrigen.* Ach, Irene, das hätte das Leben sein können. Und d a s haben wir verscherzt – alle beide.

IRENE Was unwiederbringlich ist, sehen wir erst, wenn – *bricht ab.*

RUBEK *sieht sie fragend an*: Wenn –?

IRENE Wenn wir Toten erwachen.

Der dritte Akt spielt auf einem weiten Plateau hoch in den Bergen. Der Boden ist zerrissen von gähnenden Felsspalten. Zur Rechten sieht man die Kette der Gipfel, halb in den ziehenden Nebeln verborgen. Links steht eine alte verfallene Hütte. Es ist früh am Morgen, wenn die Himmel perlfarben sind. Der Tag will gerade durchbrechen. Maja und Ulfheim kommen das Plateau herunter. Ihre Gefühle werden durch die Eingangsworte genügend erklärt.

MAJA *versucht sich loszureißen*: Lassen Sie mich los! Lassen Sie mich los, sag ich!

ULFHEIM Na, na – das fehlte gerad noch, daß Sie beißen. Sie sind ja ungebärdig wie ein Marder.

Als Ulfheim mit seinen Belästigungen nicht aufhören will, droht Maja, die Wand des nächsten Grats hinabzulaufen. Ulfheim weist sie darauf hin, daß sie sich zu Tode stürzen würde. Er hat Lars klüglich fortgeschickt, um die Hunde zu suchen, damit sie ungestört bleiben. Man könne sich darauf verlassen, sagt er, daß Lars die Hunde nicht allzu schnell finden werde.

MAJA *blickt ihn zornig an*: Das kann ich mir denken.

ULFHEIM *greift nach ihrem Arm*: Denn sehen Sie, Lars – der kennt meine Sportgewohnheiten.

Mit erzwungener Selbstbeherrschung sagt Maja ihm ehrlich, was sie von ihm hält. Ihre wenig schmeichelhaften Bemerkungen amüsieren den Bärenjäger höchlich. Maja muß all ihr

Taktgefühl aufbieten, um ihn zurückzuhalten. Als sie davon spricht, ins Hotel zurückzugehen, bietet er ihr galant an, sie auf seinen Schultern hinzutragen, für welchen Vorschlag er augenblicklich zurechtgewiesen wird. Die beiden spielen miteinander wie Katz und Maus. Aus dem Geplänkel fallen plötzlich einige Worte Ulfheims heraus und erwecken Aufmerksamkeit, da sie Licht auf sein früheres Leben werfen.

ULFHEIM *mit verbissenem Grimm*: Ich hab' einmal ein junges Ding von der Straße aufgelesen und sie auf meine Arme genommen. Auf Händen hab' ich sie getragen. Und wollte sie so durchs ganze Leben tragen – auf daß ihr Fuß nicht an einen Stein stoße. Denn sie hatte damals recht ausgetretene Schuhe an, als ich sie fand – *Mit einem brummigen Lachen.* Und wissen Sie, was ich zum Dank dafür gekriegt habe?

MAJA Nein. Was denn?

ULFHEIM *blickt sie an und nickt lächelnd*: Hörner hab' ich gekriegt. Dieselben Hörner, die Sie so deutlich sehen. – Ist das nicht eine putzige Geschichte, Frau Bärentöter?

Um das Vertrauen zu erwidern, erzählt auch Maja ihm ihr Leben in Kürze, vor allem ihre Ehe mit Professor Rubek. Das Ergebnis ist, daß sich diese beiden verunsicherten Seelen zueinander hingezogen fühlen, und charakteristischerweise erklärt Ulfheim seine Absichten folgendermaßen:

ULFHEIM Könnten wir zwei unsere lumpigen Existenzen nicht zusammenwerfen?

Maja, die zufrieden ist, daß das gegenseitige Gelöbnis von seiner Seite kein Versprechen, ihr alle Herrlichkeit der Welt zu zeigen und ihre Wohnung mit Kunstgegenständen vollzustellen, enthält, gibt eine halbe Zustimmung, indem sie ihm erlaubt, sie den Abhang hinunterzutragen. Als sie gerade gehen wollen, kommen Irene und Rubek, die die Nacht ebenfalls auf der Heide verbracht haben, zum gleichen Plateau. Als Ulfheim Rubek fragt, ob er und die Dame den gleichen Pfad heraufgestiegen seien, antwortet Rubek bedeutungsvoll:

RUBEK Ja, versteht sich. *Mit einem Blick auf Frau Maja.* Diese Dame und ich, wir gedenken fortan unsere Wege nicht mehr zu trennen.

Während sie noch geistreiche Schießübungen veranstalten, scheinen die Elemente zu empfinden, daß hier und jetzt ein ungeheures Problem gelöst werden müsse und daß ein großes Drama eilig seinem Ende zustrebe. Die kleineren Gestalten Maja und Ulfheim sind beim Heraufziehen des Sturmes noch kleiner geworden. Ihr Geschick entscheidet sich in verhältnismäßiger Stille, und wir bringen nicht mehr besonders viel Interesse für sie auf. Die anderen beiden jedoch halten unseren Blick gefangen, wie sie schweigend auf dem *fjaell* stehen, fesselnde, zentrale Gestalten von unerschöpflichem menschlichem Interesse. Plötzlich streckt Ulfheim seine Hand eindrucksvoll gegen die Berge aus:

ULFHEIM Aber sehen Sie nicht, daß das Unwetter über unsern Köpfen ist? Hören Sie nicht die Windstöße?
RUBEK *horcht*: Es klingt wie das Vorspiel zum Auferstehungstag.

*

MAJA *will Ulfheim fortziehen*: Machen wir, daß wir hinunter kommen.

Da er nur eine Person auf einmal tragen kann, verspricht Ulfheim, Hilfe für Rubek und Irene zu schicken, nimmt Maja auf die Arme und klettert schnell, aber vorsichtig den Bergpfad hinunter. Auf dem verlassenen Plateau, im steigenden Licht, bleiben der Mann und die Frau zurück – nicht mehr länger der Künstler und sein Modell. Und der Schatten einer großen Veränderung wird in der Morgenstille spürbar. Da sagt Irene zu Arnold, daß sie nicht unter die Menschen zurückgehen will, die sie verlassen hat; sie will nicht gerettet werden. Weil sie nun alles sagen kann, sagt sie ihm auch, wie sie versucht war, ihn umzubringen in Raserei, als er von ihrer Verbindung als einer Episode in seinem Leben sprach.

IRENE Und als ich dich so eisig sagen hörte – ich sei nur eine Episode in deinem Leben gewesen –

RUBEK Das hast du gesagt, Irene! Nicht ich.

IRENE *fährt fort*: – da griff ich nach dem Messer und wollt' es dir in den Rücken stoßen.

RUBEK *düster*: Und warum hast du nicht zugestoßen?

IRENE Weil mir zur schrecklichen Gewißheit wurde, daß du schon tot warst – schon lange tot.

Aber, sagt Rubek, unsere Liebe ist nicht tot in uns, sie ist aktiv, glühend und stark.

IRENE Die Liebe – die von dieser Welt ist – von dieser köstlichen, wundersamen, dieser rätselvollen Welt – d i e Liebe ist tot in uns beiden.

RUBEK *leidenschaftlich*: O du – eben diese Liebe – die brennt und loht in mir so heiß wie je.

Es bestehen zudem die Schwierigkeiten ihres bisherigen Lebens. Selbst hier, an der sublimsten Stelle seines Stücks, bleibt Ibsen Meister über sich selbst und seine Fakten. Sein künstlerisches Genie hält allem stand, weicht niemals aus. Am Schluß von *Baumeister Solneß* war der größte Eindruck der schrekkensvolle Schrei von draußen: »Oh, der ganze Kopf zerschmettert!« Ein geringerer Künstler hätte einen vergeistigenden Glanz über die Tragödie des Baumeisters Solneß gelegt. Ganz ähnlich bringt Irene hier vor, daß sie sich als Nackte dem Blick eines vulgären Publikums ausgesetzt habe, daß die Gesellschaft sie ausgestoßen habe, daß alles zu spät sei. Aber für Rubek zählen solche Überlegungen nicht mehr. Er schlägt sie alle in den Wind und entscheidet sich.

RUBEK *nimmt sie ungestüm in seine Arme:* So wollen wir beiden Toten das Leben ein einzigstes Mal bis auf die Neige kosten – bevor wir in unsere Gräber zurückkehren.

IRENE *mit einem Freudenschrei*: Arnold!

RUBEK Aber nicht hier im Dämmer. Nicht hier, wo uns das nasse, häßliche Linnen umflattert –

IRENE *von Leidenschaft hingerissen*: Nein, nein – empor zum Licht und zu all der strahlenden Herrlichkeit – auf den Berg der Verheißung!

RUBEK Dadroben wollen wir unser Hochzeitsfest feiern, Irene – Geliebte!

IRENE *stolz*: Mag immer die Sonne auf uns sehen, Arnold.

RUBEK Mögen alle Mächte des Lichts auf uns sehen. Und alle Mächte der Finsternis auch. *Ergreift ihre Hand.* So willst du mir folgen, du meine begnadete Braut?

IRENE *wie verklärt*: Ich folge willig und gern meinem Herrn und Gebieter.

RUBEK *zieht sie mit sich fort*: Durch die Nebel müssen wir erst, Irene, und dann –

IRENE Ja – durch die Nebel alle. Und dann auf die Zinne des Turms, die da leuchtet im Sonnenaufgang. *Die Nebelwolken senken sich dichter auf die Landschaft. Rubek und Irene steigen Hand in Hand über das Schneefeld rechts und verschwinden in den niedrig ziehenden Wolken. Jähe Sturmstöße jagen und pfeifen durch die Luft.*

Die Diakonissin erscheint in der Geröllhalde links. Sie bleibt stehen und sieht sich stumm und spähend um.

Frau Maja fern aus der Tiefe singend und jubelnd.

MAJA Ich bin frei! Ich bin frei! Ich bin frei!
Der Gefangenschaft Zeit ist vorbei!
Ich bin frei wie ein Vogel! Bin frei!

Plötzlich hört man ein donnerähnliches Getöse vom oberen Teil des Schneefeldes her. Eine Lawine gleitet und wirbelt mit rasender Schnelligkeit talwärts. Man sieht undeutlich, wie Rubek und Irene in den Schneemassen mitgerissen und begraben werden.

DIE DIAKONISSIN *schreit auf, streckt die Arme nach den Fal-*

lenden aus und ruft: Irene! *Steht eine Weile stumm; dann schlägt sie ein Kreuz vor sich in die Luft und sagt:* Pax vobiscum!
Frau Majas Gesang und Jubel hallt noch von fern aus der Tiefe.

Das ist, grob und unzusammenhängend dargestellt, die Handlung des neuen Dramas. Das Interesse an Ibsens Stücken hängt nicht von der Aktion, von den Begebenheiten ab. Selbst die Charaktere, mögen sie noch so fehlerlos gezeichnet sein, sind nicht das Wichtigste in seinen Stücken. Sondern das nackte Drama – entweder die Erfahrung einer großen Wahrheit oder das Aufwerfen einer großen Frage oder ein großer Konflikt, der von den in diesem Konflikt stehenden Akteuren beinahe unabhängig ist und weitreichende Bedeutung hatte und hat – das ist es, was in erster Linie unsere Aufmerksamkeit fesselt. Ibsen hat für all seine späteren Stücke durchschnittliche Lebensläufe in ihrer kompromißlosen Wahrheit als Fundament gewählt. Er hat die Versform aufgegeben und hat nie versucht, seine Werke nach konventioneller Manier zu verschönen. Auch dann, wenn sein dramatisches Thema den Höhepunkt erreichte, hat er nicht versucht, es mit Prunk und Flitter herauszuputzen. Wie leicht wäre es gewesen, den Volksfeind auf einer prächtigen und erhabeneren Ebene zu schreiben – den Bourgeois durch den rechtmäßigen Helden zu ersetzen! Die Kritiker hätten dann vielleicht als grandios gepriesen, was sie oft als banal verworfen haben. Aber das Drumherum gilt Ibsen nichts. Das Stück ist entscheidend. Durch die Kraft seines Genies und durch das unbestreitbare Können, das er in alle seine Arbeiten einbringt, hat Ibsen seit vielen Jahren die Aufmerksamkeit der zivilisierten Welt auf sich gezogen. Viele Jahre müssen freilich noch vergehen, ehe er im Triumph in sein Königreich einziehen kann, wenngleich, so wie er heute dasteht, von seiner Seite alles getan worden ist, um seinen Anspruch auf dieses Reich sicherzustellen. Ich beabsichtige nicht, hier auf alle Details der Dramaturgie in diesem Stück einzu-

gehen, sondern will lediglich die Charakterisierung skizzieren.
In keinem seiner Charaktere wiederholt sich Ibsen. In diesem Drama – dem letzten einer langen Reihe – hat er mit seinem gewohnten Können gezeichnet und differenziert. Was für eine neuartige Schöpfung ist Ulfheim! Die Hand, die ihn zeichnete, hat gewiß noch nichts von ihrem Geschick verloren. Ulfheim ist meiner Meinung nach der neueste Charakter in diesem Stück. Er ist eine Art Wundertüte. Infolge dieser Neuartigkeit scheint er gleich bei seiner ersten Erwähnung in körperliche Existenz zu springen. Er ist großartig wild, in primitiver Weise eindrucksvoll. Seine leidenschaftlichen Augen rollen und starren wie die Yegofs oder Hernes. Lars können wir beiseite lassen, denn er macht den Mund nie auf. Die Diakonissin spricht nur ein einziges Mal im ganzen Stück, dann aber mit guter Wirkung. Schweigend folgt sie Irene wie die Vergeltung, ein stummer Schatten mit eigener symbolischer Majestät.
Auch Irene ist des Platzes in der Galerie ihrer Standesgenossinnen würdig. Ibsens Wissen vom Menschen wird nirgends deutlicher als in seinen Frauenporträts. Er verblüfft einen durch seine schmerzhafte Introspektion; er scheint die Frauen besser zu kennen, als sie sich selbst kennen. Tatsächlich hat seine Natur, wenn man das von einem überaus virilen Mann sagen darf, eine eigenartige Beimischung von Fraulichem. Seine wunderbare Genauigkeit, die leichten Züge von Weiblichkeit, die Zartheit seines raschen Strichs sind wohl dieser Beimischung zuzuschreiben. Aber daß er die Frauen kennt, ist eine unbestreitbare Tatsache. Er scheint sie bis in nahezu unergründbare Tiefen ausgelotet zu haben. Neben seinen Porträts wirken die psychologischen Studien von Hardy und Turgenjew oder die ausführlichen von Meredith wie Halbwissen. Mit einem kühnen Strich, mit einem Satz, einem Wort erreicht er, wozu sie Kapitel brauchen, und macht es besser. Irene hat also großen Vergleichen standzuhalten; doch muß man zugeben, daß sie sie glorreich besteht. Obschon Ibsens

Frauen gleichbleibend in ihrer Wahrheit sind, stellen sie sich selbstverständlich in sehr unterschiedlichem Licht dar. So ist Gina Ekdal vor allen Dingen eine komische Figur und Hedda Gabler eine tragische – wenn man solche Begriffe aus der alten Welt überhaupt noch ohne Verzerrung verwenden kann. Aber Irene kann man nicht so schnell einordnen. Gerade durch die von ihrem Wesen nicht zu trennende Distanz zu aller Leidenschaft verbietet sich eine Klassifizierung. Sie interessiert uns auf eigenartig magnetische Weise, aus der inneren Kraft ihres Charakters heraus. So vollkommen Ibsens frühere Schöpfungen auch sein mögen, es ist fraglich, ob eine seiner Frauen die seelische Tiefe von Irene erreicht. Sie hält unseren Blick durch die pure Kraft ihrer intellektuellen Energie gefangen. Darüber hinaus ist sie ein überaus geistiges Geschöpf – im wahrsten und weitesten Sinne. Sie neigt gelegentlich dazu, unser Begriffsvermögen zu übersteigen, sich über uns emporzuschwingen, wie sie es mit Rubek tut. Manche werden es als Makel empfinden, daß sie – eine Frau von feiner Geistigkeit – als Künstlermodell konzipiert ist, und manche werden womöglich sogar klagen, daß eine derartige Episode die Harmonie des Dramas ruiniere. Ich kann die Stichhaltigkeit solcher Einwände nicht wirklich einsehen; sie kommen mir einfach irrelevant vor. Was immer man jedoch von diesem Umstand halten mag, seine Behandlung läßt wenig Raum für Beschwerden. Ibsen behandelt ihn, wie er alle Dinge behandelt, mit tiefer Einsicht, künstlerischer Zurückhaltung und Sympathie. Er sieht ihn ruhig und als Ganzes, wie aus großer Höhe, mit perfektem Überblick und angelischer Leidenschaftslosigkeit, mit dem Blick desjenigen, der offenen Auges in die Sonne schauen kann[3]. Ibsen unterscheidet sich von den geschickten Lieferanten.

Maja erfüllt im Stück – abgesehen von ihrem eigenen individuellen Charakter – eine bestimmte technische Aufgabe. In die anhaltende Spannung kommt sie als auflockerndes Moment. Ihre lebhafte Frische ist wie ein Atemholen in klarer Luft. Ihr Grundton, das Gefühl freien, fast flammenden Lebens, gleicht die Strenge Irenes und die Stumpfheit Rubeks aus. Maja hat in diesem Stück etwa die gleiche Wirkung wie Hilde Wangel in *Baumeister Solneß*. Aber sie gewinnt unsere Sympathie nicht in dem Maße wie Nora Helmer. Sie soll sie nicht gewinnen.

Rubek selbst ist die Hauptgestalt dieses Dramas und seltsamerweise auch die konventionellste. Wenn man ihn seinem napoleonischen Vorgänger John Gabriel Borkman gegenüberstellt, ist er wirklich ein bloßer Schatten. Doch darf man nicht vergessen, daß Borkman lebendig, aktiv, energisch ist, rastlos lebendig, das ganze Stück hindurch, bis zum Ende, wo er stirbt, während Arnold Rubek tot ist, fast hoffnungslos tot, bis zum Ende, wo er lebendig wird. Ungeachtet dessen ist er äußerst interessant, nicht um seiner selbst willen, sondern wegen seiner dramatischen Bedeutung. Ibsens Drama, das sagte ich schon, ist von den Charakteren vollkommen unabhängig. Sie können Langweiler sein – aber das Drama, in dem sie leben und sich bewegen, ist immer kraftvoll. Nicht daß Rubek wirklich ein Langweiler wäre! Er ist als Person unendlich viel interessanter als Torvald Helmer oder Tesman, die beide auch bestimmte ausgeprägte Charakterzüge haben. Andrerseits ist Arnold Rubek nicht als Genie geplant wie vielleicht Ejlert Lövborg. Wäre er ein Genie wie Ejlert gewesen, hätte er die wahre Bedeutung seines Lebens besser verstanden. Allerdings weist, wie wir annehmen können, die Tatsache, daß er sich seiner Kunst verschrieben und einen gewissen Grad der Meisterschaft darin erreicht hat – manuelle Meisterschaft, die mit Begrenztheit des Denkens verbunden ist –, darauf hin, daß in ihm verborgen wohl eine Fähigkeit zu höherem Leben ruht, die verwirklicht werden kann, wenn er, der Tote, von den Toten auferstanden sein wird.

Die einzige Person, die ich vernachlässigt habe, ist der Badeinspektor, und ich beeile mich, ihm verspätete, doch knappe Gerechtigkeit widerfahren zu lassen. Er ist nicht mehr und nicht weniger als ein durchschnittlicher Badeinspektor. Aber das ist er!

Soviel zur Charakterisierung, die durchgehend fundiert und interessant ist. Neben den handelnden Personen des Stücks gibt es aber noch einige bemerkenswerte Punkte in den häufigen und ausgedehnten Seitenverzweigungen der Gedankenführung. Der hervorstechendste scheint auf den ersten Blick nicht mehr als ein zufälliges szenisches Detail zu sein. Ich meine damit den Schauplatz des Dramas. Man kann in Ibsens späterem Werk eine deutliche Tendenz beobachten, aus den geschlossenen Räumen hinauszugehen. Seit *Hedda Gabler* ist diese Tendenz ganz offenkundig. Der letzte Akt von *Baumeister Solneß* und der letzte Akt von *John Gabriel Borkman* finden im Freien statt. Aber in diesem Stück hier sind alle drei Akte *al fresco*. Details wie diese in einem Drama zu beachten, mag als ultra-boswellianischer Fanatismus angesehen werden. In Wirklichkeit ist es nur das, was man dem Werk eines großen Künstlers schuldet. Und diese so augenfällige Besonderheit scheint mir nicht völlig bedeutungslos zu sein.
Weiterhin hat es in den letzten Gesellschaftsdramen nicht an edlem Mitleid mit den Menschen gefehlt – an einem Ton, der in der rigorosen Kompromißlosigkeit der frühen achtziger Jahre nirgends zu hören ist. So ist in der Veränderung von Rubeks Auffassung der Mädchengestalt in seinem Meisterwerk »Der Auferstehungstag« eine allumfassende Philosophie impliziert, ein tiefes Verständnis für die Gegenstrebungen und Widersprüche des Lebens, wie sie in einem hoffnungsvollen Erwachen versöhnt werden könnten – wenn die mannigfaltige Mühsal unserer armen Menschheit zu einem glorreichen Ende finden könnte. Was das Drama selbst angeht, so bezweifle ich, daß der Versuch, es zu kritisieren, sinnvoll ist. Vieles würde das bekräftigen. Henrik Ibsen ist einer der größten Männer der Welt, vor dem die Kritik nur eine schwächliche Figur machen kann. Bewunderung und Hinhören sind die einzig wahre Kritik. Außerdem ist die Spezies von Kritik, die sich als Theaterkritik bezeichnet, eine überflüssige Zutat zu seinen Stücken. Wenn die Kunst des Dramatikers vollkommen ist, ist der Kritiker überflüssig. Das Leben soll nicht kri-

tisiert, sondern konfrontiert und gelebt werden. Zudem, wenn irgendwelche Dramen eine Bühne verlangen, dann Ibsens Stücke. Das kommt nicht daher nur, daß seine Stücke so viel mit den Stücken anderer Leute gemeinsam haben, daß sie nicht geschrieben wurden, die Fächer einer Bibliothek zu drücken, sondern weil sie vollgepackt sind mit Gedanken. Bei einer zufälligen Bemerkung beginnt der Geist sich mit einer Frage zu quälen, und blitzartig werden lange Strecken des Lebens dem Blick eröffnet, doch bleibt die Vision momentgebunden, wenn wir nicht innehalten, um darüber nachzudenken. Gerade aber um exzessives Nachdenken zu vermeiden, sollte Ibsen aufgeführt werden. Schließlich ist es töricht zu erwarten, ein Problem, das Ibsen nahezu drei Jahre beschäftigt hat, würde sich beim ersten oder zweiten Lesen widerstandslos vor unseren Augen entrollen. Also ist es besser, das Drama für sich selbst sprechen zu lassen. Doch ist wenigstens das eine klar, daß Ibsen uns in diesem Stück nahezu sein Allerbestes gegeben hat. Die Handlung wird weder von vielen Verwicklungen behindert wie in den *Stützen der Gesellschaft* noch ist sie so bedrückend in ihrer Kargheit wie in den *Gespenstern*. Wir haben Absonderlichkeit, die an Extravaganz grenzt, im wilden Ulfheim, und subtilen Humor in der heimlichen Verachtung, die Rubek und Maja füreinander hegen. Dennoch hat Ibsen danach getrachtet, dem Drama völlige Handlungsfreiheit zu verschaffen. So hat er auf die Nebenpersonen nicht die gewohnte Sorgfalt verwendet. In vielen seiner Stücke sind diese Nebenpersonen unübertreffliche Geschöpfe. Man denke an Jacob Engstrand und Tönnesen und den dämonischen Molvik! In diesem Stück jedoch dürfen die Nebenpersonen die Aufmerksamkeit nicht ablenken.

Alles in allem kann *Wenn wir Toten erwachen* unter die größten Werke des Autors eingestuft werden – wenn es nicht überhaupt das größte ist. Es wird beschrieben als das letzte einer Reihe, die mit *Ein Puppenheim* anfing – ein großer Epilog zu seinen zehn Vorgängern. Etwas Besseres als diese Dramen, die in dramaturgischem Können, in Charakterisierung und höchster Bedeutsamkeit für uns gleichermaßen hervorragend sind, hat das lange Verzeichnis des antiken und des modernen Dramas nur selten zu bieten gehabt[4].

JAMES A. JOYCE

1 Joyce hatte, noch nicht achtzehnjährig, einen Briefwechsel mit W. L. Courtney, Herausgeber der *Fortnightly Review*, angefangen und einen Essay über Ibsens *Wenn wir Toten erwachen* vorgelegt, der sich auf eine französische Übersetzung stützte. Die Zitate waren noch nach William Archers englischer Fassung einzusetzen, und danach erschien der Essay am 1. April 1900 in der *Fortnightly Review* als Joyces erste Veröffentlichung, zum Erstaunen seiner Professoren und Kommilitonen. Eine Folge der Publikation war ein dreijähriger Briefwechsel mit William Archer und schließlich Joyces norwegisch geschriebener Brief an Henrik Ibsen vom März 1901 (*Briefe* I, S. 72-4).

2 Den Ausdruck hat Joyce vermutlich in G. B. Shaws *Quintessence of Ibsenism* (1891) gelesen. Er war weniger auf Ibsen als auf seine Jünger gemünzt.

3 Joyces Bild vom Detachement des Künstlers entwickelt sich schließlich zu der bekannten Formulierung im *Porträt*: »Der Künstler, wie der Gott der Schöpfung, bleibt in oder hinter oder jenseits oder über dem Werk seiner Hände, unsichtbar, aus der Existenz hinaussublimiert, gleichgültig, und manikürt sich die Fingernägel.« (S. 490).

4 Alle Ibsen-Zitate aus Henrik Ibsen, *Sämtliche Werke in deutscher Sprache*, hrsg. v. G. Brandes, Julius Elias, Paul Schlenther. Berlin S. Fischer o. J. (etwa 1903). Autorisierte Übersetzung.

Der Tag des Pöbels[1]

Kein Mensch, sagt der Nolaner[2], kann das Wahre oder das Gute lieben, ohne die Menge zu verachten; und der Künstler, mag er sich der Menge auch bedienen, sondert sich doch sorgfältig von ihr ab. Dieses Grundprinzip künstlerischer Ökonomie gilt ganz besonders in Krisenzeiten, weshalb es heute, wo die höchste Form der Kunst mit verzweifelten Opfern gerade noch am Leben erhalten wurde, unbegreiflich ist, wenn der Künstler sich mit dem Pöbel arrangiert. Das Irish Literary Theatre ist die jüngste Protestbewegung gegen die Sterilität und Verlogenheit der modernen Bühne. Vor einem halben Jahrhundert wurde der Protest in Norwegen zum ersten Mal laut, und seither sind in vielen Ländern endlose und entmutigende Kämpfe gegen Armeen von Vorurteilen, Unverstand und Lächerlichkeit ausgefochten worden. Hat es hier und da Siege gegeben, dann waren sie hartnäckiger Überzeugung zu verdanken, und jede Bewegung, die heroisch begann, hat die Dinge ein klein wenig vorangetrieben. Das Irish Literary Theatre verstand sich als Champion des Fortschritts und hatte Kommerzialismus und Vulgarität den Krieg erklärt. Es hatte dieses Versprechen teilweise eingelöst und war dabei, den alten Teufel auszutreiben, da kapitulierte es bei der ersten Feindberührung vor dem Willen der Masse. Doch ist euer Teufel »Popularität« gefährlicher als euer Teufel »Vulgarität«. Pompöses Auftreten und Lautstärke haben immer Erfolg, und er versteht seine Rede gefällig zu übergolden. Einmal mehr ist er Sieger geblieben, und das Irish Literary Theatre gehört jetzt dem Pöbel des zurückgebliebensten Volkes in ganz Europa.

Hier ist eine Analyse interessant. Das offizielle Organ der Bewegung versprach zwar, man wolle europäische Meisterwerke herausbringen, doch das war auch alles. Solch ein Unterfangen wäre aber unbedingt notwendig gewesen. In Dublin ist die Zensur machtlos, die Direktoren hätten also *Gespenster*

oder *Das Reich der Finsternis* aufführen können, wenn sie nur gewollt hätten. Solange man den Kräften, die das öffentliche Urteil diktieren, nicht mit ruhiger Bestimmtheit entgegentritt, wird man nie etwas durchsetzen. Aber natürlich werden sich die Direktoren hüten, Ibsen, Tolstoi oder Hauptmann zu spielen, wenn schon *Countess Cathleen* als lasterhaft und verdammenswert verschrieen wird. Sogar aus einem technischen Grund war das Projekt nötig. Ein Volk, das es nicht einmal bis zum Mirakel-Spiel gebracht hat, bietet dem Künstler kein literarisches Anschauungsmaterial, und er muß sich im Ausland danach umsehen. Ernstzunehmende Dramatiker der zweiten Garnitur wie Sudermann, Björnson oder Giacosa schreiben denn auch weit bessere Stücke, als sie das Irish Literary Theatre bisher aufgeführt hat. Aber natürlich liegt es den Direktoren fern, derart anrüchige Autoren dem ungebildeten, geschweige denn dem gebildeten Pöbel vorzusetzen. Besänftigt und ungeheuer moralisch wird folglich der Pöbel unter beifälligem Gemurmel in Logen und Rängen inthronisiert – *la Bestia Trionfante*[3] – und Leute, die Echegaray[4] für »morbid« halten und zimperlich kichern, wenn Melisande[5] ihr Haar fallen läßt, dürfen sich einbilden, die befugten Wächter aller geistigen und dichterischen Schätze zu sein.
Und was treiben derweil die Künstler? Bei Mr. Yeats ist es zur Zeit gleichermaßen riskant, ihm Genie zu- oder abzusprechen. Von Anspruch und Form her ist *The Wind Among the Reeds* Dichtung höchsten Ranges; *The Adoration of the Magi*[6] (eine Erzählung, die einer der großen Russen geschrieben haben könnte) zeigt, was Mr. Yeats fertigbringt, wenn er mit den Halbgöttern bricht. Aber Ästheten sind willensschwach, und so muß man wohl Mr. Yeats' doppelzüngige Art, sich überall anzupassen, dafür verantwortlich machen, daß er sich neuerdings für eine Sache hat einspannen lassen, von der er sich schon aus Selbstachtung hätte fernhalten müssen. Mr. Martyn und Mr. Moore sind keine wirklich originellen Autoren. Mr. Martyn leidet an einem heillos schlechten Stil und hat nichts von der grimmigen, hysterischen Kraft Strindbergs,

an den er zuweilen erinnert; in seinem Werk sind die Beengtheit des Horizonts und der Mangel an Format so offensichtlich, daß manche noblen Passagen einfach untergehen. Mr. Moore allerdings hat hervorragendes mimetisches Talent, und noch vor ein paar Jahren hätten ihm seine Bücher den Ehrenplatz unter den englischen Romanciers gesichert. Aber mag auch *Vain Fortune* (vielleicht sollte man Teile von *Esther Waters* hinzufügen) ein gutes eigenständiges Werk sein, Mr. Moore strampelt sich doch eigentlich im Rückstrom der Flut ab, die von Flaubert ausging und über Jacobsen zu D'Annunzio vorantrieb: denn zwei ganze Zeitalter liegen zwischen *Madame Bovary* und *Il Fuoco*. In *Celibates* und den späteren Romanen wird deutlich, daß Mr. Moore von seinem literarischen Kapital zu zehren beginnt, so daß die Suche nach einem neuen Impuls wahrscheinlich auch seine kürzlich erfolgte, aufsehenerregende Konversion erklärt. Die Bewegung hat jetzt ihre Konvertiten, und so wurden Mr. Moore und seine Insel entsprechend bewundert. Doch kann er zu seiner Verteidigung Pater und Turgenjew so falsch zitieren, wie er will, sein neuer Impuls hat mit der Zukunft der Kunst nicht das mindeste zu tun.

In dieser Situation muß man einfach Stellung beziehen. Wenn der Künstler die Gunst der Menge hofiert, wird er eben von ihren Fetischen und ihren absichtlichen Selbsttäuschungen infiziert; wenn er sich einer populären Bewegung anschließt, tut er es auf eigene Gefahr. Als das Irish Literary Theatre sich daher den Trollen unterwarf, hat es die Leine, die es mit dem Fortschritt verband, durchschnitten. Bevor er sich nicht von den niedrigen Einflüssen seiner Umwelt frei gemacht hat, von triefendem Enthusiasmus und berechnenden Einflüsterungen, von jedem schmeichelnden Einfluß der Eitelkeit und von seichtem Ehrgeiz – ist kein Mensch Künstler. Die eigentliche Knechtschaft des Künstlers aber liegt darin, daß ihm ein von Zweifeln gebrochener Wille vererbt wurde und eine Seele, die all ihren Haß für eine Schmeichelei hingibt; und die, die sich den Anschein größter Unabhängigkeit geben, sind jene, die sich als erste wieder an die Kette legen lassen. Aber die Wahrheit geht großmütig mit uns um. Andernorts gibt es Männer, die das Erbe des alten Meisters, der in Kristiania im Sterben liegt, würdig fortsetzen werden. In dem Verfasser des *Michael Kramer*[7] hat er bereits seinen Nachfolger gefunden. Und der dritte Erbe[8] wird nicht auf sich warten lassen, wenn seine Stunde kommt. Vielleicht steht diese Stunde schon vor der Tür[9].

1 Das Irish Literary Theatre, aus dem das Abbey Theatre dann hervorging, wurde im Mai 1899 mit William Butler Yeats' *The Countess Cathleen* eröffnet.
Joyce wohnte der Aufführung bei und war begeistert; er distanzierte sich deutlich von der studentischen Protestbewegung wegen des angeblich ketzerischen Gehalts des Stückes. In der Folge wandte sich das Theater ausschließlich irischen, zum Teil legendären Themen zu, und Joyce empörte sich über den zunehmenden Provinzialismus. Er sandte den »Tag des Pöbels« an die Studentenzeitschrift *St. Stephen's*, und der Berater, Pater Henry Browne, lehnte den Essay ab. Einem Freund von Joyce, Francis Skeffington, war es mit einem Essay über die Emanzipation der Frauen gleich ergangen, und so veröffentlichten die beiden ihre Aufsätze auf eigene Rechnung. Etwa 85 Exemplare wurden, vermutlich im November 1901, gedruckt mit der Vorbemerkung: »Diese beiden Essays wurden vom Herausgeber von *St. Stephen's* in Auftrag für diese Zeitschrift gegeben, dann aber vom Zensor untersagt. Die Verfasser geben sie jetzt in ihrer ursprünglichen Form heraus, wobei jeder Verfasser nur für den Teil verantwortlich ist, der unter seinem Namen erscheint. F.J.C.S. J.A.J.« Die beiden Autoren und Stanislaus Joyce verteilten die Schrift in Dublin.
2 Giordano Bruno aus Nola (1548?-1600), einer der von Joyce am meisten geschätzten Philosophen, dessen Name ständig im Joyceschen Werk auftaucht.
3 Bruno schrieb *Spaccio della Bestia Trionfante,* worin jedoch die Bestie nicht für den Menschenpöbel, sondern für die menschlichen Laster steht.
4 José Echegaray y Eizaguirre (1832-1916), spanischer Dramatiker.
5 In Maeterlincks *Pelléas et Mélisande.*
6 Bei einer späteren Begegnung mit Yeats pries Joyce diese Geschichte und *The Tables of the Law (Die Gesetzestafeln)* derart, daß Yeats den Erzählungen bei der Wiederveröffentlichung folgenden Satz voranstellte: »Ich glaube nicht, daß ich diese Geschichten hätte nachdrucken lassen, hätte ich nicht neulich einen jungen Mann in Irland getroffen, der sie sehr mochte, und nichts sonst, was ich geschrieben habe.«
7 Gerhart Hauptmann. Joyce hatte im Sommer 1901 *Vor Sonnenaufgang* übersetzt und ebenfalls, wahrscheinlich im selben Jahr, *Michael Kramer.*
8 Anspielung auf sich selber.

9 »Ich sage Ihnen, die jüngere Generation wird eines Tages kommen und an meine Türe donnern!« Ibsen, *Baumeister Solneß,* Erster Akt.

James Clarence Mangan [I][1]

»Als Denkmal wünschte ich mir ... ständig gegenwärtig zu sein denen, die mich lieben.«

Manchen Tag ist es her, seit in der stillen Stadt der Künste der Streit zwischen der klassischen und der romantischen Schule begann, und so ist die Kritik, die fälschlich entschieden hatte, das klassische Naturell sei das älter gewordene romantische Naturell, gezwungen worden, sie als konstante Gemütsverfassungen anzuerkennen. Wenngleich der Streit oft unsanft war (um nur das mindeste zu sagen) und vielen wie ein Streit um Namen vorkam, der sich mit der Zeit zu einem konfusen Kampf entwickelte, in dem jede Schule sich den Grenzen der anderen nähert und mit inneren Zwistigkeiten beschäftigt ist – die klassische Schule bekämpft den Materialismus, der ihr wesentlich ist, die romantische Schule müht sich ab, Kohärenz zu wahren –, so ist doch diese Unruhe auch die Voraussetzung für alle schöpferische Leistung und insoweit gut, denn sie drängt langsam in Richtung auf eine tiefere Einsicht, die die Schulen eins machen wird. Vorläufig jedoch ist keine Kritik gerecht, wenn sie sich Arbeit erspart, indem sie einen Standard von Reife aufstellt, nach dem die verschiedenen Schulen beurteilt werden sollen. Die romantische Schule wird oft und folgenreich mißdeutet, und zwar nicht weniger von den eigenen Vertretern als von anderen, denn jenes ungeduldige Naturell, das für seine Ideale keine geeignete Stätte hienieden sehen konnte und sich darum dafür entschied, sie in Gestalt fühlloser Figuren zu schauen, tendiert zur Mißachtung bestimmter Grenzen, und da diese Figuren von dem Geist, der sie konzipiert hat, auf und ab gewirbelt werden, tendiert es manchmal auch dazu, sie als schwache Schatten zu betrachten, die ziellos um das Licht kreisen und es verdunkeln; und das gleiche Naturell, das gewiß nicht geduldiger geworden ist, ruft laut, das Licht habe sich in etwas Schlimmeres als Schatten verwandelt, in Dunkelheit gar, und zwar durch alle jene Methoden, die sich auf diese vorhandenen Dinge richten und sie so bearbeiten und formen, daß die rasche Intelligenz über sie hinausgehen kann bis zu ihrer Bedeutung, die noch unausgesprochen ist. Doch solange uns dieser Platz in der Natur angewiesen ist, ist es richtig, daß die Kunst jener Gabe keine Gewalt antut, wenn sie auch im Dienste dessen, was sie liebt, weit über die Sterne und die Wasser hinausgehen kann. Weshalb das höchste Lob der romantischen Schule vorenthalten werden muß (auch wenn dadurch der erleuchtetste der westlichen Dichter übergangen wird[2]), und der Grund für das ungeduldige Naturell im Künstler und seinem Thema gesucht werden muß. Auch dürfen im Urteil über den Künstler die Gesetze seiner Kunst nicht vergessen werden, denn kein Irrtum ist weiter verbreitet als der, daß man einen Künstler nach den höchsten Gesetzen der Dichtkunst beurteilen müsse. Verse sind wahrhaftig nicht der einzig mögliche Ausdruck von Rhythmus, doch übersteigt Dichtung in jeder Kunst die Art und Weise ihrer Ausdrucksform. Und um das zu benennen, was in den Künsten weniger ist als Dichtung, braucht man neue Begriffe, obwohl in einer Kunst der Begriff »Literatur« verwendet werden kann. Literatur ist der weite Bereich, der zwischen kurzlebigem Schrifttum und Dichtung liegt (zu der auch die Philosophie gehört), und wie der größte Teil der Versdichtung keine Literatur ist, so muß selbst originären Schriftstellern und Denkern der höchste Ehrentitel streng verweigert werden. Vieles von Wordsworth und fast alles von Baudelaire ist nichts weiter als Literatur in Versform und muß an den Gesetzen der Literatur gemessen werden. Schließlich muß man bei jedem Künstler fragen, in welchem Verhältnis er zum höchsten Wissen und zu jenen Gesetzen steht, die keinen Urlaub nehmen, weil die Menschen und die Zeit sie vergessen. Das heißt, man darf nicht nach einer Botschaft Ausschau halten, sondern muß dem Naturell näherzukommen suchen, das das Werk geschaffen hat, eine betende alte Frau oder einen jungen Mann, der seinen Schuh bindet, und dann feststellen, was daran gut gemacht ist und wieviel es bedeutet. Ein Lied von Shakespeare oder Verlaine, das so frei und lebendig erscheint, so fernab jeglicher bewußter Absicht wie der Regen, der in einem Garten niedergeht, oder die Lichter des Abends, entdeckt sich als die rhythmische Rede einer Empfindung, die sonst nicht mitzuteilen ist, mindestens nicht so vollendet. Doch dem Naturell, das Kunst schuf, sich zu nähern, ist ein Akt der Ehrerbietung, dem eine Absage an vielerlei Konventionen vorausgehen muß, denn gewißlich wird der innerste Bereich der Kunst sich dem nicht erschließen, der in Profanes verstrickt ist.

Eine seltsame Frage war es, die der reine Tor Parsifal stellte – »Wer ist gut?« –, und sie kommt einem in den Sinn, wenn man gewisse Kritiken und Biographien liest, für die der Einfluß eines modernen Schriftstellers[3], mißverstanden als die Anbetung des Biedersinns im Bratenrock, verantwortlich ist. Wenn diese Kritiken unaufrichtig sind, sind sie lustig; schlimmer ist die Sache allerdings, wenn sie so aufrichtig sind, wie solche Sachen eben sein können. Und wenn man sich daher in diesem Land an Mangan erinnert (denn manchmal wird in literarischen Gesellschaften von ihm gesprochen), beklagen seine Landsleute, daß soviel dichterische Begabung mit so wenig Korrektheit in der Lebensführung einherging, und sie wundern sich, diese Begabung bei einem Mann zu finden, der exotische Laster und wenig Patriotismus hatte. Diejenigen, die über ihn geschrieben haben, bemühten sich skrupulös, das Gewicht gleichmäßig auf den Trunkenbold und den Opiumesser zu verteilen, und suchten herauszufinden, ob Gelehrsamkeit oder Hochstapelei hinter solchen Vermerken wie »aus dem Ottomanischen« oder »aus dem Koptischen« liegt[4]. Abgesehen von diesem dürftigen Gedenken ist Mangan in seinem Land ein Fremder geblieben, eine ungewöhnliche und wenig Sympathie erweckende Gestalt in den Straßen, wo man ihn einhergehen sieht wie einen, der Buße tut für eine längstvergangene Sünde. Gewiß ist das Leben, das Novalis eine Krankheit des Geistes nannte, eine schwere Strafe für ihn, der vielleicht die Sünde vergessen hat, für die sie ihm auferlegt wurde; ein trauriges Los zudem, weil der verfeinerte Künstler in ihm die Zeichen der Brutalität und der Schwäche so deutlich in den Gesichtern der Menschen liest, die in seinen Weg geworfen werden. Die meiste Zeit erträgt er es gefaßt, beugt sich der Gerechtigkeit, die ihn zu einem Gefäß des Zorns gemacht hat, doch in einem Augenblick höchster Erregung bricht er das Schweigen, und wir lesen, wie seine Gefährten seine Person mit ihrem Geifer und Gift besudelten und wie er als Kind in Gemeinheit und Armut lebte und daß alle, denen er begegnete, Dämonen aus der Tiefe waren und sein Vater eine Boa constrictor in Menschengestalt[5]. Gewiß ist es klüger, keinen Menschen dafür anzuklagen, daß er einen ungerecht behandelt hat, weil man weiß, daß die sogenannte Ungerechtigkeit eben diese niemals ist, sondern ein Aspekt der Gerechtigkeit, aber diejenigen, die glauben, eine so schreckliche Geschichte sei die Ausgeburt eines verwirrten Gehirns, haben keine Ahnung, wie intensiv ein empfindsamer Knabe unter der Berührung mit einer rohen Natur leidet. Mangan ist allerdings nicht ohne einen gewissen Trost, denn seine Leiden haben ihn nach innen geworfen, wo seit langer Zeit den Weisen und den Traurigen zu leben vorbehalten ist. Als jemand zu ihm sagte, der Bericht, den er von seinem frühen Leben gegeben habe, so voller Dinge, die tatsächlich der Anfang der Leiden waren, sei doch wild übertrieben und teilweise unwahr, antwortete er: »Vielleicht habe ich es geträumt.« Sehen Sie – für ihn ist die Welt irgendwie unwirklich geworden, und er hat angefangen, das zu verachten, was letzten Endes die Ursache so vieler Täuschungen ist. Was wird aus jenen Träumen, die für jedes schlichte junge Herz so teure Wirklichkeit annehmen? Ein Mensch von so empfindsamer Art kann seine Träume nicht in einem sicheren, arbeitsamen Leben vergessen. Er zweifelt an ihnen und schiebt sie eine Weile von sich, aber wenn er hört, wie andere sie mit einem Eid bestreiten, würde er sich stolz zu ihnen bekennen, und wo Sensibilität Schwäche hervorgerufen oder, wie hier, natürliche Schwäche verfeinert hat, würde er sich sogar mit der Welt arrangieren, um dafür von ihr wenigstens die Wohltat des Schweigens zu empfangen, für etwas, das zu leichtgewichtig ist, um heftige Verachtung zu ertragen, für jene laut geschmähte Sehnsucht des Herzens nämlich, für diese so rüde behandelte Idee. Er verhält sich so, daß niemand sagen kann, ob Stolz oder Demut aus diesem vagen Gesicht blicken, das nur aus den hellen, glänzenden Augen zu leben scheint und von dem seidigen blonden Haar darüber, auf das er ein bißchen eitel ist. Diese rein defensive Zurückhaltung ist nicht ohne Gefahren für ihn, und am Ende sind es nur seine Exzesse, die ihn vor der Gleichgültigkeit bewahren. Man hat einiges über eine Liebesaffäre zwischen ihm und einer Schülerin geschrieben, der er Deutschstunden gab, und später hat er wohl auch in einer Liebeskomödie zu dritt mitgespielt, aber wenn er Männern gegenüber zurückhaltend ist, dann ist er Frauen gegenüber eher schüchtern, und für einen Kavalier ist er zu befangen, zu kritisch, weiß er zu wenig von zärtlicher Konversation. Und in seiner eigenartigen Gewandung, die die einen als exzentrisch, die anderen als affektiert interpretiert haben – der hohe, konische Hut, die viel zu großen schlotternden Hosen und der alte Regenschirm, der wie ein Dudelsack aussieht –, mag sich das mehr oder weniger bewußt ausdrücken. Das Wissen vieler Länder begleitet ihn ständig, östliche Geschichten und die Erinnerung an seltsam gedruckte mittelalterliche Bücher, die ihn aus seiner Zeit entrückt haben, Tag um Tag zusammengetragen und wie in ein Gewebe eingestickt. Er pflegt Umgang mit Dutzenden von Sprachen, was er bei passender Gelegenheit freizügig zur Schau stellt, und er hat sich verwegen durch viele Literaturen gelesen und ungezählte Meere überquert, ja, er ist sogar bis nach Peristan vorgedrungen, wohin keine von Füßen begehbare Straße führt. Sein Timbuktuesisch, das bekennt er mit charmanter Bescheidenheit, die die Lästerzungen zurückhalten sollte, läßt noch ein wenig zu wünschen übrig, aber das ist kein Grund zur Trauer. Er interessiert sich auch für das Leben der Seherin von Prevorst[6] und für alle Phänomene der mittleren Natur; und hier, wo vor allem die Süßigkeit und die Entschlossenheit der Seele mächtig sind, scheint er nach dem zu suchen, »was nicht in befriedigendem Ausmaße oder überhaupt nicht vorhanden ist«[7], in einer Welt, die noch so verschieden sein kann von der, in der Watteau gesucht haben mag, in der aber beide mit einer gewissen graziösen Unruhe gesucht haben.

Seine Schriften, die noch nie gesammelt wurden und unbekannt sind bis auf zwei amerikanische Ausgaben ausgewählter Gedichte und ein paar Seiten Prosa, die Duffy veröffentlichte, zeigen keinen Plan und oft sehr wenig Überlegung. Viele seiner Essays sind ziemlich lächerlich, wenn man sie einmal liest, doch kann man nicht umhin, hinter dem Geplänkel etwas wie eine wildentschlossene Energie wahrzunehmen, die den Worten nicht in guter Absicht nachdrängt, und es besteht eine Ähnlichkeit zwischen dem verzweifelten Schreiber, der selbst das Opfer einer allzu raffinierten Folter ist, und dem verzerrten Text. Mangan, das muß man bedenken, schrieb ohne eine einheimische literarische Tradition, die ihn hätte leiten können, und für ein Publikum, dem es um Tagesereignisse ging und um Dichtung nur insoweit, als sie diese illustrierte. Er konnte nicht oft überarbeiten, was er schrieb, und oft hat er mit Moore und Walsh[8] auf ihrem eigenen Terrain gewetteifert. Aber das Beste, was er geschrieben hat, wirkt sicherlich deswegen, weil es von der Imagination konzipiert wurde, die er, glaube ich, die Mutter aller Dinge nannte, deren Traum wir sind, die uns sich einbildet und uns vorstellt und sich selbst in uns vorstellt – die Kraft, vor deren Atemhauch der schöpferische Geist (um Shelleys Bild zu gebrauchen) wie eine verglimmende Kohle ist. Wenngleich selbst in den besten Sachen Mangans manchmal die Gegenwart fremder Emotionen zu spüren ist – die Gegenwart einer imaginativen Persönlichkeit, die das Licht der imaginativen Schönheit widerspiegelt, ist noch lebhafter zu spüren. Ost und West begegnen sich in dieser Person (wir wissen wie); Bilder verflechten sich dort wie weiche, durchsichtig schimmernde Tücher, und Worte klingen wie strahlende Rüstungen, und ob das Lied von Irland oder Istanbul singt, es hat denselben Refrain, das Gebet, daß der Friede wieder einkehren möge bei ihr, die ihren Frieden verloren hat, der mondweißen Perle seiner Seele, Ameen. Musik und Düfte und Lichter sind um sie gebreitet, und er suchte im Tau und im Sand, um ihr Gesicht mit einer weiteren Glorie umgeben zu können. Eine Landschaft und eine Welt sind um ihr Gesicht gewachsen, wie um jedes Gesicht, das Augen in Liebe angeschaut haben. Vittoria Colonna und Laura und Beatrice – auch sie, über deren Gesicht viele Leben jene schattige Zartheit geworfen haben, als grüble sie fernen Schrecken und ausschweifenden Träumen nach, und jener fremdartigen Stille, vor der die Liebe schweigt, Mona Lisa – sie alle verkörpern eine ritterliche Vorstellung, der nichts Sterbliches anhaftet, tragen sie tapfer über die Unfälle der Lust und der Treulosigkeit und der Ermüdung hinweg. Und sie, deren weiße und heilige Hände die Heilkraft zauberkundiger Hände haben, seine jungfräuliche Blume und Blume aller Blumen, ist kaum weniger als diese die Verkörperung jener Idee. Wie der Osten ihr Tribut zollen und ihr all seine Schätze zu Füßen legen muß! Das Meer, das über den safranfarbenen Sand schäumt, die einsame Zeder auf den Höhen des Balkans, die mit goldenen Monden ausgeschlagene Halle und ein Hauch der Rosen von Gulistan – all das wird sein, wo sie willig ihren Dienst leistet: Ehrfurcht und Friede soll der Dienst des Herzens sein, wie in den Versen »An Mihri«:

My starlight, my moonlight, my midnight, my noonlight,
Unveil not, unveil not![9]

Und wo die Musik ihre Mattigkeit abschüttelt und von der Ekstase des Kampfes erfüllt ist, wie in »Klage um Sir Maurice FitzGerald« und »Schwarze Rosaleen«, erreicht sie zwar wahrlich nicht die Qualität Whitmans, vibriert aber in all den wechselnden Harmonien von Shelleys Versen. Hin und wieder wird dieser Klang mißtönend, und aus einem Schwarm von wüsten Leidenschaften ertönt ein höhnendes Echo, doch

wenigstens zwei Gedichte halten die Melodie ungebrochen durch, das »Schwäbische Volkslied« und die Übersetzung zweier Vierzeiler von Wetzel. Um eine kleine Blume hervorzubringen, sagt Blake, braucht man Jahrhunderte, um ein einziges Gedicht hat Dowland unsterblich gemacht[10]. Die unvergleichlichen Passagen, die man in manchen anderen Gedichten findet, sind so gut, daß kein anderer als Mangan sie hätte schreiben können. Er hätte eine Abhandlung über die Dichtkunst verfassen können, denn seine Anwendung des musikalischen Echos ist sogar raffinierter als die Poes, des Hohenpriesters der meisten modernen Schulen, und bei ihm ist eine Meisterschaft vorhanden, die keine Schule lehren kann, sondern die einem inneren Befehl gehorcht, wie wir ihn in »Kathaleen-Ny-Houlahan« verfolgen können, wo im Refrain der trochäische Rhythmus abrupt zu einer Zeile von festen, marschierenden Jamben wechselt.
All seine Dichtung ruft Unrecht und Leid in Erinnerung und das Verlangen eines Menschen, der gelitten hat, und der zu großen Schreien und Gesten getrieben wird, wenn diese leidvolle Stunde über das Herz stürzt. Dieses Thema finden wir in hundert Liedern, doch in keinem so intensiv wie in diesen Liedern, die in edlem Unglück geschrieben wurden oder, wie sein geliebter Swedenborg sagen würde, aus der Verheerung der Seele. Naomi wollte ihren Namen in Mara ändern, weil es ihr bitter ergangen war, und ist es nicht vielleicht jenes tiefempfundene Gefühl des Kummers und der Bitternis, das all diese Namen und Titel und diese Übersetzungswut erklärt, in der er sich zu verlieren suchte? Denn in sich selbst hat er den Glauben des Einsamen nicht gefunden, oder den Glauben, der im Mittelalter die Kirchtürme singend gen Himmel sandte, und er wartet auf die abschließende Szene, die seine Buße beendet. Schwächer als Leopardi, weil ihm der Mut zu seiner eigenen Verzweiflung fehlt und er alle Kränkungen vergißt und all seine Verachtung aufgibt, wenn jemand ihm etwas Freundlichkeit erweist, hat er vielleicht gerade aus diesem Grunde das Denkmal bekommen, das er sich wünschte – stän-

dig gegenwärtig zu sein denen, die ihn lieben. So zeugt er, wie der mehr heroisch veranlagte Pessimist gegen seinen Willen von der stillen Seelenstärke der Menschheit zeugt, von einer zarten Sympathie für das Gesunde und Fröhliche, die man selten bei jemandem findet, dessen Gesundheit ungebrochen ist. Vor dem Grab und der geschäftigen Betriebsamkeit der Welt schreckt er nicht so sehr zurück wie vor den unfreundlichen Augen der Frauen und den harten Augen der Männer. Um die Wahrheit zu sagen, hat er, wie noch ein anderer[11], sein ganzes Leben den Tod geliebt und keine Frau, und in der gleichen freundlichen Weise wie ehedem begrüßt er den, dessen Gesicht von einer Wolke verhüllt und dessen Name Azrael ist[12]. Jene, die auf Erden von den Flammen allzu brennender Liebe verzehrt worden sind, werden nach dem Tod zu bleichen Phantomen in den Winden der Leidenschaft[13], und da er hier mit der Inbrunst des Unglücklichen nach Frieden strebte, mögen ihn nun die Winde des Friedens umwehen, mag er ruhen und dieses bitteren Körperkleids nicht mehr gedenken.

Versdichtung, selbst wenn sie höchst phantastisch erscheint, ist immer eine Revolte gegen das Artifizielle, in gewissem Sinne auch gegen das Tatsächliche. Sie spricht von Dingen, die phantastisch und unwirklich erscheinen, zu Menschen, die die einfachen Intuitionen verloren haben, die der Prüfstein der Wirklichkeit sind. Häufig steht sie auf Kriegsfuß mit ihrem Zeitalter und erstattet daher keinen Bericht über die Geschichte, die von den Töchtern der Erinnerung erdacht wurde, sondern wertet jeden Augenblick, der kürzer ist als der Pulsschlag einer Arterie, den Zeitraum, in dem ihre Eingebungen entstehen, und in Dauer und Wert ist er ihr gleichbedeutend mit sechstausend Jahren. Zweifelsohne sind diejenigen, die auf der historischen Abfolge der Zeitalter beharren, nichts weiter als Literaten, und von der Geschichte oder Negation der Wirklichkeit, denn das sind zwei Namen für die gleiche Sache, kann man behaupten, daß sie die ganze Welt täuscht. Hierin, wie in manchem anderen, ist Mangan ein typischer Vertreter seines Volkes. Die Geschichte umschließt ihn so eng, daß selbst seine feurigsten Augenblicke ihn nicht von ihr befreien können[14]. Auch sein Leben und seine trauervollen Verse sind ein Aufschrei gegen die Ungerechtigkeit der Räuber, aber nie beklagt er einen tieferen Verlust als den von Plaids und Ornamenten. Er erbt den letzten und schlechtesten Teil einer Legende, aus der noch nie etwas gezogen worden ist und die sich in sich selbst teilt, wie sie Zyklus um Zyklus durchläuft[15]. Weil ihm nun diese Tradition so nah verbunden ist, hat er sie mit all ihrem Schmerz und ihren Fehlschlägen akzeptiert und wußte nicht, wie er sie ändern sollte, was der starke Geist weiß, und so überliefern würde: der Dichter, der seinen Zorn den Tyrannen entgegenschleudert, möchte eine persönliche und weitaus grausamere Tyrannei in der Zukunft etablieren. In der letzten Vision sieht man die Gestalt, die er anbetet, als eine erniedrigte Königin, über die wegen der vielen blutigen Verbrechen, die sie begangen hat, und wegen der ebenso blutigen, die ihr angetan wurden, der Wahnsinn kam und nun der Tod kommt, die aber nicht glauben will, daß sie bald sterben muß, und sich nur noch an den Lärm der Stimmen erinnert, der ihre heiligen Gärten bedroht, und ihre schönen, hohen Blumen, die zum Fraß der Eber geworden sind. Novalis sagt von der Liebe, sie sei das Amen des Universums, und Mangan kann von der Schönheit des Hasses erzählen; denn reiner Haß ist so erhaben wie reine Liebe. Ein ungeduldiger Geist würde die hohen Traditionen von Mangans Volk mit Heftigkeit zu Boden werfen – Liebe zum Leid um des Leides willen und der Verzweiflung und der angstvollen Bedrohung –, aber wo ihre Stimme ein höchstes Flehen ist, erscheint es als geringe Freundlichkeit, sie mit Nachsicht zu ertragen; und was ist so liebenswürdig und so geduldig wie ein großer Glaube?

Jedes Zeitalter muß seine Rechtfertigung in seiner Dichtung und in seiner Philosophie suchen, denn darin erlangt der menschliche Geist, ob er zurück oder vorwärts schaut, einen Zustand von Ewigkeit. Der philosophische Geist tendiert zu einem sorgfältig geplanten Leben – wie das Leben Goethes oder Leonardo da Vincis; das Leben des Dichters jedoch ist intensiv – wie das Leben Blakes oder Dantes – und zieht das umgebende Leben in sein Zentrum, um es unter Planetenklängen wieder von sich zu feuern[16]. Bei Mangan erhält eine geistig beschränkte und hysterische Nation eine letzte Rechtfertigung, denn wenn diese Gestalt aus ihrem schwachen Körper dahingeht, beginnt Dämmerung den Zug der Götter zu verhüllen, und wer hinhört, kann ihre Schritte vernehmen, wenn sie die Welt verlassen. Doch die alten Götter, die Visionen der göttlichen Namen sind, sterben viele Male und erstehen wieder auf, und ist auch Dämmerung um ihre Füße und Dunkel in ihren gleichgültigen Augen, erneuert sich doch auf ewig das Wunder des Lichts in der imaginativen Seele. Wenn die sterile und verräterische Ordnung zerbrochen ist, hört man eine Stimme oder eine Heerschar von Stimmen, ein wenig zaghaft zuerst, von einem ruhig-heitern Geist singen, der die Wälder und Städte und die Herzen der Menschen durchdringt, und vom Leben der Erde – *det dejlige vidunderlige jordliv det gaadefulde jordliv*[17] – schön, verlockend, geheimnisvoll.

Schönheit, der Glanz der Wahrheit, ist als anmutige Erscheinung gegenwärtig, wenn die Imagination intensiv der Wahrheit ihres eigenen Seins und der sichtbaren Welt nachsinnt, und der Geist, der aus Wahrheit und Schönheit hervorgeht, ist der heilige Geist der Freude. Das sind Realitäten, und sie allein geben und erhalten das Leben. Sooft menschliche Furcht und Grausamkeit, dieses schreckliche Ungeheuer, das die Ausschweifung gebiert, sich verbünden, um das Leben unwürdig und finster zu machen und bös über den Tod zu sprechen, ist der Zeitpunkt gekommen, wo ein Mann von zaghaftem Mut die Schlüssel der Hölle und des Todes ergreift und sie weit in den Abgrund hinausschleudert, das Lob des Lebens verkündet, das durch den bleibenden Glanz der Wahrheit geheiligt werden kann, und das Lob des Todes, der schönsten Form des Lebens. In jenen unendlichen Räumen, die uns umschließen, und in jenem großen Gedächtnis, das größer und reicher ist als unser Geist, geht kein Leben, kein Augenblick der Begeisterung je verloren; und all jene, die hochherzig geschrieben haben, haben nicht vergeblich geschrieben, wenngleich die Verzweifelten und die Müden das silberne Lachen der Weisheit nie vernommen haben. Wie, sollten gerade sie um des hohen, ursprünglichen Planes willen, den sie in schmerzhafter Erinnerung oder durch Prophezeiung klarzumachen suchten, nicht teilhaben an der ewigen Bejahung des Geistes?

JAMES A. JOYCE

1 Der Essay über Mangan war Joyces zweiter Vortrag vor der Literarisch-Historischen Gesellschaft, am 15. Februar 1902, und wurde im Mai desselben Jahres in *St. Stephen's* abgedruckt. Im Gegensatz zu Joyces Anspruch war Mangan schon von Yeats und Lionel Johnson gewürdigt und sein Werk mehrmals neu aufgelegt worden. Die ästhetischen Ausführungen zu Anfang des Aufsatzes erscheinen, teilweise verändert und angepaßt, im Roman *Stephen der Held* auf den Seiten 79-83. Dort werden sie aber mit dem Vortrag »Drama und Leben« in Zusammenhang gebracht.
2 Nach der Ansicht von Stanislaus Joyce ist Blake gemeint.
3 Robert Browning soll gemeint sein, nach Stanislaus Joyce.
4 Wieder aufgenommen in *Finnegans Wake*, S. 419 (Zeile 25).
5 Joyce zitiert aus einem »Fragment einer unveröffentlichten Autobiographie« von Mangan. In *Finnegans Wake* sagt Shem: »Mynfadher was a boer constructor« (S. 180).
6 »Die Seherin von Prevorst. Eröffnungen über das innere Leben des Menschen und über das Hereinragen einer Geisterwelt in die unsere«, von Justinus Kerner, erschienen 1829.
7 Nach Walter Pater, »A Prince of Court Poets«, aus den *Imaginary Portraits*.
8 Edward Walsh, irischer Lyriker.
9 »Mein Sternlicht, mein Mondlicht, meine Mitternacht, mein Mittagslicht,/ Enthülle dich nicht, enthülle dich nicht!«
10 Nach Stanislaus war Joyces Lieblingslied von Dowland »Weep ye no more, sad fountains«.
11 Wahrscheinlich Keats.
12 Der Todesengel in der mohammedanischen Mythologie.
13 *Inferno*, Canto 5.
14 Vgl. *Ulysses*, »History is a nightmare from which I am trying to awake« (S. 34).
15 *Porträt*, S. 451.
16 *Stephen der Held*, S. 83
17 »... diese köstliche, wundersame, diese rätselhafte Welt.« Ibsen, *Wenn wir Toten erwachen*, 3. Akt.

Catilina[1]

Die französischen Übersetzer dieses Stücks haben in ihr Vorwort einige Auszüge aus Ibsens Vorwort zur Dresdener Ausgabe von 1875 aufgenommen, und diese Auszüge erzählen leicht humoristisch die Geschichte von Ibsens frühen Jahren. Das Stück wurde 1848 geschrieben, als Ibsen zwanzig war, ein armer Student, der den ganzen Tag über in einer Drogerie arbeitete und nachts studierte, so gut er konnte. Es scheint, daß Sallust und Cicero sein Interesse an der Gestalt Catilinas weckten, und er machte sich daran, eine teils historische, teils politische Tragödie zu schreiben, ein Spiegelbild des zeitgenössischen Norwegens. Das Stück wurde von den Direktoren des Theaters in Kristiania und von allen Verlegern höflich abgelehnt. Ein Freund Ibsens jedoch ließ es auf eigene Kosten drucken, fest davon überzeugt, daß das Stück den Namen des Verfassers sofort weltberühmt machen würde. Ein paar Exemplare davon wurden verkauft, und da Ibsen und sein Freund dringend Geld brauchten, waren sie froh, als sie den Rest einem Schweinemetzger verhökern konnten. »Einige Tage lang«, schreibt Ibsen, »fehlte es uns nicht am Nötigsten.« Das ist eine hinlänglich aufschlußreiche Geschichte, und es ist gut, sich an sie zu erinnern, wenn man ein Stück liest, das Ibsen nur veröffentlicht, damit sein Werk vollständig vorliegt. Denn der Verfasser von *Catilina* ist nicht der Ibsen der Gesellschaftsdramen, sondern, wie die französischen Übersetzer verkünden, ein Romantiker, der den Aufruhr genießt und allen formalen Gesetzen unter dem Deckmantel einer überreichen Rhetorik entflieht. Das erscheint nicht so außergewöhnlich, wenn man bedenkt, daß der junge Goethe einen gewissen Hang zu alchimistischen Experimenten zeigte, und da, um Goethe zu zitieren, die Gestalt, in der ein Mensch zu den Schatten geht, auch die Form ist, in der er sich in der Nachwelt bewegt, wird die Nachwelt wohl Ibsen den Romantiker so völlig vergessen, wie sie Goethe und seinen Athanor[2] vergessen hat.

Und doch weist sein früher Stil in mancher Hinsicht auf seinen späteren voraus. In *Catilina* heben sich drei Figuren vom Hintergrund einer unruhigen und todgeweihten Gesellschaft ab – Catilina, Aurelia, seine Frau, und Fulvia[3], eine vestalische Jungfrau. Ibsen ist dem breiten Publikum als einer bekannt, der Stücke über drei Menschen schreibt – meistens einen Mann und zwei Frauen –, und selbst Kritiker, die ihre Bewunderung für Ibsens »uneingeschränkte Objektivität« bekunden, stellen fest, daß all seine Frauen die gleiche Frau sind, die nacheinander Nora, Rebecca, Hilde, Irene benannt wird –, stellen also eigentlich fest, daß Ibsen zur Objektivität absolut unfähig ist. Kritiker, die im Namen eines Publikums sprechen, dessen Idol der gesunde Menschenverstand und dessen Schrecken die Konfrontation mit einem klaren Kunstwerk ist, das jede Unklarheit wie ein Spiegel wiedergibt, hatten gelegentlich den Mut zu sagen, daß sie das Dreier-System nicht verstünden. Es wird ihnen wohltun zu erfahren, daß einige der Personen in *Catilina* sich in der gleichen traurigen Lage befinden. Hier eine Stelle, wo Curius, ein junger Verwandter von Catilina, seine Unfähigkeit bekennt, Catilinas Beziehungen zu Fulvia und Aurelia zu begreifen:

Curius Liebst du sie denn alle beide zugleich?
Wirklich, ich begreife nichts mehr.
Catilina Es ist in der Tat eigenartig, und ich begreife
selbst nichts mehr.

Aber vielleicht gehört es zu seiner Tragödie, daß er nichts begreift, und das eigentliche Stück ist der Kampf zwischen Aurelia, die das Glück und die Politik der Nichteinmischung verkörpert, und Fulvia, die zuerst die Politik der Einmischung darstellt und dann, nachdem sie aus dem Grab entkommen ist, in das ihre Sünde sie gebracht hatte, zur Gestalt von Catilinas Schicksal wird. Von Überfällen und Schlachten wird in diesem Stück sehr wenig Gebrauch gemacht, und man sieht deutlich, daß dieser Schriftsteller sich nicht für das übliche Repertoire des Romantizismus interessiert. Er gibt das romantische Naturell bereits auf, während es noch am stärksten in ihm sein sollte, und da Jugend gemeinhin keine Behinderung duldet, ist er damit zufrieden, sich der Welt entgegenzuwerfen und sich dort trotzig zu behaupten, bis seine wahren Waffen ihm zur Verfügung stehen. Man darf die Lösung des Dramas zugunsten Aurelias nicht allzu ernst nehmen, denn als schließlich der letzte Akt erreicht ist, bedeuten die Personen schon nichts mehr in sich selbst, und im gespielten Drama hätten sie nur noch durch die Körper der Schauspieler eine Beziehung zum Leben. Hier liegt der auffallendste Unterschied zwischen Ibsens frühem und seinem späteren Stil, zwischen romantischem und klassischem Werk. Das romantische Naturell, unvollkommen und ungeduldig wie es ist, kann sich nur dann adäquat ausdrücken, wenn es sich des Monströsen oder des Heroischen bedient. In *Catilina* sind die Frauen absolut gesetzte Typen, und das Ende eines solchen Stückes muß einfach nach Dogma schmecken – sehr angebracht bei einem Priester, aber äußerst unpassend für einen Dichter. Das Aufbrechen der Tradition, in dem die Arbeit der Moderne besteht, mißbilligt überdies das Absolute, und da kein Schriftsteller dem Geist seiner Zeit entfliehen kann, muß der Verfasser von Dramen heute mehr denn je ein Prinzip aller geduldigen und vollkommenen Kunst beachten, das ihm gebietet, seine Fabel in seinen Charakteren auszudrücken.

Als Kunstwerk ist *Catilina* von geringem Wert, und doch kann man darin erkennen, was die Direktoren des Theaters von Kristiania und die Verleger zu sehen versäumten – einen originellen und fähigen Schriftsteller im Kampf mit einer Form, die nicht die seine ist. Dieser Stil setzt sich, mit gelegentlichen Abrutschern in die Komödie, bis zu *Peer Gynt* fort, wo er seine eigene Begrenzung erkennt und, indem er die Gesetzlosigkeit zur äußersten Grenze vorantreibt, ein Meisterwerk hervorbringt. Danach verschwindet er, und der zweite Stil nimmt allmählich seinen Platz ein, von Stück zu Stück fortschreitend, Aufbau, Sprache und Handlung immer enger zu einem geschmeidigen Rhythmus verbindend, bis er sich in *Hedda Gabler* erfüllt. Nur sehr wenige begreifen den erstaunlichen Mut, den ein solches Werk erfordert, und es ist charakteristisch für unsere Übergangszeit, daß wir den späteren Stil weniger bewundern als den frühen. Denn die Imagination hat die Eigenschaften einer Flüssigkeit und muß in festem Griff gehalten werden, damit sie nicht vage wird, und zugleich zart, damit sie nichts von ihren magischen Kräften verliert. Und Ibsen verbindet mit seiner starken, umfassenden, imaginativen Kraft eine intensive Beschäftigung mit den Dingen, die für ihn gegenwärtig sind. Vielleicht werden mit der Zeit auch die professionellen Kritiker die besten der Gesellschaftsdramen als das erkennen, was sie sind – die hervorragendsten Beispiele für handwerkliches Können und intellektuelle Selbstbeherrschung –, und diese Verbindung zu einer Binsenweisheit der professionellen Kritik machen. Vorläufig jedoch wird eine junge Generation, die den Glauben weggeworfen hat und die Genauigkeit hinterher, für die Balzac ein großer Geist ist und jeder Probierer, der in seinen eigenen formlosen Himmeln und Höllen herumzuwandern beliebt, ein Dante ohne die unangenehmen Vorurteile Dantes, sich von dieser intensiven Beschäftigung irritieren lassen und gerade aus dem schlechten Gewissen heraus eine so ruhige, so ironische Methode verwerfen. Diese hysterischen Schreie vermischen sich mit vielen anderen – mit den Stimmen des Krieges und der Politik und der Religion – in dem großen, gärenden Faß. Aber Bootes, dessen können wir sicher sein, kümmern diese Schreie nicht, wenn er, eifrig wie eh und je, seinem uralten Geschäft nachgeht und seine Jagdhunde über den Zenith führt »an ihren Leinen aus siderischem Feuer«[4].

1 Besprechung der französischen Übersetzung von *Catilina*, erschienen im *Speaker*, 21. März 1903.
2 Von den Alchimisten benutzter Spezialofen.
3 Bei Ibsen heißt die Dame Furia.
4 Nach Carlyle, *Sartor Resartus*, Buch 1, Kapitel 3.

Die Seele Irlands[1]

Aristoteles stellt an den Anfang allen Nachdenkens das Gefühl des Staunens, ein Gefühl, das der Kindheit adäquat ist; wenn man das Nachdenken selbst der mittleren Lebensperiode zuordnet, ist es nur natürlich, von der Vollendungsperiode des Lebens die Frucht des Nachdenkens, nämlich Weisheit, zu erwarten. Doch heutzutage hat man Kindheit, Mitte des Lebens und Alter völlig durcheinandergebracht; diejenigen, denen es trotz Zivilisation gelingt, das Alter zu erreichen, haben offenbar immer weniger Weisheit, und die Kinder, denen meist unverzüglich eine Aufgabe zugeteilt wird, sobald sie gehen und sprechen können, verfügen über immer mehr »praktische Vernunft«. So werden vielleicht in Zukunft kleine Jungen mit langen Bärten dabeistehen und applaudieren, wenn Greise in kurzen Hosen an Häuserwänden Ball spielen.

Das könnte sogar in Irland geschehen, wenn Lady Gregory das Alter ihres Landes wahrheitsgetreu dargestellt hat. In ihrem neuen Buch hat sie Sage und heroische Jugend weit hinter sich gelassen und ist in ein Land vorgedrungen, das beinahe sagenhaft in seinem Leid und seiner Senilität ist. Die Hälfte des Buches besteht in einem Bericht über alte Männer und alte Frauen im Westen Irlands. Diese alten Leute stecken voller Geschichten über Riesen und Hexen und Hunde und Messer mit schwarzen Griffen, und sie erzählen ihre Geschichten eine nach der anderen, sehr ausführlich und mit vielen Wiederholungen (denn es sind Menschen der Muße), am Feuer oder im Hofe eines Armenhauses. Es ist schwierig, ihre Zauberrezepte und Kräuterheilkunde gerecht zu beurteilen, denn das ist das Gebiet von Leuten, die sich mit so was auskennen und die Bräuche verschiedener Länder vergleichen können, und außerdem ist es sicherer, diese magischen Wissenschaften nicht näher zu kennen, denn wenn der Wind sich dreht, während man wilde Kamille schneidet, verliert man seinen Verstand.

Ihre Geschichten dagegen kann man leichter beurteilen. Diese Geschichten sprechen ein Gefühl an, das ganz sicher nicht das Gefühl des Staunens ist, das allem Nachdenken zugrunde liegt. Die Geschichtenerzähler sind alt, und ihre Imagination ist nicht die Imagination der Kindheit. Der Geschichtenerzähler bewahrt die wunderbare Apparatur des Märchenlandes, doch sein Geist ist alt und schläfrig. Er fängt eine Geschichte an und schweift von da in eine andere Geschichte ab, und in keiner der Geschichten findet sich eine befriedigende imaginative Geschlossenheit, keine ist wie Sir John Daws Gedicht, bei dem es am Ende klingeling macht[2]. Lady Gregory ist sich dessen bewußt, denn sie versucht immer wieder, den Erzähler durch Fragen zu seiner Geschichte zurückzuführen, und wenn diese sich hoffnungslos verwirrt hat, versucht sie so etwas wie Geschlossenheit herzustellen, indem sie nur die weniger verwirrten Teile beibehält; manches Mal hört sie »halb interessiert, halb ungeduldig« zu. Kurzum, wo ihr Buch vom »Volk« handelt, veranschaulicht es einen geistigen Zustand im Stadium äußerster Senilität, den Mr. Yeats mit soviel vornehmer Skepsis in seinem gelungensten Buch, *The Celtic Twilight*, dargestellt hat.
Etwas wie Gesundheit und Natürlichkeit kommt allerdings mit Raftery, dem Dichter, ins Spiel. Er hatte, scheint es, ein schreckliches Mundwerk und verfaßte schon beim geringsten Anlaß ein satirisches Gedicht. Er konnte auch Liebesgedichte machen (obwohl Lady Gregory eine gewisse Falschheit in den westirischen Liebesgedichten feststellt) sowie Bußgedichte. Raftery, wenn auch der letzte in der langen Folge von Barden, hat noch viel von der bardischen Tradition an sich. Eines Tages suchte er unter einem Busch Zuflucht vor dem Regen: erst hielt der Busch den Regen ab, und er machte Verse zu seinem Lob, aber nach einer Weile ließ er den Regen durch, und nun beschimpfte er ihn in Versen.
Lady Gregory übersetzt einige seiner Gedichte, und sie übersetzt auch ein paar westirische Balladen und einige Gedichte von Dr. Douglas Hyde. Sie rundet ihr Buch ab durch die

Übersetzung von vier Einaktern von Dr. Douglas Hyde; drei davon haben zur Hauptfigur jene sagenhafte Gestalt, die Dichter und Vagabund zugleich ist und gelegentlich auch Heiliger, während der vierte sich »Spiel von der heiligen Geburt« nennt. Das Zwerg-Drama (man gestatte den Ausdruck) ist eine uneigentliche und wirkungslose Kunstform, doch ist leicht einzusehen, wieso eine Zeit an ihr Gefallen findet, die Bilder hat, die »nocturnes« sind, und Schriftsteller wie Mallarmé und den Verfasser von »Récapitulation«[3]. Das Zwerg-Drama ist folglich als Unterhaltung einzustufen, und in »The Twisting of the Rope« ist Dr. Douglas Hyde gewiß unterhaltsam, auch ist Lady Gregory die Versübersetzung hier besser gelungen als sonst, wie diese vier Zeilen zeigen mögen:

I have heard the melodious harp
On the streets of Cork playing to us;
More melodious by far I thought your voice,
More melodious by far your mouth than that.[4]

Wie so viele Bücher unserer Zeit ist dieses Buch teils pittoresk, teils drückt es direkt oder indirekt den zentralen Glauben Irlands aus. Aus dem materiellen und geistigen Kampf, der ihm so grausam mitgespielt hat, ist Irland mit den Erinnerungen an viele religiöse Überzeugungen und mit einer Überzeugung im besonderen hervorgegangen – mit der Überzeugung von der hoffnungslos unedlen Art der Mächte, die es besiegt haben –, und Lady Gregory, deren alte Männer und Frauen fast als ihre eigenen Richter auftreten, wenn sie ihre weitschweifigen Geschichten erzählen, könnte dem Zitat von Whitman, das ihr Motto abgibt, Whitmans zweideutiges Wort für die Besiegten hinzufügen: »Kämpfe werden in dem Geist verloren, in dem sie gewonnen werden.«

J. J.

1 Besprechung des Buchs *Poets and Dreamers* von Lady Gregory, am 26. März 1903 im *Daily Express*, Dublin, veröffentlicht. Augusta Gregory, eine Schlüsselfigur der irischen Renaissance, war eine derjenigen, an

die Joyce sich um Hilfe wandte, als er im November 1902 nach Paris gehen wollte. Sie brachte ihn in Kontakt mit Longworth, dem Herausgeber des *Daily Express*, der denn auch bei Joyce Rezensionen in Auftrag gab.

2 In Ben Jonsons *Epicoene*, II, ii. In Paris las Joyce den ganzen Ben Jonson, den er in seinem eigenen Werk immer wieder zitiert.

3 Die Anspielung bezieht sich auf Whistler und Catulle Mendès.

4 Ich hab die melodische Harfe gehört/ die uns in den Straßen von Cork aufspielte;/ weit melodiöser fand ich deine Stimme,/ weit melodiöser deinen Mund als das.

Die Philosophie des Giordano Bruno[1]

Abgesehen von einem Buch in der »English and Foreign Philosophical Library«[2], einem hauptsächlich biographisch ausgerichteten Werk, ist in England kein beachtenswertes Buch erschienen, das über Leben und Philosophie des Häresiarchen und Märtyrers von Nola berichtet hätte. In Anbetracht der Tatsache, daß Bruno etwa Mitte des sechzehnten Jahrhunderts geboren wurde, muß eine Würdigung heute – und zwar die erste in England erscheinende Würdigung – als einigermaßen verspätet anmuten. Weniger als ein Drittel dieses Buches ist Brunos Leben gewidmet, der Rest einer Darstellung und einer vergleichenden Einordnung seines Systems. Dieses Leben liest sich in unserer Millionärszeit wie eine heroische Fabel. Dominikanermönch, vagabundierender Professor, Kommentator alter und Erfinder neuer Philosophien, Stückeschreiber und Polemiker, vor Gericht Verteidiger in eigener Sache und schließlich Märtyrer auf dem Scheiterhaufen am Campo dei Fiori – Bruno bleibt durch alle diese Seinsweisen und Akzidentien (wie er sie genannt hätte) eine konsistente geistige Einheit.

Er warf die Tradition mit dem Mut des frühen Humanismus ab, doch brachte er in seine philosophische Untersuchung kaum die philosophische Methode des Peripatetikers ein. Sein lebhafter Geist äußert fortwährend Hypothesen; sein vehementes Temperament zwingt ihn fortwährend zu Gegendarstellungen. Doch wenn auch die Hypothese vom spekulierenden Philosophen sinnvoll gebraucht und die streitbare Gegendarstellung ihm bei passender Gelegenheit zugebilligt werden kann, füllen Hypothesen und Gegenthesen doch so viele Seiten in Brunos Werk, daß man aus ihnen sehr leicht eine unzulängliche und unzutreffende Vorstellung von diesem großen Freund der Weisheit gewinnt. Bestimmte Bereiche seiner Philosophie – sie hat nämlich viele Seiten – können außer acht gelassen werden. Seine Abhandlungen über das

Gedächtnis, Erläuterungen zur Kunst des Raimundus Lullus, seine Exkursionen in jenes trügerische Gebiet, aus dem selbst der ironische Aristoteles nicht unbeschadet hervorging, die Wissenschaft von der Moral, sind nur deshalb von Interesse, weil sie so fantastisch und mittelalterlich sind.
Als unabhängiger Beobachter jedoch verdient Bruno höchste Anerkennung. Mehr als Bacon oder Descartes muß er als Vater dessen betrachtet werden, was man die moderne Philosophie nennt[3]. Sein System, das abwechselnd rationalistisch und mystisch, theistisch und pantheistisch ist, trägt überall das Kennzeichen seines edlen Geistes und kritischen Intellekts und ist erfüllt von jener glühenden Sympathie für die Natur, wie sie ist – *natura naturata* –, die der Lebenshauch der Renaissance ist. Mit seinem Versuch, Materie und Form der Scholastiker zu versöhnen – ehrfurchtgebietende Namen, die in seinem System als Geist und Körper wenig von ihrem metaphysischen Charakter behalten –, hat Bruno eine kühne Hypothese aufgestellt, die in eigenartiger Weise Spinoza vorwegnimmt[4]. Ist es daher nicht erstaunlich, daß Coleridge ihn als Dualisten ansah, einen späten Heraklit, und ihm tatsächlich folgende Worte in den Mund legte: »Jede Kraft der Natur oder des Geistes muß als alleinige Bedingung und Möglichkeit ihrer Manifestation ein Gegenteil entwickeln; und jeder Gegensatz ist daher eine Tendenz zur Wiedervereinigung[5].«
Dennoch bleibt der Hauptanspruch eines Systems wie des Brunoschen, daß es das Komplexe zu vereinfachen unternimmt. Der Gedanke eines letzten Prinzips, geistig, gleichgültig, universal, mit jeder Seele und jedem materiellen Einzelding verbunden, wie die *Materia Prima* Thomas von Aquins mit jedem materiellen Einzelding verbunden ist, mag aus der Perspektive kritischer Philosophie ungerechtfertigt erscheinen, hat aber für den Historiker der religiösen Ekstase entscheidenden Wert. Nicht Spinoza, sondern Bruno ist der gottberauschte Mann[6]. Vom materiellen Universum, dem Reich, das ihm freilich nicht wie den Neuplatonikern als Gebrechen der Seele erschien, oder wie den Christen als eine Stätte der

Prüfung, sondern vielmehr als Möglichkeit zur Entfaltung geistiger Aktivität, geht er nach innen weiter, und dann vom heroischen Enthusiasmus zum Enthusiasmus der Selbstvereinigung mit Gott. Sein Mystizismus zeigt wenig Verwandtschaft mit dem eines Molinos oder Johannes vom Kreuz; er hat nichts von Quietismus, nichts vom düsteren Kloster an sich: er ist stark, plötzlich verzückt, militant. Der Tod des Körpers ist für ihn das Ende einer Existenzform, und dank dieser Überzeugung und des robusten Charakters, »voller Ausflüchte, doch standhaft«, der das äußere Zeichen dieser Überzeugung ist, wurde er einer von denen, die in stolzer Verachtung den Tod nicht fürchten. Sein Eintreten für die Freiheit intuitiver Eingebung sollte uns ein bleibendes Denkmal sein, und unter denen, die einen so ehrenvollen Krieg führten, muß sein Leben als das ehrenvollste erscheinen, heiliger und aufrichtiger als das eines Averroës oder eines Scotus Erigena[7].

1 Besprechung von J. Lewis McIntyres *Giordano Bruno*. Veröffentlicht am 30. Oktober 1903 im *Daily Express*, Dublin.
2 I. Frith, *Life of Giordano Bruno* (London 1887).
3 Nach Ansicht McIntyres (S. 324).
4 Nach Ansicht McIntyres (S. 338).
5 Joyce zitiert, leicht abgewandelt, eine Fußnote aus dem Essay XIII von Coleridges *The Friend*. Coleridge antizipierte Joyces Interesse nicht nur an Bruno, sondern auch an Vico.
6 Gedanke McIntyres (S. 110).
7 McIntyre bringt den Vergleich (S. 110), ohne doch diesen scharfen Schluß zu ziehen.

Irland – Insel der Heiligen und Weisen[1]

Nationen haben ein Ich, ganz wie Individuen auch. Der Fall eines Volkes, das sich selbst mit Eigenschaften und Ruhmesblättern auszustatten liebt, die anderen Völkern fremd sind, ist nicht gerade neu in der Geschichte, seit der Zeit unserer Vorfahren, die sich selbst als Arier und Edelmänner bezeichneten, oder der Griechen, die alle außerhalb des sakrosankten Landes Hellas Lebenden als Barbaren bezeichneten. Mit wohl nicht ganz so leicht erklärlichem Stolz sprechen die Iren von ihrem Land gern als der Insel der Heiligen und Weisen.

Dieser erhabene Titel wurde nicht erst gestern oder vorgestern geprägt. Er geht in früheste Zeiten zurück, als die Insel ein echter Brennpunkt der Frömmigkeit und des Geistes war, dessen Kultur und belebende Kraft auf den gesamten Kontinent ausstrahlten. Man könnte mühelos eine ganze Liste von Iren zusammenstellen, die die Fackel des Wissens von Land zu Land trugen, als Pilger und Eremiten, als Gelehrte und Propheten. Noch heute finden sich ihre Spuren an verlassenen Altären, in Überlieferungen und Legenden, wo selbst der Name des Helden kaum noch erkennbar ist, oder in dichterischen Anspielungen wie der Stelle in Dantes *Inferno,* wo der Führer auf einen der keltischen Magier weist, der von Höllenqualen gepeinigt wird, und sagt:

Quel'altro, che ne' fianchi è così poco,
Michele Scotto fu, che veramente
Delle magiche frode seppe il gioco[2].

Es würde wirklich das Wissen und die Geduld eines bedächtigen Bollandisten[3] erfordern, von den Taten dieser Heiligen und Weisen zu berichten. Doch erinnern wir uns wenigstens an den berüchtigten Widersacher des heiligen Thomas, Johannes Duns Scotus (*doctor subtilis* genannt im Unterschied zu Thomas von Aquin, dem *doctor angelicus,* und Bonaventura, dem *doctor seraphicus*), der ein militanter Verfechter der Doktrin von der Unbefleckten Empfängnis und, wie uns die Chroniken aus jener Zeit berichten, ein unschlagbarer Dialektiker war. Ganz ohne Zweifel – Irland war damals ein riesiges Seminar, in dem sich Gelehrte aus allen Ländern Europas zusammenfanden, in solchem Ansehen stand es wegen seiner Überlegenheit in geistigen Fragen. Wenngleich derlei Behauptungen mit großer Vorsicht aufgenommen werden sollten, ist es doch (schon im Hinblick auf die in Irland immer noch herrschende religiöse Inbrunst, von der Sie, die Sie in den letzten Jahren von der Frucht des Skeptizismus gekostet haben, sich kaum eine rechte Vorstellung machen können) mehr als wahrscheinlich, daß diese glorreiche Vergangenheit keineswegs eine dem Geist der Selbstverherrlichung entsprungene Fiktion ist.

Sollten Sie sich völlig überzeugen wollen, bleiben immer noch die verstaubten Archive der Deutschen. Ferrero[4] stellt neuerdings fest, daß die Entdeckungen dieser guten Professoren aus Deutschland, wenigstens was die antike Geschichte der Römischen Republik und des Römischen Reiches betrifft, von Anfang an falsch sind – beinah von Anfang bis Ende falsch. Das mag schon sein. Doch wie dem auch immer sei, niemand kann leugnen, daß diese gelehrten Deutschen die ersten waren, die Shakespeare dem getrübten Blick seiner Landsleute als einen Dichter von Weltgeltung vorstellten (für die war William bis dato nämlich eine Gestalt von untergeordneter Bedeutung gewesen, ein netter Kerl mit einem angenehmen Talent für Lyrik, ansonsten aber dem englischen Bier doch wohl ein wenig zu hold), und daß ebendiese Deutschen die einzigen in Europa waren, die sich mit keltischer Sprache und der Geschichte der fünf keltischen Völker beschäftigten. Die einzigen irischen Grammatiken und Wörterbücher, die bis vor ein paar Jahren, als in Dublin die Gälische Liga gegründet[5] wurde, in Europa existierten, waren Werke von Deutschen.

Obwohl zur indoeuropäischen Familie gehörig, unterscheidet sich die irische Sprache vom Englischen fast ebensosehr, wie sich die in Rom gesprochene Sprache von der in Teheran

gesprochenen unterscheidet. Sie hat ein Alphabet mit eigenen Schriftzeichen und eine fast dreitausend Jahre alte Geschichte. Vor zehn Jahren wurde sie nur von den Bauern in den westlichen Provinzen an der Atlantikküste und in einigen wenigen im Süden gesprochen, außerdem auf den kleinen Inseln, die wie Vorposten an der vorgeschobensten Stelle Europas stehen, an der Front der östlichen Hemisphäre. Heute ist ihr Gebrauch durch die Gälische Liga neu belebt worden. Jede irische Zeitung, mit Ausnahme der Unionisten-Organe, druckt wenigstens eine besondere Schlagzeile auf irisch. Der Schriftwechsel der großen Städte ist irisch geschrieben, in den meisten Grundschulen und höheren Schulen wird Irisch gelehrt, und an den Universitäten ist es auf eine Stufe gestellt mit den anderen modernen Sprachen wie Französisch, Deutsch, Italienisch und Spanisch. In Dublin sind die Straßen zweisprachig beschildert. Die Liga organisiert Konzerte, Diskussionen und Geselligkeiten, bei denen sich der *beurla* (d.h. Englisch) -Sprechende wie ein Fisch auf dem Trockenen vorkommt, völlig konfus inmitten einer Menge, die sich in einer rauhen und gutturalen Sprache unterhält. In den Straßen begegnet man oft Gruppen von jungen Leuten, die, mit etwas mehr Emphase als vielleicht unbedingt nötig, irisch sprechen. Die Mitglieder der Liga schreiben einander auf irisch, und oft muß sich der arme Postbote, der die Adresse nicht lesen kann, an einen Vorgesetzten wenden, um das Problem zu lösen.
Diese Sprache ist orientalischen Ursprungs, und viele Philologen haben sie als die Sprache der alten Phönizier identifiziert, die den Historikern zufolge Handel und Schiffahrt erfunden haben. Dieses abenteuerlustige Volk, das das Monopol über die Meere besaß, gründete in Irland eine Kultur, die schon verfallen und fast vergessen war, ehe der erste griechische Geschichtsschreiber seine Feder zur Hand nahm. Es wachte eifersüchtig über die Geheimnisse seines Wissens, und die erste Erwähnung der Insel Irland in der ausländischen Literatur findet sich in einem griechischen Gedicht aus dem fünften Jahrhundert vor Christus, wo der Geschichtsschreiber

die phönizische Überlieferung nacherzählt. Die Sprache, die der lateinische Komödienschreiber Plautus in seiner Komödie *Poenulus* den Phöniziern in den Mund legt, ist, nach Ansicht des Kritikers Vallancey[6], fast die gleiche Sprache, wie sie die irischen Bauern heute sprechen. Religion und Kultur dieses alten Volkes, später als Druidismus bekannt, waren ägyptisch. Die druidischen Priester hatten ihre Tempel im Freien und verehrten Sonne und Mond in Eichenhainen. Bei dem rudimentären Stand des Wissens in jenen Zeiten galten die irischen Priester als sehr gelehrt, und wo Plutarch Irland erwähnt, sagt er, daß dort heilige Männer wohnten. Festus Avienus gab Irland im vierten Jahrhundert als erster den Beinamen *insula sacra;* und später, nach den Invasionen der spanischen und gälischen Stämme, wurde es vom heiligen Patrick und seinen Jüngern zum Christentum bekehrt und gewann erneut den Beinamen »Heilige Insel«.
Ich habe nicht die Absicht, eine vollständige Geschichte der irischen Kirche in den ersten Jahrhunderten des christlichen Zeitalters vorzulegen. Das würde den Rahmen dieses Vortrags sprengen und überdies nicht sonderlich interessant sein. Doch muß ich Ihnen mein Thema – Insel der Heiligen und Weisen – ein wenig erklären und Ihnen seine historischen Grundlagen verdeutlichen. Ich lasse die Namen der zahllosen Kirchenmänner beiseite, deren Wirkung ausschließlich national war, und bitte Sie, mir ein paar Minuten lang zu folgen, wenn ich mit Ihnen den Spuren nachgehe, die die zahlreichen keltischen Apostel in fast allen Ländern zurückgelassen haben. Einige Ereignisse, die dem Laien heute trivial erscheinen mögen, müssen kurz erwähnt werden, weil in den Jahrhunderten, in denen sie sich abspielten, und im ganzen folgenden Mittelalter nicht nur die Geschichte selbst, sondern auch die Wissenschaften und die verschiedenen Künste ausschließlich religiösen Charakter hatten, unter den wachsamen Augen einer mehr als nur mütterlichen Kirche. Was waren denn schließlich die italienischen Wissenschaftler und Künstler vor der Renaissance anderes als gehorsame Mägde Gottes,

gelehrte Kommentatoren heiliger Schriften oder Illustratoren des Evangeliums in Wort und Bild?
Es mag seltsam erscheinen, daß eine vom kulturellen Zentrum so abgelegene Insel wie Irland sich als Schule für Apostel hervortun konnte, doch wird schon ein flüchtiger Überblick uns zeigen, daß die Beharrlichkeit, mit der das irische Volk darauf besteht, seine eigene Kultur zu entwickeln, nicht so sehr die Forderung einer jungen Nation ist, die im europäischen Konzert etwas nachzuholen hat, sondern vielmehr die Forderung einer sehr alten Nation, die unter neuen Formen den Glanz einer vergangenen Kultur wiedererstehen lassen möchte. Schon im ersten Jahrhundert des christlichen Zeitalters, zur Zeit des Apostels Petrus, wirkte der Ire Mansuetus, der später heiliggesprochen wurde, als Missionar in Lothringen, wo er eine Kirche gründete und ein halbes Jahrhundert lang predigte. Cataldus verfügte in Genf über eine Kathedrale und zweihundert Theologen und wurde später Bischof von Tarent. Der große Häresiarch Pelagius, ein weitgereister Mann und unermüdlicher Bekehrer, war, wenn nicht Ire, was viele behaupten, auf jeden Fall entweder Ire oder Schotte, genau wie seine rechte Hand, Caelestius. Sedulius durchquerte einen großen Teil der Welt und ließ sich schließlich in Rom nieder, wo er die Schönheiten von fast fünfhundert theologischen Abhandlungen komponierte, und viele fromme Hymnen, die noch heute im katholischen Ritus verwendet werden. Fridolinus Viator, der Wanderer also, aus königlichem irischen Geblüt, war Missionar der Deutschen und starb zu Säckingen in Deutschland, wo er auch begraben liegt. Dem feurigen Columbanus fiel die Aufgabe zu, die französische Kirche zu reformieren, und nachdem er in Burgund durch seine Predigten einen Bürgerkrieg entfacht hatte, ging er nach Italien, wurde zum Apostel der Lombarden und gründete das Kloster Bobbio. Frigidian, der Sohn des Königs von Nordirland, hatte das Bistum Lucca inne. Der heilige Gallus, zunächst Schüler und Gefährte Columbans, lebte als Einsiedler unter den Graubündnern in der Schweiz, jagte, fischte und

bebaute selbst seine Felder. Er lehnte das Bistum Konstanz ab, das ihm angeboten wurde, und starb im Alter von fünfundneunzig Jahren. An der Stelle seiner Einsiedelei entstand eine Abtei; ihr Abt wurde durch Gottes Gnade Fürst des Kantons und tat sehr viel zur Ausstattung der Benediktinerbibliothek, deren Überreste noch heute den Besuchern der alten Stadt St. Gallen gezeigt werden.

Finnian, genannt der Gelehrte, gründete am Ufer des Boyne in Irland eine theologische Schule, wo er Tausende von Studenten aus Großbritannien, Frankreich, Armorica und Deutschland in der katholischen Lehre unterwies und ihnen allen (o glückliche Zeiten!) nicht nur Bücher und Unterricht gab, sondern auch freie Unterkunft und Verpflegung. Offenbar vergaßen jedoch einige von ihnen, ihre Studierlampen zu füllen, denn ein Student, dessen Lampe plötzlich erloschen war, mußte die göttliche Gnade anrufen, die seine Finger in wunderbarer Weise so zum Leuchten brachte, daß er seinen Wissensdurst stillen konnte, indem er mit den leuchtenden Fingern über die Seiten fuhr. Auch St. Fiacre, von dem eine Gedenktafel in der Kirche St. Mathurin in Paris zeugt, predigte den Franzosen und führte extravagante Begräbnisse auf Kosten des Hofes durch. Fursey gründete Klöster in fünf Ländern; sein Festtag wird noch heute in Peronne gefeiert, dem Ort in der Picardie, wo er starb.

Arbogast errichtete im Elsaß und in Lothringen Heiligtümer und Kapellen und regierte fünf Jahre lang das Bistum Straßburg, bis er sein Ende nahen fühlte und (so berichtet sein Dauphin) hinging, um in einer Hütte an der Stätte zu leben, wo man die Verbrecher hinrichtete und wo später das große Münster der Stadt gebaut wurde. Der heilige Verus wurde zum Vorkämpfer des Marienkults in Frankreich, und Disibod, Bischof von Dublin, reiste mehr als vierzig Jahre lang kreuz und quer durch Deutschland und gründete schließlich ein Benediktinerkloster mit Namen Berg Disibod, heute Disenberg genannt. Rumold wurde Bischof von Mechlin in Frankreich, und der Märtyrer Albinus gründete, von Karl dem Großen unterstützt, ein wissenschaftliches Institut in Paris und ein anderes im alten Ticinum (heute Pavia), das er viele Jahre lang leitete. Kilian, der Apostel Frankens, wurde zum Bischof von Würzburg in Deutschland geweiht, doch als er versuchte, zwischen Herzog Gozbert und seiner Geliebten die Rolle Johannes des Täufers zu spielen, wurde er von gedungenen Mördern umgebracht. Sedulius den Jüngeren wählte Gregor II. aus, um die Kämpfe des Klerus in Spanien zu schlichten; bei seiner Ankunft allerdings weigerten sich die spanischen Priester, ihn anzuhören, mit der Begründung, er sei Ausländer. Darauf erwiderte Sedulius, er sei ja ein Ire aus dem alten Volk von Milesius und daher in Wirklichkeit ein echter Spanier. Dieses Argument überzeugte seine Widersacher so gründlich, daß sie ihm gestatteten, sich im Palast des Bischofs von Oreto zu etablieren.

Kurz, die Epoche, die in Irland durch die Invasion der skandinavischen Stämme im achten Jahrhundert beendet wurde, ist eine ununterbrochene Folge von Aposteltum, Mission und Märtyrertum. König Alfred, der das Land besuchte und uns seine Eindrücke in einem Gedicht namens »Die königliche Reise« hinterließ, berichtet in der ersten Strophe:

Ich fand, als ich im Exil war,
In Irland, dem schönen,
Viele Damen, ein ernstes Volk,
Laien und Priester im Überfluß

und man muß zugeben, daß sich dies Bild in zwölf Jahrhunderten nicht wesentlich gewandelt hat; wenngleich der gute Alfred, der im damaligen Irland Überfluß an Laien und Priestern feststellte, ginge er heute dorthin, mehr von den letzteren als den ersteren vorfinden würde.

Liest man die Geschichte der drei Jahrhunderte vor der Ankunft der Engländer, so braucht man einen guten Magen, denn die mörderischen Auseinandersetzungen und Kämpfe mit Dänen und Norwegern, den schwarzen Fremdlingen und

den weißen Fremdlingen, wie sie genannt wurden, folgen einander so pausenlos und so brutal, daß sie die ganze Zeit als wahres Schlachtfest erscheinen lassen. Die Dänen besetzten alle wichtigen Häfen an der Ostküste der Insel und gründeten ein Königreich in Dublin, heute die Hauptstadt Irlands, seit zweitausend Jahren eine bedeutende Stadt. Dann brachten sich die einheimischen Könige gegenseitig um, wobei sie sich aber von Zeit zu Zeit zu einer wohlverdienten Ruhepause zum Schachspiel zurückzogen. Schließlich setzte der blutige Sieg des Usurpators Brian Boru über die nordischen Horden in den Dünen vor den Mauern Dublins den skandinavischen Überfällen ein Ende. Die Skandinavier verließen das Land jedoch nicht, sondern wurden nach und nach von der Gemeinschaft assimiliert, eine Tatsache, die man bedenken muß, will man das merkwürdige Wesen des heutigen Iren verstehen.
Notwendigerweise geriet in dieser Zeit die Kultur ins Hintertreffen, doch hatte Irland immerhin die Ehre, die drei großen Häresiarchen – Johannes Duns Scotus, Macarius und Vergilius Solivagus – hervorzubringen. Vergilius wurde vom französischen König mit der Abtei Salzburg betraut und später zum Bischof dieser Diözese ernannt, wo er eine Kathedrale baute. Er war Philosoph und Mathematiker und übersetzte die Schriften des Ptolemäus. In seiner Abhandlung über die Geographie vertrat er die damals als subversiv geltende Theorie, die Erde sei rund, und wurde für diese Unbotmäßigkeit von den Päpsten Bonifaz und Zacharias zum Verbreiter ketzerischer Lehren erklärt. Macarius lebte in Frankreich, wo das Kloster von St. Eligius noch heute seine Abhandlung *De Anima* aufbewahrt, in der er die später als Averroismus bekannt gewordene Lehre vertrat, über die uns Ernest Renan, selbst ein bretonischer Kelte, eine meisterliche Untersuchung hinterlassen hat. Scotus Erigena, Rektor der Pariser Universität, war ein mystischer Pantheist und übersetzte die mystisch-theologischen Bücher von Dionysius, dem Pseudo-Areopagiten, dem Schutzheiligen des französischen Volkes[7], aus dem Griechischen. Diese Übersetzung machte Europa erstmals

mit der transzendentalen Philosophie des Orients bekannt, die soviel Einfluß auf die Entwicklung des religiösen Denkens in Europa hatte wie später, zur Zeit Pico della Mirandolas die Übersetzungen Platos auf die Entwicklung der profanen italienischen Kultur. Es versteht sich von selbst, daß solch eine Neuentdeckung (die wie ein lebenspendender Atemhauch die toten Gebeine der orthodoxen Theologie zu erwecken schien, die sich in einem sakrosankten Friedhof, einem Feld von Ardath häuften) nicht die Billigung des Papstes fand, der Karl dem Kahlen nahelegte, das Buch nebst Autor unter Geleitschutz nach Rom zu schicken, wahrscheinlich, weil er ihn die Wonnen päpstlicher Gastfreundschaft kosten lassen wollte. Doch scheint sich Scotus ein Körnchen gesunden Menschenverstandes in seinem überhitzten Geist bewahrt zu haben, denn er gab vor, diese höfliche Einladung nicht gehört zu haben, und reiste eiligst in Richtung Heimat ab.

Zwischen der englischen Invasion und heute liegt ein Zeitraum von fast achthundert Jahren, und wenn ich auch ziemlich ausgiebig bei der vorhergehenden Periode verweilt habe, um Ihnen die Wurzeln des irischen Temperaments verständlich zu machen, so will ich Sie doch keineswegs damit aufhalten, daß ich Ihnen die Wechselfälle der irischen Geschichte unter fremder Herrschaft vorrechne. Ich werde das schon deshalb nicht tun, weil Irland damals aufhörte, eine geistige Kraft in Europa zu sein. Die dekorativen Künste, in denen die alten Iren so groß gewesen waren, gerieten in Vergessenheit, und die heilige und die profane Kultur kamen außer Gebrauch.

Zwei oder drei illustre Namen leuchten hier wie die letzten Sterne einer strahlenden Nacht, die verblaßt, wenn die Dämmerung heraufzieht. Der Legende zufolge hörte Johannes Duns Scotus, von dem ich schon sprach, der Begründer der Scotisten-Schule, den Argumentationen aller Doktoren der Pariser Universität drei Tage hintereinander zu, erhob sich dann und widerlegte sie aus dem Gedächtnis, einen nach dem anderen; Joannes de Sacrobosco war der letzte große Vertreter der geographischen und astronomischen Lehren des Ptolemäus; und dem Theologen Petrus Hibernus war die große Aufgabe übertragen, den Geist des Verfassers der scholastischen Apologie *Summa contra Gentiles* zu bilden, Thomas von Aquino, der vielleicht der kühnste und klarste Geist war, den die menschliche Geschichte kennt.

Doch während diese letzten Sterne die europäischen Nationen noch an Irlands vergangenen Glanz erinnerten, entstand ein neues keltisches Volk, in dem der alte keltische Bestand und die skandinavischen, angelsächsischen und normannischen Stämme verschmolzen. Ein neuartiges nationales Wesen erwuchs auf dem Grund des alten, die verschiedensten Elemente vermischten sich und erneuerten den alten Körper. Die alten Feinde machten gemeinsame Sache gegen die englische Aggression, wobei die protestantischen Einwohner (die zu *Hibernis Hiberniores* – irischer als die Iren selbst – geworden waren) die irischen Katholiken mit ihrer Opposition gegen die kalvinistischen und lutherischen Fanatiker von jenseits des Meeres bedrängten und die Abkömmlinge der dänischen, normannischen und angelsächsischen Siedler die Sache der neuen irischen Nation gegen die britische Tyrannei vertraten.

Als kürzlich ein irischer Abgeordneter am Abend vor den Wahlen eine Rede vor den Wählern hielt, rühmte er sich, von der alten Rasse abzustammen, und warf seinem Gegner vor, er sei Abkömmling Cromwellscher Einwanderer. Dieser Vorwurf rief in der Presse allgemeines Gelächter hervor, denn es wäre, um ehrlich zu sein, unmöglich, aus der heutigen Nation all jene auszuschließen, die von ausländischen Familien abstammen, und wollte man all denen den Namen Patriot verweigern, die nicht irischer Urabstammung sind, müßte man ihn fast allen Heroen der modernen Bewegung absprechen – Lord Edward Fitzgerald, Robert Emmet, Theobald Wolfe Tone und Napper Tandy, den Anführern des Aufstands von 1798, Thomas Davis und John Mitchel, den Führern der jungirischen Bewegung, Isaac Butt, Joseph Biggar, dem Erfinder der parlamentarischen Obstruktionspolitik, vielen der antiklerikalen Fenier und schließlich Charles Stuart Parnell, sicher dem großartigsten Mann, der die Iren je führte, in dessen Adern jedoch nicht ein Tropfen keltischen Blutes floß.

Im nationalen Kalender müssen den Patrioten zufolge zwei Tage als unheilbringend vermerkt werden – der Tag der normannischen und angelsächsischen Invasion und der Tag der Union beider Parlamente vor hundert Jahren. An dieser Stelle muß man sich zwei haarsträubende und bedeutsame Tatsachen ins Gedächtnis rufen. Irland ist stolz darauf, mit Leib und Seele seiner nationalen Tradition und dem Heiligen Stuhl gleichermaßen treu zu sein. Die Mehrheit der Iren hält die Treue zu diesen beiden Traditionen für ihre erste Glaubenspflicht. Tatsache ist aber, daß die Engländer auf wiederholtes Bitten eines einheimischen Königs nach Irland kamen[8], ohne große Begeisterung ihrerseits (wie man sich denken kann) und ohne die Zustimmung ihres eigenen Königs, allerdings mit der päpstlichen Bulle Hadrians IV. und einem päpstlichen Brief von Alexander bewaffnet[9]. Mit siebenhundert Mann landeten sie an der Ostküste: eine Rotte von Abenteurern gegen ein Volk; sie wurden nur von ein paar eingeborenen Stämmen empfangen, und nach weniger als einem Jahr feierte der englische König Heinrich II. genüßlich in der Stadt Dublin Weihnachten. Weiter kommt die Tatsache hinzu, daß die Union der Parlamente[10] nicht in Westminster, sondern in Dublin legal beschlossen wurde, von einem Parlament, das vom irischen Volk gewählt worden war, wohl ein von den Agenten des englischen Premierministers mit größtem Geschick unterminiertes und korrumpiertes Parlament, aber immerhin ein irisches Parlament. Meiner Ansicht nach müssen diese beiden Ereignisse gründlich erklärt werden, ehe das Land, in dem sie sich abgespielt haben, mit der geringsten Berechtigung von einem seiner Söhne verlangen kann, seine Einstellung von der eines vorurteilsfreien Beobachters zu der eines überzeugten Nationalisten zu ändern.

Andrerseits wird Unparteilichkeit leicht mit einer bequemen Mißachtung der Tatsachen verwechselt, und wenn ein Beobachter, in der festen Überzeugung, daß Irland zur Zeit Heinrichs II. ein von wilden Kämpfen zerrissener Staatskörper und zur Zeit William Pitts ein giftiger Wirrwarr von Korruption war, aus diesen Fakten den Schluß zieht, daß England in Irland nicht viele Verbrechen wiedergutzumachen hat, jetzt und auf lange Zeit, dann irrt er sich gewaltig. Wenn ein siegreiches Land ein anderes tyrannisiert, kann man es logischerweise nicht für ungerechtfertigt erachten, wenn dieses andere rebelliert. Die Menschen sind so, und niemand, der sich nicht durch Eigeninteresse oder Arglosigkeit täuschen läßt, wird heute und in diesem Jahrhundert noch glauben, daß eine Kolonialmacht aus rein christlichen Motiven heraus handelt. Die sind vergessen, sobald von fremden Küsten Besitz ergriffen wird, mögen auch die Missionare nebst Taschenbibel der Ankunft der Soldaten und Zivilisationsapostel routinemäßig ein paar Monate zuvorgekommen sein. Wenn die Iren zu Hause nicht fähig waren zu tun, was ihre Brüder in Amerika getan haben, bedeutet das noch nicht, daß sie es nie tun werden, noch sind die englischen Historiker konsequent, wenn sie dem Gedächtnis George Washingtons ihre Reverenz erweisen und sich zufrieden über die Entwicklung einer unabhängigen, beinahe sozialistischen Republik in Australien äußern, die irischen Separatisten dagegen als Verrückte behandeln.

Die innerliche Trennung zwischen den beiden Ländern ist längst vollzogen. Ich kann mich nicht erinnern, die englische Nationalhymne »God Save the King« jemals ohne einen Sturm von Zischen, Schreien und Pschtpscht in der Öffentlichkeit gehört zu haben, der die feierliche und majestätische Musik absolut unhörbar machte. Aber um sich von dieser Trennung zu überzeugen, hätte man auf der Straße sein müssen, als Königin Victoria ein Jahr vor ihrem Tode in die irische Hauptstadt kam[11]. Dazu muß man vor allem festhalten, daß es jedesmal, wenn ein englischer Monarch aus

politischen Gründen nach Irland kommen will, aufgeregte Auseinandersetzungen gibt, um den Bürgermeister dazu zu überreden, daß er ihn an den Toren der Stadt empfängt. Der letzte Monarch, der sie betrat[12], mußte sich freilich mit einem informellen Empfang durch den Sheriff zufriedengeben, weil der Bürgermeister die Ehre abgelehnt hatte. (Als Kuriosum erwähne ich nebenbei, daß augenblicklich ein Italiener, Nannetti, Bürgermeister von Dublin ist.)
Ein einziges Mal war Königin Victoria bis dahin in Irland gewesen, fünfzig Jahre zuvor, neun Jahre nach ihrer Heirat[13]. Damals kamen die Iren (die weder ihre Treue zu den unglücklichen Stuarts noch den Namen Maria Stuarts, Königin der Schotten, noch den legendären Flüchtling, Bonnie Prince Charlie, ganz vergessen hatten) auf die böse Idee, den Gemahl der Königin zu verspotten, als wäre er ein abgedankter deutscher Fürst, sie amüsierten sich damit, die Art und Weise nachzumachen, in der er angeblich Englisch lispelte, und begrüßten ihn überschwenglich mit einem Kohlstrunk, als er seinen Fuß auf irischen Boden setzte.
Die irische Haltung und der irische Charakter waren der Königin, die von den aristokratischen und imperialistischen Theorien Benjamin Disraelis, ihres Lieblingsministers, beeinflußt war, unsympathisch, und sie zeigte wenig bis kein Interesse für die Lage des irischen Volkes, von ein paar geringschätzigen Bemerkungen abgesehen, auf die es wie gewohnt sehr temperamentvoll reagierte. Einmal freilich, als eine schreckliche Katastrophe die Grafschaft Kerry heimsuchte und fast die ganze Grafschaft ohne Nahrung und Obdach war, schickte die Königin, die ihre Millionen eisern zusammenhielt, dem Hilfskomitee, das von Wohltätern aller sozialen Schichten schon Tausende von Pfunden gesammelt hatte, eine königliche Zuwendung in Höhe von zehn Pfund[14]. Kaum hatte das Komitee den Eingang dieser Gabe vermerkt, da steckte es sie in einen Umschlag und schickte sie mit dem üblichen Dankesschreiben per Post an die Spenderin zurück. Aus diesen kleinen Vorfällen mag deutlich werden, daß es

zwischen Königin Victoria und ihren irischen Untertanen wenig Sympathie zu verlieren gab, und wenn sie sich in der Abenddämmerung ihres Lebens zu einem Besuch bei ihnen entschloß, war dieser Besuch ganz sicher politisch motiviert.
In Wahrheit kam sie gar nicht; ihre Berater hatten sie geschickt. Das Debakel im Burenkrieg in Südafrika hatte damals die englische Armee zur Zielscheibe des Spotts in der europäischen Presse gemacht, und es bedurfte des Genies der zwei Oberbefehlshaber Lord Roberts und Lord Kitchener (beides in Irland geborene Iren), um ihr bedrohtes Prestige zu retten (wie es schon 1815 des Genies eines weiteren irischen Soldaten bedurft hatte, um Napoleons neugewonnene Macht in Waterloo zu schlagen), so bedurfte es eben auch irischer Rekruten und Freiwilliger, die ihre weitberühmte Tapferkeit auf dem Schlachtfeld demonstrieren sollten. In Anerkennung dieser Tatsache erlaubte die englische Regierung den irischen Regimentern nach dem Krieg, am St.-Patricks-Tag den Shamrock, das patriotische Emblem, zu tragen. In Wirklichkeit kam die Königin also mit der Absicht herüber, die kurzlebigen Sympathien des Landes einzufangen und die Listen der Werbeoffiziere zu füllen.
Ich sagte, um den Abgrund zu verstehen, der die beiden Völker immer noch trennt, hätte man bei ihrem Einzug in Dublin dabeisein müssen. Den Weg entlang hatte man die kleinen englischen Soldaten aufgestellt (denn seit James Stephens' Fenier-Revolution schickte die Regierung keine irischen Regimenter mehr nach Irland), und hinter dieser Barriere stand die Menge der Bürger. Die Regierungsbeamten und ihre Frauen, die unionistischen Angestellten und ihre Frauen, die Touristen und ihre Frauen standen auf den geschmückten Balkonen. Als die Prozession in Sicht kam, stimmten die Leute auf den Balkonen ein Begrüßungsgeschrei an und schwenkten ihre Taschentücher. Die Kutsche der Königin fuhr vorbei, ringsum sorgfältig von einem eindrucksvollen Aufgebot an Leibwachen mit blanken Säbeln geschützt, und darin sah man eine winzige Dame, fast eine Zwergin, hin- und hergeworfen

von den Bewegungen der Kutsche, in Trauer gekleidet, eine Hornbrille im fahlen und leeren Gesicht. Ab und zu verneigte sie sich ruckartig, auf irgendeinen vereinzelten Gruß antwortend, wie jemand, der seine Lektion schlecht einstudiert hat. Sie verbeugte sich nach rechts und links, mit vagen und mechanischen Bewegungen. Die englischen Soldaten standen in respektvoller Habachtstellung, während ihre Patronin an ihnen vorbeifuhr, und hinter ihnen schaute die Menge der Bürger neugierig und fast mitleidig auf die pompöse Prozession und die rührende Gestalt in ihrer Mitte; und als die Kutsche vorbeifuhr, schauten sie ihr mit zweifelnden Blicken nach. Diesmal gabs keine Bomben und keine Kohlstrünke, doch die alte Königin von England zog mitten durch ein schweigendes Volk in die irische Hauptstadt ein.

Die Gründe für die Temperamentsunterschiede, inzwischen zum Gemeinplatz der Phrasendrescher in Fleet Street geworden, sind zum einen Teil rassisch, zum anderen historisch. Unsere Kultur ist ein riesiges Gewebe, in dem sich die unterschiedlichsten Elemente vermischt haben, in dem nordische Aggressivität und römisches Recht, neue bürgerliche Konventionen und die Überbleibsel einer syrischen Religion vereint sind. Es ist sinnlos, in solch einem Gewebe nach einem Faden zu suchen, der rein und ursprünglich geblieben ist und auf den nicht ein benachbarter Faden abgefärbt hat. Welches Volk oder welche Sprache (wenn wir die paar ausnehmen, die eine mutwillige Vorsehung auf Eis gelegt zu haben scheint, das isländische Volk z. B.) kann sich heute rühmen, rein zu sein? Und kein Volk könnte mit weniger Recht sich dessen rühmen als das Volk, das heute in Irland lebt. Wenn Nationalität nicht ohnehin eine bequeme Fiktion ist wie so viele andere, denen die Skalpelle der modernen Wissenschaft den Todesstoß versetzt haben, muß sie ihren Sinn darin finden, auf etwas gegründet zu sein, was so vergängliche Dinge wie Blut und menschliche Worte übersteigt und transzendiert und durchdringt. Der mystische Theologe, der sich den Namen Dionysius zulegte, der Pseudo-Areopagit, sagt irgendwo:

»Gott hat die Grenzen der Nationen nach seinen Engeln festgelegt« – und vielleicht ist das keine ausschließlich mystische Vorstellung. Können wir nicht verfolgen, wie sich in Irland die Dänen, die Firbolgs, die Milesier aus Spanien, die normannischen Eroberer und die angelsächsischen Einwanderer zu einer neuen Einheit zusammengeschlossen haben, man könnte sagen: unter dem Einfluß einer lokalen Gottheit? Und obschon das heutige Volk in Irland rückständig und inferior ist, muß man doch in Betracht ziehen, daß es das einzige Volk aus der gesamten keltischen Familie ist, das nicht gewillt war, sein Erstgeburtsrecht für ein Linsengericht zu verkaufen.
Mir kommt es ziemlich naiv vor, England mit Vorwürfen wegen seiner Schandtaten in Irland zu überhäufen. Eroberer können nicht nachlässig sein, und viele Jahrhunderte lang haben die Engländer in Irland nichts anderes getan, als was die Belgier heute im Freistaat Kongo tun und was der Zwerg Nippon morgen in anderen Ländern tun wird. Sie schürten die Streitigkeiten unter den Parteien und übernahmen das Staatsvermögen. Durch die Einführung eines neuen Agrarsystems reduzierten sie die Macht der einheimischen Führer und gaben ihren Soldaten große Besitzungen. Sie verfolgten die römische Kirche, solange sie rebellierte, und hörten auf damit, als sie zum wirksamen Instrument der Unterdrückung geworden war. Ihr oberstes Ziel war es, die Spaltung des Landes zu erhalten, und würde eine liberale englische Regierung, die sich des vollen Vertrauens der englischen Wähler erfreute, Irland morgen ein gewisses Maß an Autonomie zugestehen, so würde die konservative englische Presse augenblicklich die Provinz Ulster gegen die Autorität in Dublin aufzuhetzen versuchen.
England ging ebenso grausam wie gerissen vor. Seine Waffen waren und sind der Rammbock, die Keule und der Strick; und daß Parnell ein Pfahl im englischen Fleische wurde, kam in erster Linie daher, daß er als kleiner Junge in Wicklow von seinem Kindermädchen Geschichten über englische Grausamkeiten gehört hatte. Eine Geschichte, die er selbst erzählt hat,

handelte von einem Bauern, der gegen die Strafgesetze verstoßen hatte und auf Befehl eines Colonels ergriffen, ausgezogen, an einen Karren gebunden und von den Soldaten ausgepeitscht wurde. Auf Anweisung des Colonels schlug man ihn so auf den Bauch, daß der unglückliche Mann unter den viehischsten Schmerzen starb und seine Eingeweide auf die Straße fielen.
Die Engländer verachten heute die Iren, weil sie katholisch, arm und unwissend sind; doch wird es manchen Leuten nicht so leicht fallen, diese Verachtung auch zu begründen. Irland ist arm, weil englische Gesetze die Industrien des Landes zugrunde gerichtet haben, insbesondere die Wollindustrie, weil die Gleichgültigkeit der englischen Regierung zur Zeit der Kartoffelhungersnot die Besten des Volkes Hungers sterben ließ, und weil, während Irland seine Bevölkerung verliert und Verbrechen so gut wie nicht vorkommen, Richter unter der gegenwärtigen Verwaltung die Gehälter von Königen bekommen und Beamte der Regierung und des öffentlichen Dienstes riesige Summen dafür erhalten, daß sie wenig oder nichts tun. Allein in Dublin, um ein Beispiel zu nennen, erhält der Lord Lieutenant eine halbe Million Francs pro Jahr. Für jeden Polizisten zahlen die Dubliner Bürger 3500 Francs im Jahr (doppelt soviel, glaube ich, wie ein Hochschullehrer in Italien bekommt), und der arme Kerl, der den Posten des Obersten Stadtschreibers versieht, muß sich mit dem kümmerlichen Gehalt von sechs Pfund Sterling pro Tag so recht und schlecht durchschlagen. Die englischen Kritiker haben also recht, Irland ist arm und außerdem politisch rückständig. Den Iren bedeuten die Daten der lutherischen Reformation und der Französischen Revolution nichts. Die Feudalkämpfe zwischen Adel und König, in England als Krieg der Barone bezeichnet, hatten auch in Irland ihre Entsprechung. Wenn die englischen Barone es verstanden, ihre Nachbarn auf vornehme Weise abzuschlachten, verstanden das die irischen Barone auch. An Grausamkeiten, der Frucht aristokratischen Bluts, war in Irland damals kein Mangel. Der irische Fürst Shane O'Neill

war von der Natur so überreichlich begabt, daß man ihn immer wieder bis zum Hals in seiner Muttererde begraben mußte, wenn ihn die fleischlichen Gelüste überkamen. Aber die irischen Barone wurden von fremden Politikern mit viel Geschick uneins gemacht und brachten es niemals fertig, nach einem gemeinsamen Plan zu handeln. Sie ergingen sich in kindischen Privathändeln untereinander und vergeudeten die Lebenskraft des Landes in Kriegen, während ihre Brüder jenseits des St.-Georgs-Kanals den König Johann zwangen, auf dem Feld von Runnymede die Magna Charta (das erste Kapitel der modernen Freiheit) zu unterzeichnen.
Die Welle der Demokratie, die England zur Zeit Simons von Montfort, der das House of Commons gründete, und später unter Cromwells Protektorat erschütterte, war verebbt, als sie Irlands Küsten erreichte; damit ist Irland (ein Land, das Gott zur immerwährenden Karikatur der ernstzunehmenden Welt bestimmt hat) heute ein aristokratisches Land ohne Aristokratie. Die Nachkommen der alten Könige (die man nur mit ihrem Familiennamen, nicht mit einem Titel anredet) sieht man, mit Perücke und eidesstattlichen Erklärungen versehen, in den Hallen der Gerichtshöfe, wo sie zugunsten irgendeines Angeklagten Gesetze anrufen, aufgrund deren ihnen ihre königlichen Titel genommen wurden. Arme gefallene Könige, selbst im Niedergang noch als unpraktische Iren zu erkennen. Nie kam es ihnen in den Sinn, dem Beispiel ihrer englischen Brüder in der gleichen Misere zu folgen, die ins wunderbare Amerika reisen, um einen anderen König um die Hand seiner Tochter zu bitten, und sei er auch ein Ölfarbenkönig oder ein Wurstkönig.
Nicht schwerer ist es zu verstehen, warum der irische Bürger reaktionär und katholisch ist und warum er die Namen Satan und Cromwell verbindet, wenn er flucht. Für ihn ist der große Protektor der Bürgerrechte eine wilde Bestie, die nach Irland kam, um ihren Glauben mit Feuer und Schwert zu propagieren. Er hat die Plünderungen von Drogheda und Waterford nicht vergessen und nicht die Scharen von Män-

nern und Frauen, die die Puritaner auf den entferntesten Inseln aufspürten und denen sie sagten, sie könnten »ins Meer oder in die Hölle gehen«, und er hat den falschen Eid nicht vergessen, den die Engländer auf den zerbrochenen Steinen von Limerick schworen[15]. Wie hätte er vergessen können? Kann der Rücken des Sklaven die Peitsche vergessen? Tatsache ist, daß die englische Regierung den Katholizismus moralisch aufwertete, als sie ihn verbot.

Heute ist das Schreckensregiment vorbei, teils dank endloser Reden, teils dank der Gewalttaten der Fenier. Die Strafgesetze sind aufgehoben worden. Heute darf ein Katholik in Irland wählen, kann Regierungsbeamter werden, kann einen Handel oder einen Beruf ausüben, kann in einer öffentlichen Schule unterrichten, kann im Parlament sitzen, kann eigenes Land länger als dreißig Jahre besitzen, kann in seinen Ställen ein Pferd halten, das mehr wert ist als fünf Pfund Sterling, und kann eine katholische Messe besuchen, ohne dabei zu riskieren, vom Scharfrichter gehenkt, geschleift und gevierteilt zu werden. Aber diese Gesetze sind erst seit so kurzer Zeit aufgehoben, daß ein englisches Gericht einen noch lebenden nationalistischen Abgeordneten wegen Hochverrats dazu verurteilte, vom öffentlichen Henker (der in England ein Gedungener ist und vom Sheriff unter seinen käuflichen Kollegen aufgrund hervorstechender Verdienste an Sorgfalt und Eifer gewählt wird) gehenkt, geschleift und gevierteilt zu werden.

Die irische Bevölkerung, zu neunzig Prozent katholisch, trägt nicht länger zur Erhaltung der protestantischen Kirche bei, die nur zum Wohl einiger tausend Einwanderer existiert. Es genügt festzustellen, daß das englische Staatsvermögen einige Verluste erlitten und die römische Kirche eine Tochter mehr gewonnen hat. Mit Rücksicht auf das Bildungswesen gestattet sie, daß ein paar Ströme modernen Denkens langsam in den ausgedörrten Boden sickern. Vielleicht gibt es mit der Zeit ein Wiedererwachen des irischen Gewissens, und vielleicht erleben wir es vier oder fünf Jahrhunderte nach dem Reichstag zu Worms, daß ein irischer Mönch seine Kutte wegwirft, mit einer Nonne durchbrennt und lauthals das Ende der kohärenten Absurdität, die der Katholizismus war, und den Beginn der inkohärenten Absurdität, die der Protestantismus ist, verkündet[16].

Doch ein protestantisches Irland ist nahezu unvorstellbar. Ganz zweifellos ist Irland bis heute die treueste Tochter der katholischen Kirche gewesen. Es ist wohl das einzige Land, das die ersten christlichen Missionare höflich empfing und sich zu der neuen Lehre bekehren ließ, ohne daß ein Tropfen Blut floß. Und wirklich fehlt es der irischen Kirchengeschichte vollständig an einer Märtyrertradition, wie der Bischof von Cashel sich in einer Erwiderung auf den Spötter Giraldus Cambrensis rühmen konnte. Sechs oder acht Jahrhunderte lang war Irland der geistige Brennpunkt der Christenheit. Es schickte seine Söhne in alle Länder der Welt, das Evangelium zu verkünden, und seine Doctores, die heiligen Schriften auszulegen und zu erneuern.

Sein Glaube war niemals wirklich erschüttert, sehen wir ab von einer bestimmten Lehrmeinung des Nestorius im fünften Jahrhundert, die die hypostatische Einheit der zwei Seinsformen Jesu Christi betraf, von einigen kaum nennenswerten Meinungsverschiedenheiten über das Ritual, die man zur gleichen Zeit beobachten kann, z. B. über Art und Weise des Tonsurschnitts oder die zeitliche Festlegung des Osterfests, und schließlich vom Abfall einiger Priester, die dem Drängen der Reformabgesandten Eduards VII. nachgaben. Bei den ersten Anzeichen jedoch, daß die Kirche in Gefahr sei, brach sofort ein wahrer Schwarm von irischen Abgesandten nach allen Ländern Europas auf, wo man versuchte, die katholischen Mächte zu einer starken gemeinsamen Bewegung gegen die Ketzer aufzurütteln.

Nun, der Heilige Stuhl hat diese Treue auf seine Weise belohnt. Zuerst verschenkte er Irland vermittels einer päpstlichen Bulle und eines Rings an Heinrich II. von England, bereute aber später, unter der Regierung Gregors XIII., als in England die protestantische Ketzerei ihr Haupt erhob, das gläubige Irland den englischen Ketzern überlassen zu haben, und ernannte, um den Irrtum wiedergutzumachen, einen päpstlichen Bastard zum obersten Regenten Irlands[17]. Der blieb natürlich ein König *in partibus infidelium*, doch war die Absicht des Papstes deswegen nicht weniger liebenswürdig. Andrerseits ist Irlands Demut so vollkommen, daß es kaum einen Muckser tun würde, wenn der Papst, nachdem er die Insel bereits einem Engländer und einem Italiener übermacht hat, sie morgen irgendeinem Hidalgo vom Hofe Alfonsos gäbe, der sich aufgrund einer unvorhergesehenen Komplikation in Europa vorübergehend ohne Anstellung fände. Mit kirchlichen Ehrungen war der Heilige Stuhl dagegen sehr viel sparsamer, und wenngleich Irland, in der Weise wie wir gesehen haben, in der Vergangenheit die hagiographischen Archive bereichert hat, so wurde das doch in den Konzilen des Vatikans kaum anerkannt, und es vergingen mehr als vierzehnhundert Jahre, bis es dem Heiligen Vater einfiel, einen irischen Bischof zum Kardinal zu ernennen.

Was hat Irland also durch seine Treue gegenüber dem Papst und seine Untreue gegenüber der britischen Krone gewonnen? Es hat eine Menge gewonnen, freilich nicht für sich. Unter den Namen der irischen Schriftsteller, die im siebzehnten und achtzehnten Jahrhundert die englische Sprache übernahmen und ihr eigenes Land darüber fast vergaßen, finden sich Berkeley, der idealistische Philosoph, Oliver Goldsmith, Verfasser des *Vicar of Wakefield*, zwei berühmte Dramatiker, Richard Brinsley Sheridan und William Congreve, deren komische Meisterwerke selbst heute noch auf den sterilen Bühnen des modernen England bewundert werden, Jonathan Swift, Verfasser der *Gulliver's Travels*, die sich mit Rabelais in den Platz der besten Satire der Weltliteratur teilen, und Edmund Burke, den die Engländer selbst den modernen Demosthenes genannt und für den tiefsinnigsten Redner gehalten haben, der je im Unterhaus gesprochen hat.

Selbst heute trägt Irland trotz seiner schweren Behinderungen seinen Teil zur englischen Kunst und zum englischen Denken bei. Daß die Iren wirklich nur die unausgeglichenen, hilflosen Idioten sind, von denen wir in den Leitartikeln des *Standard* und der *Morning Post* lesen, wird durch die Namen der drei größten Übersetzer in der englischen Literatur widerlegt: FitzGerald, den Übersetzer des *Rubaiyat* des persischen Dichters Omar Khayyam; Burton, den Übersetzer der arabischen Meisterwerke, und Cary, den klassischen Übersetzer der *Divina Commedia*. Auch die Namen anderer Iren sprechen dagegen: Arthur Sullivan, der Doyen der modernen englischen Musik, Edward O'Connor, der Begründer des Chartismus, der Romancier George Moore, eine intellektuelle Oase in der Sahara der unecht-spiritualistischen, messianischen Schriften und Detektivromane, deren Zahl in England Legion ist, und die Namen von zwei Dublinern, der zum Paradox neigende, bilderstürmende Komödienschreiber George Bernard Shaw und der allzu wohlbekannte Oscar Wilde, Sohn einer revolutionären Dichterin.

Schließlich wird diese abwertende Einschätzung Irlands auch auf praktischem Gebiet dadurch als falsch entlarvt, daß Iren, die sich außerhalb Irlands in veränderter Umgebung wiederfinden, sehr oft angesehene Männer werden. Die wirtschaftlichen und geistigen Bedingungen, die in ihrem eigenen Land herrschen, gestatten ihnen nicht, Individualität zu entwikkeln. Die Seele des Landes ist in Jahrhunderten vergeblichen Kampfes und gebrochener Verträge schwach geworden, und persönliche Initiative wird durch den Einfluß und die Mahnungen der Kirche paralysiert, während der Körper des Landes von der Polizei, den Steuerbehörden und den Garnisonen gefesselt ist. Keiner, der etwas Selbstachtung hat, bleibt in Irland, sondern er flieht in die Ferne wie aus einem Land, das von einem zornigen Zeus heimgesucht wurde.

Seit dem Vertrag von Limerick, oder genauer, seit dieser von den Engländern treulos gebrochen wurde, haben Millionen Iren ihre Heimat verlassen. Diese Flüchtlinge, denn das waren sie vor einigen Jahrhunderten, hießen »Wildgänse«. Sie ließen sich in den Söldnerheeren der europäischen Mächte anwerben – Frankreich, Holland und Spanien, um genau zu sein – und gewannen auf vielen Schlachtfeldern den Siegeslorbeer für ihre angenommenen Herren. In Amerika fanden sie eine neue Heimat. In den Reihen der amerikanischen Rebellen hörte man die alte irische Sprache, und 1784 sagte Lord Mountjoy persönlich: »Wir haben Amerika durch die irischen Emigranten verloren.« Heute zählen diese irischen Emigranten in den Vereinigten Staaten sechzehn Millionen, eine reiche, mächtige und fleißige Gemeinschaft. Doch vielleicht ist das kein Beweis dafür, daß der irische Traum einer Renaissance mehr ist als eine reine Illusion!

Wenn Irland in der Lage war, anderen Ländern Männer wie Tyndall zur Verfügung zu stellen, einen der wenigen Wissenschaftler, dessen Name über sein eigenes Gebiet hinaus bekannt geworden ist, wie den Marquess of Dufferin, Gouverneur von Kanada und Vizekönig von Indien, wie Charles Gavin Duffy und Hennessey, Kolonialgouverneure, wie den Herzog von Tetuan, der noch vor kurzem spanischer Minister war, wie Bryan, Kandidat für das Amt des Präsidenten der Vereinigten Staaten, wie Marschall MacMahon, Präsident der französischen Republik, wie Lord Charles Beresford, den eigentlichen Kopf der englischen Marine, der erst kürzlich mit dem Oberbefehl über die Kanalflotte betraut wurde, wie die drei hervorragendsten Generäle der englischen Armee – Lord Wolseley, den Oberbefehlshaber, Lord Kitchener, Sieger des Sudanfeldzuges und augenblicklich kommandierender General der Armee in Indien, und Lord Roberts, Sieger des Krieges in Afghanistan und Südafrika –, wenn Irland in der Lage war, soviel praktische Begabung in den Dienst anderer zu stellen, dann heißt das doch, daß seine eigene gegenwärtige Situation von etwas Feindlichem, etwas Unheilvollem und Despotischem beherrscht wird, weswegen seine Söhne ihre Kraft nicht dem eigenen Land zukommen lassen können.

Denn selbst heute noch geht der Flug der Wildgänse weiter.

Jedes Jahr verliert Irland, ohnehin schon dezimiert, weitere 60000 seiner Söhne. Von 1850 bis heute sind mehr als 5000000 Emigranten nach Amerika ausgewandert, und jede Post bringt ihre einladenden Briefe an die Verwandten und Freunde zu Hause nach Irland. Die alten Leute, die Korrumpierten, die Kinder und die Armen bleiben zu Hause, wo das doppelte Joch eine weitere Furche in den gebeugten Nacken gräbt; und rund um das Totenbett, wo der arme, blutleere, fast schon leblose Körper im Todeskampf liegt, geben die Regierenden Befehle und erteilen die Priester Sterbesakramente.
Ist dieses Land dazu bestimmt, eines Tages seine alte Stellung als Hellas des Nordens wieder einzunehmen? Ist der keltische Geist, wie der slawische Geist, dem er in mancher Hinsicht gleicht, dazu bestimmt, irgendwann in der Zukunft das allgemeine Bewußtsein um neue Entdeckungen und neue Einsichten zu bereichern? Oder muß die keltische Welt, müssen die fünf keltischen Nationen, die die stärkeren Nationen an den Rand des Kontinents, auf die abgelegensten Inseln Europas abgedrängt haben, nach jahrhundertelangem Kampf schließlich ganz in den Ozean gestoßen werden? Ach, wir soziologischen Dilettanten sind leider nur zweitrangige Auguren. Wir schauen und spähen in die Eingeweide des menschlichen Tieres und bekennen schließlich, daß wir dort nichts sehen. Nur unsere Übermenschen sind in der Lage, die Geschichte der Zukunft zu schreiben.
Es wäre interessant, sich zu überlegen, wie sich eine Wiederbelebung dieses Volkes auf unsere Kultur auswirken könnte, doch würde das den Rahmen sprengen, den ich mir heute abend gesteckt habe. Man denke nur an die ökonomischen Auswirkungen, wenn neben England eine rivalisierende Insel auftauchte, eine zweisprachige, republikanische, eigenständige und unternehmungslustige Insel mit eigener Handelsflotte und eigenen Konsuln in allen Häfen der Welt. Und an die moralischen Auswirkungen, wenn die irischen Künstler und Denker im alten Europa auftauchen, diese eigenartigen Geister, frigide Enthusiasten, sexuell und künstlerisch ungebil-

det, voll von Idealismus und unfähig, ihm nachzugeben, kindliche Gemüter, naiv und satirisch, »die liebelosen Iren«, wie man sie nennt. Doch in der Hoffnung auf solch eine Erneuerung muß ich bekennen, daß ich nicht sehe, wozu es gut sein soll, gegen die englische Tyrannei zu wettern, solange die römische Tyrannei den Palast der Seele besetzt hält.
Ich sehe keinen Sinn in den bitteren Schmähungen gegen die englischen Räuber, in der Mißachtung der großen angelsächsischen Kultur, mag es auch eine fast ausschließlich materialistische Kultur sein, noch in der leeren Prahlerei, daß die Kunst der Miniatur in den alten irischen Büchern wie dem *Book of Kells*, dem *Yellow Book of Lecan* oder dem *Book of the Dun Cow* fast so alt wie die chinesische ist und aus einer Zeit stammt, da England noch ein unzivilisiertes Land war, und daß Irland schon einige Generationen lang seine eigenen Stoffe herstellte und nach Europa exportierte, bevor der erste Flame in London eintraf und den Engländern beibrachte, wie man Brot bäckt. Wenn eine derartige Berufung auf die Vergangenheit berechtigt wäre, hätten die Fellachen in Kairo alles Recht dieser Welt auf ihrer Seite, wenn sie es ablehnten, Gepäckträger für englische Touristen zu spielen. Das alte Irland ist so tot wie das alte Ägypten. Seine Todeshymne ist verklungen, und auf seinen Grabstein ist das Siegel gesetzt. Die alte Volksseele, die jahrhundertelang aus dem Mund sagenhafter Seher, wandernder Sänger und jakobitischer Dichter sprach, ist mit dem Tod James Clarence Mangans aus der Welt geschwunden. Mit ihm endete die lange Tradition der dreifachen Rangordnung der alten keltischen Barden; heute haben andere Barden, die von anderen Idealen beseelt sind, das Wort.
Eins allein scheint mir klar. Es ist allerhöchste Zeit, daß Irland ein für allemal aufhört, eine Versagerrolle zu spielen. Wenn es zur Erneuerung wahrhaft fähig ist, soll es erwachen, sonst aber sein Haupt verhüllen und mit Anstand auf immer ins Grab sinken. »Wir Iren«, sagte Oscar Wilde einmal zu einem meiner Freunde[18], »haben nichts zustande gebracht,

aber wir sind die größten Redner seit den Griechen.« Doch wenn die Iren auch redegewandt sind, eine Revolution wird nicht aus menschlichem Atem und Kompromissen gemacht. Irland hat an Wortverdrehereien und Mißverständnissen genug gehabt. Wenn das Spiel beginnen soll, auf das wir so lange gewartet haben, sollte es diesmal ganz und vollständig und endgültig sein. Doch ist unser Rat an die irischen Regisseure derselbe, den unsere Väter vor nicht allzu langer Zeit ihnen auch schon gaben: Beeilt euch! Ich jedenfalls, dessen bin ich sicher, werde diesen Vorhang sich niemals heben sehen, denn ich werde schon mit dem letzten Zug heimgekehrt sein.

1 Vortrag, den Joyce italienisch – »Irlanda, Isola dei Santi e dei Savi« – am 27. April 1907 in Triest an der Università Popolare hielt. Es war der erste einer Folge von drei Vorträgen. Der zweite befaßte sich mit Mangan, der dritte, der sich nicht erhalten hat, mit der irischen literarischen Renaissance.

2 »Der andere so hagere Geselle
war Michel Scotus, der es nicht verschmäht
zu treiben einst das Gaukelspiel der Hölle.« XX, 115-117.
Deutsch von Wilhelm G. Hertz.

3 Die Bollandisten sind die Kompilatoren der *Acta Sanctorum*.

4 Guglielmo Ferrero, italienischer Historiker, dessen *Grandezza e Decadenza di Roma* 1902-1907 erschien. Vgl. *Briefe* I, S. 353 f.

5 Im Jahr 1893.

6 Charles Vallancey (1721-1812), auf dessen Identifikation des Irischen mit dem Phönizischen Joyce anspielt, veröffentlichte mehrere Werke zur irischen Sprache und Geschichte.

7 Joyce verwechselt Dionysius, den Pseudo-Areopagiten, mit Dionysius, dem Areopagiten (St. Denis oder Dionysius von Athen) und mit St. Denis oder Dionysius von Paris, dem Schutzheiligen Frankreichs.

8 Dermot MacMurrogh, König von Leinster.

9 Die Bulle *Laudabiliter* (1156), die Heinrich II. die Herrschaft über Irland zusicherte. Die Echtheit dieses Dokuments ist strittig. Drei Briefe und ein päpstliches Privilegium von Alexander III. bestätigten Englands Anspruch auf Irland.

10 Das Gesetz von 1800, wonach die Königreiche von England und Irland vereinigt wurden, löste das irische Parlament auf. Die Iren waren von nun an im Parlament von Westminster vertreten.

11 Vom 4. bis 26. April 1900. Joyce war damals achtzehn Jahre alt.

12 Edward VII. und Alexandra, 21. Juli bis 1. August 1903.

13 1849.

14 Joyce folgt hier einer populären Mär. Victoria stiftete während der Hungersnot 1878-80 fünfhundert Pfund.

15 Der Vertrag von Limerick (1691), durch den die Williamitischen Kriege abgeschlossen wurden, sicherte Irland religiöse Freiheit zu, die ihm schon von Charles II. zugestanden worden war, doch die englische Unterdrückung der irischen Katholiken im 18. Jahrhundert war die schlimmste der Geschichte.
16 Vgl. *Porträt*, S. 522, »Was für eine Befreiung wäre das, eine Absurdität, die logisch und kohärent ist, aufzugeben und sich in die Arme von einer anderen zu stürzen, die unlogisch und inkohärent ist?«
17 Joyce meint vermutlich Gregors illegitimen Sohn Giacomo Buoncompagno. Das Ereignis kommt in Geschichten des Papsttums nicht vor, und die Quelle, auf die Joyce sich bezieht, ist nicht bekannt.
18 W. B. Yeats.

James Clarence Mangan [II][1]

Es gibt bestimmte Dichter, die nicht nur das Verdienst haben, uns eine bis zu ihrer Zeit unbekannte Phase des menschlichen Bewußtseins zu enthüllen, sondern die darüber hinaus das eher zweifelhafte Verdienst haben, in sich die tausend kontrastierenden Tendenzen ihrer Epoche zusammenzufassen, sozusagen eine Art Speicherbatterie zu sein für neue Kräfte. Meistens werden sie dann eher in der letztgenannten als in der ersten Rolle von der Masse gewürdigt, die von Natur aus unfähig ist, ein Werk echter Selbstdarstellung richtig zu beurteilen, und sich daher beeilt, mit irgendeinem Gnadenakt die unschätzbare Hilfe anzuerkennen, die die individuelle Bestätigung durch einen Dichter einer populären Bewegung gibt. Der populärste Gnadenakt ist in solchen Fällen ein Denkmal, weil es die Toten ehrt und zugleich den Lebenden schmeichelt. Auch hat es den unüberbietbaren Vorteil der Endgültigkeit, denn, um die Wahrheit zu sagen, es ist die höflichste und effektvollste Möglichkeit sicherzustellen, daß der Verstorbene unwiderruflich in Vergessenheit gerät. In konsequenten und ernsthaften Ländern ist es üblich, das Denkmal in anständiger Weise zu vollenden und den Bildhauer, die Stadtväter, Redner und eine große Menschenmenge zur Enthüllung zu versammeln. Doch in Irland, einem Land, das Gott dazu bestimmt hat, eine immerwährende Karikatur der ernstzunehmenden Welt zu sein, kommt man selten über das Legen des Grundsteins hinaus, auch wenn die Denkmäler für höchst volkstümliche Männer bestimmt sind, deren Charakter dem Willen des Volkes zugänglich war. Im Lichte dieser Tatsachen kann ich Ihnen vielleicht eine Vorstellung von der kimmerischen Finsternis vermitteln, die den Namen Clarence Mangans umhüllt, wenn ich Ihnen in Verkennung der allbekannten Großzügigkeit auf der Smaragd-Insel sage, daß bis heute kein feuriger Geist auf die Idee gekommen ist, das ruhelose Gespenst des nationalen Dichters mit so einem Grundstein und den üblichen Kränzen zu erledigen. Mag sein, daß der ungestörte Friede, in dem er ruht, ihm so angenehm geworden ist, daß er sich beleidigt fühlt (vorausgesetzt, daß sterbliche Töne überhaupt in jene Welt jenseits des Grabes dringen), wenn seine geisterhafte Ruhe durch einen Landsmann im Exil gestört wird, wenn er hört, wie ein Liebhaber in einer fremden Zunge zu wohlmeinenden Fremden über ihn spricht.

Irlands Beitrag zur europäischen Literatur kann man in fünf Perioden und zwei große Bereiche einteilen, nämlich in irischer Sprache und in englischer Sprache geschriebene Literatur. Vom ersten Bereich, der die ersten beiden Perioden umfaßt, ist die entferntere fast verloren in der Nacht der Zeiten, in denen all die alten heiligen Bücher, die Epen, die Gesetzbücher, die topographischen Geschichten und Legenden geschrieben wurden. Die jüngere Periode reichte bis lange nach der angelsächsischen und normannischen Invasion unter König Heinrich II. und König Johann, es war das Zeitalter der fahrenden Sänger, deren symbolische Lieder die Tradition der dreifachen Rangordnung der alten keltischen Barden fortführten, und von dieser Periode habe ich ein paar Abende zuvor zu Ihnen sprechen dürfen. Der zweite Bereich, die in englischer Sprache geschriebene irische Literatur, gliedert sich in drei Perioden. Die erste ist das achtzehnte Jahrhundert, das unter anderen Iren den glorreichen Namen Oliver Goldsmith enthält, Verfasser des berühmten Romans *The Vicar of Wakefield,* die Namen der zwei berühmten Komödienschreiber Richard Brinsley Sheridan und William Congreve, deren Meisterwerke selbst heute noch auf den sterilen Bühnen des modernen England bewundert werden, den des Rabelaisischen Dekans, Jonathan Swift, Verfasser von *Gulliver's Travels,* den des sogenannten englischen Demosthenes, Edmund Burke, der selbst von seinen englischen Kritikern für den profundesten Redner, der je im Unterhaus gesprochen hat, und für einen der klügsten Staatsmänner gehalten wird, selbst von der durchtriebenen Bande der Politiker des edlen Albion.

Die zweite und die dritte Periode gehören ins letzte Jahrhundert. Die eine ist die literarische Bewegung des Jungen Irland in den Jahren 1842 und 1845, und die andere die literarische Bewegung von heute, über die ich in meiner nächsten Vorlesung zu Ihnen sprechen will[2].

Die literarische Bewegung von 1842 entstand aus der separatistischen Zeitung *The Nation*, die gegründet wurde von den drei Führern Thomas Davis, John Blake Dillon (Vater des verstorbenen Führers der irischen Parlamentspartei)

[*Eine Seite des Manuskripts fehlt*]

... der Mittelklasse, und nach einer Kindheit in häuslicher Grausamkeit, in Mißgeschicken und Elend, wurde er Angestellter eines drittklassigen Notariats. Er war immer ein Kind von stiller und teilnahmsloser Art gewesen, heimlich dem Studium verschiedener Sprachen hingegeben, zurückgezogen, schweigsam, mit religiösen Fragen beschäftigt, ohne Freunde oder Bekannte. Als er zu schreiben begann, zog er augenblicklich die Aufmerksamkeit der Gebildeten auf sich, die bei ihm eine hochgespannte lyrische Musikalität und einen brennenden Idealismus erkannten, die sich in Rhythmen von außerordentlicher und unbewußter Schönheit offenbarten, wie sie sich sonst im Bereich der englischen Literatur nirgends finden, außer vielleicht in den inspirierten Liedern Shelleys. Durch den Einfluß einiger literarisch interessierter Leute erhielt er eine Stelle als Assistent in der riesigen Bibliothek des Trinity College, Dublin, einem reichen Schatz von Büchern, dreimal so groß wie die Victor-Emmanuel-Bibliothek in Rom. Dort werden so uralte irische Bücher wie *The Book of the Dun Cow, The Yellow Book of Lecan* (eine berühmte rechtliche Abhandlung, das Werk des gelehrten Königs Cormac des Prächtigen, der als der irische Salomon bezeichnet wird[3]) und *The Book of Kells* aufbewahrt, Bücher, die bis ins erste Jahrhundert der christlichen Ära zurückdatieren und deren Miniaturkunst so alt ist wie die chinesische. Dort sah ihn sein Freund und Biograph Mitchel[4] das erste Mal; im Vorwort zu

den Werken des Dichters beschreibt er den Eindruck, den der dünne kleine Mann mit dem wächsernen Gesicht und dem fahlen Haar auf ihn machte, der mit gekreuzten Beinen oben auf einer Leiter saß und im dämmrigen Licht einen riesigen, staubigen Folianten entzifferte.
In dieser Bibliothek brachte Mangan studierend seine Tage zu und wurde zu einem perfekten Sprachforscher. Er kannte sich gleichermaßen gut in der italienischen, spanischen, französischen und deutschen Sprache und Literatur wie in der Englands und Irlands aus, und offenbar besaß er auch Kenntnisse in den orientalischen Sprachen, wahrscheinlich etwas Sanskrit und Arabisch. Ab und zu tauchte er aus dieser gelehrten Stille empor und schrieb einige Gedichte für die revolutionäre Zeitung, doch für die nächtlichen Zusammenkünfte der Partei brachte er wenig Interesse auf. Er verbrachte seine Nächte in weiter Ferne. Er wohnte in einem dunklen und schmuddeligen Zimmer in der Altstadt, einem Viertel von Dublin, das noch heute den bezeichnenden Namen »The Liberties« trägt. Seine Nächte waren Kreuzwegstationen entlang den übelbeleumdeten Kaschemmen der »Liberties«, wo er sich sehr seltsam ausgenommen haben muß inmitten der Blütenlese der städtischen Unterwelt – kleinen Dieben, Banditen, Flüchtlingen, Zuhältern und billigen Huren. Es hört sich seltsam an (ist aber die einhellige Meinung seiner Landsleute, die in solchen Fragen immer gern Zeugnis ablegen), daß Mangan mit dieser Unterwelt nichts weiter als rein formalen Verkehr pflegte. Er trank wenig, doch war seine Gesundheit so angegriffen, daß Alkohol eine außerordentliche Wirkung bei ihm hervorrief. Die Totenmaske, die uns erhalten ist, zeigt ein vergeistigtes, fast aristokratisches Gesicht, in dessen feinen Zügen man nichts anderes als Melancholie und große Müdigkeit entdecken kann.
Wenn ich es recht verstehe, halten es die Pathologen für unmöglich, daß man die Freuden des Alkohols mit denen des Opiums verbinden kann, und offenbar überzeugte sich auch Mangan sehr bald davon, denn er fing an, Narkotika im

Übermaß zu nehmen. Mitchel berichtet uns, daß Mangan gegen Ende seines Lebens wie ein lebendes Skelett aussah. Sein Gesicht war fleischlos, kaum noch bedeckt von einer Haut, die durchsichtig war wie feines Porzellan. Sein Körper war hager, seine Augen, hinter deren unregelmäßigem Flackern die entsetzlichen und wollüstigen Erinnerungen an seine Visionen verborgen schienen, waren riesig, starr und leer, seine Stimme langsam und schwach, eine Grabesstimme. Die letzten Schritte zum Grab stieg er mit erschreckender Eile hinab. Er wurde stumm und abgerissen. Er aß kaum noch genug, um Leib und Seele zusammenzuhalten, bis er eines Tages zusammenbrach, als er über die Straße ging. Als er ins Hospital getragen wurde, fand man ein paar Münzen und einen zerfledderten Band deutscher Gedichte in seinen Taschen. Als er starb, brachte sein jämmerlicher Körper die Wärter zum Schaudern; ein paar barmherzige Freunde zahlten die Unkosten seines schäbigen Begräbnisses.

So lebte und starb der Mann, den ich für den maßgeblichsten Dichter der modernen keltischen Welt halte, einer der inspiriertesten Sänger, die sich je in irgendeinem Land der lyrischen Form bedienten. Noch ist es zu früh, glaube ich, zu behaupten, er müsse für immer in den öden Gefilden der Vergessenheit leben, doch bin ich fest überzeugt, daß es nicht mit Hilfe eines seiner Landsleute geschehen wird, wenn er einmal in dem Nachruhm erscheint, auf den er ein Recht hat. Die Iren werden Mangan an dem Tag akzeptieren, an dem der Konflikt zwischen meinem Heimatland und den fremden Mächten – der angelsächsischen und der römisch-katholischen – sich entscheidet und eine neue Kultur entsteht, entweder eine einheimische oder eine vollkommen fremde. Bis dahin wird er vergessen bleiben oder man wird sich seiner manchmal an Feiertagen erinnern als

[*Eine Seite des Manuskripts fehlt*]

Die Frage, die Wagner dem unschuldigen Parsifal in den Mund legte[1], drängt sich auf, wenn man gelegentlich eine

bestimmte Art englischer Literaturkritik liest, die zum größten Teil auf den Einfluß des blinden und erbitterten Geistes des Kalvinismus zurückzuführen ist. Diese Kritiker sind leicht zu durchschauen, wenn sie ein kraftvolles und originales Genie abhandeln, denn das Auftreten eines solchen Genies ist allen korrupten und etablierten Interessen stets das Signal, zusammenzuhalten und die alten Ordnungen zu verteidigen. So wird es einen, der die destruktive und grimmig ichbezogene Tendenz im gesamten Werk von Henrik Ibsen begriffen hat, nicht weiter verwundern, wenn er hört, wie die einflußreichsten Kritiker Londons am Morgen nach einer Ibsen-Premiere über den Dramatiker herzogen und ihn (ich zitiere den dahingeschiedenen Kritiker des *Daily Telegraph* wörtlich) einen dreckigen, im Schmutz wühlenden Köter nannten. Doch wird der Fall weniger erklärlich, wenn der arme verdammte Mann ein mehr oder weniger ungefährlicher Dichter ist, dessen Vergehen darin bestand, daß er sich dem Kult der Respektabilität nicht peinlich genau anpassen konnte. Und so kommt es, daß jedesmal, wenn Mangans Name in seinem Heimatland erwähnt wird (und ich muß zugeben, daß in literarischen Kreisen manchmal von ihm die Rede ist), die Iren darüber klagen, daß sich bei ihm soviel dichterisches Talent mit soviel Zügellosigkeit verband, und sie äußern naives Erstaunen darüber, Beweise dichterischer Begabung bei einem Mann zu finden, dessen Laster exotisch und dessen Patriotismus nicht eben glühend war.
Diejenigen, die über ihn geschrieben haben, bemühten sich skrupulös, das Gewicht gleichmäßig auf den Trunkenbold und den Opiumesser zu verteilen; sie haben sich große Mühe gegeben, um zu entscheiden, ob sich Gelehrsamkeit oder Hochstapelei hinter Formulierungen wie *»aus dem Ottomanischen übersetzt«*, *»aus dem Koptischen«* verbarg; abgesehen von diesem jämmerlichen Gedenken ist Mangan in seiner Heimat ein Fremder geblieben, eine ungewöhnliche und bizarre Gestalt in den Straßen, wo man ihn traurig und allein einhergehen sah, wie einen, der Buße tut für eine längstvergangene

Sünde. Gewiß ist das Leben, das Novalis eine Krankheit des Geistes nennt, eine schwere Buße für Mangan, für ihn, der vielleicht die Sünde vergessen hat, die sie ihm auferlegte, ein Erbteil, das für ihn um so schwerer ist, als der feinfühlige Künstler in ihm die Zeichen der Brutalität und der Schwäche in den Gesichtern der Menschen, die ihn haßerfüllt und verächtlich ansehen, nur allzu deutlich liest. In der kurzen biographischen Skizze, die er uns hinterlassen hat, spricht er nur von seinem frühesten Leben, seiner frühen und späten Kindheit, und erzählt uns, daß er als Kind nur schmutziges Elend und Roheit kannte, daß die Menschen, denen er begegnete, ihn mit ihrem haßerfüllten Gift begeiferten, daß sein Vater eine Klapperschlange in Menschengestalt war. In diesen leidenschaftlichen Behauptungen erkennen wir die Wirkungen der orientalischen Droge, aber nichtsdestotrotz haben diejenigen, die seine Geschichte lediglich für die Ausgeburt eines zerrütteten Geistes halten, entweder nie gewußt oder vergessen, welch intensiven Schmerz die Berührung mit rohen Naturen einem sensiblen Kind verursachen kann. Seine Leidenserfahrungen machten ihn einsiedlerisch, und wirklich hat er den größeren Teil seines Lebens fast wie in einem Traum gelebt, in jenem Sanktuarium der Seele, das sich seit vielen Jahrhunderten die Traurigen und die Weisen erwählt haben. Als ein Freund ihm gegenüber bemerkte, daß die obenerwähnte Geschichte doch wild übertrieben und teilweise unwahr sei, antwortete Mangan: »Vielleicht habe ich sie geträumt.« Offenbar war die Welt für ihn einigermaßen unwirklich geworden, und nicht sehr wichtig. Was aber wird aus jenen Träumen, die für jedes schlichte junge Herz in solch teure Wirklichkeit gekleidet sind? Ein Mensch von so empfindsamer Art kann seine Träume nicht in einem sicheren, arbeitsamen Leben vergessen. Er zweifelt sie zuerst an und weist sie von sich, doch wenn er hört, wie andere sie verhöhnen oder verfluchen, bekennt er sich stolz zu ihnen, und wo Sensibilität Schwäche hervorgerufen oder, wie bei Mangan, eine angeborene Schwäche verfeinert hat, würde er sich sogar zu Kompromissen mit der Welt bereitfinden, um wenigstens die Wohltat des Schweigens zu erlangen, wie für etwas, das zu zerbrechlich ist, um heftige Verachtung zu ertragen, für jene Sehnsucht des Herzens, die so zynisch verlacht, jene Idee, die so grausam geschmäht wird. Er verhält sich so, daß niemand sagen kann, ob Stolz oder Demut aus seinem ausdruckslosen Gesicht blicken, das nur aus den klaren und glänzenden Augen und dem hellen, seidigen Haar zu leben scheint, auf das er ein bißchen eingebildet ist. Diese Zurückhaltung ist nicht ohne Gefahr, und am Ende sind es nur seine Exzesse, die ihn vor der Gleichgültigkeit bewahren. Es wird über eine intime Beziehung zwischen Mangan und einer Schülerin geredet, der er Deutschunterricht gab, und später hat er wohl auch in einer Liebeskomödie zu dritt mitgespielt; doch wenn er Männern gegenüber zurückhaltend ist, ist er Frauen gegenüber schüchtern, und er ist zu befangen, zu kritisch, weiß zu wenig von schmeichelnden Lügen, um es je zum Kavalier zu bringen. In seiner eigenartigen Gewandung – dem hohen konischen Hut, den ausgebeulten Hosen, die drei Nummern zu groß sind für seine kleinen Beinchen, und dem alten fackelförmigen Regenschirm – kann man einen fast schon komischen Ausdruck seiner Schüchternheit sehen. Das Wissen vieler Länder begleitet ihn ständig, orientalische Erzählungen und Erinnerungen an seltsam gedruckte mittelalterliche Bücher, die ihn aus seiner Zeit entrückt haben, Tag um Tag zusammengetragen und zu einem Stoff gewebt. Er kennt zwanzig Sprachen mehr oder weniger gut und bringt das gelegentlich ausgiebig zur Geltung; er hat sich durch viele Literaturen gelesen und dabei wer weiß wie viele Meere durchquert, ist sogar bis ins Land Peristan vorgedrungen, das auf keinem Atlas zu finden ist. Er interessiert sich außerordentlich für das Leben der Seherin von Prevorst und alle Phänomene der Zwischennatur, und hier, wo Süßigkeit und Entschlossenheit der Seele mächtig sind, scheint er in einer fiktiven Welt – aber wie verschieden von der, in der Watteau (nach Paters gelungener Formulierung) gesucht haben mag, wenn auch beide eine gewisse charakteristische Unstetigkeit

verbindet – zu suchen, was dort in keinem befriedigenden Maße oder überhaupt nicht zu finden ist.
Seine Werke, die nie in einer kritischen Ausgabe gesammelt worden sind, sind ohne Ordnung und oft auch ohne Gedanken. Seine Prosa-Essays sind vielleicht beim ersten Lesen interessant, doch in Wirklichkeit sind es abgeschmackte Versuche. Der Stil ist eingebildet im schlechtesten Sinne des Wortes, forciert und banal, der Gegenstand trivial und bombastisch – mit anderen Worten die Art Prosa, in der die Lokalnachrichten schlechter Provinzblätter geschrieben sind. Man muß bedenken, daß Mangan ohne eine einheimische literarische Tradition und daß er für ein Publikum schrieb, das sich nur für die Tagesereignisse interessierte und daran festhielt, daß es die einzige Aufgabe des Dichters sei, diese Ereignisse zu illustrieren. Er konnte seine Werke nicht überarbeiten außer in besonderen Fällen, doch abgesehen von den sogenannten humoristischen Burlesken und den Gelegenheitsdichtungen, die eindeutig und kunstlos sind, macht der beste Teil seines Werks darum einen echten Eindruck, weil er in der Imagination konzipiert wurde, die er selbst, glaube ich, die Mutter der Dinge nennt, deren Traum wir sind, die sich uns einbildet und uns sich bildhaft vorstellt, jene Kraft, vor deren Atemhauch der schöpferische Geist, um mit Shelley zu sprechen, zu einer verglimmenden Kohle wird. Wenngleich selbst in den besten Sachen, die er geschrieben hat, oft die Gegenwart fremder Emotionen zu spüren ist, so fühlt man doch noch lebhafter die Gegenwart einer imaginativen Persönlichkeit, die das Licht der imaginativen Schönheit widerspiegelt. Ost und West begegnen sich in dieser Person (wir wissen nun wie), Bilder verflechten sich wie weiche, durchsichtig schimmernde Tücher, die Worte glänzen und klingen wie die Glieder eines Kettenhemdes, und ob er von Irland singt oder von Istanbul, sein Gebet ist immer gleich, daß der Friede wieder einkehren möge bei ihr, die ihn verloren hat, der Perle seiner Seele, wie er sie nennt, Ameen.
Diese Gestalt, die er verehrt, erinnert an die religiösen Sehn-

süchte und imaginären Liebesverhältnisse des Mittelalters, und Mangan hat seine Dame in eine Welt voller Musik, voller Lichter und Düfte gestellt, eine Welt, die sich unvermeidlich so entwickelt, daß sie jedes Gesicht umrahmen kann, auf dem je ein Dichterauge in Liebe geruht hat. Es ist die gleiche ritterliche Idee, die gleiche männliche Verehrung, die die Gesichter von Vittoria Colonna, Laura und Beatrice erleuchtet, ebenso wie die bittere Desillusionierung und die Selbstverachtung, die das Kapitel abschließen, dieselben sind. Doch die Welt, in der Mangans Dame wohnen soll, sieht anders aus als der marmorne Tempel, den Buonarroti baute, oder die friedliche Oriflamme des Florentiner Theologen. Es ist eine wilde Welt, eine Welt der orientalischen Nacht. Die geistige Aktivität, die aus dem Opium kommt, hat diese Welt aus wunderbaren und schrecklichen Bildern auseinandergerissen, und der gesamte Orient, den der Dichter in seinem flammenden Traum, dem Paradies der Opiumesser, neu erschaffen hat, pulsiert auf diesen Seiten in apokalyptischen Wortfolgen und Vergleichen und Landschaften. Er spricht vom Mond, der inmitten eines Aufruhrs purpurner Farben dahinschwimmt, vom magischen Buch des Himmels, das rot ist von feurigen Zeichen, vom Meer, das über Safransand schäumt, von der einsamen Zeder auf den Höhen des Balkans, von der barbarischen Königshalle, die von goldenen Halbmonden schimmert und verschwenderisch durchzogen ist vom Duft der Rosen aus dem Gulistan des Königs.

Die berühmtesten von Mangans Gedichten, diejenigen, in denen er unter dem Schleier des Mystizismus Hymnen an den versunkenen Glanz seiner Heimat singt, wirken wie eine Wolke, die den Horizont an einem Sommertag verdeckt, dünn, ungreifbar, bereit, sich aufzulösen, und von kleinen Lichtpunkten durchsetzt. Zuweilen scheint die Musik aus ihrer Lethargie zu erwachen und schreit in der Ekstase des Kampfes. In die letzten Strophen der *Klage um die Fürsten von Tir-Owen und Tirconell,* Langzeilen voll ungeheurer Kraft, hat er alle Energie seines Volkes hineingelegt[6]:

And though frost glaze to-night the clear dew of his eyes,
And white gauntlets glove his noble fair fine fingers o'er,
A warm dress is to him that lightning-garb he ever wore,
The lightning of the soul, not skies.

Hugh marched forth to the fight – I grieved to see him so depart;
And lo! to-night he wanders frozen, rain-drenched, sad, betrayed –
But the memory of the lime-white mansions his right hand hath laid
In ashes warms the hero's heart.[7]

Ich kenne in der englischen Literatur keine andere Passage, in der sich der Geist der Rache mit solcher Intensität der Melodik verbunden hat. Gewiß, dieser heroische Ton klingt manchmal heiser, und eine Schar wüster Leidenschaften imitiert ihn verächtlich, doch einem Dichter wie Mangan, der in sich die Seele eines Landes und einer Epoche zusammenfaßt, kommt es nicht so sehr darauf an, zur Unterhaltung irgendeines Dilettanten etwas hervorzubringen, als vielmehr der Nachwelt die beherrschende Idee seines Lebens zu übermitteln, und das mit der Kraft grober Schläge. Andrerseits kann man nicht leugnen, daß Mangan seine dichterische Seele stets fleckenlos gehalten hat. Obwohl er einen so wundervollen englischen Stil schrieb, weigerte er sich, mit englischen Zeitungen oder Zeitschriften zusammenzuarbeiten; obwohl er der geistige Mittelpunkt seiner Zeit war, weigerte er sich, sich vor dem Pöbel zu prostituieren oder sich zum Sprachrohr von Politikern machen zu lassen. Er war einer jener eigenartigen, aus der Reihe fallenden Geister, die davon überzeugt sind, daß ihr künstlerisches Leben nur eine wahrheitsgetreue und fortwährende Manifestation ihres geistig-seelischen Lebens sein kann, die davon überzeugt sind, daß ihr Innenleben von solchem Wert ist, daß sie die Unterstützung der Öffentlichkeit nicht brauchen, und die daher auch keine Anstalten zu öffentlichen Glaubensbekenntnissen machen; die, kurz gesagt, davon über-

zeugt sind, daß der Dichter sich selbst genügt, daß er Erbe und Bewahrer eines säkularen Patrimoniums ist und daher nicht unbedingt Ausrufer, Prediger oder Parfümeriehändler werden muß.
Wie sieht nun aber diese zentrale Idee aus, die Mangan der Nachwelt übermitteln will? Alle seine Dichtung berichtet von Unrecht und Leid und dem Bestreben eines Menschen, der zu großen Taten und gellenden Schreien getrieben wird, wenn er im Geist die Stunde seines Schmerzes wieder vor sich sieht. Dieses Thema beherrscht einen großen Teil der irischen Dichtung, doch gibt es keine andere irische Dichtung, die so voll ist von edel ertragenem Unglück, von so irreparablen seelischen Verwüstungen wie die Mangans. Naomi wollte ihren Namen in Mara ändern, weil sie allzugut erfahren hatte, wie bitter das Dasein der Sterblichen ist; und ist es nicht vielleicht ein tiefer Sinn für das Leid und die Bitternis, die bei Mangan all die Namen und Titel erklärt, die er sich selber beilegt, und die Übersetzungswut, in der er sich zu verbergen suchte? Denn in sich selbst hat er den Glauben des Einsamen nicht gefunden, oder den Glauben, der im Mittelalter die Kirchtürme gen Himmel sandte wie Triumphgesänge, und er wartet seiner Stunde, der Stunde, die die trauervollen Tage seiner Buße endigen wird. Schwächer als Leopardi, weil ihm der Mut zu seiner eigenen Verzweiflung fehlt und er alle Kränkungen vergißt und all seine Verachtung aufgibt, wenn jemand ihm ein klein wenig Freundlichkeit zeigt, hat er – vielleicht gerade aus diesem Grund – das Denkmal, das er sich wünschte, [»ständig gegenwärtig zu sein denen, die mich lieben«][8].

[*Eine Seite des Manuskripts fehlt*]

[Versdichtung, selbst wenn sie höchst phantastisch erscheint, ist immer eine Revolte gegen das Artifizielle, in][8] gewissem Sinne gegen das Tatsächliche. Sie spricht von Dingen, die unwirklich und phantastisch erscheinen, zu denen, die die einfachen Intuitionen, die der Prüfstein der Realität sind, verloren haben. Dichtung hält viele von den Idolen des

Marktplatzes für unbedeutend – die Aufeinanderfolge der Zeitalter, den Zeitgeist, die Mission eines Volkes. Die Hauptleistung des Dichters ist es, sich vom unheilvollen Einfluß dieser Idole, die ihn von innen und außen korrumpieren, zu befreien, und es wäre sicher falsch zu behaupten, daß Mangan diese Leistung immer geschafft hätte. Die Geschichte seines Landes umschließt ihn so eng, daß er selbst in den Augenblikken höchster persönlicher Leidenschaft ihre Mauern kaum in Trümmer schlagen kann. Sein Leben und seine trauervollen Verse sind ein Aufschrei gegen die Ungerechtigkeit der Räuber, doch fast nie wird darin ein herberer Verlust als der von Schilden und Bannern beklagt. Er erbt den letzten und schlimmsten Teil einer Tradition, der keine göttliche Hand je eine Grenze gesetzt hat, einer Tradition, die sich auflöst und gegen sich selber spaltet, während sie sich in Zyklen abwärtsbewegt. Und eben weil er von dieser Tradition besessen ist, hat er sie mit all ihren Schmerzen und all ihren Fehlschlägen akzeptiert und will sie weitergeben, wie sie ist. Der Dichter, der seine Blitze gegen die Tyrannen schleudert, würde eine persönliche und weitaus grausamere Tyrannei über die Zukunft errichten. Die Gestalt, die er verehrt, gleicht einer erniedrigten Königin, über die, wegen der blutigen Verbrechen, die sie begangen hat, und wegen der nicht weniger blutigen, die von anderer Hand an ihr begangen wurden, der Wahnsinn kam und nun der Tod bald kommen wird, die aber nicht glauben will, daß sie im Sterben liegt und sich nur noch an den Lärm der Stimmen erinnert, die ihren heiligen Garten und ihre lieblichen Blumen bedrohen, die *pabulum aprorum*, Fraß der wilden Eber, geworden sind. Liebe zum Leid, zur Verzweiflung, zu hochtönenden Drohungen, das sind die großen Traditionen des Volkes von James Clarence Mangan, und in dieser erschöpften Gestalt, dünn und geschwächt, findet ein hysterischer Nationalismus seine letzte Rechtfertigung.
In welcher Nische des Ruhmestempels sollen wir sein Bildnis unterbringen? Wenn er nie die Sympathie seiner Landsleute gewonnen hat, wie kann er die der Ausländer gewinnen? Ist

es nicht wahrscheinlicher, daß das Vergessen, das er sich fast gewünscht haben mag, ihn erwartet? Er fand in sich wahrlich nicht die Kraft, uns die triumphierende Schönheit zu offenbaren, die der Glanz der Wahrheit ist und die die Alten vergötterten. Er ist ein Romantiker, ein verhinderter Herold, der typische Vertreter einer verhinderten Nation, doch trotz alledem kann einer, der in würdiger Form die heilige Empörung seiner Seele zum Ausdruck gebracht hat, seinen Namen nicht in Wasser geschrieben haben[9]. In jenen unendlichen Bahnen des vielfältigen Lebens, die uns umgeben, und in jenem unendlichen Gedächtnis, das weiter und großzügiger ist als das unsre, geht wohl kein Leben, kein Augenblick der Begeisterung je verloren; und all jene, die in edler Verachtung geschrieben haben, haben nicht vergeblich geschrieben, wenngleich sie, müde und [verzweifelt, wie sie waren, nie das silberne Lachen der Weisheit hörten[10]].

[*Hier endet das Manuskript.*]

1 Der zweite Vortrag aus dem Zyklus über Irland, den Joyce im Frühjahr 1907 an der Università Popolare in Triest hielt. Anders als in dem fünf Jahre früheren Vortrag über Mangan werden hier die Grenzen Mangans deutlicher sichtbar.
2 Diese Vorlesung über die irische literarische Renaissance hat sich nicht erhalten.
3 Joyce verwechselt *The Yellow Book of Lecan*, das keine rechtliche Abhandlung ist, mit dem *Book of Aicill*, das für eine Sammlung juristischer Gedanken Cormacs gehalten wird.
4 John Mitchel (1815-75), ein Führer der Young-Ireland-Bewegung.
5 »Wer ist gut?«
6 Die zitierten Verse stammen aus Mangans Gedicht *O'Hussey's Ode to The Maguire*.
7 »Und wenn auch der Frost heut nacht den klaren Tau seiner Augen verschleiert/ und weiße Handschuhe seine vornehmen feinschönen Finger verhüllen,/ ein warmes Kleid ist ihm das Blitzgewand, das er immer schon trug,/ der Blitz der Seele, nicht des Himmels./ Hugh ging hinaus in den Kampf – es schmerzte mich, ihn so gehen zu sehen;/ Und ach! heute nacht wandert er halberfroren, regendurchweicht, traurig, verraten –/ doch die Erinnerung an die kalkweißen Häuser, die seine rechte Hand/ in Asche gelegt hat, wärmt des Helden Herz.«
8 Ergänzt aus dem früheren Essay über Mangan.

9 Anspielung auf den Grabspruch von Keats: »Here lies one whose name was writ in water.«
10 Ergänzt aus dem früheren Essay über Mangan.

Die Fenier-Bewegung[1]

Der letzte Fenier

Mit John O'Leary, der am St.-Patricks-Tag, dem irischen Nationalfeiertag, vor kurzem in Dublin starb[2], ging wohl der letzte Akteur in dem undurchsichtigen Drama der Fenier-Bewegung dahin. Ihr ehrwürdiger Name ist aus der alten irischen Sprache abgeleitet (das Wort »fenians« bedeutete »Leibwache des Königs«) und zur Bezeichnung für die irische Aufstandsbewegung geworden. Wer die Geschichte der irischen Revolution im 19. Jahrhundert studiert, sieht sich einem doppelten Kampf gegenüber – dem Kampf des irischen Volkes gegen die englische Regierung und dem kaum weniger erbitterten Kampf zwischen den gemäßigten Patrioten und der sogenannten Partei der physischen Gewalt. Diese Partei hat es unter verschiedenen Namen – »White Boys«, »Men of '98«, »United Irishmen«, »Invincibles«, »Fenians« – von jeher abgelehnt, einerseits mit den politischen Parteien Englands, andererseits mit den nationalistischen Parlamentariern in Verbindung zu treten. Sie behaupten (und in dieser Behauptung gibt ihnen die Geschichte vollkommen recht), daß England alle Zugeständnisse an Irland nur widerwillig und, wie man gewöhnlich sagt, angesichts eines aufgepflanzten Bajonetts gewährt hat. Die radikale Presse wird nicht müde, die Aktionen der nationalistischen Abgeordneten in Westminster mit höhnischen und ironischen Kommentaren zu begleiten, und wenn sie auch einsieht, daß der bewaffnete Aufstand angesichts der Stärke Englands ein nicht zu verwirklichender Traum geworden ist, hat sie doch nie aufgehört, das Dogma des Separatismus in das Bewußtsein der heranwachsenden Generation zu pflanzen.

Im Gegensatz zu Robert Emmets törichtem Aufstand[3] oder der leidenschaftlichen Jung-Irland-Bewegung in den 45er Jahren war die Fenier-Bewegung von 1867 nicht einer der üblichen keltischen Temperamentsblitze, die den Schatten einen

Augenblick lang erhellen und eine Dunkelheit hinterlassen, die schwärzer ist als zuvor. Zu der Zeit, als diese Bewegung entstand, betrug die Bevölkerung der Smaragd-Inseln über acht Millionen, die Englands dagegen nicht mehr als siebzehn Millionen. Unter der Führung von James Stephens, dem Haupt der Fenier, wurde das Land in Kreisen organisiert, die sich aus je einem Sergeanten und fünfundzwanzig Mann zusammensetzten – ein Plan, der hervorragend zum irischen Charakter paßt, weil er die Möglichkeit des Verrats auf ein Minimum reduziert. Diese Kreise bildeten ein umfassendes und feinmaschiges Netz, dessen Fäden in Stephens' Händen zusammenliefen. Zur selben Zeit organisierten sich die amerikanischen Fenier auf die gleiche Weise, und beide Organisationen gingen gemeinsam vor. Unter den Feniern waren viele Soldaten der englischen Armee, Polizeispitzel, Gefängniswärter und -aufseher.
Alles schien gutzugehen, und die Republik war nahe vor der Verwirklichung (sie wurde von Stephens sogar schon öffentlich ausgerufen), als O'Leary und Luby, die Herausgeber der Parteizeitung, verhaftet wurden. Die Regierung setzte einen Preis auf Stephens' Kopf aus und verkündete, es seien ihr alle Örtlichkeiten bekannt, an denen die Fenier nachts ihre militärischen Übungen abhielten. Stephens wurde verhaftet und eingesperrt, konnte jedoch dank der Loyalität eines fenischen Gefängniswärters entkommen; und während die englischen Agenten und Spitzel in allen Häfen auf der Lauer lagen und die auslaufenden Schiffe überwachten, verließ er die Hauptstadt in einem Gig, als Braut verkleidet (so will es die Legende), in weißem Crêpe-Schleier und Orangenblüten. Er wurde an Bord eines kleinen Holzkohlenfrachters gebracht, der schleunigst Richtung Frankreich in See stach. O'Leary wurde der Prozeß gemacht; man verurteilte ihn zu zwanzig Jahren Zwangsarbeit, doch wurde er später begnadigt und fünfzehn Jahre aus Irland verbannt.
Und warum diese Auflösung einer so gut organisierten Bewegung? Einfach deshalb, weil in Irland immer im richtigen Augenblick ein Denunziant auftaucht.

Nach der Zerstreuung der Fenier kommt die Tradition der Doktrin von der physischen Gewalt von Zeit zu Zeit in blutigen Verbrechen wieder durch. Die *Invincibles* (die Unbesiegbaren) sprengen das Gefängnis von Clerkenwell[4] in die Luft, befreien in Manchester ihre Freunde aus den Händen der Polizei und töten dabei die Bewacher[5], sie erstechen am hellichten Tag den englischen Staatssekretär Lord Frederick Cavendish und den Unterstaatssekretär Burke im Phoenix Park, Dublin[6].

Nach jedem dieser Verbrechen schlägt, sobald sich die allgemeine Empörung ein wenig gelegt hat, ein englischer Minister irgendwelche Reformmaßnahmen für Irland vor, und Fenier und Nationalisten beschimpfen sich gegenseitig mit der größten Verachtung, weil eine Seite diese Maßnahmen dem Erfolg der parlamentarischen Taktik und die andere der Überzeugungskraft von Messer und Bombe zuschreibt. Und den Hintergrund dieser traurigen Komödie bildet der Anblick einer Bevölkerung, die sich Jahr für Jahr mit mathematischer Regelmäßigkeit vermindert, weil unablässig Iren, die die ökonomischen und geistigen Bedingungen in ihrer Heimat nicht mehr ertragen können, nach den Vereinigten Staaten oder Europa emigrieren. Und fast als sollte diese Entvölkerung besonders kraß hervorgehoben werden, gibt es daneben den endlosen Aufmarsch von Kirchen, Kathedralen, Nonnenklöstern, Mönchsklöstern und Priesterseminaren, um das Seelenheil derjenigen zu sichern, die nicht genügend Mut oder Geld für die Reise von Queenstown nach New York aufbringen konnten. Irland, von vielerlei Abgaben niedergedrückt, hat das zuwege gebracht, was bislang als unlösbare Aufgabe galt – nämlich Gott *und* dem Mammon zu dienen –, indem es sich von England melken ließ und dennoch Peters Pfennig vermehrte (vielleicht zum Gedächtnis an Papst Hadrian IV., der vor rund 800 Jahren in einem spendablen Augenblick die Insel dem englischen König Heinrich II. zum Geschenk machte).

Nun ist es für eine zum Äußersten entschlossene und blutige Doktrin wie die der Fenierbewegung unmöglich, in solch einer Atmosphäre weiter zu existieren, und so haben die Fenier in dem Maße, wie Agrarverbrechen und Gewalttaten nach und nach abgenommen haben, auch ihren Namen und ihr Auftreten ein weiteres Mal verändert. Die Doktrin ist immer noch separatistisch, doch sie verwendet kein Dynamit mehr. Die neuen Fenier haben sich in einer Partei namens *Sinn Fein* (Wir selbst) zusammengeschlossen[7]. Sie wollen Irland zu einer zweisprachigen Republik machen und haben zu diesem Zweck eine direkte Dampferverbindung zwischen Irland und Frankreich eingerichtet. Sie führen Boykotte gegen englische Waren durch; sie lehnen es ab, Soldat zu werden oder der englischen Krone den Loyalitätseid zu leisten; sie versuchen im ganzen Land Industrien zu entwickeln; und anstatt jährlich einundeineviertel Million für den Unterhalt der achtzig Repräsentanten im englischen Parlament auszugeben, wollen sie in den wichtigsten Häfen der Welt einen konsularischen Dienst einrichten, der ihre Industrieprodukte ohne Einmischung Englands verkaufen soll.

In vielerlei Hinsicht ist diese letzte Phase der Fenierbewegung vielleicht die schrecklichste. Ganz sicher ist unter ihrem Einfluß der Charakter des irischen Volkes wieder einmal umgemodelt worden, und als der alte Führer O'Leary nach Jahren, die er als Verbannter mit Studien in Paris hingebracht hatte, in seine Heimat zurückkehrte, fand er sich inmitten einer Generation, die von ganz anderen Idealen als denen des Jahres 1865 erfüllt war. Er wurde von seinen Landsleuten mit allen Ehrenbezeigungen empfangen und erschien gelegentlich in der Öffentlichkeit, um bei einer separatistischen Konferenz oder einem Festbankett zu präsidieren. Doch er war eine Gestalt aus einer entschwundenen Welt. Oft sah man ihn am Fluß spazierengehen, ein alter Mann im hellen Anzug, mit einem Buschen sehr weißen Haares, das bis auf die Schultern herabhing, von Alter und Leid fast in zwei Hälften gebeugt. Vor den düsteren Läden der Antiquariate hielt er an und ging, nachdem er einen Einkauf getätigt hatte, am Fluß entlang zurück. Abgesehen davon hatte er wenig Grund, glücklich zu sein. Seine Pläne waren in Rauch aufgegangen, seine Freunde waren tot, und in der Heimat selbst wußten nur sehr wenige, wer er war und was er getan hatte[8]. Nun, da er tot ist, werden seine Landsleute ihn mit großem Pomp zu Grabe geleiten. Denn mögen die Iren auch die Herzen derjenigen brechen, die ihr Leben für die Heimat opfern, den Toten erweisen sie allemal großen Respekt.

JAMES JOYCE

1 Italienisch geschriebener Artikel, der unter dem Titel »Il Fenianismo. L'Ultimo Feniano« am 22. März 1907 in *Il Piccolo della Sera* in Triest erschien.
2 Am 17. März 1907.
3 Im Jahre 1803.
4 Am 13. Dezember 1867 in London.
5 November 1867.
6 Am 6. Mai 1882. Auf diesen Vorfall wird häufig im *Ulysses* angespielt. Er ist ferner ein zentrales Motiv in *Finnegans Wake*.
7 Gegründet 1899 von Arthur Griffith.
8 Diese Charakterisierung stimmt nicht mit der von Yeats überein, der in O'Leary einen der Hauptanreger der irischen literarischen Renaissance in den 90er Jahren sah.

Home Rule wird volljährig[1]

Vor einundzwanzig Jahren, am Abend des 9. April 1886, drängten sich in den Straßen, die zum Büro der nationalistischen Zeitung in Dublin führten, die Menschen. Von Zeit zu Zeit erschien in vier Inch hohen Buchstaben ein Bulletin an der Wand, und so konnte die Menge an den Vorgängen teilnehmen, die sich in Westminster abspielten, wo die Galerien schon seit dem Morgengrauen überfüllt waren. Die Rede des Premierministers, die um vier Uhr begonnen hatte, dauerte bis acht. Einige Minuten später erschien das Schlußbulletin an der Wand: »Gladstone endete mit einer großartigen Zusammenfassung und erklärte, die englische Liberale Partei lehne es ab, weiterhin gesetzgebende Funktionen für England zu erfüllen, solange es Irland nicht ein bestimmtes Maß an Autonomie zugestünde.« Diese Nachricht ließ die Menge in den Straßen in begeisterten Jubel ausbrechen. Überall hörte man: »Lang lebe Gladstone«, »Lang lebe Irland«. Wildfremde Menschen schüttelten einander die Hände, um den neuen nationalen Bund gutzuheißen, und alte Männer weinten vor lauter Freude[2].

Sieben Jahre vergehen, und wir sind bei der zweiten Home-Rule-Gesetzesvorlage[3]. Gladstone, der mittlerweile mit Hilfe der irischen Bischöfe den moralischen Mord an Parnell vollendet hat, liest seinen Maßnahmenkatalog dem Haus ein drittes Mal vor. Diese Rede ist kürzer als die andere; sie dauert kaum eineinhalb Stunden. Dann ist die Home Rule Bill angenommen. Die gute Nachricht geht per Draht hinüber in die irische Hauptstadt, wo sie einen neuerlichen Begeisterungsausbruch hervorruft. Im Versammlungszimmer des Katholischen Klubs ist sie Gegenstand von freudigen Unterhaltungen, Diskussionen, Trinksprüchen und Prophezeiungen.

Weitere vierzehn Jahre vergehen, und wir sind im Jahre 1907. Einundzwanzig Jahre sind vergangen seit 1886; daher ist Gladstones Gesetzesvorlage, englischem Brauch entsprechend, volljährig geworden. Doch in der Zwischenzeit ist Gladstone gestorben und sein Gesetz noch immer nicht geboren. Wie er nur zu genau vorausgesehen hatte, wurde unmittelbar nach der dritten Lesung im Oberhaus Alarm geschlagen, und all die weltlichen und geistlichen Lords versammelten sich in geschlossener Phalanx, um dem Gesetz den Gnadenstoß zu versetzen. Die englischen Liberalen vergaßen ihre Versprechungen. Ein viertklassiger Politiker, der in den Jahren 1881 bis 1886 für jede Zwangsmaßnahme gegen Irland stimmte, hat den Mantel Gladstones angezogen[4]. Den Posten des Staatssekretärs für Irland, den die Engländer selbst das Grab jeder politischen Reputation nennen, bekleidet ein literarisierender Jurist[5], der wahrscheinlich nicht einmal die Namen der irischen Grafschaften kannte, als er vor zwei Jahren den Wahlmännern in Bristol vorgestellt wurde. Trotz seiner verbindlichen Zusagen und Versprechungen, trotz eines Vierteljahrhunderts der Unterstützung durch die irischen Wähler, trotz seiner enormen Mehrheit (die in der Geschichte des englischen Parlamentarismus beispiellos ist), bringt das liberale englische Kabinett einen Entwurf für die Machtübertragung ein, der nicht über den Vorschlag des Imperialisten Chamberlain aus dem Jahre 1885 hinausgeht, den ernst zu nehmen die konservative Presse Londons sich offen weigerte. Das Gesetz geht bei der ersten Lesung mit einer Mehrheit von fast 300 Stimmen durch, und während die Sensationspresse in vorgetäuschte Entsetzensschauder ausbricht, beraten sich die Lords untereinander, um zu entscheiden, ob diese klapprige Vogelscheuche, die da in die Schranken tritt, ihres Schwertes tatsächlich würdig ist. Wahrscheinlich werden die Lords das Gesetz abmurksen, denn das ist schließlich ihr Amt, doch wenn sie klug sind, werden sie zögern, die Sympathie der Iren um konstitutioneller Agitation willen aufs Spiel zu setzen; ganz besonders heute, wo Indien und Ägypten in Aufruhr sind und die überseeischen Kolonien eine Reichsföderation fordern. Aus ihrer Sicht kann es kaum ratsam sein, durch ein starrsinniges Veto die Reaktion eines Volkes heraufzubeschwören, das, arm in allem außer an politischen Ideen, die Strategie des Obstruktionis-

mus vervollkommnet und das Wort »Boykott« zu einem internationalen Schlachtruf gemacht hat.
Andrerseits hat England wenig zu verlieren. Das Gesetz (das nicht einmal den zwanzigsten Teil des Home-Rule-Gesetzes darstellt) verleiht dem Exekutivrat in Dublin keine legislative Macht, keine Gewalt, Steuern zu erheben oder zu regulieren, keine Kontrolle über 39 von 47 Regierungsämtern, eingeschlossen die Polizei, den Obersten Gerichtshof und die Landwirtschaftskommission. Ferner sind die Interessen der Unionisten sorgfältigst abgesichert. Der Liberale Minister hat in den ersten Satz seiner Rede sehr umsichtig die Tatsache einfließen lassen, daß die englische Wählerschaft mehr als eine halbe Million Pfund Sterling pro Jahr als Preis für dieses Gesetz aufbringen müsse; und die Journalisten und Sprecher der Konservativen haben die Absicht ihres Landsmannes verstanden und von dieser Feststellung guten Gebrauch gemacht, indem sie in ihren feindseligen Kommentaren die verwundbarste Stelle der englischen Wählerschaft angesprochen haben – nämlich ihr Portemonnaie. Doch weder die liberalen Minister noch die Journalisten werden den englischen Wählern erklären, daß mit dieser Summe nicht englisches Geld ausgegeben, sondern eher eine Rate von Englands Schulden an Irland abgezahlt wird. Ebensowenig werden sie den Bericht der Königlichen Englischen Kommission zitieren, in dem festgestellt wurde, daß Irland im Vergleich zu seinem Seniorpartner mit 88 Millionen Francs überbesteuert war. Sie werden auch nicht an die Tatsache erinnern, daß die Politiker und Wissenschaftler, die den riesigen Sumpf im Innern Irlands inspizierten, bestätigt haben, daß die beiden Gespenster, die an jedem irischen Herd kauern, nämlich Tuberkulose und Wahnsinn, alles widerlegen, was die Engländer für sich in Anspruch nehmen; und daß die moralische Schuld der englischen Regierung gegenüber Irland dafür, daß dieser verpestete Sumpf ein ganzes Jahrhundert hindurch nicht wieder aufgeforstet wurde, sich auf 500 Millionen Francs beläuft.
Wir können also bereits bei einem flüchtigen Überblick über

die Geschichte der Home Rule zwei Schlüsse ziehen, was immer sie wert sein mögen. Erstens: die schlagkräftigste Waffe, die England heute gegen Irland einsetzen kann, sind nicht mehr die des Konservativismus, sondern die des Liberalismus und des Vatikanismus. Der Konservativismus ist zwar eine tyrannische, aber eine aufrichtig und offen feindlich eingestellte Doktrin. Seine Position ist logisch: er wünscht nicht, daß neben Großbritannien eine rivalisierende Insel hochkommt, daß irische Fabriken in Konkurrenz zu englischen treten, daß wieder Tabak und Wein aus Irland exportiert werden, daß die großen Häfen an der irischen Küste unter einer einheimischen Regierung oder einem ausländischen Protektorat feindliche Marinebasen werden. Seine Position ist so logisch wie die der irischen Separatisten, die ihr Punkt für Punkt genau entgegengesetzt ist. Man braucht nicht besonders intelligent zu sein um einzusehen, daß Gladstone Irland größeren Schaden zugefügt hat als Disraeli und daß der leidenschaftlichste Feind der irischen Katholiken der Führer des englischen Vatikanismus, der Duke of Norfolk, ist.
Der zweite Schluß ist noch offensichtlicher, nämlich: die irische Parlamentspartei ist bankrott. Siebenundzwanzig Jahre lang hat sie geredet und agitiert. In dieser Zeit hat sie von ihren Anhängern 35 Millionen Francs eingesammelt, und die Frucht all ihrer Agitation ist, daß die irischen Steuern um 88 Millionen Francs gestiegen sind und die irische Bevölkerung sich um eine Million vermindert hat. Die Abgeordneten selbst haben ihr Los verbessert, von kleineren Unannehmlichkeiten wie ein paar Monaten Gefängnis und einigen langwierigen Sitzungen einmal abgesehen. Aus Söhnen von einfachen Bürgern, Hausierern und Rechtsanwälten ohne Klienten sind gutbezahlte Syndici, Direktoren von Fabriken und Handelshäusern, Zeitungsverleger und Großgrundbesitzer geworden. Ihren Altruismus haben sie nur 1891[6] bewiesen, als sie ihren Führer Parnell an das Pharisäergewissen der englischen Dissenters verkauften, ohne hernach die dreißig Silberlinge einzutreiben.

1 Italienisch geschriebener Artikel, der unter dem Titel »Home Rule Maggiorenne« am 19. Mai 1907 in *Il Piccolo della Sera* in Triest erschien.
2 Doch wurde der erste Antrag auf Home Rule abgelehnt.
3 Der zweite Antrag auf Home Rule wurde ebenfalls abgelehnt.
4 Der Earl of Rosebery, der sein Kabinett im März 1894 bildete.
5 John Morley (1838-1923).
6 Tatsächlich wurde Parnell 1890 entmachtet.

Irland vor den Schranken[1]

Vor einigen Jahren fand in Irland ein sensationeller Prozeß statt. An einem abgelegenen Ort namens Maamtrasna in einer der westlichen Provinzen war ein Mord begangen worden[2]. Vier oder fünf Einwohner, die alle zum uralten Stamm der Joyce gehörten, wurden verhaftet. Der älteste von ihnen, der siebzigjährige Myles Joyce, war der Hauptverdächtige. Die öffentliche Meinung hielt ihn seinerzeit für unschuldig und betrachtet ihn heute als Märtyrer. Weder der alte Mann noch die anderen Angeklagten konnten Englisch. Das Gericht mußte sich eines Übersetzers bedienen. Das Verhör, das über den Übersetzer geführt wurde, war zeitweise komisch, zeitweise tragisch. Auf der einen Seite der überaus förmliche Übersetzer, auf der anderen der Patriarch eines unglückseligen Stammes, der nicht an zivilisierte Formen gewöhnt war und von all der gerichtlichen Zeremonie ganz benommen wirkte.
Der Richter sagte:
»Fragen Sie den Angeklagten, ob er die Dame in jener Nacht gesehen hat.«
Die Frage wurde ihm auf irisch übermittelt, und der alte Mann brach in eine umständliche Erklärung aus, gestikulierte, appellierte an die anderen Angeklagten und an Gott. Dann beruhigte er sich allmählich, erschöpft von der Anstrengung, und der Übersetzer wandte sich zum Richter und sagte:
»Er sagt nein, Euer Ehren.«
»Fragen Sie ihn, ob er sich zu dieser Zeit in der näheren Umgebung aufhielt.« Wieder fing der alte Mann an zu sprechen, zu beteuern, zu schreien; fast außer sich vor Qual, nicht verstehen und sich nicht verständlich machen zu können, weinte er vor Zorn und vor Furcht. Und der Übersetzer wieder ungerührt:
»Er sagt nein, Euer Ehren.«
Als das Verhör beendet war, erklärte man die Schuld des armen alten Mannes für erwiesen, und er wurde einem Ge-

richt höherer Instanz übergeben, das ihn zum Strang verurteilte. Am Tag der Urteilsvollstreckung war der Platz vor dem Gefängnis gedrängt voll von knienden Menschen, die laut irische Gebete für den Seelenfrieden von Myles Joyce riefen. Man erzählt sich, daß der Henker, der es nicht fertigbrachte, sich dem Opfer verständlich zu machen, vor Wut dem Kopf des alten Mannes einen Fußtritt gab, um ihn in die Schlinge zu stecken.

Die Gestalt dieses sprachlosen alten Mannes, Überbleibsel einer Zivilisation, die nicht mehr die unsere ist, taub und stumm vor seinem Richter, ist ein Symbol des irischen Volkes vor den Schranken der öffentlichen Meinung. Wie er ist es nicht fähig, das moderne Bewußtsein Englands oder anderer Länder anzusprechen. Die englischen Journalisten agieren als Übersetzer zwischen Irland und der englischen Wählerschaft, die ihnen gelegentlich zuhört, aber am Ende meist verärgert auf die endlosen Beschwerden der nationalistischen Abgeordneten reagiert, die ihrer Meinung nach ihr Parlament nur betreten haben, um dessen Ordnung zu stören und Geld herauszuschlagen. Im Ausland spricht man nicht von Irland, außer wenn Aufstände ausbrechen, wie die, die in den letzten Tagen die Telegraphenämter tanzen ließen[3]. Überfliegt man die Depeschen aus London (denen trotz des Mangels an Schärfe etwas von der lakonischen Art des obenerwähnten Übersetzers anhaftet), so stellt sich die Öffentlichkeit die Iren als Straßenräuber mit verzerrten Gesichtern vor, die nächtens in der Absicht umherstreifen, allen Unionisten das Fell über die Ohren zu ziehen. Und der wahre Herrscher Irlands, der Papst, nimmt solche Nachrichten auf, als wäre von Hunden die Rede, die in die Kirche kommen. Durch die lange Reise bereits geschwächt, sind die Hilferufe fast verklungen, wenn sie an der bronzenen Tür ankommen. Die Boten des Volkes, das in der Vergangenheit den Heiligen Stuhl niemals verraten hat, das einzige katholische Volk, für das Glaube auch Ausübung des Glaubens bedeutet, werden zugunsten der Abgesandten eines Monarchen zurückgewiesen, der von Renegaten abstammt, der sich am Tage seiner Krönung feierlich losgesagt und in Gegenwart seiner Edlen und Bürger erklärt hat, die Riten der römisch-katholischen Kirche seien »Aberglaube und Götzendienst«.

Zwanzig Millionen Iren sind über die ganze Welt zerstreut. Die Smaragdinsel beherbergt nur einen kleinen Teil von ihnen. Wenn man bedenkt, daß England die irische Frage zum Mittelpunkt seiner gesamten Innenpolitik gemacht hat, die viel komplexeren Fragen der Kolonialpolitik dagegen mit äußerst geschicktem Urteil sich schnell zu lösen anschickt, muß sich der Betrachter doch fragen, warum der St.Georgs-Kanal zwischen Irland und seinem stolzen Beherrscher einen Abgrund verkörpert, der tiefer ist als der Ozean. Die irische Frage ist heute noch immer nicht gelöst, nach sechshundert Jahren bewaffneter Besetzung und über hundert Jahren englischer Gesetzgebung, die die Bevölkerung dieser unglücklichen Insel von acht auf vier Millionen reduziert, die Steuern vervierfacht und dem Landwirtschaftsproblem viele weitere Knoten hinzugefügt hat.
Es gibt wahrhaft kein verwickelteres Problem als dieses. Die Iren selbst verstehen wenig davon, die Engländer noch weniger. Für andere Leute ist es eine Pest. Doch andererseits wissen die Iren, daß es der Grund all ihres Leidens ist, und daher greifen sie oft zu gewaltsamen Lösungsmethoden. Vor achtundzwanzig Jahren, zum Beispiel, als sie sich durch die Brutalität der Großgrundbesitzer ins Elend getrieben sahen, verweigerten sie die Zahlung der Pacht und erreichten von Gladstone Entschädigungen und Reformen. Heute sehen sie die Weiden voll von wohlgenährtem Vieh, während es einem Achtel der Bevölkerung an den notwendigsten Lebensmitteln fehlt, und sie treiben das Vieh von den Gütern. Irritiert geht die Liberale Regierung dazu über, die Politik der Zwangsmaßnahmen wiederaufleben zu lassen, und seit Wochen widmet die Londoner Presse der Landwirtschaftskrise unzählige Artikel und bezeichnet sie als sehr ernst. Sie veröffentlicht

alarmierende Nachrichten von Bauernaufständen, die von den ausländischen Journalisten übernommen werden.
Ich beabsichtige nicht, hier das Problem der irischen Landwirtschaft aufzurollen oder zu berichten, was sich hinter den Kulissen der heuchlerischen Regierungspolitik abspielt. Doch halte ich es für nützlich, eine geringfügige Berichtigung der Tatsachen vorzunehmen. Wer die von London lancierten Telegramme gelesen hat, muß überzeugt sein, daß in Irland zur Zeit die ungewöhnlichsten Verbrechen geschehen. Eine irrige Ansicht, äußerst irrig. In Irland gibt es weniger Verbrechen als in jedem anderen Land Europas. In Irland gibt es keine organisierte Unterwelt. Wenn sich eines der Ereignisse abspielt, die die Pariser Journalisten in grausamer Ironie als »rote Idyllen« bezeichnen, wird das ganze Land davon erschüttert. Ja, in den letzten Monaten sind zwei Menschen in Irland eines gewaltsamen Todes gestorben, doch von den Händen britischer Truppen in Belfast, wo die Soldaten ohne Vorwarnung in eine unbewaffnete Menge feuerten und einen Mann und eine Frau töteten. Es gab Überfälle auf Viehherden, doch nicht einmal die spielten sich in Irland ab, wo die Menge sich damit begnügte, die Ställe zu öffnen und das Vieh mehrere Meilen über die Straßen zu jagen, sondern in Great Wyrley in England, wo bestialische, rasend gewordene Verbrecher seit sechs Jahren die Viehherden in einem Maße verwüstet haben, daß die englischen Versicherungsgesellschaften sie nicht mehr versichern wollen. Vor fünf Jahren wurde ein unschuldiger Mann, der heute wieder frei ist, zu Zwangsarbeit verurteilt, um die öffentliche Empörung zu besänftigen. Doch selbst als er im Gefängnis war, hörten die Verbrechen nicht auf. Und vorige Woche wurden zwei Pferde tot aufgefunden, die üblichen Wunden im Unterleib und die Eingeweide im Gras verstreut.

James Joyce

1 Italienisch geschriebener Artikel, der unter dem Titel »L'Irlanda alla Sbarra« am 16. September 1907 in *Il Piccolo della Sera* in Triest erschien.
2 Am 17. April 1882 wurden ein Mann namens Joyce, seine Frau und

drei seiner vier Kinder in der Grafschaft Galway ermordet, weil sie für Spitzel gehalten worden waren. Zehn Männern wurde im November dieses Jahres der Prozeß gemacht, und drei von ihnen wurden am 16. Dezember in Galway wegen der Morde gehenkt. In Myles Joyce sah man allgemein ein unschuldiges Opfer der Justiz.

3 Joyce spielt auf Ausschreitungen in Belfast an und auf Viehdiebstähle, die sich im Anschluß an Bauernvertreibungen im August 1907 häuften. Nach dem Überfall auf das Haus eines Grundbesitzers in Galway am 15. August wurde am 27. August eine Art Ausnahmezustand in den Grafschaften Clare, Galway, Leitrim, Roscommon und King's County ausgerufen. Ende August erwog das englische Parlament ein Gesetz zur Frage der vertriebenen Pächter, um das Problem zu lösen.

Oscar Wilde: Der Dichter der ›Salome‹

Oscar Fingal O'Flahertie Wills Wilde. Das waren die volltönenden Namen, die er in jugendlicher Arroganz auf die Titelseite seiner ersten Gedichtsammlung drucken ließ, und in dieser stolzen Geste, durch die er adlig erscheinen wollte, zeigen sich schon die ersten Zeichen seiner leeren Ansprüche und des Schicksals, das ihn erwartete. Sein Name kennzeichnet ihn: Oscar, Neffe des Königs Fingal und einziger Sohn Ossians in der amorphen keltischen *Odyssee*, wurde von der Hand seines Gastgebers heimtückisch ermordet, als er bei Tische saß. O'Flahertie, ein wilder irischer Stamm, dessen Bestimmung es war, die Tore mittelalterlicher Städte zu stürmen; ein Name, der Angst und Schrecken bei friedlichen Menschen hervorrief, so daß sie heute noch in der alten Heiligenlitanei neben den Heimsuchungen, dem Zorn Gottes und Geist des Lasters beten: von den wilden O'Flaherties, libera nos Domine. Wie jener andere Oscar sollte er seinen öffentlichen Tod in der Blüte seiner Jahre erleiden, als er bei Tische saß, mit falschem Weinlaub bekränzt und in ein Gespräch über Plato vertieft. Wie jener wilde Stamm sollte er mit der Lanze seiner gewandten Paradoxe gegen den Corpus der bestehenden Konventionen anrennen und als entehrter Verbannter hören, wie der Chor der Gerechten seinen Namen zusammen mit dem der Unreinen nennt.
Wilde wurde vor fünfundfünfzig Jahren in der verschlafenen irischen Hauptstadt geboren. Sein Vater war ein Wissenschaftler von Rang, der als Begründer der modernen Ohrenheilkunde bezeichnet worden ist. Seine Mutter, die zur literarisch-revolutionären Bewegung von 1848 gehörte, schrieb für die nationalistische Zeitung unter dem Pseudonym »Speranza« und stachelte in ihren Gedichten und Artikeln das Volk an, das Schloß von Dublin zu besetzen. Es gibt Umstände während der Schwangerschaft von Lady Wilde und der frühen Kindheit ihres Sohnes, die für manche die spätere unglück-

selige Manie (wenn man sie als solche bezeichnen kann), die ihn ins Verderben riß, wenigstens teilweise erklären[2]. Und zumindest ist es sicher, daß das Kind in einer Atmosphäre der Unsicherheit und Verschwendung aufwuchs.
Das öffentliche Leben Oscar Wildes begann an der Universität Oxford, wo zur Zeit seiner Immatrikulation ein pompöser Professor namens Ruskin eine Schar angelsächsischer Jünglinge in das Gelobte Land einer zukünftigen Gesellschaft führte – hinter einem Schubkarren[3]. Das leicht zu beeindruckende Temperament seiner Mutter lebte in dem jungen Mann fort, und bei sich selbst beginnend, beschloß er eine Theorie des Schönen in die Tat umzusetzen, die einesteils original und andernteils aus den Büchern von Pater und Ruskin abgeleitet war. Er provozierte den Hohn der Öffentlichkeit, als er eine Reform der Kleidung und Wohnkultur proklamierte und praktizierte. Er machte Vortragsreisen in den Vereinigten Staaten und in der englischen Provinz und wurde zum Sprecher der ästhetischen Schule, während sich um ihn langsam die phantastische Legende vom Apostel der Schönheit bildete. Sein Name beschwor im Bewußtsein der Öffentlichkeit eine vage Vorstellung von zarten Pastellfarben herauf, von einem durch Blumen verschönerten Leben. Der Kult der Sonnenblume, seiner Lieblingsblume, breitete sich in den müßigen Klassen aus, und die kleinen Leute hörten von seinem berühmten weißen Elfenbeinspazierstock erzählen, der über und über mit Türkisen besetzt war, und von seiner neronischen Haartracht.
Der Urheber dieses glänzenden Bildes war unglücklicher, als die Bourgeois es sich dachten. Von Zeit zu Zeit wanderten seine Medaillen, die Trophäen seiner akademischen Jugend, ins Leihhaus, und manchmal mußte die junge Frau des Epigrammatikers sich von einer Nachbarin das Geld für ein Paar Schuhe borgen. Wilde war gezwungen, eine Stelle als Redakteur einer äußerst unbedeutenden Zeitschrift[4] anzunehmen, und erst mit der Aufführung seiner brillanten Komödien trat er in die kurze letzte Phase seines Lebens – Luxus

und Reichtum. *Lady Windermeres Fächer* nahm London im Sturm. Wilde setzte die Tradition der irischen Komödienschreiber fort, die von den Tagen Sheridans und Goldsmiths zu Bernard Shaw reicht, und wurde, wie sie, Hofnarr der Engländer. Er wurde zum Maßstab für Eleganz in der Metropole. Das jährliche Einkommen aus seinen Schriften belief sich auf fast eine halbe Million Francs. Er verstreute sein Gold unter eine Schar unwürdiger Freunde. Jeden Morgen kaufte er zwei teure Blumen, eine für sich und eine für seinen Kutscher; und bis zum Tage seiner sensationellen Verurteilung fuhr er in einer zweispännigen Kutsche mit superelegant gekleidetem Kutscher und einem Pagen mit gepuderter Perücke zum Gerichtssaal.

Sein Fall wurde von einem Geheul puritanischer Schadenfreude begrüßt. Auf die Nachricht von seiner Verurteilung hin begann die vor dem Gericht versammelte Menge eine Pavane in den schmutzigen Straßen zu tanzen. Zeitungsreporter wurden ins Gefängnis eingelassen und weideten sich durch das Zellenfenster an dem Schauspiel seiner Erniedrigung. Weiße Papierstreifen überdeckten seinen Namen auf den Anschlagtafeln der Theater. Seine Freunde verließen ihn. Seine Manuskripte wurden gestohlen, während er im Gefängnis über die Leiden schrieb, die ihm zwei Jahre Zwangsarbeit auferlegten. Seine Mutter starb umschattet von Kummer. Seine Frau starb. Er wurde bankrott erklärt und sein Besitz auf einer Auktion verkauft. Seine Söhne wurden ihm genommen. Als er aus dem Gefängnis entlassen wurde, lauerten ihm Meuchelmörder auf, die der edle Marquis of Queensbury[5] gedungen hatte. Wie ein Kaninchen von Hunden wurde er von Haus zu Haus gehetzt. Einer nach dem anderen wies ihn von seiner Tür, verweigerte ihm Nahrung und Obdach, und als die Nacht hereinbrach, endete er schließlich unter den Fenstern seines Bruders, weinend und stammelnd wie ein Kind.

Der Epilog ging schnell zu Ende, und es ist nicht der Mühe wert, dem unglücklichen Mann von den Slums in Neapel zu seiner armseligen Unterkunft im Quartier Latin zu folgen, wo er im letzten Monat des letzten Jahres des neunzehnten Jahrhunderts an Hirnhautentzündung starb[6]. Es ist nicht der Mühe wert, ihn zu beschatten, wie es die französische Kriminalpolizei tat. Er starb als Katholik und fügte so seinem öffentlichen Leben durch den Widerruf seiner wilden Lehre eine weitere Facette hinzu. Nachdem er die Idole des Marktplatzes verhöhnt hatte, beugte er sein Knie, traurig und reuig, weil er einst der Verkünder der Göttlichkeit der Freude gewesen war, und schloß das Buch seiner geistigen Rebellion mit einem Akt geistiger Selbstaufgabe.

Es ist hier nicht der Ort, die ungewöhnliche Problematik von Oscar Wildes Leben zu untersuchen oder zu entscheiden, in welchem Ausmaß Erbanlagen oder die epileptischen Züge seines Nervensystems entschuldigen können, was ihm zur Last gelegt wurde. Ob die Anklagen, die man gegen ihn vorbrachte, zu Recht bestanden oder nicht, er war ganz gewiß ein Sündenbock. Sein größeres Verbrechen war es, in England einen Skandal verursacht zu haben, und es ist allgemein bekannt, daß die englischen Behörden alles Menschenmögliche unternahmen, um ihn zur Flucht zu überreden, ehe sie den Haftbefehl gegen ihn ausstellten. Ein Angestellter des Innenministeriums sagte während der Verhandlung aus, daß allein in London mehr als 20 000 Personen unter polizeilicher Überwachung stünden, daß sie jedoch auf freiem Fuße blieben, bis sie einen Skandal verursachten. Wildes Briefe an seine Freunde wurden vor Gericht verlesen und ihr Verfasser als ein von exotischen Perversionen besessener Dekadent hingestellt: »Die Zeit kämpft gegen Dich; sie neidet Dir Deine Rosen und Deine Lilien« – »Ich liebe es, Dich durch veilchenerfüllte Täler wandern zu sehen, wenn Dein honigfarbenes Haar schimmert.« Doch in Wirklichkeit war Wilde bei weitem kein perverses Ungeheuer, das auf unerklärliche Weise der Zivilisation des modernen England entsprang, sondern das logische und unausweichliche Produkt des angelsächsischen Universitäts- und Collegesystems, mit seinen Heimlichkeiten und Restriktionen.

Wildes Verdammung durch das englische Volk hatte viele verschiedene Gründe; aber es war nicht die aufrichtige Reaktion eines reinen Gewissens. Wer die Wandschmierereien, die losen Zeichnungen, die obszönen Gesten dieser Leute genauer betrachtet, wird zögern, sie für reinen Herzens zu halten. Wer das Leben und die Sprache der Männer genau verfolgt, sei es in Kasernen oder in den großen Handelshäusern, wird kaum glauben können, daß alle, die Wilde mit Steinen bewarfen, selber fleckenlos waren. Jeder, der über dieses Thema spricht, fühlt sich dabei unbehaglich, denn er fürchtet, daß sein Zuhörer vielleicht mehr darüber weiß als er selbst. Oscar Wildes Selbstverteidigung im *Scots Observer*[7] sollte für das Urteil eines objektiven Kritikers immer noch Gültigkeit haben. Jeder einzelne, schrieb er, sieht in Dorian Gray (Wildes bekanntestem Roman) seine eigene Sünde. Niemand sagt oder weiß, was Dorian Grays Sünde war. Jeder, der sie erkennt, hat sie begangen.

Hier berühren wir den Puls von Wildes Kunst – Sünde. Er betrog sich selbst, als er glaubte, einem versklavten Volk die frohe Kunde des Neopaganismus zu bringen. Seine charakteristischen Eigenschaften, vielleicht zugleich die Eigenschaften seines Volkes – Scharfsinn, Großzügigkeit und ein geschlechtsloser Intellekt –, stellte er in den Dienst einer Theorie der Schönheit, die, wie er meinte, das Goldene Zeitalter und die Freude der Jugendzeit der Welt zurückbringen werde. Doch wenn etwas Wahres ist an seinen subjektiven Auslegungen des Aristoteles, an seinem ruhelosen Geist, der eher in Sophismen als in Syllogismen vorgeht, an seinen Assimilationen von Wesensarten, die der seinen so fremd sind wie der Missetäter dem Demütigen fremd ist, dann ist es im tiefsten Grunde die Wahrheit, die in der Seele des Katholizismus liegt: daß der Mensch das Herz Gottes nur durch jenes Bewußtsein der Trennung und des Verlustes erreichen kann, das Sünde heißt.

In seinem letzten Buch, *De Profundis*, kniet er vor einem gnostischen Christus, der aus den apokryphen Seiten des *House of Pomegranates* (›Das Granatapfelhaus‹) wiedererstanden ist, und da scheint seine wahre Seele, zitternd, verschüchtert und traurig, durch den Mantel des Heliogabalus. Seine phantastische Legende, seine Oper[8] – eine polyphonische Variation über den Zusammenhang von Kunst und Natur, zugleich aber eine Enthüllung seiner eigenen Psyche –, seine brillanten Bücher, funkelnd von Epigrammen (die ihn nach Ansicht mancher Leute zum scharfsinnigsten Redner des letzten Jahrhunderts machten) –, all das ist nun verteiltes Beutegut.
Ein Vers aus dem Buch Hiob ist in seinen Grabstein auf dem ärmlichen Friedhof von Bagneux geschnitten. Er rühmt seine Gewandtheit, »eloquium suum« – den großen legendären Mantel, der nun verteiltes Beutegut ist. Vielleicht wird die Zeit einen anderen Vers dort eingraben, nicht so stolz, aber frömmer:

Partiti sunt sibi vestimenta mea et super
vestem meam miserunt sortis[9].

1 Italienisch geschriebener Artikel, der unter dem Titel »Oscar Wilde: Il Poeta di ›Salome‹« am 24. März 1909 in *Il Piccolo della Sera* in Triest erschien. Der Artikel wurde aus Anlaß der Triestiner Aufführung der *Salome* von Richard Strauss geschrieben.
2 Oscar hätte ein Mädchen werden sollen und wurde als solches jahrelang von seiner Mutter aufgezogen.
3 Ruskin wollte seine Schüler Straßen anlegen lassen, um den Zustand der Gesellschaft zu verbessern.
4 *The Woman's World*, eine Modezeitschrift.
5 Der Vater von Lord Alfred Douglas.
6 Wilde starb am 30. November 1900.
7 »Mr. Wilde's Rejoinder«, *Scots Observer*, 12. Juli 1890 (Bd. 4, Nr. 86, S. 279), eine Erwiderung auf eine unfreundliche Besprechung von *The Picture of Dorian Gray*.
8 *Salome*.
9 Nach der *Vulgata* Psalm 21, 19 (wo es richtig heißt: ›Diviserunt sibi ... miserunt sortem‹) nach Luther Psalm 22,19: »Sie teilen meine Kleider unter sich und werfen das Los um mein Gewand.«

Daniel Defoe[1]

I

Man schrieb das Jahr der Gnade 1660, als Charles Stuart, der Verbannte, der Flüchtling, der Enterbte, in Dover auf englischem Boden landete und sich, unter dem Geleit von Militärkapellen und Fackeln, inmitten einer jubelnden Menge nach der Hauptstadt aufmachte, um dort ebendieselbe Krone wieder aufzusetzen, die sein Vater, der Märtyrerkönig, elf Jahre zuvor niedergelegt hatte, um auf Befehl der königsmordenden Generale auf dem Schafott von Whitehall zu sterben. Die Leichen Cromwells und Iretons wurden ausgegraben und nach Tyburn geschleift (dem Golgatha, der Schädelstätte der englischen Geschichte), wo sie, verfault wie sie waren, vom Henker an den Galgen gehängt und später enthauptet wurden. Der Frohsinn kehrte nach Merry Old England zurück: die Eleganz, die Kultur, der Pomp, die Wollüstigkeit der Stuarts kehrten zurück. Der junge König öffnete den Schmeichlern und Schmeichlerinnen die Tore seines Palastes. Sein Lieblingshündchen auf dem Arm, gab er seinen Ministern Audienz; lässig an den Kamin im House of Lords gelümmelt, hörte er den Reden dieser ehrwürdigen Versammlung zu und schwor bei den Körperchen Gottes (dem bevorzugten Schwur Seiner Majestät), daß seine edlen Lords viel amüsanter als Komödianten wären.

Doch dieser Triumph täuschte, denn bald darauf sank der Stern der Stuarts für immer, und die protestantische Erbfolge, verkörpert in der Person Wilhelms von Oranien-Nassau, wurde zum Eckstein der britischen Verfassung. Hiermit endet, den Lehrbüchern zufolge, das Kapitel der älteren Geschichte, und es beginnt das der modernen Geschichte.

Allerdings war die Verfassungskrise, die damals durch einen dauerhaften Vertrag zwischen Krone, Kirche und Legislatur beendet wurde, weder das einzige noch das Interessanteste,

was dieser Fürst zustande brachte, dessen man als fromm, glorreich und unsterblich gedenkt. Sein Sieg kennzeichnet außerdem einen rassischen Wendepunkt, eine ethnische Wiederkehr. Seit den Zeiten Wilhelms des Eroberers hatte kein Monarch aus germanischem Geblüt das englische Zepter geführt. Den Normannen folgten die Plantagenets, den Plantagenets das Haus Tudor, dem Haus Tudor die Stuarts. Sogar Oliver Cromwell selbst, Lord-Protector der Rechte und Freiheiten des Volkes, war keltischer Herkunft, Sohn eines walisischen Vaters und einer schottischen Mutter. Mehr als sechs Jahrhunderte waren so seit der Schlacht von Hastings vergangen, als endlich der wahre Nachfolger der angelsächsischen Dynastie den englischen Thron bestieg; und das Volk, das die Ankunft des linkischen und schweigsamen holländischen Fürsten bejubelte, bejubelte sich selbst, grüßte das personifizierte Symbol seiner eigenen Auferstehung.
Und nun beginnt sich auch zum ersten Mal die wahre englische Seele in der Literatur zu offenbaren. Man bedenke, wie minimal die Bedeutung dieser Seele in den vorhergehenden Jahrhunderten war. Bei Chaucer, einem höfischen Poeten mit elegantem und geschliffenem Stil, gibt die einheimische Seele kaum den Rahmen ab, vor dem sich die Abenteuer der feinen Leute abspielen, der normannischen Kleriker also und der ausländischen Helden. Wie ist die große englische Nation in den vielgestaltigen Stücken William Shakespeares abgebildet, der zweihundert Jahre nach Chaucer schrieb? Ein tölpelhafter Bauer, ein vagabundierender Schauspieler, ein abgerissener Kerl, halb wahnsinnig, halb närrisch, ein Totengräber. Shakespeares bedeutende Charaktere kommen allesamt übers Meer und über die Berge: Othello, ein Mohrengeneral, Shylock, ein venezianischer Jude, Cäsar, ein Römer, Hamlet, ein Prinz von Dänemark, Macbeth, ein keltischer Usurpator, Julia und Romeo, Bürger von Verona. Das einzige große Porträt in dieser ganzen reichen Galerie, das man vielleicht als englisch bezeichnen könnte, ist das des fetten Ritters vom Monsterbauch, Sir John Falstaff.

In den Jahrhunderten, die der Eroberung durch die Franzosen folgten, ging die englische Literatur zur Schule, und ihre Lehrmeister waren Boccaccio, Dante, Tasso und Messer Lodovico[2]. Chaucers *Canterbury Tales* sind eine Variation des *Decamerone* oder des *Novellino*; Miltons *Paradise Lost* ist die puritanische Transkription der *Divina Commedia*. Shakespeare mit seiner tizianischen Palette, seiner Sprachgewandtheit, seiner epileptischen Leidenschaftlichkeit und seinem schöpferischen Furor ist ein italianisierter Engländer, während das Theater der Restauration seine Anregungen vom spanischen Theater empfängt, von Calderón und Lope de Vega. Der erste englische Autor, der schreibt, ohne ausländische Werke nachzumachen oder umzuformen, der ohne literarische Vorbilder arbeitet und den Geschöpfen seiner Feder einen echten nationalen Charakter eingibt, der selbst eine künstlerische Form entwirft, die vielleicht ohne Vorbild ist, abgesehen von den kurzen Monographien Sallusts und Plutarchs, ist Daniel Defoe, der Vater des englischen Romans.
Daniel Defoe wurde 1661[3] geboren, ein Jahr nach der Rückkehr Charles Stuarts. Sein Vater war ein wohlhabender Metzger in Cripplegate, der als guter Bürger seinen Sohn für das Priesteramt bestimmt hatte. Doch hatte der Sohn absolut nichts Heiligmäßiges an sich, und die Verkündigung des Evangeliums vom christlichen Frieden hätte schlecht zu einem so streitbaren Mann gepaßt, dessen Leben von der Wiege bis zur Bahre ein rauher, verwegener und vergeblicher Kampf war.
Nach Beendigung seiner Studien stürzte sich der Jüngling in den Strudel der Politik, und als der Herzog von Monmouth (einer der zahlreichen Bastarde des Fröhlichen Monarchen) das Banner der Rebellion erhob, schloß er sich den Truppen des Prätendenten an. Die Rebellion mißlang, und Defoe büßte beinahe sein Leben ein. Ein paar Jahre später finden wir ihn als Strumpffabrikanten wieder, und 1689 ritt er mit in dem Freiwilligenregiment, das die neuen Herrscher William und Mary zu einem feierlichen Bankett in der Guildhall geleitete. Danach handelte er mit fernöstlichen Gewürzen. Er machte

Reisen nach Frankreich, Spanien und Portugal, wo er einige Zeit verbrachte. Seine Geschäftsreisen führten ihn auch nach Holland und Deutschland, doch bei seiner Rückkehr nach England erwartete ihn das erste einer langen Reihe von Mißgeschicken. Er war für bankrott erklärt worden, und da ihn seine Gläubiger grausam bedrängten, hielt er es für besser, sich nach Bristol abzusetzen, wo ihn die Bürger mit dem Spitznamen »Der Sonntags-Gentleman« bedachten, weil er seine Wohnung nur an Sonntagen zu verlassen wagte, dem Tag, an dem das Gesetz es den Bütteln verbot, ihn zu verhaften. Ein Vergleich mit seinen Gläubigern befreite ihn aus diesem Zwangsaufenthalt, und er arbeitete gute zwölf Jahre lang ununterbrochen, um seine Schulden abzuzahlen, die ungeheure Summe von siebzehntausend Pfund Sterling.

Von seiner Befreiung bis zum Tod König Williams war Defoe Leiter einer Ofenkachelfabrik und aktiv politisch tätig, indem er Pamphlete, Artikel, Satiren und Traktate veröffentlichte, die die Sache des ausländischen Königs vertraten und bis auf das Gedicht *The True-Born Englishman* kaum von irgendwelchem literarischem Wert sind. Nach Königin Annas Thronbesteigung verabschiedete das Parlament eine Zwangsverfügung gegen nonkonformistische Protestanten (d. h. gegen diejenigen, die die Oberhoheit der anglikanischen Kirche nicht anerkannten), und Defoe gab sich als extremer Anglikaner aus und veröffentlichte die berühmte Satire *The Shortest Way with the Dissenters* (›Kurzer Prozeß mit den Dissentern‹), in der er vorschlägt, man sollte alle, die die Dogmen und Riten der anglikanischen Kirche nicht annehmen wollten, zum Galgen oder zur Galeere verurteilen und lediglich für die Jesuiten die Ehre der Kreuzigung reservieren. Diese Satire rief einen Sturm der Entrüstung hervor und legte zunächst viele Pastoren herein, die ihre Aufrichtigkeit und Weisheit lobten und dann entdecken mußten, daß sie einem feierlichen Schwindel aufgesessen waren. Gegen Defoe wurde Haftbefehl erlassen, und die *London Gazette* veröffentlichte folgende Beschreibung des Satirikers:

›Ein magerer Mann mittleren Alters, etwa vierzig, von dunkler Hautfarbe; dunkelbraunes Haar, trägt aber Perücke; gebogene Nase, spitzes Kinn, graue Augen, großer Leberfleck am Mund; geboren in London, viele Jahre lang Strumpffabrikant in Cornhill, jetzt Besitzer einer Ziegelei und Dachpfannenfabrik zu Tilbury in der Grafschaft Essex.‹
Die Konstabler setzten einen Preis auf seinen Kopf, und binnen eines Monats[4] saß Defoe im Gefängnis von Newgate. Sein Buch wurde vom Henker öffentlich verbrannt und der Autor an drei aufeinanderfolgenden Tagen vor dem Exchange, in Cheapside und vor den Stadttoren in Temple Bar an den Pranger gestellt. Auch während der Strafe ließ er den Mut nicht sinken. Aufgrund eines königlichen Gnadenaktes wurden ihm die Ohren nicht abgeschnitten; die Blumenmädchen bedeckten das Folterinstrument mit Girlanden und die Exemplare seiner *Hymn to the Pillory* (›Hymne an den Pranger‹), die die Zeitungsjungen für ein paar Pennies feilboten, gingen weg wie warme Semmeln, während sich das Stadtvolk auf dem Platz drängte, seine Verse rezitierte und auf die Gesundheit des Gefangenen wie auf die Redefreiheit trank.
Als er danach ins Gefängnis geworfen wurde, fand seine literarische Tätigkeit keineswegs ein Ende. Noch im Gefängnis gründete und edierte er eine der ersten englischen Zeitungen, *The Review,* und so gut gelang es ihm, die Obrigkeiten zu besänftigen, daß er kurze Zeit später nicht nur entlassen, sondern sogar von der Regierung beauftragt wurde, in geheimer Mission nach Edinburgh zu gehen.
Nun folgen noch einmal sieben Jahre, in denen sich die Person des Schriftstellers im grauen Halbdunkel der Politik verliert. Danach belegte die Regierung alle Zeitungen mit einer hohen Steuer, und *The Review* ging nach einer Lebensdauer von neun Jahren ein. Defoe, der unermüdliche Skribent, stürzte sich von neuem in die Polemik. Ein Pamphlet über die Jacobitische Erbfolge brachte ihm ein neuerliches Gerichtsverfahren ein, und nach einer Verurteilung wegen Verhöhnung des Gerichts wurde er zum zweiten Mal in Newgate inhaftiert.

Diesmal verdankte er seine Entlassung einem schweren Schlaganfall, bei dem er nur knapp mit dem Leben davonkam. Die Weltliteratur wäre um ein Meisterwerk ärmer, wenn dieser Schlaganfall tödlich gewesen wäre. Nach der endgültigen Vereinigung von England und Schottland und der Etablierung des Hauses Hannover auf dem englischen Thron nahm die politische Bedeutung Defoes rapide ab. Er wandte sich, nun schon über sechzig, der Literatur im engeren Sinne zu, und in den ersten Jahren der Regierung Georgs I. (Defoes abenteuerliches Leben erstreckte sich über die Regierungszeit von sieben Herrschern) schrieb und veröffentlichte er den ersten Teil von *Robinson Crusoe.* Dieses Buch hatte der Verfasser fast allen Verlagshäusern der Hauptstadt angeboten, die es mit großem Weitblick zurückgewiesen hatten. Im April 1719 erblickte es das Licht der Welt; Ende August verkaufte man bereits die vierte Auflage. Achtzigtausend Exemplare wurden verkauft, ein Rekordumsatz für damalige Zeiten. Das Publikum gab sich mit den Abenteuern des Defoeschen Helden noch nicht zufrieden und verlangte mehr. Und wie Conan Doyle dem Drängen des zeitgenössischen Publikums nachgab und seine knochige Marionette Sherlock Holmes wiederbelebte, um sie von neuem auf die Jagd nach Schurken und Verbrechern zu schicken, so ließ auch der sechzigjährige Defoe dem ersten Teil seines Romans einen zweiten folgen, in dem den Protagonisten noch einmal das Reisefieber packt und er in seine »Inselheimat« zurückkehrt. Diesem zweiten Teil folgte noch ein dritter, *Serious Reflections of Robinson Crusoe* (›Ernstliche und wichtige Betrachtungen des Robinson Crusoe‹). Defoe, die gute Seele, hatte ziemlich spät gemerkt, daß er in seinem nüchternen Realismus die geistige Seite seines Helden nur ungenügend berücksichtigt hatte, und stellte daher im dritten Teil eine Sammlung von ernsthaften Reflexionen über den Menschen, das Schicksal und den Schöpfer zusammen – Reflexionen und Gedanken, die die Gestalt des robusten Seemanns nicht besser und nicht schlechter zieren als eine wundertätige Madonna die Votivgaben, die ihr um den Hals und an den ausgestreckten Händen hängen. Das berühmte Buch hatte sogar das ungeheure Glück, von einem Londoner Spaßvogel parodiert zu werden, der selber ein Vermögen anhäufte mit dem Verkauf seiner verschrobenen Satire, *The Life and Surprizing Strange Adventures of a Certain Daniel Defoe, Wool Merchant, Who Lived All Alone in the Uninhabited Island of Great Britain* (›Leben und wunderbare Abenteuer eines gewissen Daniel Defoe, Wollhändlers, der ganz allein auf der unbewohnten Insel Großbritannien lebte‹).

Die Pedanten gaben sich alle Mühe, die kleinen Irrtümer herauszustellen, die dem großen Vorläufer des Realismus unterlaufen waren. Wie konnte Robinson seine Taschen mit Keksen vollstopfen, wenn er sich ausgezogen hatte, bevor er vom Strand aus zum Wrack hinüberschwamm? Wie konnte er die Augen der Ziege in der stockdunklen Höhle erkennen? Wie konnten die Spanier Freitags Vater ein schriftliches Dokument geben, wenn sie weder Tinte noch Feder hatten? Gibt es auf den Westindischen Inseln tatsächlich Bären oder nicht? Und so weiter. Die Pedanten haben recht: die Irrtümer sind vorhanden; aber der breite Strom des neuen Realismus trägt sie majestätisch mit sich fort, wie Sträucher und Schilf, die die Flut losgerissen hat.

Zwischen 1719 und 1725 ruhte die Feder des alternden Schriftstellers keinen Augenblick: er schrieb etwa zwölf Romanzen (die sogenannten »Lebensgeschichten«), Pamphlete, Traktate, Tagebücher, Reiseerzählungen, spiritualistische Studien. Gicht und Alter zwangen ihn, die Feder aus der Hand zu legen. 1730 scheint er noch einmal, zum dritten Mal, im Gefängnis gewesen zu sein. Ein Jahr später finden wir ihn als Flüchtigen in einer kleinen Stadt in Kent. Etwas Geheimnisvolles umgibt seinen Tod. Vielleicht versteckte er sich vor der Justiz, vielleicht aber hatte ihn auch der Streit mit seinem Sohn (einem durch und durch faulen jungen Schurken, der eines Platzes in den Büchern seines Vaters würdig gewesen wäre) auf diese unglückselige Wanderschaft gezwungen, die an die Tragödie König Lears erinnert. Vielleicht hatten die Mühen seines langen Lebens, das unablässige Schreiben, die Intrigen und Katastrophen sowie ständig wachsender Geiz bei ihm eine Art von seniler Atrophie seines wendigen und fruchtbaren Geistes hervorgebracht. Wir wissen nichts darüber, und das wird auch so bleiben. Dennoch hat sein einsamer und merkwürdiger Tod in dem bescheidenen Gasthaus von Moorfields etwas Charakteristisches. Vielleicht fühlte er, der den seltsamen Einsiedler Crusoe und neben ihm so viele andere Einzelgänger verewigt hatte, die im großen Meer des sozialen Elends so verloren leben wie Crusoe im Wassermeer, Sehnsucht nach der Einsamkeit, als das Ende herannahte. Der alte Löwe verkriecht sich an einem abgelegenen Ort, wenn seine letzte Stunde kommt. Er empfindet Ekel vor seinem ausgetrockneten und müden Körper und möchte an einem Ort sterben, an dem niemand ihn sehen kann. Und so läßt sich auch der Mensch, in Scham geboren, wohl einmal von der Schmach des Todes überwältigen und will nicht haben, daß andere durch den Anblick jenes obszönen Phänomens betrübt werden, mit dem eine brutale und höhnische Natur dem Leben des Menschen ein Ende setzt.

II

Es ist alles andere als leicht, eine angemessene Untersuchung über einen so ertragreichen Schriftsteller zu verfassen, wie Daniel Defoe es war, der wenigstens zweihundertundzehn Publikationen herausbrachte. Doch sehen wir zunächst einmal von den Werken politischen Charakters und der unendlichen Fülle seiner journalistischen Artikel ab, so gruppieren sich Defoes Werke ganz natürlich um zwei Brennpunkte des Interesses. Auf der einen Seite haben wir die Schriften, die von irgendeinem aktuellen Ereignis ausgehen, auf der anderen Seite die Lebensgeschichten, die vielleicht keine echten Romane in dem Sinn sind, in dem wir den Begriff verstehen, weil es ihnen noch an Liebeshandlung, psychologischer Analyse und dem wohlausgewogenen Gleichgewicht von Charakteren und Neigungen mangelt, aber doch literarische Dokumente, in denen die Seele des modernen realistischen Romans schon zu erkennen ist wie die Seele, die in einem noch unfertigen und amorphen Organismus schlummert. *The Storm* (›Der Sturm‹), zum Beispiel, ist ein Buch, das die Verwüstungen beschreibt, die ein großes Unwetter anrichtete, das Ende November 1703 mit Unterbrechungen über den Britischen Inseln wütete. Moderne Meteorologen haben aus den präzisen Details, die Defoe ihnen lieferte, eine äußerst genaue barometrische Karte anlegen können. Seine Methode ist die Einfachheit selbst. Das Buch untersucht zunächst die Gründe für die Entstehung der Winde, zählt dann die berühmt gewordenen Stürme aus der Menschheitsgeschichte auf, und dann kriecht die Erzählung wie eine riesige Schlange langsam durch ein Gewirr von Berichten und Briefen, die sich in endloser Folge aneinanderreihen. In den Briefen, die aus allen Teilen des Vereinigten Königreichs kommen, lesen wir immer wieder die gleichen Dinge: hier soundso viele Bäume entwurzelt (Apfel, Weide, Eiche), dort soundso viele Häuser abgedeckt, an dem Ort soundso viele Schiffe an den Hafenmauern zerschellt, an diesem soundso viele Türme eingestürzt; und dann eine sorgfältige Aufzählung, welche Verluste an Vieh und Häusern bestimmte Dörfer erlitten haben, wie viele starben und wie viele gerettet wurden, und eine genaue Berechnung der Menge von Blei, das von Kirchendächern herabgerissen wurde. Überflüssig zu sagen, daß es dem Buch gelingt, phänomenale Langeweile zu verbreiten. Der moderne Leser hat weidlich zu stöhnen, ehe er zum Schluß vordringt, doch am Ende ist das Ziel des Chronisten erreicht. Kraft der Wiederholungen, Widersprüche, Einzelheiten, Zahlen und Geräusche ist der Sturm lebendig, die Verwüstung sichtbar geworden.

In *The Journal of the Plague Year* (›Pesttagebuch‹) spannt Defoe seinen Bogen weiter. Im Vorwort zur Gesamtausgabe von

Defoes Werken schreibt Sir Walter Scott: »Wäre er nicht der Verfasser von *Robinson Crusoe*, so hätte Daniel Defoe unsterblichen Ruhm für die Genialität verdient, die er in diesem Tagebuch des Pestjahrs unter Beweis stellt.« Die schwarze Pest suchte London in den ersten Jahren der Regierung Charles' II. heim. Die Zahl der Opfer kann nicht mit Sicherheit festgestellt werden, überstieg aber wahrscheinlich 150000. Von diesem grausigen Massaker gibt Defoe einen Bericht, der um so erschreckender wirkt, als er nüchtern und traurig ist. Die Türen der infizierten Häuser wurden mit einem roten Kreuz und der Inschrift »Herr erbarme dich unser« markiert. Gras wuchs in den Straßen. Die düstere Stille der Verwesung hing über der verheerten Stadt wie ein Leichentuch. Nachts zogen die Totenkarren durch die Straßen, von vermummten Kutschern gefahren, die ihren Mund mit desinfizierten Leinentüchern umwickelten. Ein Ausrufer ging ihnen voran, schwang von Zeit zu Zeit eine Glocke und schrie das »Bringt eure Toten heraus!« in die Nacht. Hinter der Kirche in Aldgate hatte man eine riesige Grube gegraben. Hier entluden die Kutscher ihre Karren und warfen barmherzigen Kalk über die Haufen schwarzverfärbter Leichen. Die Verzweifelten und die Verbrecher zechten Tag und Nacht in den Kneipen. Die Sterbenden rannten und warfen sich unter die Toten. Schwangere Frauen jammerten um Hilfe. Große, rauchende Feuer brannten ununterbrochen an den Straßenecken und auf den öffentlichen Plätzen. Der religiöse Wahnsinn erreichte seinen Höhepunkt. Ein Verrückter schritt mit einer Schale glühender Kohlen auf dem Kopf vollkommen nackt die Straßen auf und ab und schrie, er sei ein Prophet, wozu er unablässig wiederholte: »Oh, der große und schreckliche Gott!«
Der Mann, der in Defoes Bericht von diesen Greueln erzählt, ist ein unbekannter Londoner Sattler, aber der Stil seiner Erzählung hat etwas Meisterliches und (wenn ich das Wort gebrauchen darf) Orchestrales an sich, das einen an Tolstois *Sebastopol* oder an Hauptmanns *Weber* erinnert. In diesen beiden Werken findet man allerdings einen lyrischen Atem,

selbstbewußte Kunst, ein musikalisches Thema, die als emotionales Aufbegehren des modernen Menschen gegen menschliche oder übermenschliche Ungerechtigkeit erscheinen könnten. Bei Defoe gibt es nichts davon: keinen Lyrismus, kein l'art pour l'art, kein soziales Bewußtsein. Der Sattler geht durch die menschenleeren Straßen, hört die Angstschreie, hält sich in sicherer Entfernung von den Kranken, liest die Verordnungen des Bürgermeisters, unterhält sich mit den Totengräbern, die Knoblauch und Gartenraute kauen, diskutiert die Lage mit einem Fährmann in Blackwall, vervollständigt getreulich seine Statistik, interessiert sich für die Brotpreise, beschwert sich über die Wächter, steigt auf den Hügel hinter Greenwich und schätzt ab, wieviel Leute sich auf die in der Themse ankernden Schiffe geflüchtet haben, lobt, tadelt, weint nicht eben selten, betet gelegentlich und beendet seinen Bericht mit vier Knittelversen, die er, als braver Sattler, den Leser milde zu beurteilen bittet. Sie sind ungehobelt, sagt er, aber ehrlich gemeint. Sie lauten:

Die greuliche Pest in London war
im Jahre fünfundsechzig,
riß hunderttausend Seelen fort;
ich lebe und bin kräftig.

Bei Defoe, das ist offensichtlich, glänzt der Stern der Poesie, wie man so sagt, durch Abwesenheit, obwohl Defoe einen bewundernswert klaren, völlig unmanierierten Stil schreibt, der in manchen Passagen von *Robinson Crusoe* oder *Duncan Campbell* ganz plötzlich von einem flüchtigen, sanften Glanz durchleuchtet wird. Darum erschien auch seine *History of the Devil* (›Geschichte des Teufels‹) einigen Lesern einfach als brechreizerregend. Defoes Teufel hat wenig mit dem fremdartigen Sohn des Chaos gemein, der sich auf den ewigen Kampf gegen die Absichten des Höchsten Wesens einläßt. Er gleicht eher einem Strumpffabrikanten, dem ein höchst unglückseliges finanzielles Mißgeschick widerfahren ist. Defoe versetzt sich mit einem Realismus in die Lage des Teufels, der

zunächst verwirrt. Kühn attackiert er die Vorstellung vom majestätischen Protagonisten aus *Paradise Lost.* Er überlegt sich, wie viele Tage der Teufel wohl brauchte, um vom Himmel in den Abgrund zu stürzen, wie viele Geister mit ihm fielen, wann er die Erschaffung der Welt bemerkte, wie er Eva bezirzte, wo er sich am liebsten aufhält, warum und wie er sich Flügel herstellte. Diese Haltung angesichts des Übersinnlichen, die sich als logische Folge aus seinen literarischen Prinzipien ergibt, ist die Haltung eines vernünftigen Barbaren. Zuweilen, z. B. in der plumpen, hastigen Erzählung des Philosophen Dickory Cronke, scheint ein Trottel die Taten eines Schwachsinnigen zu erzählen; in anderen Fällen, z. B. in *Duncan Campbell,* einer Art von medialen Studie über einen interessanten Fall von Hellseherei in Schottland, wird die Haltung des Schreibers dem Fall, über den er berichtet, in eigenartiger Weise gerecht und erinnert zuweilen an die Treffsicherheit und Unschuld in den Fragen von Kindern.
Diese Geschichte, wohl das Ergebnis eines längeren Aufenthalts in den schottischen Bergen oder Inseln, wo, wie jedermann weiß, die Telepathie in der Luft liegt, läßt die Grenzen von Defoes Methode in diesen entpersonalisierten Schriften deutlich werden. Defoe am Bett des visionären Knaben, dessen geöffnete Lider er betrachtet, auf dessen Atem er lauscht, dessen Kopfhaltung er untersucht, dessen frische Gesichtsfarbe er vermerkt – das ist der Realist in Gegenwart des Unbekannten, ist die typische Erfahrung des Menschen, der die Gegenwart des Traumes, von dem er getäuscht zu werden fürchtet, bekämpft und besiegt, ist, kurz gesagt, der Angelsachse in Gegenwart des Kelten.

In den Werken Defoes, die zur zweiten Kategorie gehören und von persönlicherem Interesse sind, bemerken wir von Zeit zu Zeit eine wilde Begleitmusik, das Dröhnen der Trommeln und das Donnern der Kanonen. *The Memoirs of a Cavalier* (›Die Memoiren eines Kavaliers‹), die Defoe im Vorwort bezeichnenderweise unter den Papieren eines Ministers von William III. entdeckt zu haben behauptet, sind der persönliche Bericht eines Offiziers, der unter Gustav Adolf kämpfte und dann in die Armee von Charles I. eintrat. Obwohl dieses Buch ob seiner zweifelhaften Herkunft nicht wenig Tinte zum Fließen brachte, kann es heute nur noch jemanden interessieren, der sich mit dieser turbulenten und blutigen Epoche beschäftigt. Über die Ereignisse, von denen der Kavalier berichtet, hat man anderswo gelesen. Wir lesen sie hier ohne besonderes Interesse noch einmal und behalten bestenfalls ein paar lebendige Beschreibungen, ein paar farbenfrohe Passagen in Erinnerung.

Die spanischen Kapitel der *Memoirs of Captain Carleton* (›Memoiren des Kapitäns Carleton‹) dagegen, vollgestopft mit galanten Abenteuern, Stierkämpfen und Hinrichtungen, sind, wie man es im heutigen Filmjargon ausdrücken würde, mitten aus dem Leben gegriffen. Wenn Defoe noch lebte, würde er bei seiner Begabung für Genauigkeit und Phantasie, bei seinen mischmaschigen Erfahrungen und seinem klaren, präzisen Stil wahrscheinlich als Sonderkorrespondent einer amerikanischen oder englischen Mammutzeitung großen Ruhm genießen.

Die erste weibliche Gestalt, die sich deutlich von diesem Hintergrund abhebt, ist Mrs. Christian Davies, Mutter Ross genannt. Diese Dame bildet zusammen mit der Abenteurerin Roxana und der unvergeßlichen Hure Moll Flanders das Trio der weiblichen Charaktere, vor dem die heutige Literaturkritik in benommener Impotenz erstarrt. So fragt sich der elegante Literat und Bibliophile Sir Leslie Stephen mit der Verwunderung des wohlanständigen Schriftstellers, wo in aller Welt Defoe nur die Vorbilder für diese Gestalten gefunden haben mag, und Defoes letzter Herausgeber, der Lyriker John Masefield, kann sich nicht erklären, wie ein Schriftsteller, der doch in den Jahren nach der Restauration der Monarchie lebte, in den fröhlichen Jahren, die durch die leichte Anmut so vieler umgänglicher Damen verschönt wurden, Jahren, deren Intimgeschichte aus einer ganzen Galaxis von weiblichen Namen besteht – Lucy Walters und Nell Gwynne und Martha Blount und die skandalumwitterte Susannah Centlivre und die geistreiche Lady Mary Montagu –, Frauen mit solch zynischem, grobschlächtigem und lüsternem Realismus darstellen konnte. *The Life of Mrs. Christian Davies* (›Das Leben von Mrs. Christian Davies‹) muß den oberwähnten kritischen Gentlemen allerdings wie das Leben der heiligen Johanna, aus der Sicht eines Pferdeknechts erzählt, vorkommen.

Christian, eine hübsche kleine Dubliner Gastwirtin, läßt ihre Korbflaschen im Stich und wandert in Männerkleidern als Dragoner in der Armee des Herzogs von Marlborough durch ganz Europa, um ihren Mann zu suchen. Sie findet ihn in der Schlacht von Höchstädt wieder, aber er hat sich mittlerweile eine Holländerin als Geliebte zugelegt. Die Szene, in der Christian ihren treulosen Gatten im Zimmer eines Gasthauses trifft, läßt das Ewigweibliche in ungewohntem Licht erscheinen. Hier ist sie, Christian selber spricht:

Ich sah ihn in der Küche mit dem holländischen Weib trinken, tat aber so, als ob ich ihn nicht sähe, ging zur Wirtin und bat sie, mir ein Privatzimmer zu geben. Sie ging vor mir ins Zimmer und ließ mich, nachdem sie mir eine Pinte Bier gebracht, die ich bestellt hatte, mit meinen melancholischen Gedanken allein. Ich setzte mich, legte den Ellbogen auf den Tisch, lehnte den Kopf in die Hand und begann nachzudenken... Warum nur hat er sich so verändert? ... Und seine Liebe zu dem holländischen Weib löste meine Tränen, die überreichlich flossen und mir einige Erleichterung gewährten. Ich konnte der Flut nicht Einhalt gebieten, die eine gute Viertelstunde andauerte. Schließlich hörte sie auf, und nachdem ich ein bißchen was von dem Hougarde (ein weißes Bier von einer Farbe wie Molke) getrunken hatte, wusch ich meine Augen und mein Gesicht mit dem Rest, um zu verbergen, daß ich geweint hatte. Dann rief ich meine Wirtin und bat sie, mir noch eine Pinte zu bringen.

Ein wenig anders als Tristan und Isolde! Heutige Komponisten, Analphabeten oder nicht, würden herzlich wenig an der Geschichte dieser Frau finden, die ihre Karriere schon als kleines Mädchen damit beginnt, daß sie sich einen Hügel hinunterrollt, um den ältlichen Earl von C... (man beachte die vornehme Zurückhaltung bei den Initialen) in Verzückung zu bringen, und die im Alter von zweiundsechzig im Militärhospital von Chelsea stirbt, als pensionierte Marketenderin, verkrüppelt, skrofulös und wassersüchtig; und sie würden schon gar nichts an der Lebensgeschichte von Moll Flanders finden, der einzigartigen, der unvergleichlichen Frau, die, ich zitiere den Wortlaut der Titelseite, im Gefängnis von Newgate geboren wurde und sechzig Jahre lang ein immer abwechslungsreiches Leben führte, die zwölf Jahre Hure war, fünfmal verheiratet, davon einmal mit ihrem Bruder, zwölf Jahre Diebin, acht Jahre deportierte Verbrecherin in Virginia, die zu guter Letzt reich wurde, ein ehrliches Leben führte und reuig starb. Kurz, der Realismus dieses Schriftstellers widersteht den magischen Betörungen der Musik und transzendiert sie.

Vielleicht ist der moderne Realismus eine Reaktion. Die große französische Nation, die die Legende der Jungfrau von Orleans heilighält, entstellt sie nichtsdestotrotz durch den Mund Voltaires, schändet sie lüstern durch die Hände der Graveure des neunzehnten Jahrhunderts, durchlöchert und zerfetzt sie durch den schneidenden Stil eines Anatole France. Gerade die Intensität, die Verfeinerung des französischen Realismus verrät seine geistige Herkunft. Doch in den Werken Defoes wird man vergeblich nach jener grimmigen Glut der Verderbtheit suchen, die die traurigen Seiten eines Huysmans wie ein verpestetes Phosphoreszieren durchleuchtet. Vergeblich wird man in den Werken eines Autors, der zwei Jahrhunderte vor Dostojewski und Gorki den letzten Abschaum der Menschheit in die europäische Literatur einbrachte – den Findling, den Taschendieb, den Kuppler, die Hure, die Hexe, den Räuber, den Geächteten –, nach jener wohleinstudierten Glut von

Indignation und Empörung suchen, die zugleich quält und wohltut. Wenn überhaupt etwas, wird man unter dem grobschlächtigen Äußeren seiner Gestalten so etwas wie Instinkt und Verheißung finden. Seine Frauen haben die Schamlosigkeit und Keuschheit von Tieren; seine Männer sind stark und schweigsam wie Bäume. Der englische Feminismus und der englische Imperialismus lauern schon in diesen Seelen, die gerade aus dem Tierreich auftauchen. Der afrikanische Prokonsul Cecil Rhodes stammt in direkter Linie von Captain Singleton ab, und die bereits lobend hervorgehobene Mrs. Christian Davies ist aller Wahrscheinlichkeit nach eine Urgroßmutter von Mrs. Pankhurst[5].

Defoes Meisterwerk, *Robinson Crusoe,* gibt diesem Instinkt und dieser Verheißung den vollen künstlerischen Ausdruck. Mit dem Leben des Piraten und Entdeckers *Captain Singleton* und in der Erzählung von *Colonel Jack,* die von soviel großherzigem und traurigem Mitgefühl erfüllt ist, bietet Defoe Studien und Entwürfe zu dem großen einsamen Charakter, der sich dann mit Zustimmung so vieler schlicht gesonnener Männer und Knaben Bürgerrecht in der Welt der Literatur erwarb[6]. Die Geschichte des schiffbrüchigen Seemanns, der vier Jahre lang auf einer verlassenen Insel lebte, enthüllt wie vielleicht kein anderes Buch in der langen Geschichte der englischen Literatur den umsichtigen und heroischen Instinkt des vernunftbegabten Tiers und die Verheißung des Empires.
Die europäische Kritik hat sich viele Generationen lang mit einer nicht unbedingt wohlwollenden Beharrlichkeit abgemüht, das Geheimnis der unbegrenzten Welteroberung zu erklären, die dieser Mischrasse gelungen ist, die da ein hartes Leben auf einer kleinen Insel in der Nordsee führte und der die Natur weder den Intellekt des Latiners noch die Geduld des Semiten, weder den Eifer des Teutonen noch die Sensibilität des Slawen mitgegeben hat. Mit einer Lustigkeit, die nicht frei von Verzweiflung ist, hat sich die europäische Karikatur jahrelang damit amüsiert, einen überlangen Mann mit den

Kinnbacken eines Affen ins Auge zu fassen, mit kariertem Anzug, der zu kurz und zu eng ist, und mit riesigen Füßen; oder den traditionellen John Bull, den fetten Händler mit dem einfältigen roten Vollmondgesicht und dem winzigen Zylinder. Keine von diesen laienhaften Gestalten hätte in tausend Jahren auch nur eine Handbreit Boden erobert. Das wahre Sinnbild der britischen Eroberung ist Robinson Crusoe, der, mit einem Messer und einer Pfeife in der Tasche auf einer wüsten Insel ausgesetzt, zum Architekten, Zimmermann, Messerschleifer, Astronomen, Bäcker, Schiffsbauer, Töpfer, Sattler, Bauern, Schirmmacher und Pfarrer wird. Er ist der wahre Prototyp des britischen Kolonisten, ebenso wie Freitag (der zuverlässige Wilde, der an einem Unglückstag ankommt) das Sinnbild der unterworfenen Völker ist. In Crusoe ist der ganze angelsächsische Geist: die männliche Unabhängigkeit, die unbewußte Grausamkeit, die Ausdauer, die langsame aber wirkungsvolle Intelligenz, die sexuelle Apathie, die praktische und ausgeglichene Religiosität, die berechnende Schweigsamkeit. Wer dieses schlichte, bewegende Buch im Hinblick auf die nachfolgenden geschichtlichen Ereignisse wieder liest, kann sich seinem prophetischen Bann nicht entziehen.

Der Evangelist Johannes erblickte auf der Insel Patmos den apokalyptischen Untergang der Welt und die Erbauung der Mauern der Ewigen Stadt, die glänzen von Beryll und Smaragd, von Onyx und Jaspis, von Saphir und Rubin. Crusoe sah nur *ein* Juwel in all der fruchtbaren Schöpfung um ihn herum, den Abdruck eines nackten Fußes im jungfräulichen Sand. Und wer weiß, ob das letztere nicht bedeutsamer ist als das erstere?

1 Vortrag, den Joyce im akademischen Jahr 1911/12 in der Università Popolare Triestina hielt. Das Vorlesungsverzeichnis kündigte an, Prof. J. Joyce werde zwei Vorträge halten: »Verismo ed idealismo nella letteratura inglese (Daniele De Foe – William Blake)«.

2 Ariosto.

3 Heute ist sich die Forschung fast einig, daß Defoe 1660 geboren wurde.

4 Es vergingen mehr als vier Monate bis zur Gefangennahme Defoes.

5 Emmeline Pankhurst (1858-1928), englische Frauenrechtlerin.

6 Die Chronologie ist umgekehrt: *Robinson Crusoe* erschien 1719, *Captain Singleton* 1720 und *Colonel Jack* 1722.

[William Blake][1]

[Beginn des Manuskripts:] von einer ethischen und praktischen Interpretation, sind keine moralischen Aphorismen. Wenn er zur St. Paul's Kathedrale hinübersah, hörte Blake mit dem Ohr der Seele den Schrei des kleinen Kaminkehrerjungen, der in seiner eigenwilligen literarischen Sprache die unterdrückte Unschuld symbolisiert. Wenn er zum Buckingham-Palast schaut, sieht er vor seinem geistigen Auge den Seufzer des unglücklichen Soldaten als Blutstropfen die Palastmauer hinunterrinnen. Solange er noch jung und kräftig war und sich selbst in diesen Visionen immer wieder neu erschuf, hatte er die Kraft, ihr Bild in einen gehämmerten Vers oder ein Stück Kupfer zu stechen, und diese verbalen oder geistigen Stiche umfaßten oftmals ein ganzes soziologisches System. Das Gefängnis, schreibt er, ist aus den Steinen des Gesetzes gebaut, das Bordell aus den Ziegelsteinen der Religion. Doch die ununterbrochene Anspannung dieser Reisen ins Unbekannte und die abrupte Rückkehr ins natürliche Leben zerstören langsam doch unerbittlich seine künstlerische Kraft. Die Visionen vervielfachen sich und lassen die Sehkraft erblinden; gegen Ende seines irdischen Lebens bedeckte ihn das Unbekannte, nach dem er sich sehnte, mit den Schatten seiner unermeßlichen Flügel, und die Engel, mit denen er verkehrte wie ein Unsterblicher mit Unsterblichen, versteckten ihn im Schweigen ihrer Gewänder.

Wenn ich mit bitteren Worten und gewalttätigen Versen die Gestalt eines schwachen, zweit- oder drittrangigen Politikers aus der Schattenwelt heraufbeschworen habe, habe ich Ihnen eine falsche Vorstellung von Blakes Persönlichkeit gegeben. Als junger Mann gehörte er zu der literarisch-revolutionären Schule, zu der auch Miss Wollstonecraft und der berühmte, vielleicht sollte ich lieber sagen berüchtigte Verfasser der *Rechte des Menschen*, Thomas Paine, gerechnet werden. Selbst unter den Mitgliedern dieses Kreises war Blake der einzige, der den Mut hatte, auf der Straße die rote Mütze, das Emblem der neuen Ära, zu tragen. Doch er nahm sie bald ab, um sie nie wieder zu tragen, nach den Massakern, die sich im September 1792 in den Pariser Gefängnissen zugetragen hatten. Seine geistige Rebellion gegen die Mächte dieser Welt war nicht aus dem in Wasser löslichen Schießpulver, an das wir mehr oder weniger gewöhnt sind. Im Jahre 1799 bot man ihm die Stellung eines Zeichenlehrers der königlichen Familie an. Aus Angst, daß in der künstlichen Atmosphäre des Hofes seine Kunst an Auszehrung sterben würde, lehnte er ab; um aber den König nicht zu beleidigen, gab er gleichzeitig alle seine Studenten aus der Unterschicht auf, die seine Haupteinnahmequelle darstellten. Nach seinem Tod schickte die Prinzessin Sophie seiner Witwe ein privates Geschenk von einhundert Pfund Sterling. Mrs. Blake schickte es zurück, dankte höflich und teilte ihr mit, daß sie mit wenig auskommen könne und daß sie die Gabe nicht annehmen wolle, da das Geld, wenn es für einen andren Zweck verwendet würde, vielleicht Leben und Hoffnung eines weniger Glücklichen, als sie es sei, wiederherstellen könne.

Offensichtlich gibt es einen deutlichen Unterschied zwischen diesem undisziplinierten und visionären Häresiarchen und jenen höchst orthodoxen Kirchenphilosophen, Francesco Suarez, *Europae atque orbis universi magister et oculus populi Christiani*[2], und Don Giovanni Mariana di Talavera[3], der im vorigen Jahrhundert zur Verblüffung der Nachwelt eine logische und sinistre Apologie des Tyrannenmords verfaßt hat. Der gleiche Idealismus, der Blake beherrschte und aufrecht erhielt, wenn er seine Blitze gegen menschliche Bosheit und menschliches Leid schleuderte, hielt ihn davon ab, grausam zum Körper zu sein, und sei es der eines Sünders, dem gebrechlichen Vorhang des Fleisches, wie er ihn im mystischen Buch *Thel* nennt, der über dem Bett unseres Begehrens liegt. Der Episoden, die die schlichte Güte seines Herzens zeigen, sind viele in der Geschichte seines Lebens. Obwohl er Schwierigkeiten hatte, seinen Lebensunterhalt zu verdienen, und nur eine halbe Guinee pro Woche ausgab, um das kleine Haus, in dem er lebte, zu unterhalten, gab er einem bedürftigen Freund vierzig Pfund. Ein armer schwindsüchtiger Kunststudent, den er jeden Morgen mit der Mappe unter dem Arm an seinem Fenster vorbeigehen sah, tat ihm leid, und er lud ihn in sein Haus ein, wo er ihm zu essen gab und sein trauriges, dahinschwindendes Leben aufzuheitern suchte. Die Beziehung zu seinem jüngeren Bruder Robert erinnert an die Geschichte von David und Jonathan. Blake liebte ihn, ernährte ihn und kümmerte sich um ihn. Während seiner langen Krankheit sprach er ihm von der ewigen Welt und tröstete ihn. Viele Tage vor seinem Tode wachte er ununterbrochen am Krankenbett, und im höchsten Augenblick sah er, wie die geliebte Seele sich von dem leblosen Körper losriß und zum Himmel aufstieg, vor Freude in die Hände klatschend. Dann, gelöst und erschöpft, legte er sich zu einem tiefen Schlaf nieder und schlief zweiundsiebzig Stunden ohne Unterbrechung.

Ich habe bereits zwei- oder dreimal Mrs. Blake erwähnt, und vielleicht sollte ich etwas über die Ehe des Dichters sagen. Blake verliebte sich, als er zwanzig Jahre alt war. Das Mädchen, das offenbar ziemlich einfältig war, hieß Polly Woods. Der Einfluß dieser Jugendliebe scheint durch Blakes erste Werke, die *Poetical Sketches* (Poetische Skizzen) und die *Songs of Innocence* (Lieder der Unschuld), doch endete die Geschichte plötzlich und brüsk. Sie hielt ihn für verrückt oder kaum besser, und er hielt sie für eine Kokette oder Schlimmeres. Das Gesicht dieses Mädchens taucht in bestimmten Zeichnungen im prophetischen Buch *Vala* auf, ein sanftes, lächelndes Gesicht, Symbol für die süße Grausamkeit des Weibes und die Täuschung durch die Sinne. Um sich von dieser Niederlage zu erholen, verließ Blake London und lebte im Häuschen eines Gärtners namens Bouchier. Dieser Gärtner hatte eine Tochter, Catherine, ungefähr vierundzwanzig Jahre alt, deren Herz sich mit Mitleid füllte, als sie vom Liebespech des jungen Mannes hörte. Die Zuneigung, die aus diesem Mitleid erwuchs und deren plötzliches Erkennen vereinten sie schließlich. Die Zeilen aus *Othello*:

> *She loved me for the dangers I had passed,*
> *And I loved her that she did pity them.*[4]

kommen einem in den Sinn, wenn man dieses Kapitel aus Blakes Leben liest.

Wie viele andere Männer von großer Genialität zog es Blake nicht zu gebildeten und eleganten Frauen. Entweder zog er dem Saloncharme und einer leichten und großzügigen Kultur (wenn sie mir erlauben, einen Gemeinplatz aus dem Theaterjargon zu entlehnen) die einfache Frau von dumpfem und sinnlichem Gemüt vor, oder er wollte in seinem unbegrenzten Egoismus die Seele seiner Geliebten in einem langsamen und schmerzlichen Prozeß zu einer vollkommen eigenen Schöpfung machen[5], unmittelbar unter seinen Augen den Dämon (wie er sagt), der in der Wolke verborgen ist, täglich befreien und läutern. Wie immer dem sei, Tatsache ist, daß Mrs. Blake weder besonders hübsch noch besonders intelligent war. Sie war sogar Analphabetin, und der Dichter gab sich Mühe, ihr Lesen und Schreiben beizubringen. Es gelang ihm so gut, daß seine Frau ihm nach wenigen Jahren bei seinen Stichen half, seine Zeichnungen retuschierte und die visionäre Fähigkeit in sich kultivierte.

Elementargeister und die Geister großer Toten besuchten den Dichter oft des Nachts in seinem Zimmer, um sich mit ihm über die Kunst und die Imagination zu unterhalten. Dann sprang Blake aus seinem Bett, ergriff seinen Stift und blieb lange auf in der kalten Londoner Nacht, um die Glieder und Umrisse der Visionen zu zeichnen, während seine Frau, neben seinem Lehnstuhl zusammengekauert, liebevoll seine Hand faßte und sich still verhielt, um die visionäre Ekstase des Sehers nicht zu stören. Wenn die Vision vorüber war, ging seine Frau bei Tagesanbruch zurück ins Bett, und Blake, strahlend vor Freude und Glück, fing schnell an, Feuer zu machen und Frühstück für beide zu bereiten. Es erstaunt uns, daß die

symbolischen Wesen Los und Urizen und Vala und Tiriel und Enitharmon und die Schatten Miltons und Homers aus ihrer idealen Welt in ein armes Londoner Zimmer kamen, wo kein anderer Weihrauch ihr Kommen begrüßte als der Geruch von ostindischem Tee und in Schmalz gebratenen Eiern. Ist das nicht vielleicht das erste Mal in der Weltgeschichte, daß das Ewige durch den Mund des Demütigen sprach?
So rollte das irdische Leben des William Blake ab. Die Barke seines Ehelebens, die unter den Auspizien des Mitleids und der Dankbarkeit die Anker gelichtet hatte, segelte fast ein halbes Jahrhundert zwischen den üblichen Klippen dahin. Sie hatten keine Kinder. In den ersten Jahren ihres gemeinsamen Lebens gab es Mißklänge, Mißverständnisse, die leicht erklärlich sind, wenn wir den großen Unterschied an Bildung und Temperament bedenken, der das junge Paar trennte. Es stimmt sogar, wie ich bereits sagte, daß Blake beinahe Abrahams Beispiel folgte und Hagar gab, was Sarah nicht wollte. Die vestalische Einfalt seiner Frau paßte schlecht zu Blakes Temperament, für den bis zum letzten Tag seines Lebens Überschwang die einzige Schönheit war. In einer Szene voller Tränen und Anschuldigungen, die sich zwischen ihnen abspielte, fiel seine Frau in Ohnmacht und verletzte sich derart, daß sie keine Kinder haben konnte. Es ist eine traurige Ironie zu denken, daß dieser Dichter der kindlichen Unschuld, der einzige Dichter, der Kinderlieder mit der Seele eines Kindes geschrieben hat und der das Phänomen der Schwangerschaft in dem eigenwilligen Gedicht *The Chrystal Cabinet* (Das kristallene Kabinett) mit einem so zarten und mystischen Licht erhellt hat, nie selbst ein wirkliches menschliches Kind an seinem Herd sehen sollte. Ihm, der soviel Mitleid hatte für alles, was lebt und leidet und sich freut an den Illusionen der Pflanzenwelt, für die Fliege, den Hasen, den kleinen Kaminkehrerjungen, das Rotkehlchen, selbst für den Floh, war eine andere als die geistige Vaterschaft verwehrt, wenngleich auch diese zutiefst natürlich ist und in den Zeilen aus *Proverbs* weiterlebt[6]:

He who mocks the Infant's Faith
Shall be mock'd in Age & Death.
He who shall teach the Child to Doubt
The rotting Grave shall ne'er get out.
He who respects the Infant's faith
Triumphs over Hell & Death[7].

Über Blakes furchtlosen und unsterblichen Geist hatten das verwesende Grab und der Fürst der Schrecken keine Gewalt. Im Alter, endlich von Freunden und Jüngern und Bewunderern umgeben, begann er wie der ältere Cato eine fremde Sprache zu lernen. Es war die Sprache, in der ich heute abend, mit Ihrer Erlaubnis, so gut ich kann seinen Geist aus dem Dämmerlicht des universalen Geistes heraufzubeschwören suche, um ihn für eine Minute festzuhalten und zu befragen. Er fing an, Italienisch zu lernen, um die *Göttliche Komödie* im Original lesen und Dantes Vision mit mystischen Zeichnungen illustrieren zu können. Hager und schwach geworden durch die Heimsuchungen der Krankheit, stützte er sich mit mehreren Kissen hoch, breitete ein großes Skizzenbuch auf seinen Knien aus und zwang sich, die Umrisse seiner letzten Vision auf die weißen Seiten zu bannen. In dieser Stellung lebt er für uns durch Phillips' Zeichnung in der National Gallery in London fort. Seine geistige Kraft ließ nicht nach; seine Hand verlor die alte Meisterschaft nicht. Der Tod kam über ihn in Form einer Eiseskälte, wie die Schauer der Cholera, die seine Glieder bezwangen und das Licht seines Geistes in einem Augenblick auslöschten, wie die kalte Dunkelheit, die wir Weltenraum nennen, das Licht eines Sternes verdeckt und auslöscht. Er starb singend, sang mit einer starken, klingenden Stimme, die die Dachbalken erzittern ließ. Wie immer sang er von einer idealen Welt, von der Wahrheit, dem Geist und der Göttlichkeit der Imagination. »Liebe, die Lieder, die ich singe, sind nicht meine«, sagte er zu seiner Frau, »nein, nein, ich sage dir, sie sind nicht mein.«
Eine umfassende Untersuchung von Blakes Persönlichkeit

müßte sinnvollerweise in drei Bereiche gegliedert werden – den pathologischen, den theosophischen und den künstlerischen. Den ersten können wir, glaube ich, ohne besondere Bedenken beiseite lassen. Zu sagen, daß ein Genie wahnsinnig ist, während man zur gleichen Zeit seinen künstlerischen Wert anerkennt, ist wie wenn man sagt, er hatte Rheumatismus oder Diabetes. Wahnsinn ist nämlich ein medizinischer Terminus, der nicht mehr Beachtung des objektiven Kritikers verdient, als er dem Vorwurf der Häresie zugesteht, den der Theologe, oder dem Vorwurf der Immoralität, den der Polizist erhebt. Wenn wir jedes Genie, das nicht mit der ungetrübten Einfalt eines in den exakten Wissenschaften frisch vom College Graduierten an den eilfertigen Materialismus glaubt, der heute Mode ist, des Wahnsinns beschuldigen wollten, bliebe wenig für die Kunst und die universale Philosophie übrig. Solch einem Kindermord würde ein großer Teil des peripatetischen Systems zum Opfer fallen, ebenso die gesamte mittelalterliche Metaphysik, ein ganzer Zweig des immensen symmetrischen Gebäudes, das der *doctor angelicus*, Thomas von Aquin, errichtete, Berkeleys Idealismus und (welch eine Kombination!) der Skeptizismus, der mit Hume endete. Was die Kunst anbetrifft, würden also jene so nützlichen Gestalten, der Photograph und der Gerichtsstenograph, am leichtesten passieren. Die Vorstellung einer solchen Kunst und einer solchen Philosophie, die in der mehr oder weniger nahen Zukunft aus der Vereinigung der zwei gesellschaftlichen Kräfte erblühen wird, die sich täglich stärker auf dem Marktplatz bemerkbar machen – der Frauen und des Proletariats –, wird jeden Künstler und Philosophen, wenn sie sonst nichts tut, mit der Kürze des irdischen Lebens versöhnen.

Zu entscheiden, welcher Platz Blake in der Hierarchie der okzidentalen Mystiker zugeschrieben werden muß, geht über den Rahmen dieses Vortrags hinaus. Ich glaube nicht, daß Blake ein großer Mystiker ist. Die ursprüngliche Heimat des Mystizismus ist der Orient, und heute, wo uns die Sprachwissenschaft in den Stand gesetzt hat, das orientalische Denken zu verstehen (wenn man die ideenbildende Kraft, die die unendlichen Zyklen geistiger Aktivität und Passivität hervorbrachte, von denen die *Upanischaden* sprechen, als Denken bezeichnen kann), leuchten die mystischen Bücher des Okzidents, wenn überhaupt, mit einem geborgten Licht. Blake ist vom indischen Mystizismus wahrscheinlich weniger beeinflußt als Paracelsus, Jakob Böhme oder Swedenborg, auf jeden Fall ist er weniger angreifbar. Bei ihm ist die visionäre Kraft unmittelbar mit der künstlerischen verbunden. Man muß schon von vornherein sehr positiv zum Mystizismus eingestellt sein und außerdem die Geduld eines Engels besitzen, um eine Vorstellung davon zu gewinnen, was Paracelsus und Böhme mit ihren kosmischen Ausführungen über die Involution und Evolution von Quecksilber, Salz, Schwefel, Körper, Seele und Geist meinen. Blake gehört seiner Natur nach zu einer anderen Kategorie, zu der der Künstler, und in dieser Kategorie nimmt er meiner Ansicht nach eine einzigartige Stellung ein, weil er intellektuelle Schärfe mit mystischem Gefühl verbindet. Diese erste Fähigkeit fehlt in der mystischen Kunst fast völlig. Johannes vom Kreuz, zum Beispiel, einer der wenigen idealistischen Künstler, die es wert sind, neben Blake zu stehen, zeigt in seinem Buch *Von der dunklen Nacht der Seele,* das mit solch ekstatischer Leidenschaft aufschreit und vergeht, weder einen selbstverständlichen Sinn für Form noch irgendeine koordinierende geistige Kraft.

Die Erklärung liegt in der Tatsache, daß Blake zwei sehr verschiedene geistige Lehrmeister hatte, die in ihrer formalen Präzision einander jedoch ähnlich sind – Michelangelo Buonarroti und Emanuel Swedenborg. Die erste von Blakes mystischen Zeichnungen, die wir haben, *Joseph von Arimathia auf den Felsen Albions,* zeigt in einer Ecke die Worte: *Michelangelo pinxit.* Sie ist nach einer Skizze von Michelangelo für sein *Jüngstes Gericht* gemacht und versinnbildlicht die poetische Einbildungskraft in der Gewalt der sensuellen Philosophie. Unter das Bild hat Blake geschrieben: »Dies ist einer der gotischen Künstler, die in einer Zeit Kathedralen bauten, die wir die Finstere nennen, in Schaf- und Ziegenfellen zogen sie einher, und die Welt war ihrer nicht würdig.« Michelangelos Einfluß macht sich in Blakes gesamtem Werk bemerkbar, besonders in einigen Prosapassagen, die in den Fragmenten gesammelt sind, wo er immer wieder auf der Bedeutung der reinen, klaren Linie besteht, die die Gestalt vor dem Hintergrund des unerschaffenen Nichts heraufbeschwört und erschafft.

Der Einfluß Swedenborgs, der im Londoner Exil starb, als Blake anfing zu schreiben und zu zeichnen, zeigt sich in der verklärten Menschheit, die Blakes ganzes Werk kennzeichnet. Swedenborg, der viele Jahre hindurch die gesamte unsichtbare Welt bewanderte, sieht im Bild des Menschen den Himmel selbst und Michael, Raphael und Gabriel, die ihm zufolge nicht drei Engel, sondern drei Engelschöre sind. Die Ewigkeit, die dem Lieblingsjünger und St. Augustinus als himmlische Stadt erschienen war und Alighieri als Himmelsrose, erschien dem schwedischen Mystiker im Bilde eines himmlischen Menschen, der in all seinen Gliedern von einem flüssigen Engelsleben beseelt ist, das auf ewig ausfließt und zurückkehrt, Systole und Diastole von Liebe und Weisheit. Aus dieser Vision entwickelte er jenes immense System von Korrespondenzen, wie er sie nannte, das sein Meisterwerk *Arcana Coelestina* durchzieht, das neue Evangelium, das nach seiner Auffassung in der Erscheinung des Menschensohnes in den Himmeln, wie Matthäus sie voraussagte, bestehen wird.

Bewaffnet mit diesem zweischneidigen Schwert, der Kunst Michelangelos und den Offenbarungen Swedenborgs, tötete Blake den Drachen der Erfahrung und des natürlichen Wissens, und indem er Raum und Zeit auf ein Minimum zusammendrängte und die Existenz des Gedächtnisses und der Sinne negierte, suchte er seine Werke in die Leere des göttlichen Herzens zu malen. Für ihn war jeder Augenblick, der kürzer ist als ein Pulsschlag, in seiner Dauer sechstausend Jahren gleich, weil in einem solch unendlich kurzen Augenblick das Werk des Dichters empfangen und geboren wird. Für ihn war aller Raum, der größer ist als ein rotes Blutkörperchen im menschlichen Blut, visionär, vom Hammer des Los erschaffen, während wir uns in einem Raum, der kleiner ist als ein Blutkörperchen, der Ewigkeit annähern, von der unsere Pflanzenwelt nur ein Schatten ist. Nicht *mit* dem Auge, sondern *über* das Auge *hinaus* müssen die Seele und die höchste Liebe schauen, denn das Auge, das in Nacht geboren wurde, während die Seele in den Strahlen des Lichts schlief, wird auch in Nacht sterben. In seinem Buch *De Divinis Nominibus* gelangt Dionysius, der Pseudo-Areopagite, vor den Thron Gottes, indem er alle moralischen und metaphysischen Eigenschaften leugnet und überwindet, in Ekstase verfällt und sich vor der göttlichen Unbegreifbarkeit in den Staub wirft, vor jener unsäglichen Grenzenlosigkeit, die der höchsten Weisheit in der ewigen Ordnung vorausgeht und sie einschließt. Der geistige Vorgang, durch den Blake die Schwelle des Unendlichen erreicht, ist ähnlich. Indem er vom unendlich Kleinen zum unendlich Großen fliegt, von einem Blutstropfen zum Universum der Sterne, wird seine Seele von der Schnelligkeit des Flugs verzehrt und findet sich neu geboren und beflügelt und unsterblich am Rande des dunklen Ozeans, der Gott ist. Und wenngleich er seine Kunst auf derart idealistischen Voraussetzungen gründete, überzeugt davon, daß die Ewigkeit in einem Liebesverhältnis zu den zeitlichen Produkten steht, die Söhne Gottes zu den Söhnen

[*Hier bricht das Manuskript ab.*]

1 Originaltitel unbekannt. Fragment des einen der beiden im März 1912 in Triest an der Università Popolare gehaltenen Vorträge über »Verismo ed idealismo nella letteratura inglese (Daniele De Foe – William Blake)«.

2 Francisco Suarez (1548-1617), Jesuit.

3 Mariano de Talavera y Garcés (1771-1861), venezolanischer Priester und Politiker.

4 »Sie liebte mich, weil ich Gefahr bestand;/ Ich liebte sie um ihres Mitleids willen.«

5 Joyces Verbindung mit Nora Barnacle hat Ähnlichkeit mit dem Verhältnis Blakes zu Catherine Boucher.

6 Die Zeilen stammen aus »Auguries of Innocence«.

7 »Wer den kindlichen Glauben verspottet,/ wird in Alter und Tod selber verspottet werden./ Wer das Kind das Zweifeln lehrt,/ wird nie aus seinem verwesenden Grab auferstehen./ Wer den kindlichen Glauben ernst nimmt,/ triumphiert über Hölle und Tod.«

Der Schatten Parnells[1]

Als das Unterhaus das Gesetz über die parlamentarische Autonomie in zweiter Lesung billigte[2], löste es damit die irische Frage, die neu geboren aussieht wie die Henne von Mugello und doch schon hundert Jahre alt ist. Das Jahrhundert, das mit der Transaktion des An- und Verkaufs des Parlaments in Dublin begann[3], endet nun mit einem Dreieckspakt zwischen England, Irland und den Vereinigten Staaten. Sechs irische Revolutionen haben es verziert, denen es mit Hilfe von Dynamit, Rhetorik, Boykott, Obstruktionismus, bewaffnetem Aufstand und politischem Mord gelungen ist, das träge und senile Gewissen des englischen Liberalismus wachzuhalten.
Das vorliegende Gesetz kam, nachdem die Zeit dafür wahrhaftig reif geworden war, unter dem doppelten Druck der nationalistischen Partei in Westminster, die die Arbeit der britischen Legislative ein halbes Jahrhundert lang in Verwirrung gebracht hat, und der irischen Partei jenseits des Atlantiks zustande, die die so sehr erwünschte anglo-amerikanische Allianz boykottiert[4]. Mit meisterhafter Intelligenz und List konzipiert und ausgeformt, gibt das Gesetz einen würdigen Schlußstein für die Tradition ab, die jener pluterperfekte[5] liberale Staatsmann, William Gladstone, der Nachwelt vermacht hat. Es sei hier nur gesagt, daß es die starke Phalanx der 103 tatsächlich in Westminster vertretenen irischen Abgeordneten zu einem Grüppchen von 40 Vertretern reduziert und diese in die Arme der kleinen Labour-Partei treibt; und aus dieser inzestuösen Umarmung geht dann vielleicht eine Koalition hervor, die von links arbeiten wird, das heißt, von der Operationsbasis der liberalen Partei in ihrer Kampagne gegen die Konservativen bis zur extremen Linken.
In das Gewirr von finanziellen Bestimmungen einzudringen, besteht keine Chance. Auf jeden Fall wird die im Entstehen begriffene irische Regierung ein vom britischen Schatzamt geschickt herbeigeführtes Defizit zu decken haben, entweder

durch Manipulation lokaler und imperialer Steuern, oder durch Reduktion der administrativen Ausgaben, oder durch eine Erhöhung der direkten Steuern, womit sie in jedem Fall die desillusionierte Feindseligkeit der mittleren und unteren Klassen heraufbeschwören wird. Die irische Separatistenpartei würde dieses Danaergeschenk gern zurückweisen, das den Schatzkanzler in Dublin zu einem nominellen Minister macht, der den Steuerzahlern voll verantwortlich und gleichzeitig vom britischen Kabinett abhängig ist, der die Macht hat, Steuern zu erheben, ohne die Einnahmen seines Departements kontrollieren zu können – ein Sender, der nicht arbeiten kann, wenn der Dynamo in London nicht die ausreichende Stromstärke schickt.
Das ist gleichgültig – der Schein der Autonomie ist vorhanden. Bei der kürzlich in Dublin abgehaltenen Nationalversammlung störten die Anschuldigungen und Proteste der Nationalisten, die zur erbittert skeptischen Schule von John Mitchel gehören, die allgemeine Freude nur wenig. Die Volksvertreter, alt geworden im Verfassungskampf und von all den Jahren enttäuschter Hoffnungen geschwächt, bejubelten in ihren Reden das Ende einer langen Ära von Mißverständnissen. Ein junger Redner, Neffe von Gladstone, beschwor den Namen seines Onkels unter dem rasenden Beifall der Menge und brachte ein Hoch auf das Gedeihen der neuen Nation aus. Spätestens in zwei Jahren werden die Tore des alten irischen Parlaments sich wieder öffnen, mit oder ohne Zustimmung des Oberhauses, und Irland, aus seinem jahrhundertealten Gefängnis entlassen[6], wird eingehen in den Palast wie eine junge Braut, von Musikanten und rituellen Brautfackeln begleitet. Ein Großneffe Gladstones, falls einer vorhanden ist, wird Blumen unter die Füße des Souveräns streuen. Doch wird auch ein Geist beim Bankett sitzen – der Schatten von Charles Parnell.

Sein letzter Kritiker hat versucht, die Größe dieses eigenwilligen Geistes herabzusetzen, indem er die verschiedenen Quellen seiner beweglichen parlamentarischen Taktik aufzeigte. Doch auch wenn wir dem historischen Kritiker zugestehen, daß der Obstruktionismus von Biggar und Ronayne erfunden wurde, daß die Doktrin von der Unabhängigkeit der Irischen Partei von Gavan Duffy lanciert, daß die Agrarian League eine Schöpfung Michael Davitts war, lassen diese Zugeständnisse die außerordentliche Persönlichkeit dieses Führers nur noch deutlicher hervortreten, der ohne forensisches Talent oder originale politische Begabung die größten englischen Politiker dazu zwang, seine Befehle auszuführen, und der, ein zweiter Moses, ein aufrührerisches und wankelmütiges Volk aus dem Haus der Schande an die Schwelle des Gelobten Landes führte.

Der Einfluß, den Parnell auf das irische Volk ausübte, widersteht der kritischen Analyse. Er hatte einen Sprachfehler und eine anfällige Gesundheit; er hatte keine Ahnung von der Geschichte seiner Heimat; seinen kurzen und fragmentarischen Reden fehlte es an Beredsamkeit, dichterischem Schwung und Humor; sein kaltes und formelles Verhalten entfremdete ihn den eigenen Mitarbeitern; er war Protestant, Abkömmling einer aristokratischen Familie und, alles überbietender Schandfleck, er sprach mit deutlichem englischem Akzent. Oft kam er eine oder anderthalb Stunden zu spät zu einer Versammlung, ohne sich zu entschuldigen. Er vernachlässigte wochenlang seine Korrespondenz. Der Beifall oder der Zorn der Menge, die Beschimpfungen oder das Lob der Presse, die Verurteilung und Verteidigung britischer Minister beeinträchtigten die melancholisch-gelassene Serenität seines Wesens niemals. Es wird sogar behauptet, daß er viele von denen, die mit ihm auf den Bänken der irischen Abgeordneten saßen, nicht einmal vom Sehen kannte. Als das irische Volk ihn 1887 mit einer nationalen Zuwendung von 40 000 Pfund Sterling beschenkte, steckte er den Scheck in seine Brieftasche, machte aber in der Rede, die er vor der riesigen Menschenansammlung hielt, nicht die kleinste Anspielung auf das Geschenk, das er empfangen hatte.

Als man ihm die Nummer der *Times* zeigte, in der der berühmte handgeschriebene Brief abgedruckt war, der seine Verwicklung in den barbarischen Mord im Phoenix Park hätte beweisen sollen, legte er nur den Finger auf einen Buchstaben der Handschrift und sagte: »So ein ›s‹ mache ich schon seit 78 nicht mehr.« Später, als die Untersuchungen der Königlichen Kommission die gegen ihn gerichtete Verschwörung aufgedeckt und der meineidige Fälscher Pigott sich in einem Madrider Hotel eine Kugel durch den Kopf geschossen hatte, grüßte das Unterhaus ohne Rücksicht auf Parteizugehörigkeit Parnell bei seinem Eintritt mit einer Ovation, die in den Annalen des britischen Parlaments nicht ihresgleichen hat. Muß man noch sagen, daß Parnell auf diese Ovation mit keinem Lächeln, keinem Kopfnicken, keiner Geste antwortete, sondern einfach zu seinem Platz auf der anderen Seite des Gangs ging und sich setzte? Wahrscheinlich hatte Gladstone diesen Vorfall im Sinn, als er den irischen Führer ein intellektuelles Phänomen nannte.

Man kann sich nichts Ungewöhnlicheres vorstellen als das Auftreten dieses intellektuellen Phänomens in der erstickenden moralischen Atmosphäre von Westminster. Wenn man heute auf den Schauplatz des Dramas zurückblickt und die Reden wieder hört, die die Gemüter seiner Zuhörer erschütterten, hat es keinen Sinn zu leugnen, daß all die schönen Worte und all die strategischen Triumphe schal zu riechen beginnen. Doch die Zeit geht mit dem »ungekrönten König« freundlicher um als mit dem Possenreißer und dem Phrasendrescher. Im Lichte seiner souveränen Haltung, sanft und stolz, schweigend und unendlich traurig, wirkt Disraeli wie ein diplomatischer Opportunist, der im Hause reicher Leute speist, wann immer er kann, und Gladstone wie ein betrügerischer Majordomus, der die Abendschule besucht hat. Wie leicht wiegen heute Disraelis Esprit und Gladstones Bildung. Wie fadenscheinig erscheinen heute Disraelis wohleinstudierte Spötteleien, seine fettigen Locken und dümmlichen Romane, Gladstones hochtönende Perioden, seine homerischen Studien, seine Reden über Artemis und über Marmelade.

Wenngleich es zu Parnells Strategie gehörte, jede englische Partei, die Liberalen wie die Konservativen, nach Belieben auszunützen, verband ihn eine Reihe von Umständen mit der liberalen Bewegung. Der Liberalismus Gladstonescher Prägung war ein inkonstantes algebraisches Zeichen, dessen Koeffizient der politische Druck der Bewegung und dessen Index sein persönlicher Profit war. Während er in der Innenpolitik Zeit zu gewinnen suchte, indem er sich abwechselnd selbst widersprach und sich rechtfertigte, hielt er doch immer (soweit er dazu fähig war) an einer ehrlichen Bewunderung für die Freiheit im Hause anderer fest. Man muß diese elastische Eigenart des Gladstoneschen Liberalismus im Auge behalten, wenn man die Besonderheit und Größe von Parnells Leistung verstehen will.

Um es in wenigen Worten zu sagen: Gladstone war ein eigennütziger Politiker. Er empörte sich 1835 über die unentwegte Widerspenstigkeit O'Connells[7], doch war er es, der als englischer Gesetzgeber die moralische und ökonomische Notwendigkeit der irischen Autonomie proklamierte. Er wetterte gegen die Zulassung von Juden zu öffentlichen Ämtern, doch er war der Minister, der zum ersten Mal in der englischen Geschichte einen Juden in den Adelsstand erhob. Er hielt grimmige Reden gegen die Buren, die sich 1881 erhoben, doch nach der Niederlage von Majuba schloß er einen Vertrag mit Transvaal, den die Engländer selbst eine feige Kapitulation nannten. Bei seiner ersten Rede im Parlament verteidigte er seinen eigenen Vater, einen reichen Sklavenhändler in Demerara, der mit dem Verkauf von menschlichem Fleisch zwei Millionen Francs gemacht hatte, wärmstens gegen die Anklage der Grausamkeit, die Earl Grey erhoben hatte, während er in seinem letzten Brief an einen anderen ›Kindheitsfreund‹, den Duke of Westminster, alle verfügbaren Blitze auf das Haupt des großen Mörders von Konstantinopel herabbeschwor[8].

Parnell war überzeugt, daß solch ein Liberalismus nur der Gewalt nachgeben würde, und er vereinte daher alle Elemente

des irischen Lebens hinter sich und begann zu marschieren, wobei er sich am Rande des Aufstands bewegte. Genau sechs Jahre nach seinem Einzug in Westminster hielt er das Schicksal der Regierung in seinen Händen. Er wurde ins Gefängnis geworfen, doch in seiner Zelle in Kilmainham schloß er einen Pakt mit den Ministern, die ihn dorthin gebracht hatten[9]. Als der Erpressungsversuch mit Pigotts Geständnis und Selbstmord endete, bot ihm die liberale Regierung einen Ministerposten an. Parnell lehnte ihn nicht nur ab, er befahl auch all seinen Anhängern, Ministerposten abzulehnen, und er verbot allen Stadtmagistraten und öffentlichen Korporationen in Irland, ein Mitglied des britischen Königshauses offiziell zu empfangen, ehe die englische Regierung Irland nicht die Autonomie zurückgegeben hätte. Die Liberalen mußten diese demütigenden Bedingungen akzeptieren, und 1886 brachte Gladstone die erste Home Rule Bill zur Lesung in Westminster ein.
Inmitten dieser Ereignisse schlug Parnells Fall wie ein Blitz aus heiterm Himmel ein. Er verliebte sich hoffnungslos in eine verheiratete Frau, und als ihr Mann, Captain O'Shea, die Scheidung einreichte, lehnten die Minister Gladstone und Morley es offen ab, Gesetze zugunsten Irlands zu verabschieden, wenn der Sünder weiterhin Führer der Irischen Nationalpartei bleibe. Parnell erschien nicht zu den Verhandlungen, um sich zu verteidigen. Er leugnete das Recht eines Ministers, in den politischen Angelegenheiten Irlands ein Veto auszusprechen, und weigerte sich zurückzutreten.
Man gehorchte Gladstones Befehl und setzte ihn ab. Von seinen 83 Abgeordneten blieben nur 8 ihm treu[10]. Der hohe und der niedere Klerus warfen sich ins Gefecht, um ihm den Rest zu geben. Die irische Presse goß über ihn und die Frau, die er liebte, die Phiolen ihres Neids aus. Die Bewohner von Castlecomer warfen ihm ungelöschten Kalk in die Augen. Er floh von Grafschaft zu Grafschaft, von Stadt zu Stadt, »wie ein gehetztes Wild«, eine geisterhafte Gestalt mit dem Zeichen des Todes auf der Stirn. Innerhalb eines Jahres starb er an gebrochenem Herzen, 45 Jahre alt.

Der Geist des »ungekrönten Königs« wird auf den Herzen derjenigen lasten, die sich seiner erinnern, wenn das neue Irland in naher Zukunft in den Palast einzieht, »fimbriis aureis circumamicta varietatibus«[11] – doch wird es kein rachsüchtiger Geist sein. Die Melancholie, die seine Seele beherrschte, kam vielleicht aus dem innersten Wissen, daß in der Stunde der Not einer der Jünger, der die Hand mit ihm in die gleiche Schüssel tauchte, ihn verraten würde. Daß er im Bewußtsein dieser trostlosen Gewißheit bis zum letzten Augenblick kämpfte, ist sein überzeugendster Anspruch auf Größe.

In dem letzten verzweifelten Appell an seine Landsleute flehte er sie an, ihn nicht zur Beschwichtigung den englischen Wölfen, die ringsum heulten, vorzuwerfen. Es gereicht ihnen zur Ehre, daß sie sich diesem Appell nicht verschlossen. Sie warfen ihn nicht den englischen Wölfen vor; sie rissen ihn selber in Stücke.

James Joyce

1 Italienisch geschriebener Artikel, der unter dem Titel »L'Ombra di Parnell« am 16. Mai 1912 in *Il Piccolo della Sera* veröffentlicht wurde.

2 Die dritte Home Rule Bill wurde am 9. Mai 1912 gebilligt.

3 Durch die Act of Union von 1800.

4 Die englischen Liberalen hatten seit längerer Zeit versucht, einen Schiedsgerichtsvertrag mit den Vereinigten Staaten zustande zu bringen. Das ist die eine Seite des »Dreieckspakts«, von dem Joyce oben sprach, die andere war die Home Rule Bill.

5 Mr. Deasys Wort im *Ulysses*.

6 Der Ausbruch des Ersten Weltkriegs verzögerte diese Entwicklung, die dann in den Nachkriegsjahren durch die Schaffung des Freistaates Irland 1921 überholt wurde.

7 Daniel O'Connell drang auf Aufhebung der Union, neben anderen Reformen.

8 Abdul Hamid II., Sultan der Türkei, der in Gladstones Brief vom 13. März 1897 als unmenschlich gebrandmarkt wurde, veröffentlichte später zum Thema des griechisch-türkischen Kriegs in Pamphletform seinen *Letter to the Duke of Westminster*.

9 Den sogenannten Vertrag von Kilmainham vom April 1882.

10 Gegen Parnells Beibehaltung des Parteivorsitzes stimmten 44, dafür 26 Mitglieder.

11 Psalter, nach der *Vulgata* 44, 14-15. »In goldene Fransen gehüllt vielfältigster Art«.

Die Stadt der Stämme[1]

Italienische Reminiszenzen in einem irischen Hafen

Galway, August

Der träge Dubliner, der wenig reist und sein eigenes Land nur vom Hörensagen kennt, glaubt, daß die Einwohner von Galway Nachkommen spanischer Familien sind und daß man in den dunklen Gassen der Stadt der Stämme keine vier Schritte gehen kann, ohne dem echten spanischen Typ zu begegnen, mit olivfarbener Haut und rabenschwarzem Haar. Der Dubliner hat sowohl recht als unrecht. Heutzutage sind in Galway schwarze Augen selten genug, und auch das rabenschwarze Haar, weil meist Tizianrot die vorherrschende Farbe ist. Die alten spanischen Häuser verfallen zu Ruinen, und Unkraut wächst aus den vorstehenden Erkerfenstern. Vor den Stadtmauern erstehen Vorstädte – neu, hell und unbekümmert um die Vergangenheit, doch muß man die Augen vor dieser lästigen Modernität nur einen Augenblick schließen, um im Dämmerlicht der Geschichte die »Spanische Stadt« sehen zu können. Sie liegt verstreut zwischen unzähligen kleinen Inseln, durchzogen von schmalen Flüßchen, Wasserfällen, Aquädukten und Kanälen, am unteren Ende eines riesigen Golfs im Atlantik, in dem die gesamte britische Marine ankern könnte. Am Eingang des Golfes bilden die drei Aran-Inseln, die auf den grauen Wassern liegen wie ein schlafender Wal, einen natürlichen Wellenbrecher und nehmen den Wellen des Atlantiks ihre Gewalt. Der kleine Leuchtturm auf der südlichen Insel wirft einen schwachen Lichtstrahl nach Westen, letzter Gruß der alten Welt an die neue, und ruft hartnäckig aber vergeblich den ausländischen Kaufmann an, der seit vielen Jahren nicht in diese Gegenden gekommen ist.

Und doch wurden im Mittelalter diese Gewässer von Tausenden fremder Schiffe durchzogen. Die Schilder an den Ecken der engen Straßen berichten von den Verbindungen der Stadt

mit Lateineuropa – Madeirastraße, Kaufmannsstraße, Spanierpromenade, Madeirainsel, Lombardenstraße, Velasquez de Palmeira Boulevard. Aus Oliver Cromwells Korrespondenz geht hervor, daß Galway der zweitwichtigste Hafen des Vereinigten Königreichs und der wichtigste Markt für den spanischen und italienischen Handel im ganzen Reich war. Im ersten Jahrzehnt des vierzehnten Jahrhunderts war ein Florentiner Kaufmann, Andrea Gerardo, Steuereinnehmer der Regierung, und in der Liste der Kronbeamten des siebzehnten Jahrhunderts finden wir den Namen Giovanni Fante. Die Stadt selbst hat den heiligen Nikolaus von Bari, den Fürsprecher der Seeleute und der kleinen Kinder, zum Schutzpatron, und das sogenannte »Siegel des College« trägt sein Bild. Während der Gerichtsverhandlung gegen den Märtyrerkönig kam der päpstliche Gesandte, Kardinal Rinuccini, nach Galway und stellte die Stadt unter päpstliche Herrschaft[2]. Der Klerus und die religiösen Orden weigerten sich, seine Autorität anzuerkennen, worauf der jähzornige Kardinal die Glocke in der Kirche der Karmeliterinnen zerbrach und zwei Priester aus seinem Gefolge an der Kirchentür postierte, um die Gläubigen am Eintreten zu hindern. Das Pfarrhaus von St. Nikolaus bewahrt ein Erinnerungsstück eines anderen Prälaten aus dem Mittelalter auf – einen handgeschriebenen Brief des berüchtigten Borgia[3]. Ebendort findet sich auch ein eigenartiges Dokument, das ein italienischer Reisender aus dem sechzehnten Jahrhundert zurückließ, worin der Schreiber sagt, er habe noch nirgends, auf all seinen Reisen durch die Welt, das auf einen Blick gesehen, was er in Galway sah – einen Priester, der die Hostie erhebt, eine Hundemeute, die einen Hirsch jagt, ein Schiff, das mit vollen Segeln in den Hafen einfährt, und einen Lachs, der mit dem Speer getötet wird.
Fast der gesamte Wein, der aus Spanien, Portugal, den Kanarischen Inseln und Italien ins Vereinigte Königreich importiert wurde, ging durch diesen Hafen; der jährliche Import belief sich auf 1500 Faß, das sind beinahe zwei Millionen Liter. Dieser Handel war so bedeutend, daß die holländische

Regierung ein großes Stück Land nahe der Stadt kaufen und es bezahlen wollte, indem sie den Boden mit Silberstücken zu bedecken versprach. Aus Angst vor der fremden Konkurrenz ließen die Kaufleute von Galway ihren Boten erwidern, daß sie das Angebot annähmen, wenn die Silberstücke aufrecht auf den Boden gestellt würden. Die Antwort der Holländer auf dieses überaus freundliche Gegenangebot steht immer noch aus.

Viele Jahrhunderte hindurch lag die gesamte städtische und kirchliche Verwaltung in den Händen der Nachkommen der vierzehn Stämme, deren Namen in vier hinkenden Versen überliefert sind. Das eigenartigste und interessanteste historische Dokument in den Archiven ist eine Karte der Stadt, die im siebzehnten Jahrhundert für den Herzog von Lothringen angefertigt wurde, als Seine Hoheit sich von der Bedeutung der Stadt zu überzeugen wünschten, und zwar anläßlich eines Darlehens, das ihr englischer confrère, der Merry Monarch[4], von ihr erbeten hatte. Diese Karte voller symbolischer Ausdrücke und Zeichnungen ist das Werk von Henry Joyce, dem Dekan der Domherren der Stadt. Alle Ränder des Pergaments sind reich verziert mit den heraldischen Zeichen der Stämme, und die Karte selbst ist eigentlich nichts anderes als eine Symphonie über das Thema der Zahl der Stämme. Folglich zählt und beschreibt der Kartenmacher vierzehn Bollwerke, vierzehn Türme auf den Mauern, vierzehn Hauptstraßen und vierzehn enge Straßen, und danach, auf eine bescheidenere Ebene hinabgleitend, sechs Gärten, sechs Altäre für die Fronleichnamsprozession, sechs Märkte und sechs andere Sehenswürdigkeiten. Unter diesen letzteren zählt der ehrwürdige Dekan zuallerletzt sogar ›das alte Taubenhaus, im südlichen Teil der Stadt gelegen‹, auf.

Von allen Stämmen war der berühmteste der der Lynches. In den eineinhalb Jahrhunderten von der Gründung der Stadt bis zu den verheerenden Invasionen der Cromwellschen Sol-

dateska hatten Mitglieder dieser Familie den Posten des Bürgermeisters wenigstens dreiundachtzigmal inne. Das tragischste Ereignis in der Geschichte der Stadt war die Sühnung eines Verbrechens, das der junge Walter Lynch, einziger Sohn des Bürgermeisters James Lynch FitzStephen, im Jahre 1493 begangen hatte[5]. Der Bürgermeister, ein reicher Weinhändler, machte in diesem Jahr eine Reise nach Spanien, wo er bei einem seiner Freunde, einem gewissen Gomez, zu Gast war. Der Sohn dieses Mannes, der jeden Abend den Erzählungen des Reisenden gelauscht hatte, fühlte sich so sehr vom weit entfernten Irland angezogen, daß er seinen Vater um die Erlaubnis bat, den Gast zu begleiten, wenn dieser in seine Heimat zurückkehrte. Der Vater zögerte. Die Zeiten waren gefährlich, und Reisende pflegten ihr Testament zu machen, ehe sie zu bekannten oder unbekannten Gestaden aufbrachen. Doch Bürgermeister Lynch verbürgte sich für die Sicherheit des Jünglings, und sie reisten zusammen ab.
Nach ihrer Ankunft in Galway befreundete sich der junge Spanier mit dem Sohn des Bürgermeisters, Walter, einem eigensinnigen jungen Mann von heftiger Gemütsart, der Agnes Blake, der Tochter eines anderen Edelmanns der Stadt, den Hof machte. Bald verliebten sich Agnes und der Fremde ineinander, und eines Nachts, als Gomez das Haus der Blakes verließ, stach Walter Lynch, der ihm aufgelauert hatte, ihm ein Messer in den Rücken, zog dann den Körper in blinder Wut durch die Straßen und warf ihn in einen Graben.
Das Verbrechen wurde entdeckt und der junge Walter verhaftet und angeklagt. Sein Vater, höchster Beamter der Stadt, war der Richter. Taub gegen die Stimme des Blutes und nur auf die Ehre der Stadt und die Einlösung seines Versprechens bedacht, verurteilte er den Meuchelmörder zum Tode. Vergeblich suchten seine Freunde ihn davon abzubringen. Das Volk, voller Mitleid für das Schicksal des unglücklichen Jünglings, belagerte das Haus des Richters, das dunkle und finstere Schloß, das noch heute die Hauptstraße überschattet. Doch der Bürgermeister blieb unerbittlich, selbst als der Henker

sich weigerte, das Urteil zu vollstrecken. Vater und Sohn verbrachten die Nacht vor der Hinrichtung gemeinsam in der Gefängniszelle und beteten bis zum Tagesanbruch. Als die Stunde der Hinrichtung nahte, erschienen Vater und Sohn an einem Fenster des Hauses. Sie küßten sich und nahmen Abschied voneinander, dann erhängte der Vater selbst seinen Sohn, am Fensterbalken, vor den Augen der entsetzten Menge.
Die alten spanischen Häuser verfallen zu Ruinen. Die Schlösser der Stämme sind zerstört. Unkraut wächst in den Fenstern und Innenhöfen. Über den Türbogen verblassen die in den nachgedunkelten Stein geschnittenen Adelswappen – der kapitolinische Wolf mit den beiden Zwillingen, der doppelköpfige Adler der Habsburger, der schwarze Stier der Darcys, der Nachkommen Karls des Großen. In der Stadt Galway, so schreibt ein alter Chronist, herrschen die Leidenschaften des Stolzes und der Wollust.

Der Abend ist still und grau. Aus der Ferne, hinter dem Wasserfall, ertönt ein Murmeln. Es klingt wie Bienen, die um den Stock summen. Es kommt näher. Sechs junge Männer tauchen auf, Dudelsack spielend ziehen sie einer Gruppe von Leuten voran. Sie gehen vorüber, stolz und kriegerisch, mit unbedeckten Köpfen, und spielen eine vage, fremdartige Musik. Im ungewissen Licht kann man die von der rechten Schulter hängenden grünen Plaids und die safrangelben Kilts kaum unterscheiden. Sie biegen in die Straße des Klosters von der Opferung ein, und wie die vage Musik sich im Zwielicht ausbreitet, erscheinen in den Fenstern des Klosters die weißen Hauben der Nonnen, eine nach der anderen.

James Joyce

1 Italienisch geschriebener Artikel, der unter dem Titel »La Città delle Tribù; Ricordi Italiani in un Porto Irlandese« am 11. August 1912 in *Il Piccolo della Sera* erschien.

2 Der päpstliche Nuntius Giovanni Battista Rinuccini (1592-1653) kam mit Geld und Waffen nach Irland, um den Aufstand der Katholiken während der Herrschaft Charles I., des »Märtyrerkönigs«, zu unterstützen.

3 Papst Alexander VI. (Roderigo Lanzol Borgia).

4 Charles II.

5 In Anspielung auf die folgende Geschichte gab Joyce seinem Freund Vincent Cosgrave den Namen Lynch in *Portrait* und *Ulysses*.

Die Fata Morgana des Fischers von Aran

Englands Sicherheitsventil für den Kriegsfall[1]

Galway, den 2. September

Das kleine Schiff mit den wenigen Reisenden an Bord legt unter den wachsamen Blicken des schottischen Agenten, der in einen privaten Wachtraum des Rechnens versunken ist, vom Quai ab. Es verläßt den kleinen Hafen von Galway und fährt aufs offene Meer hinaus, wobei es rechter Hand das Dorf Claddagh hinter sich läßt, einen Haufen von Hütten außerhalb der Stadtmauern. Ein Haufen von Hütten, und doch ein Königreich. Bis vor wenigen Jahren wählte das Dorf seinen eigenen König, hatte seine eigene Tracht, gab sich selbst seine Gesetze und lebte für sich. Die Eheringe der Einwohner sind noch heute mit der Helmzier des Königs geschmückt: zwei verschlungenen Händen, die ein gekröntes Herz emporhalten.

Wir fahren nach Aranmor, der heiligen Insel, die wie ein großer Hai auf den grauen Wassern des Atlantiks schläft, der von den Inselbewohnern das Alte Meer genannt wird. Unter den Wassern dieser Bucht und entlang ihrer Küste liegen die Wracks eines Geschwaders der unglückseligen spanischen Armada. Nach der Niederlage im Ärmelkanal segelten die Schiffe nach Norden, wo die Stürme und die Wogen sie zerstreuten. Die Bürger von Galway, eingedenk der langen Freundschaft zwischen Spanien und Irland, versteckten die Flüchtigen vor der Rache der englischen Garnison und gaben den Schiffbrüchigen ein anständiges Begräbnis, indem sie sie in weißes Linnen hüllten.

Die Wasser haben bereut. Alljährlich, am Tag vor Himmelfahrt, dem Beginn des Heringsfangs, werden die Wasser der Bucht gesegnet. Eine Flotte von Fischerbooten verläßt Claddagh, angeführt von einem Flaggschiff, auf dessen Deck ein Dominikanerbruder steht. Wenn sie die richtige Stelle erreicht hat, hält die Flotte an, die Fischer knien nieder und entblößen die Köpfe, während der Bruder exorzistische Gebete murmelt,

seinen Weihwedel über das Meer schwenkt und die dunkle Luft in Form des Kreuzes durchteilt.
Ein Strich weißen Sands zur Rechten zeigt die Stelle an, wo – wer weiß – der neue transatlantische Hafen erstehen wird. Mein Begleiter breitet eine große Karte aus, auf der die geplanten Linien sich krümmen, verzweigen und überschneiden, von Galway zu den großen kanadischen Häfen. Die Reise von Europa nach Amerika wird, den Zahlen zufolge, weniger als drei Tage in Anspruch nehmen. Von Galway, dem letzten Hafen in Europa, nach St. John, Neufundland, wird ein Dampfschiff zwei Tage und sechzehn Stunden brauchen, und von Galway nach Halifax, dem ersten Hafen in Kanada, drei Tage und zehn Stunden. Der Text der beigefügten Broschüre strotzt von Zahlen, Kostenkalkulationen und ozeanographischen Zeichnungen. Der Verfasser legt das Projekt der britischen Admiralität, den Eisenbahngesellschaften, den Handelskammern und der irischen Bevölkerung wärmstens ans Herz. Der neue Hafen wäre im Kriegsfalle ein Sicherheitsventil für England. Aus Kanada, der Kornkammer und dem Lagerhaus des Vereinigten Königreichs, würden große Ladungen von Korn in die irischen Häfen kommen und so die Gefahr der Fahrt durch den St.-Georgs-Kanal und die feindlichen Flotten vermeiden. In Friedenszeiten wäre die neue Route der kürzeste Weg zwischen den beiden Kontinenten. Ein großer Teil der Waren und Passagiere, die heute in Liverpool landen, würde künftig in Galway landen und von dort direkt über Dublin und Holyhead nach London weitergeleitet werden. Die alte, im Niedergang befindliche Stadt würde wiedererstehen. Aus der Neuen Welt würde durch diese neue Arterie Wohlstand und Lebenskraft in ein ausgeblutetes Irland fließen. Nach rund zehn Jahrhunderten erscheint die Fata Morgana, die den armen Fischer von Aran, den Jünger und Nacheiferer des heiligen Brendan, blendete, erneut in der Ferne, vage und zitternd über dem Spiegel des Meeres.
Christoph Kolumbus wird, wie jedermann weiß, von der Nachwelt dafür geehrt, daß er der letzte war, der Amerika

entdeckte. Tausend Jahre, bevor der Genueser Navigator in Salamanca verlacht wurde, hatte der heilige Brendan von der kahlen Küste aus, der unser Schiff sich jetzt nähert, die Anker zur Reise in eine unbekannte Welt gelichtet; und nach der Überquerung des Ozeans landete er an der Küste Floridas. Damals war die Insel bewaldet und fruchtbar. Am Rande des Waldes fand er die Einsiedelei irischer Mönche, die im vierten Jahrhundert nach Christus von Enda, einem Heiligen aus königlichem Geblüt, gegründet worden war. Aus dieser Einsiedelei kam Finnian, der spätere Bischof von Lucca. Hier lebte und träumte der Visionär St. Fursa, der im hagiographischen Kalender Irlands als Vorläufer von Dante Alighieri beschrieben wird. Eine mittelalterliche Abschrift der Visionen Fursas beschreibt die Reise des Heiligen von der Hölle zum Himmel, vom düsteren Tal der vier Feuer inmitten der Teufelshorden aufwärts durch das All zum göttlichen Licht, das von ungezählten Engelsschwingen widergespiegelt wird. Diese Vision hätte dem Dichter der *Divina Commedia* als Vorlage dienen können, der, wie Kolumbus, von der Nachwelt dafür geehrt wird, daß er der letzte war, der die drei Regionen der Seele besuchte und beschrieb.

Am Strand der Bucht sind zerbrechliche kleine Boote aus gespanntem Segeltuch zum Trocknen hochgezogen. Vier Inselbewohner kommen behende zum Meer herunter, über Felsen, die mit purpurnem und rostfarbenem Tang bedeckt sind, wie man ihn in den Läden der Kräuterhändler in Galway sieht. Der Fischer von Aran hat sichere Füße. Er trägt rauhe Sandalen aus ungegerbter Kuhhaut, ohne Absätze, offen über dem Spann und mit Lederstreifen geschnürt. Er kleidet sich in Wolle so dick wie Filz und trägt einen großen schwarzen Hut mit weiter Krempe.

Wir bleiben unschlüssig in einer der steilen kleinen Straßen stehen. Ein Inselbewohner, der sein ganz eigenes Englisch spricht, sagt guten Morgen und fügt hinzu, es sei ein schrecklicher Sommer gewesen, Gott sei gedankt. Der Satz, der zu-

nächst als einer der üblichen irischen Schnitzer erscheint, kommt eher aus den innersten Tiefen menschlicher Resignation. Der Mann, der das gesagt hat, trägt einen fürstlichen Namen, den der O'Flaherties, einen Namen, den der junge Oscar Wilde stolz auf die Titelseite seines ersten Buches drukken ließ. Doch die Zeit und der Wind haben die versunkene Kultur, zu der er gehört, dem Erdboden gleichgemacht – die heiligen Druiden der Insel, das von seinen Ahnen regierte Gebiet, die Sprache und vielleicht selbst den Namen jenes Eremiten von Aran, der die Taube der Kirche genannt wurde[2]. Um die verkümmerten Büsche, die auf den Hügeln der Insel wachsen, hat seine Einbildungskraft Legenden und Geschichten gewoben, die die Tiefe seiner Seele enthüllen. Und hinter seiner scheinbaren Einfalt hat er sich einen Hauch von Skepsis und Humor erhalten. Er schaut weg, wenn er gesprochen hat, und läßt den eifrigen Enthusiasten die erstaunliche Tatsache in sein Notizbuch eintragen, daß jener Weißdornstrauch dort drüben der Strauch war, von dem Joseph von Arimathia sich seinen Spazierstock schnitt.
Eine alte Frau kommt auf uns zu und lädt uns ein, ihr Haus zu betreten. Sie setzt einen riesigen Teetopf auf den Tisch, einen kleinen Laib Brot und etwas gesalzene Butter. Der Inselbewohner, der ihr Sohn ist, sitzt beim Feuer und beantwortet die Fragen meines Begleiters in verlegener und demütiger Weise. Er weiß nicht, wie alt er ist, doch er sagt, daß er bald alt sein wird. Er weiß nicht, warum er keine Frau genommen hat, vielleicht, weil keine Frauen für ihn dasind. Mein Begleiter will weiterfragen, warum keine Frauen für ihn dasind, und der Inselbewohner nimmt seinen Hut vom Kopf und vergräbt sein Gesicht in der weichen Wolle, verwirrt und lächelnd. Aran, heißt es, ist der eigenartigste Ort der Welt. Ein armer Ort, doch wie arm er auch sein mag, als mein Begleiter zu zahlen versucht, weist die alte Frau das Geld fast zornig zurück und fragt uns, ob wir ihr Haus beleidigen wollen.
Ein feiner, stetiger Nieselregen fällt aus den grauen Wolken. Der regnerische Nebel kommt von Westen herein, während

das kleine Schiff dringlich die Nachzügler ruft. Langsam verschwindet die Insel, in einen rauchigen Schleier gehüllt. Auch die drei dänischen Seeleute, die unbeweglich auf dem Grat des Hanges sitzen, verschwinden. Sie waren für den Sommerfang draußen auf dem Meer und hatten in Aran haltgemacht. Schweigsam und melancholisch scheinen sie der dänischen Horden zu gedenken, die im achten Jahrhundert die Stadt Galway niederbrannten, an die irischen Ländereien, die, wie es heißt, in der Mitgift der dänischen Mädchen aufgeführt werden und von deren Rückeroberung sie träumen. Auf die Inseln und das Meer fällt der Regen. Es regnet, wie es nur in Irland regnen kann. Unter dem Vorderdeck, wo ein Mädchen geräuschvoll mit einem Matrosen flirtet, den sie auf den Knien hält, breiten wir noch einmal die Karte aus. Im Dämmerlicht kann man die Namen der Häfen nicht mehr unterscheiden, doch die Linie, die von Galway ausgeht und sich verzweigt und ausbreitet, erinnert an das Motto, das ein mystischer und vielleicht sogar prophetischer Klostervorstand unter das Wappen seiner Heimatstadt setzte:

Quasi lilium germinans germinabit,
et quasi terebinthus extendans ramos suos[3].

JAMES JOYCE

1 Italienisch geschriebener Artikel, der unter dem Titel »Il Miraggio del Pescatore di Aran. La Valvola dell'Inghilterra in Caso di Guerra« am 5. September 1912 in *Il Piccolo della Sera* veröffentlicht wurde.

2 St. Columkill.

3 »Wie die sprießende Lilie wird sie sprießen, und wie der Terpentinbaum seine Zweige ausbreiten.«

Politik und Viehkrankheit[1]

Obwohl sich das Land durch die erbärmlichen Versuche der Unionisten und Faktionisten, aus dem nationalen Unglück der Maul- und Klauenseuche, die in einigen irischen Bezirken ausgebrochen ist, politisches Kapital zu schlagen, nicht hat täuschen lassen, erweist ihm Mr. Dillon[2] einen wichtigen Dienst, wenn er aufzeigt, welcher Schaden durch das verlogene Geschrei angerichtet worden ist, mit dem die Unruhestifter sich hervorgetan haben. Er weist nach, daß sie englischen Protektionisten wie Mr. Henry Chaplin[3] und Mr. Bathurst[4] in die Hände gespielt haben, deren Anliegen nicht die Sicherheit der englischen Herden, sondern der lang anhaltende Ausschluß irischen Viehs vom englischen Markt ist. Indem sie es solchen Feinden des irischen Bauern ermöglichen, die Behauptung aufzustellen, daß jede eventuell vorgeschlagene Lockerung der einschränkenden Bestimmungen nicht auf Mr. Runcimans[5] sachlich begründete Meinung, daß die Umstände diese Lockerung erlauben, zurückzuführen sei, sondern auf »irisches Diktat«, haben sie lediglich neue Hindernisse auf dem Weg zu einer fairen Behandlung der Ansprüche irischer Viehzüchter und -händler errichtet. All diese dummen Drohungen und Aufforderungen an die Irische Partei, »die Regierung zu stürzen«, sind Wasser auf die Mühlen der englischen Verfechter des Ausschlusses gewesen. Wir haben gesehen, wie der *Globe* daraus Kapital geschlagen hat. Man wird auch bemerkt haben, daß keiner der unionistischen Feuerfresser in dieser Sache seine eigene Partei um Beistand angegangen ist. Dem Londoner Korrespondenten der *Irish Times* zufolge »beantragen irische Parlamentsmitglieder aller parteilichen Schattierungen die Aufhebung der einschränkenden Bestimmungen, jedoch ohne Erfolg«. Das wird den meisten neu sein. Bisher sind die Abgeordneten der unionistischen Meinungsschattierung lediglich durch ihr Schweigen in dieser Angelegenheit aufgefallen. Kein Mitglied der Irischen Unionistischen Partei war in der zu Mr. Runciman geschickten Delgation vertreten. Mr. Chaplin und Mr. Bathurst durften ohne ein Wort des Protestes von einem irisch-unionistischen Abgeordneten herumlärmen. Auch die unionistischen Landbesitzer, Makler und Elfmonatsmänner sowie die unterlegenen Kandidaten der Faktionisten, die sich ihrem Schlachtruf angeschlossen haben, richteten nicht ein einziges Wort des Protestes oder eine Aufforderung an die unionistischen Führer, Mr. Chaplin im Zaum zu halten. Diese einfache Tatsache reicht aus, um die Motive und Absichten allen unionistischen Geredes in dieser Angelegenheit zu klären.

Mr. Dillon weist nach, was die sichere Folge von Aktionen wäre, wie sie der Irischen Partei angeraten werden. Sie würden nicht nur die Preisgabe von Home Rule Bill und Home-Rule-Bewegung bedeuten, sondern würden auch gerade die von diesen Beratern angeblich vertretene Sache zum Scheitern verurteilen. Nach solch einem Vorfall würde monatelang kein englischer Minister die englischen Häfen zu öffnen wagen, weil seine Motive augenblicklich in Frage gestellt würden. Ebenso dumm und gefährlich ist das Gerede von der Harmlosigkeit der Krankheit gewesen und der den Bauern von stupiden Leuten gegebene Rat, sie zu verheimlichen. Glücklicherweise haben die irischen Bauern nicht auf diesen Rat gehört. Sie haben ihren gesunden Menschenverstand bewiesen, indem sie jeden verdächtigen Fall gemeldet haben. Ihr Bemühen, die öffentlichen Instanzen zu unterstützen, wird durch die Tatsache untermauert, daß sich die Mehrzahl der gemeldeten Fälle als Fälle einer anderen Krankheit erwiesen hat. Es ist klar, daß nur durch ein solches Verhalten das Vertrauen der handeltreibenden Öffentlichkeit derart wiederhergestellt werden kann, daß der englische Minister aufgrund der veröffentlichten Tatsachen handeln kann. Das Gerede, daß die Krankheit »nur wie Masern bei Kindern sei und alles Vieh sie ruhig bekommen könne«, ist ebenso wie der törichte Rat an die Bauern, Krankheitsfälle zu verheimlichen, wahrscheinlich die Erklärung für den ungewöhnlichen öffentlichen

Vorschlag, den gesunden Gebieten ihre Rechte zu verweigern, »bis die Situation sich überschaubarer darstellt«. Die Situation ist voll überschaubar, da die irischen Viehbesitzer sich als absolut redlich erwiesen haben. Man sollte sie nicht verantwortlich machen für die Dummheiten der unverantwortlichen Sprecher, die wir zitiert haben. Eine kurze Überlegung wird dagegen die Viehbesitzer davon überzeugen, daß derartige Dummköpfe Leuten wie dem ehrenwerten Henry Chaplin und Mr. Charles Bathurst so viel wert sind wie zehn Ausbrüche der Seuche.

Wir wollen damit nicht anregen, daß die irischen Bauern und Händler in ihren Bemühungen nachlassen oder mit ihrer Agitation aufhören sollten. Ganz im Gegenteil. Die Situation ist kritisch, und sie haben gute und fundierte Gründe, die Öffnung der Häfen für gesundes irisches Vieh zu verlangen. Diese guten und fundierten Gründe werden nur durch Drohungen abgeschwächt, die sich selbst ad absurdum führen, und durch Erklärungen, die es Lügnern ermöglichen zu behaupten, daß die Krankheit in Irland verheimlicht werde. Die Viehbesitzer können darauf hinweisen, daß seit dem ersten Ausbruch, als die Existenz einer Seuche noch kaum vermutet werden konnte, nicht eine einzige Anklage wegen Nichtanzeige erhoben worden ist, obwohl die Polizei und die Beamten des Departements das ganze Land sehr genau auf Symptome der Seuche hin überwachen. Eine derartige Tatsache ist die umfassendste Rechtfertigung für die Forderung nach Gleichstellung mit den gesunden englischen Gebieten, die die irischen Viehbesitzer und Händler mit Nachdruck vertreten. Bei der Durchsetzung dieser Forderung haben sie die volle und aufrichtige Unterstützung der Irischen Partei und ihres Führers. Der Einfluß der Partei wird nicht weniger nachdrücklich eingesetzt, weil er in gesetzmäßiger und vernünftiger Weise eingesetzt wird und in einer Form, der den Vertretern des Ausschlusses keinen Anlaß zur Verleumdung bietet. Das Irische Departement ist, wie wir mit den besten Gründen annehmen können, nicht weniger aktiv. Mr. Russell[6] hat aus seiner Billigung des Anspruchs der irischen Viehbesitzer kein Hehl gemacht. Im Gegenteil, er hat den deutlichen Schritt unternommen, seine Zustimmung öffentlich kundzutun. Seine Erklärung ist die beste Rechtfertigung für eine kräftige Agitation gegen die unvernünftige Verlängerung des Embargos. Es ist wichtig, in dieser Agitation nicht nachzulassen, aber es ist nicht weniger wichtig, den Gebrauch dummer und mißgünstiger Sprache zu verhindern – die einzige Rechtfertigung, die die Leute, die Mr. Runciman einschüchtern wollen, für ihre Haltung anführen können.

1 Als Joyce im Juli 1912 von Triest nach Dublin fuhr, bat ihn sein Freund Henry N. Blackwood Price, ein Ulsteraner, ihm die Adresse des Abgeordneten William Field zu beschaffen. Price war sehr besorgt über die Maul- und Klauenseuche in Irland und wollte Field, der als Metzger ebenfalls betroffen sein mußte, von einer Heilmethode in Kenntnis setzen, die in Österreich entwickelt worden war. Joyce schickte die Adresse, Price schrieb an Field, und Field ließ den Brief am 19. August 1912 im *Evening Telegraph* publizieren. Joyce parodiert den Brief im *Ulysses*, wo er ihn Mr. Deasy zuschreibt und aus Blackwood Price Deasys Vetter macht. Joyce schrieb damals selber einen Leitartikel, den hier folgenden, zum Thema, der, anonym, am 10. September 1912 in *Freeman's Journal* veröffentlicht wurde.

2 John Dillon (1851-1927), einer der drei Führer der Irischen Partei.

3 Prominenter parlamentarischer Sprecher der englischen Konservativen in Landwirtschaftsfragen (1840-1923).

4 Englischer Parlamentarier und Viehzüchter, einflußreich in Landwirtschaftsfragen.

5 Walter Runciman (1847-1937), englischer Schiffseigentümer, dessen Interessen in diesem Fall denen Chaplins und Bathursts diametral zuwiderliefen.

6 Der Schriftsteller George Russell (»A. E.«), Herausgeber der Landwirtschaftszeitung *Irish Homestead* (dort hatte Joyce die Erstfassung der *Schwestern* veröffentlicht), der sich sein Leben lang mit landwirtschaftlichen Fragen befaßte.

Giacomo Joyce

Wer? Ein blasses Gesicht inmitten schwerer duftender Pelze. Ihre Bewegungen sind scheu und nervös. Sie benutzt ein Lorgnon.
Ja: eine kurze Silbe. Ein kurzes Lachen. Ein kurzer Schlag der Augenlider.

Spinnweb-Handschrift, lang und zart mit stiller Verachtung und Resignation gezogen: eine junge Person aus gutem Haus.

Ich segle los auf einer sanften Woge lauer Rede: Swedenborg, der Pseudo-Areopagite, Miguel de Molinos, Joachim Abbas. Die Woge ist verrauscht. Ihre Klassenkameradin dreht ihren schon verdrehten Körper neuerlich und schnurrt in marklosem Wiener Italienisch: *Che coltura!* Die langen Augenlider schlagen und ziehn sich hoch: ein brennender Nadelstich beißt und zuckt in der samtigen Iris.

Hohe Hacken klappern hohl auf den widerhallenden Steinstiegen. Winterliche Luft im Schloß, baumelnde Harnische, ungeschlachte Eisenleuchter über den Wendungen der Wendelturmstiegen. Pochende klappernde Hacken, ein hohes und hohles Geräusch. 's ist jemand drunten möchte mit der Gnädigen sprechen.

Sie putzt sich nie die Nase. Eine Redensart: das Kleinere fürs Größere.

Gerundet und gereift: gerundet durch die Töpferscheibe der Wechselheirat und gereift im Treibhaus der Absonderung ihrer Rasse.

Ein Reisfeld bei Vercelli unter cremigem Sommerdunst. Die Ränder ihres flügellahmen Huts beschatten ihr falsches Lächeln. Schatten streifen ihr falsch lächelndes Gesicht, geschlagen vom heißen cremigen Licht, graue molkefarbne Schatten unter den Backenknochen, Streifen von Dottergelb auf der feucht gewordnen Stirn, ranziger gelber Saft, der im geweichten Fleischbrei der Augen lauert.

Eine Blume, die sie meiner Tochter gab. Zerbrechliche Gabe, zerbrechliche Geberin, zerbrechliches blauädriges Kind.

Padua weit überm Meer. Das lautlose mittlere Alter, Nacht, Dunkel der Geschichte, die schlafen in der *Piazza delle Erbe* unter dem Mond. Die Stadt schläft. Unter den Bögen in den dunklen Straßen beim Fluß spähen die Augen der Dirnen nach Hurern aus. *Cinque servizi per cinque franchi.* Eine dunkle Woge Poesie, wieder und wieder und wieder.

Meine Augen verzehrn sich im Dunkel, meine Augen verzehrn sich,
Meine Augen verzehrn sich im Dunkel, mein Lieb.

Wieder. Nicht mehr. Dunkle Liebe, dunkles Sehnen. Nicht mehr. Dunkel.

Zwielicht. Über die *piazza* hin. Grauer Abend, der sich auf weites salbei-grünes Weideland senkt, lautlos Dämmerung und Tau verteilt. Sie folgt ihrer Mutter mit linkischer Anmut, die Stute die ihr Fohlenfüllen führt. Graues Zwielicht prägt sanft die schmalen und wohlgeformten Lenden, den sanftmütig-sehnig-geschmeidigen Hals, den zartknochigen Schädel. Eva, Abend, Friede, die Dämmerung des Wunders .... Holla! Stallbursch! Hollaho!

Papa und die Mädchen rodeln bergab, rittlings auf einem Toboggan: der Großtürke und sein Harem. Knapp sitzend: Mütze und Jackett, die Stiefel in flinken Kreuzen über der fleischwarmen Lasche geschnürt, der kurze Rock straff von den runden Beulen der Knie. Ein weißer Blitz: eine Flocke, eine Schneeflocke:

Und reitet sie von neuem aus,
Dann wünscht' ich, ich könnt's sehn!

Ich stürze aus dem Tabakladen und rufe ihren Namen. Sie dreht sich um und bleibt stehen, um meine verwirrten Worte von Schule, Stunden, Schule, Stunden zu hören: und langsam röten sich ihre bleichen Wangen mit flackerndem opalem Licht. Nein, nein, hab keine Furcht!

Mio padre: sie tut die einfachsten Dinge mit Distinguiertheit. *Unde derivatur? Mia figlia ha una grandissima ammirazione per il suo maestro inglese.* Das Gesicht des alten Mannes, schön, gerötet, mit ausgeprägt jüdischen Zügen und langem weißem Backenbart, wendet sich mir zu, wie wir gemeinsam den Berg hinabgehn. Oh! Vollkommen ausgedrückt: Artigkeit, Mildtätigkeit, Neugier, Vertrauen, Argwohn, Natürlichkeit, Hilflosigkeit des Alters, Zuversicht, Offenheit, Lebensart, Lauterkeit, Warnung, Ergriffenheit, Mitgefühl: eine vollkommene Mischung. Eile, Ignatius von Loyola, mir zu helfen!

Dies Herz ist wund und weh. Aus Liebesgründen verstimmt?

Lange lüstern lauernde Lippen: dunkelblütige Mollusken

Ziehende Nebel auf dem Berg wie ich hochblicke aus Nacht und Morast. Hangende Nebel über den klammen Bäumen. Ein Licht im oberen Zimmer. Sie zieht sich fürs Theater an. Es sind Gespenster, da, im Spiegel ..... Kerzen! Kerzen!

Ein sanftes Wesen. Um Mitternacht, nach der Musik, den ganzen Weg die via San Michele hoch, hat einer leise diese Worte gesagt. Ruhig Blut, Jamesy! Bist du denn nie die Straßen Dublins in der Nacht gegangen und seufztest einen andern Namen?

Judenleichen liegen um mich her, verrotten im Moder ihres heiligen Ackers. Hier ist die Gruft ihrer Familie, schwarzer Stein, Schweigen ohne Hoffnung ..... Der pickelige Meissel hat mich mitgenommen. Er steht hinter den Bäumen da mit bedecktem Haupt am Grab seiner Frau, die sich umgebracht hat, und rätselt, wie die Frau, die in seinem Bette schlief, zu diesem Schluß gekommen ist ..... Die Gruft ihrer Familie und die ihrige: schwarzer Stein, Schweigen ohne Hoffnung: und alles ist bereit. Stirb nicht!

Sie hebt ihre Arme bei dem Versuch hinten im Genick ein Gewand aus schwarzem Schleier einzuhaken. Sie kanns nicht: nein, sie kanns nicht. Sie kommt rückwärts auf mich zu, stumm. Ich hebe meine Arme, ihr zu helfen: ihre Arme sinken. Ich halte die sanftgewirkten Enden ihres Gewands und wie ich sie vorziehe um sie einzuhaken seh ich durch die Öffnung des schwarzen Schleiers ihren geschmeidigen Leib in eine orange Chemise gehüllt. Die läßt ihre Bändervertäuungen an den Schultern abgleiten und fällt langsam: ein geschmeidiger glatter nackter Leib an dem silbrige Schuppen schimmern. Sie gleitet langsam über die schmalen Backen von glattem blankem Silber und über deren Furche, ein getrübter Silberschatten .... Finger, kalt und ruhig und rührend .... Berühren, berühren.

Klein geistlos hilflos und dünner Atem. Doch neig dich und hör: eine Stimme. Ein Sperling unter den Rädern des Dschagannath, schütterer Welterschütterer. Bitte, lieber Gott, großer lieber Gott! Lebwohl, große Welt! .... *Aber das ist eine Schweinerei!*

Große Schnallen auf ihren schmalen bronzenen Schuhen: Sporen eines verhätschelten Federviehs.

Die Dame reitet trab, trab, trab ..... Reine Luft auf der Hochlandstraße. Triest wacht derb auf: derbes Sonnenlicht auf den enggedrängten braungeziegelten Dächern, schildkrötenförmig; ein Haufe darniederliegender Wanzen erwartet eine nationale Befreiung. Belluomo entsteigt dem Bett von seines Weibes Liebhabers Weib: die geschäftige Hausfrau ist auf den Beinen, schwarzdornäugig, eine Untertasse Essigsäure in der Hand ..... Reine Luft und Stille auf der Hochlandstraße: und Hufe. Ein Mädchen zu Pferd. Hedda! Hedda Gabler!

Die Händler bieten auf ihren Altären die ersten Früchte feil: grünfleckige Zitronen, edelsteinerne Kirschen, anrüchige Pfirsiche mit eingerissenen Blättern. Das Gefährt kommt durch die Gasse aus Zeltplanständen, seine Radspeichen drehn sich dabei im Glast. Platz da! Ihr Vater und sein Sohn sitzen in dem Gefährt. Sie haben Eulenaugen und Eulenweisheit. Eulenhafte Weisheit späht aus ihren Augen, die über der Lehre ihrer *Summa contra Gentiles* brüten.

Sie denkt die Herren Italiener hatten recht Ettore Albini, den Kritiker des *Secolo,* aus dem Parkett zu zerren weil er nicht aufstand als die Musik den Königsmarsch spielte. Sie hörte das beim Abendessen. Ja doch. Sie lieben ihr Land wenn sie ganz sicher sind welches Land das ist.

Sie hört zu: du weiseste Jungfrau.

Ein Rock, zurückgerafft durch ihr plötzlich sich bewegendes Knie; ein weißer Spitzenbesatz eines Unterrocks, unziemlich gehoben; ein beinlang gespanntes Strumpfgeweb. *Si pol?*

Leichthin spiel ich, singe leise dazu, John Dowlands schmachtendes Lied. *Loth to depart:* auch ich bin unwillens zu gehn. *Die* Zeit ist hier und jetzt. Hier, aus dem Dunkel des Verlangens sich öffnend, sind Augen die den anbrechenden Morgen trüben, ihr Schimmern das Schimmern des Abschaums das den Jauchepfuhl am Hofe des sabbernden James überkrustet. Hier sind Weine ganz in Ambra, ersterbende Kadenzen süßer Airs, die stolze Pavane, freundliche Edelfrauen buhlen von ihren Balkonen mit saugenden Mündern, die lustverseuchten Dirnen und jungen Eheweiber die, heiter ihren Schändern sich gebend, umbfangen umbfangen.

Im derben verschleierten Frühlingsmorgen treiben schwache Düfte des morgendlichen Paris: Anisett, klammes Sägmehl, heißer Brotteig: und wie ich über den Pont Saint Michel gehe lassen die stahlblauen wachen Wasser das Herz mir gefrieren. Sie kribbeln und glucksen um die Insel auf der seit der Steinzeit Menschen wohnen ..... Lohfarbnes Duster in der weiten wasserspeiergesäumten Kirche. Es ist kalt wie an jenem Morgen: *quia frigus erat.* Auf den Stufen des fernen Hochaltars, nackt wie der Leib des Herrn, liegen die Geistlichen darnieder in schwachem Gebet. Die Stimme eines unsichtbaren Vorlesers erhebt sich, intoniert die Lesung aus Hosea. *Haec dicit Dominus: in tribulatione sua mane consurgent ad me. Venite et revertamur ad Dominum* ..... Sie steht neben mir, bleich und frierend, in die Schatten des sündedunkeln Schiffs gehüllt, ihr dünner Ellbogen an meinem Arm. Ihr Fleisch erinnert das Erbeben jenes derben nebel-verschleierten Morgens, hastende Fackeln, grausame Augen. Ihre Seele ist kummervoll, zittert und möcht weinen. Weine nicht über mich, du Tochter Jerusalems!

Ich expliziere Shakespeare dem gelehrigen Triest: Hamlet, sprach ich, der durchaus artig zu den Sanften und Einfältigen ist, ist rüd nur zu Polonius. Vielleicht kann er, der verbitterte Idealist, in den Eltern seiner Geliebten nur groteske Versuche seitens der Natur sehen, ihr Bild zu erzeugen ....
Merktet Ihr das?

Sie geht vor mir den Gang entlang und wie sie geht rollt sich langsam eine Rolle ihres dunklen Haares auf und fällt. Rollt langsam sich auf, und fällt, das Haar. Sie weiß es nicht und geht vor mir, schlicht und stolz. So ging sie an Dante vorüber in schlichtem Stolz und so, von Blut und Schändung nicht befleckt, die Tochter Cencis, Beatrice, zu ihrem Tod:

........Binde
Den Gürtel mir und steck das Haar mir hoch
Zu einem schlichten Knoten.

Das Hausmädchen sagt mir, daß sie sie sofort ins Spital schaffen mußten, *poveretta*, daß sie soviel leiden mußte, soviel, *poveretta*, daß es sehr ernst ist ..... Ich entferne mich von ihrem leeren Haus. Ich spüre daß mir die Tränen kommen wollen. Ah, nein! So wird es doch nicht sein, in einem Augenblick, ohne ein Wort, ohne einen Blick. Nein, nein! Das Glück der Hölle wird mich gewißlich nicht verlassen!

Operiert. Das Messer des Chirurgen hat in ihren Eingeweiden sondiert und sich wieder eingezogen, die derben klaffenden Zacken seines Wegs ließ es auf ihrem Bauch zurück. Ich seh ihre vollen dunkeln leidenden Augen, schön wie die Augen einer Antilope. Oh grausame Wunde! Lüsterner Gott!

Und wieder auf ihrem Stuhl beim Fenster, selige Worte auf ihrer Zunge, seliges Lachen. Ein Vogel, der zwitschert nach dem Sturm, selig daß sein kleines närrisches Leben den haschenden Fingern eines epileptischen Herrn und Lebensspenders außer Reichweite geflattert ist, zwitschert selig, zwitschert und pfeift selig.

Sie sagt daß, wäre *Das Porträt des Künstlers* freizügig nur um der Freizügigkeit willen gewesen, sie gefragt haben würde, warum ich es ihr zu lesen gegeben hätte. Oh das würden Sie, würden Sie, ja? Eine *dame de lettres.*

Sie steht schwarz-gewandet am Telephon. Kleine zaghafte Lacher, kleine Schreie, zaghaftes Redegehusch, plötzlich abgebrochen .... *Parlerò colla mamma* .... Komm! Tschuk, tschuk! komm! Das schwarze Küken ist verschreckt: kleines Gehusch, plötzlich abgebrochen, kleine zaghafte Schreie: es schreit nach seiner Mamma, der stattlichen Henne.

Loggione. Die feuchten Wände dünsten einen klammen Dampf aus. Eine Geruchssymphonie verschmilzt die Ansammlung zusammengekauerter menschlicher Gestalten: saurer Dunst aus Achselhöhlen, geschrumpelte Pomeranzen, schmelzende Brustöle, Mastixwasser, der Atem von Abendmahlzeiten mit schwefeligem Knoblauch, faule phosphoreszierende Fürze, Opoponax, der franke Schweiß der heiratsfähigen und verheirateten Weiblichkeit, der seifige Gestank der Männer ...... Die ganze Nacht hab ich sie beobachtet, die ganze Nacht werd ich sie sehn: geflochtenes und spitzgetürmtes Haar und oliv-ovales Gesicht und ruhig-sanfte Augen. Ein grünes Stirnband auf ihrem Haar und um ihren Leib ein grün-besticktes Gewand: die Tönung der Illusion des vegetabilischen Glases der Natur und saftigen Grases, das Haar von Gräbern.

Meine Worte in ihrem Kopf: kalte blanke Steine, die in einem Sumpf versinken.

Diese ruhigen kalten Finger haben die Seiten, wüst und schön, auf denen meine Schande ewig glühen soll, berührt. Ruhige und kalte und reine Finger. Sind sie nie vom Wege abgeirrt?

Ihr Körper hat keinen Geruch: eine duftlose Blume.

Auf den Stiegen. Eine kalte zerbrechliche Hand: Schüchternheit, Schweigen: dunkle sehnsuchtstrunkene Augen: Müdigkeit.

Wirbelnde Ringe aus grauem Dunst auf der Heide. Ihr Gesicht, wie grau und grabesernst! Durchnäßtes strubbeliges Haar. Ihre Lippen pressen sanft, ihr seufzender Atem dringt hindurch. Geküßt.

Meine Stimme, im Nachhall ihrer Worte ersterbend, erstirbt wie die weisheitsmüde Stimme des Ewigen die Abraham anruft durch nachhallende Berge. Sie lehnt sich gegen die gepolsterte Wand zurück: odaliskengesichtig in der schwelgerischen Düsternis. Ihre Augen haben meine Gedanken eingetrunken: und in das feuchte warme sich gebende willkommenheißende Dunkel ihrer Weiblichkeit hat meine Seele, selber zerfließend, einen liquiden und üppigen Samen geströmt und gegossen und geflutet ...... Jetzt nehme sie wer will! ....

Wie ich aus Rallis Haus trete stoße ich jählings auf sie wie wir beide einem blinden Bettler Almosen geben. Sie beantwortet meinen jähen Gruß indem sie sich umdreht und ihre schwarzen Basiliskenaugen abwendet. *E col suo vedere attosca l'uomo quando lo vede.* Ich dank Euch für das Wort, Messer Brunetto.

Man breitet unter meinen Füßen Teppiche aus für des Menschen Sohn. Man wartet daß ich weitergehe. Sie steht im gelben Schatten des Hausflurs, ein Plaidüberwurf schützt ihre hängenden Schultern vorm Frieren: und wie ich staunend stehenbleibe und um mich schaue grüßt sie mich frostig und gleitet die Stiegen hoch, wobei sie sekundenschnell aus ihren trägen schrägen Augen einen Strahl schnapsigen Gifts auf mich abschießt.

Eine weiche zerknitterte erbsgrüne Decke drapiert die Chaiselongue. Ein enges Pariser Zimmer. Hier lag noch eben die Friseuse. Ich küßte ihren Strumpf und den Saum ihres rostschwarzen staubigen Rocks. Es ist die andre. Sie. Gogarty kam gestern um bekannt gemacht zu werden. *Ulysses* ist der Grund. Symbol des intellektuellen Gewissens .... Irland also? Und der Gatte? Durchmißt den Korridor in Stoffschuhen oder spielt Schach gegen sich selbst. Warum sind wir hier allein gelassen? Hier lag noch eben die Friseuse, klemmte meinen Kopf zwischen ihre beuligen Knie .... Intellektuelles Symbol meines Volkes. Hör zu! Die versinkende Schwermut ist abgefallen. Hör zu!
– Ich bin nicht überzeugt, daß man derartige Betätigungen des Geistes oder Körpers ungesund nennen kann –
Sie spricht. Eine schwache Stimme von jenseits der kalten Sterne. Stimme der Weisheit. Sage an! Oh, sags noch einmal, machst mich weise! *Die* Stimme hört ich nie.
Sie ringelt sich mir zu auf der zerknitterten Chaiselongue. Ich

kann mich nicht rühren noch sprechen. Ringelnde Näherung sterngeborenen Fleischs. Unkeuschheit der Weisheit. Nein. Ich will gehn. Ich will.

– Jim, Lieber! –

Sanfte saugende Lippen küssen meine linke Achselhöhle: ein ringelnder Kuß auf Myriaden Adern. Ich brenne! Ich schrumpele wie ein brennendes Blatt! Aus meiner rechten Achselhöhle schießt ein Flammenreißzahn. Eine gestirnte Schlange hat mich geküßt: eine kalte Nachtschlange. Ich bin verloren!

– Nora! –

Jan Pieters Sweelink. Der wunderliche Name des alten holländischen Musikanten läßt alle Schönheit wunderlich und fern erscheinen. Ich höre seine Variationen für das Klavichord über ein altes Air: *Youth has an end.* Im vagen Nebel alter Töne taucht ein schwacher Lichtpunkt auf: die Rede der Seele läßt sich langsam vernehmen. Das junge Leben hat ein End: das Ende ist da. Es kann nie sein. Du weißt das wohl. Was also? Schreibs auf, verdammt, du, schreibs auf! Wozu taugst du denn sonst?

»Warum?«
»Weil – sonst könnte ich Sie nicht sehen.«
Gleiten – Raum – Äonen – Blattwerk der Sterne – und verblassender Himmel – Stille – und tiefere Stille – Stille der Auslöschung – und ihre Stimme.

Non hunc sed Barabbam!

Nochnichtsoweitsein. Eine kahle Wohnung. Schläfriges Tageslicht. Ein langes schwarzes Klavier: Musiksarg. Auf seinem Rand, balancierend, Hut, rotgeblümt, und Schirm, eingerollt, einer Frau. Ihr Wappen: ein Helm, kehlrot, und stumpfer Speer auf einem Feld, zobeln.

Envoy: Liebe mich, lieb meinen Schirm.

Verbannte

Ein Stück in drei Akten

Personen:

RICHARD ROWAN, Schriftsteller · BERTHA · ARCHIE, beider Sohn, acht Jahre alt · ROBERT HAND, Journalist · BEATRICE JUSTICE, seine Kusine, Musiklehrerin · BRIGID, ein altes Dienstmädchen der Familie Rowan · FISCHERSFRAU

Das Stück spielt in den Dubliner Vororten Merrion und Ranelagh.
Es ist der Sommer des Jahres 1912.

Erster Akt

Der Salon im Haus Richard Rowans in Merrion, einem Dubliner Vorort. Rechts vorn ein Kamin, vor dem ein niedriger Ofenschirm steht. Über dem Kaminsims ein Spiegel in Goldrahmen. Weiter hinten in der rechten Wand eine Schiebetür, die zum Wohnzimmer und zur Küche führt. In der hinteren Wand rechts eine kleine Tür, die in ein Arbeitszimmer führt. Links davon ein Büfett. An der Wand über dem Büfett eine gerahmte Kreidezeichnung eines jungen Mannes. Weiter links eine Doppeltür aus Glas, die in den Garten führt. In der Wand links ein Schiebefenster zur Straße. Vorn in der selben Wand eine Tür, die zum Flur und dem oberen Teil des Hauses führt. Zwischen dem Fenster und der Tür steht ein Damensekretär an der Wand. Davor ein Korbstuhl. In der Mitte des Zimmers ein runder Tisch. Stühle, mit verschossenem grünem Plüsch gepolstert, stehen um den Tisch. Rechts vorn ein kleiner Tisch mit Rauchutensilien. Daneben ein Sessel und eine Chaiselongue. Kokosmatten liegen vor dem Kamin, neben der Chaiselongue und vor den Türen. Der Fußboden ist aus gebeizten Dielen. Die Doppeltür im Hintergrund und die Schiebetür rechts haben Spitzenvorhänge, die halb zugezogen sind. Der untere Teil des Schiebefensters ist hochgezogen und das Fenster wird von schweren grünen Plüschvorhängen umrahmt. Das Rouleau ist bis zum Rand des hochgezogenen unteren Fensterteils heruntergelassen. Es ist ein warmer Juninachmittag. Das Zimmer ist erfüllt von mildem Sonnenlicht, das nach und nach schwindet.

BRIGID und BEATRICE JUSTICE *kommen zur linken Tür herein.* BRIGID *ist eine ältliche Frau, von kleiner Statur und mit eisengrauem Haar.* BEATRICE JUSTICE *ist eine schlanke dunkle junge Frau von 27 Jahren. Sie trägt ein gutsitzendes marineblaues Kostüm und einen eleganten, einfach garnierten schwarzen Strohhut; am Arm hat sie eine kleine portefeuilleförmige Handtasche.*

BRIGID Die gnädge Frau und der junge Herr Archie ist baden gegangen. Die hätten Sie nie erwartet. Haben Sie denn geschrieben, daß Sie zurück sind, Miss Justice?

BEATRICE Nein. Ich bin gerade angekommen.

BRIGID *weist auf den Sessel:* Nehmen Sie Platz und ich sage dem Herrn, daß Sie hier sind. Haben Sie lang im Zug sitzen müssen?

BEATRICE *setzt sich:* Seit heut früh.

BRIGID Der junge Herr Archie hat Ihre Karte mit den Ansichten von Youghal bekommen. Sie müssen bestimmt ganz erschöpft sein.

BEATRICE Nein, nein. *Sie hustet etwas nervös.* Hat er Klavier geübt, als ich weg war?

BRIGID *lacht breit:* Geübt! Was Sie sich vorstellen! Der junge Herr Archie? Wie verrückt ist er jetzt mit dem Pferd vom Milchmann. Haben Sie schönes Wetter gehabt da unten, Miss Justice?

BEATRICE Ziemlich naß. Glaub ich.

BRIGID *Anteil nehmend:* Was ein Jammer. Und hier wirds auch bald regnen. *Geht auf das Arbeitszimmer zu.* Ich sag ihm jetzt, daß Sie hier sind.

BEATRICE Ist Mr. Rowan da?

BRIGID *zeigt hin:* Er ist in seinem Arbeitszimmer. Er macht sich ganz krank wegen so einer Sache, die er schreibt. Die halbe Nacht ist er immer auf. *Im Gehen.* Ich ruf ihn jetzt.

BEATRICE Stören Sie ihn nicht, Brigid. Ich kann hier warten, bis sie wiederkommen, wenn sie nicht zu lang bleiben.

BRIGID Und ich hab was im Briefkasten gesehn, wie ich Sie hereingelassen hab. *Sie geht zum Arbeitszimmer, öffnet die Tür einen Spalt und ruft.* Herr Richard, Miss Justice ist da wegen der Stunde vom jungen Herrn Archie.

RICHARD ROWAN *kommt aus dem Arbeitszimmer und geht mit ausgestreckter Hand auf* BEATRICE *zu. Er ist ein großer, athletisch gebauter junger Mann; nachlässige Haltung. Er hat hellbraunes Haar und einen Schnurrbart und trägt eine Brille. Er trägt einen weiten, hellgrauen Tweedanzug.*

RICHARD Willkommen.

BEATRICE *steht auf und gibt ihm leicht errötend die Hand:* Guten Tag, Mr. Rowan. Ich wollte nicht, daß Brigid Sie stört.

RICHARD Mich stört? Meine Güte!

BRIGID Es ist was im Briefkasten, Sir.

RICHARD *nimmt einen kleinen Schlüsselbund aus seiner Tasche und gibt ihn ihr:* Hier.

BRIGID *geht zur linken Tür hinaus und man hört sie den Briefkasten auf- und zuschließen. Kurze Pause. Sie kommt mit zwei Zeitungen in der Hand wieder herein.*

RICHARD Briefe?

BRIGID Nein, Sir. Nur die italienischen Zeitungen da.

RICHARD Legen Sie sie auf meinen Schreibtisch. Ja?

BRIGID *gibt ihm die Schlüssel zurück, trägt die Zeitungen ins Arbeitszimmer, kommt wieder heraus und geht durch die Schiebetür rechts ab.*

RICHARD Bitte setzen Sie sich doch. Bertha muß jede Minute zurücksein.

BEATRICE *setzt sich wieder in den Sessel.* RICHARD *setzt sich zum Tisch.*

RICHARD Ich hatte schon gedacht, Sie kämen nie mehr wieder. Es ist zwölf Tage her, seit Sie das letztemal hier waren.

BEATRICE Daran habe ich auch gedacht. Aber ich bin gekommen.

RICHARD Haben Sie über das nachgedacht, was ich Ihnen sagte, als Sie das letztemal hier waren?

BEATRICE Sehr viel.

RICHARD Sie müssen das längst gewußt haben. Nein? *Sie antwortet nicht.* Machen Sie mir einen Vorwurf?

BEATRICE Nein.

RICHARD Finden Sie, ich habe Ihnen gegenüber – häßlich gehandelt? Nein? Oder gegenüber sonst jemand?

Beatrice *sieht ihn traurig und verwirrt an:* Die Frage habe ich mir gestellt.

Richard Und die Antwort?

Beatrice Ich konnte sie nicht beantworten.

Richard Wenn ich ein Maler wäre und Ihnen sagte, ich hätte ein Buch mit Skizzen von Ihnen, dann fänden Sie das nicht so merkwürdig, oder?

Beatrice Das ist doch wohl nicht ganz dasselbe.

Richard *lächelt leicht:* Nicht ganz. Ich sagte Ihnen aber auch, daß ich Ihnen nie zeigen würde, was ich geschrieben hätte, es sei denn, Sie bäten darum. Nun?

Beatrice Ich werde Sie nicht darum bitten.

Richard *beugt sich vor, die Ellbogen auf die Knie gestützt, die Hände gefaltet:* Möchten Sie es denn sehen?

Beatrice Sehr gern.

Richard Weil es von Ihnen handelt?

Beatrice Ja. Aber nicht nur deshalb.

Richard Weil ich es geschrieben habe? Ja? Selbst wenn das, was Sie da fänden, manchmal grausam ist?

Beatrice *schüchtern:* Auch das ist ein Teil Ihres Geistes.

Richard Dann ist es also mein Geist, der Sie anzieht? Darum?

Beatrice *zögernd, sieht ihn einen Augenblick lang an:* Warum, glauben Sie denn, komme ich her?

Richard Warum? Da gibt es viele Gründe. Archie Stunden zu geben. Wir kennen uns so viele Jahre, von Kindheit an, Robert, Sie und ich – nicht wahr? Sie haben sich immer für mich interessiert, bevor ich fortging und während ich fort war. Dann unser Briefwechsel über mein Buch. Jetzt ist es erschienen. Ich bin wieder hier. Vielleicht haben Sie das Gefühl, daß etwas Neues in meinem Hirn heranreift; vielleicht haben Sie das Gefühl, daß Sie wissen müßten, was? Ist das der Grund?

Beatrice Nein.

Richard Warum sonst?

Beatrice Sonst könnte ich Sie nicht sehen.

Sie sieht ihn einen Moment an und wendet sich dann rasch ab.

RICHARD *wiederholt nach einer Pause unsicher:* Sonst könnten Sie mich nicht sehen?

BEATRICE *plötzlich verlegen:* Ich müßte wirklich gehen. Sie kommen doch noch nicht zurück. *Steht auf.* Mr. Rowan, ich muß gehen.

RICHARD *breitet die Arme aus:* Aber Sie laufen ja davon. Bleiben Sie. Sagen Sie mir, was Ihre Worte bedeuten. Haben Sie Angst vor mir?

BEATRICE *sinkt wieder in den Sessel:* Angst? Nein.

RICHARD Vertrauen Sie mir? Haben Sie das Gefühl, daß Sie mich kennen?

BEATRICE *wieder schüchtern:* Einen anderen als sich zu kennen ist schwer.

RICHARD Schwer mich zu kennen? Ich habe Ihnen aus Rom die Kapitel meines Buches geschickt, eins nach dem andern; und Briefe – neun lange Jahre. Na, acht Jahre.

BEATRICE Ja, es verging fast ein Jahr, bis Ihr erster Brief kam.

RICHARD Sie haben ihn sofort beantwortet. Und von da an haben Sie mich in meinem Kampf beobachtet. *Faltet ernst die Hände.* Sagen Sie mir, Miss Justice, hatten Sie das Gefühl, daß das, was Sie lasen, für Ihre Augen geschrieben war? Oder daß Sie mich inspirierten?

BEATRICE *schüttelt den Kopf:* Die Frage brauche ich nicht zu beantworten.

RICHARD Was dann?

BEATRICE *schweigt einen Moment:* Ich kanns nicht sagen. Sie selbst müssen mich fragen, Mr. Rowan.

RICHARD *mit einiger Heftigkeit:* Dann also, daß ich in diesen Kapiteln und Briefen, und durch meinen Charakter und mein Leben ebenso, etwas in Ihrer Seele zum Ausdruck gebracht habe, was Sie nicht konnten – Stolz oder Hohn?

BEATRICE Nicht konnte?

RICHARD *beugt sich zu ihr:* Nicht konnten, weil Sies nicht wagten. Ist es darum?

BEATRICE *neigt den Kopf:* Ja.

RICHARD Anderer wegen oder weil Ihnen der Mut fehlte – was?

BEATRICE *leise:* Der Mut.

RICHARD *langsam:* Und so sind Sie mir gefolgt – auch in Ihrem Herzen Stolz und Hohn?

BEATRICE Und Einsamkeit.

Sie legt den Kopf auf ihre Hand, das Gesicht abwendend.

RICHARD *steht auf und geht langsam zum Fenster links. Er sieht eine Weile hinaus und kommt dann zu ihr zurück, geht zur Chaiselongue und setzt sich zu ihr.*

RICHARD Lieben Sie ihn noch?

BEATRICE Ich weiß es nicht einmal.

RICHARD Darum wurde ich Ihnen gegenüber so reserviert – damals – obwohl ich Ihr Interesse an mir spürte, obwohl ich spürte, daß auch ich in Ihrem Leben etwas bedeutete.

BEATRICE Das taten Sie.

RICHARD Und doch hat mich das von Ihnen getrennt. Ich war ein Dritter, das spürte ich. Ihre Namen wurden immer zusammen genannt, Robert und Beatrice, so lang ich zurückdenken kann. Es schien mir, nein jedem ...

BEATRICE Er ist mein Vetter. Ist es da so merkwürdig, daß wir häufig beisammen waren?

RICHARD Er hat mir gesagt, daß Sie heimlich verlobt waren. Er hatte keine Geheimnisse vor mir; das wissen Sie doch wohl.

BEATRICE *befangen:* Was damals geschah – zwischen uns – ist so lang her. Ich war ein Kind.

RICHARD *lächelt tückisch:* Ein Kind? Sind Sie sicher? Es war im Garten seiner Mutter. Nein? *Er deutet in Richtung des Gartens.* Da drüben. Sie gelobten ihm die Treue, wie das so schön heißt, mit einem Kuß. Und Sie schenkten ihm Ihr Strumpfband. Ist es gestattet, dies zu erwähnen?

BEATRICE *etwas reserviert:* Wenn Sie es der Erwähnung wert finden.

RICHARD Sie haben es, denk ich, nicht vergessen. *Faltet ruhig die Hände.* Ich verstehe das nicht. Ich habe auch gedacht, daß nach meinem Fortgang... Haben Sie unter meinem Fortgehen gelitten?

BEATRICE Ich wußte immer, daß Sie einmal fortgehen würden. Darunter gelitten habe ich nicht; es hat mich nur verändert.

RICHARD Ihm gegenüber?

BEATRICE Alles war verändert. Sein Leben, sein Denken sogar, schien sich danach zu verändern.

RICHARD *nachdenklich:* Ja. Ich sah, daß Sie sich verändert hatten, als ich Ihren ersten Brief bekam – nach einem Jahr; nach Ihrer Krankheit noch dazu. Sie sagten es sogar in Ihrem Brief.

BEATRICE Sie brachte mich an den Rand des Todes. Sie ließ mich die Dinge anders sehen.

RICHARD Und so begann Ihre Beziehung zu erkalten, nach und nach. Ist es das?

BEATRICE *halb die Augen schließend:* Nein. Nicht gleich. Ich sah in ihm ein schwaches Abbild von Ihnen: dann verblaßte auch das. Was nützt es, jetzt davon zu sprechen?

RICHARD *mit verhaltenem Nachdruck:* Aber was ist es denn, das da über Ihnen zu hängen scheint? So tragisch kann es doch nicht sein.

BEATRICE *ruhig:* Oh, nicht im mindesten tragisch. Es wird mir allmählich bessergehen, hat man mir gesagt, je älter ich werde. Da ich damals nicht gestorben bin, werde ich wohl leben bleiben, hat man mir gesagt. Leben und Gesundheit werden mir wiedergegeben – dann wenn ich sie nicht mehr brauchen kann. *Ruhig und bitter.* Ich bin rekonvaleszent.

RICHARD *sanft:* Gibt nichts denn im Leben Ihnen Frieden? Er muß für Sie doch irgendwo sein.

BEATRICE Wenn es Klöster gäbe in unserer Religion – vielleicht da. Wenigstens denke ich das manchmal.

RICHARD *schüttelt den Kopf:* Nein, Miss Justice, nicht einmal da. Sie könnten sich nicht einschränkungslos und ganz geben.

BEATRICE *sieht ihn an:* Ich würde es versuchen.

RICHARD Sie würdens versuchen, ja. Sie fühlten sich von ihm angezogen wie Sie geistig sich von mir angezogen fühlten. Sie hatten Ihre Vorbehalte vor ihm. Auch vor mir, auf andere Weise. Sie können sich nicht einschränkungslos und ganz geben.

BEATRICE *faltet sanft die Hände:* Es ist etwas furchtbar Schweres, Mr. Rowan – sich einschränkungslos und ganz zu geben – und glücklich zu sein.

RICHARD Und ist für Sie Glück das beste, das höchste, das wir erlangen können?

BEATRICE *inbrünstig:* Ich wünschte es mir.

RICHARD *lehnt sich zurück, die Hände im Nacken verschränkt:* Ach, wenn Sie wüßten, wie ich in diesem Moment leide! Auch Ihretwegen. Aber hauptsächlich meinetwegen. *Mit bitterer Eindringlichkeit.* Und wie ich darum bete, daß die Hartherzigkeit meiner toten Mutter mir wieder gegeben werde! Denn Hilfe, irgendwelche, in mir oder außer mir, muß ich finden. Und sie finden werde ich.

BEATRICE *steht auf, sieht ihn aufmerksam an und geht auf die Tür zum Garten zu. Sie dreht sich unschlüssig um, sieht ihn wieder an, kommt zurück und lehnt sich über den Sessel.*

BEATRICE *ruhig:* Hat sie Sie rufen lassen, bevor sie starb, Mr. Rowan?

RICHARD *in Gedanken versunken:* Wer?

BEATRICE Ihre Mutter.

RICHARD *sieht sie, wieder zu sich kommend, einen Augenblick scharf an:* So haben also auch das meine Freunde hier von mir erzählt – daß sie mich hat rufen lassen, bevor sie starb, und daß ich nicht hingegangen bin?

BEATRICE Ja.

RICHARD *kalt:* Sie hat mich nicht rufen lassen. Sie starb allein, ohne mir vergeben zu haben, und gestärkt durch die Sakramente der heiligen Kirche.

BEATRICE Mr. Rowan, warum sprechen Sie so zu mir?

RICHARD *steht auf und geht nervös auf und ab:* Und was ich

in diesem Augenblick leide, ist meine Strafe, werden Sie sagen.

BEATRICE Hat sie Ihnen geschrieben? Ich meine bevor...

RICHARD *bleibt stehen:* Ja. Einen Warnbrief, in dem sie mir gebot, mit der Vergangenheit zu brechen und ihrer letzten Worte an mich zu gedenken.

BEATRICE *leise:* Und rührt der Tod Sie nicht, Mr. Rowan? Er ist ein Ende. Alles andere ist so ungewiß.

RICHARD Solange sie lebte, wandte sie sich ab von mir und den Meinen. Das ist gewiß.

BEATRICE Von Ihnen und den...

RICHARD Von Bertha und von mir und von unserem Kind. Und also habe ich auf das Ende gewartet, wie Sie sagen; und es ist gekommen.

BEATRICE *bedeckt ihr Gesicht mit den Händen:* Oh nein. Das kann nicht sein.

RICHARD *heftig:* Wie können meine Worte ihren armen Körper verletzen, der im Grab verfault? Denken Sie, mir täte ihre kalte, zerfressene Liebe zu mir nicht leid? Ich kämpfte gegen ihren Geist, solang sie lebte, bis zum bittern Ende. *Er preßt seine Hand gegen die Stirn.* Er kämpft noch immer gegen mich, der Geist – hier drin.

BEATRICE *wie vorher:* Oh sprechen Sie nicht so.

RICHARD Sie hat mich fortgetrieben. Ihretwegen habe ich Jahre in der Verbannung gelebt – und in Armut, oder nahe dran. Die Almosen, die sie mir durch die Bank zukommen ließ, habe ich nie genommen. Ich wartete, schließlich, nicht auf ihren Tod, sondern auf etwas Verständnis für mich, ihren eigenen Sohn, ihr eigen Fleisch und Blut; das kam nie.

BEATRICE Auch nicht, nachdem Archie...?

RICHARD *grob:* Mein Sohn, denken Sie? Ein Kind der Sünde und Schande! Ist das Ihr Ernst? *Sie hebt den Kopf und sieht ihn an.* Es gab hier Mäuler genug, die ihr alles gern erzählten, die ihre schwindenden Sinne immer noch mehr gegen mich und Bertha und unser gottloses, namenloses Kind erbitterten. *Streckt die Hände gegen sie aus.* Können

Sie nicht hören, wie sie mich verhöhnt, während ich rede? Sie müssen doch die Stimme kennen, ja, die Stimme, die Sie das schwarze Protestantenmädchen nannte, die Tochter des Verirrten. *Mit plötzlicher Selbstbeherrschung.* Wie dem auch sei, eine erstaunliche Frau.

BEATRICE *schwach:* Wenigstens sind Sie jetzt befreit.

RICHARD *nickt:* Ja, sie konnte die testamentarischen Verfügungen meines Vaters nicht ändern, noch auch ewig leben.

BEATRICE *mit gefalteten Händen:* Sie leben beide jetzt nicht mehr, Mr. Rowan. Sie beide haben Sie geliebt, glauben Sie mir. Ihre letzten Gedanken galten Ihnen.

RICHARD *kommt näher, berührt sie leicht an der Schulter und weist auf die Kreidezeichnung an der Wand:* Sehen Sie ihn da, gut aussehend und lächelnd? Seine letzten Gedanken! Ich erinnere mich an die Nacht, als er starb. *Er hält einen Augenblick inne und fährt dann ruhig fort.* Ich war ein vierzehnjähriger Junge. Er rief mich an sein Bett. Er wußte, ich wollte ins Theater gehen, in Carmen. Er sagte meiner Mutter, sie sollte mir einen Schilling geben. Ich küßte ihn und ging. Als ich heimkam, war er tot. Das waren seine letzten Gedanken, soweit ich weiß.

BEATRICE Die Hartherzigkeit, für die Sie beteten ... *Sie bricht ab.*

RICHARD *ohne sie zu hören:* Das ist meine letzte Erinnerung an ihn. Hat sie nicht etwas Süßes und Edles?

BEATRICE Mr. Rowan, etwas liegt Ihnen auf der Seele, daß Sie so sprechen. Etwas hat sie verändert, seit Sie wiederkamen, vor drei Monaten.

Richard *starrt wieder auf die Zeichnung, ruhig, fast heiter:* Er wird mir helfen, vielleicht, mein gut aussehender, lächelnder Vater.

Man hört ein Klopfen an der Flurtür links.

RICHARD *plötzlich:* Nein, nein. Nicht der Lächler, Miss Justice. Die alte Mutter. Ihr Geist ist es, den ich brauche. Ich gehe.

BEATRICE Jemand hat geklopft. Sie sind wieder da.

RICHARD Nein, Bertha hat einen Schlüssel. Es ist er. Wenigstens ich geh jetzt, wer es auch ist.

Er geht rasch links hinaus und kommt sofort mit seinem Strohhut in der Hand wieder zurück.

BEATRICE Er? Wer?

RICHARD Oh, Robert wahrscheinlich. Ich gehe durch den Garten. Ich kann ihn jetzt nicht sehen. Sagen Sie, ich bin zur Post gegangen. Auf Wiedersehn.

BEATRICE *mit wachsender Unruhe:* Es ist Robert, den Sie nicht sehen wollen?

RICHARD *ruhig:* Im Augenblick, ja. Unser Gespräch hat mich durcheinandergebracht. Bitten Sie ihn, daß er wartet.

BEATRICE Sie kommen wieder?

RICHARD So Gott will.

Er geht rasch durch den Garten ab. BEATRICE *tut, als wolle sie ihm folgen, und bleibt dann nach ein paar Schritten stehen.* BRIGID *kommt durch die Schiebetür rechts herein und geht links ab. Man hört, wie die Flurtür geöffnet wird. Ein paar Sekunden später kommt* BRIGID *mit* ROBERT HAND *herein.* ROBERT HAND *ist ein mittelgroßer, ziemlich untersetzter Mann zwischen dreißig und vierzig. Sein Gesicht ist glattrasiert und lebhaft. Haar und Augen sind dunkel, der Teint fahl. Gang und Redeweise sind eher langsam. Er trägt einen dunkelblauen Ausgehanzug und in der Hand hat er einen großen Strauß roter Rosen, die in Seidenpapier gewickelt sind.*

ROBERT *kommt mit ausgestreckter Hand auf sie zu; sie gibt ihm ihre Hand.* Schönste Kusine! Brigid hat mir gesagt, daß du hier wärst. Ich hatte keine Ahnung. Hast du Mutter ein Telegramm geschickt?

BEATRICE *starrt auf die Rosen:* Nein.

ROBERT *folgt ihrem Blick:* Du bewunderst meine Rosen. Ich hab sie der Herrin des Hauses mitgebracht. *Kritisch.* Besonders sind sie ja leider nicht mehr.

BRIGID Die sind aber doch herrlich, Sir. Die gnädge Frau wird begeistert sein.

ROBERT *legt die Rosen achtlos auf einen Stuhl, aus dem Blickfeld:* Ist niemand da?

BRIGID Doch, Sir. Nehmen Sie Platz, Sir. Sie müssen jetzt jeden Moment da sein. Der gnädge Herr war da.

Sie sieht sich um und geht mit kurzem Knicksen rechts ab.

ROBERT *nach einem kurzen Schweigen:* Wie gehts dir, Beatty? Und wie gehts denen allen in Youghal? Mau wie immer?

BEATRICE Es ging ihnen gut, als ich sie zuletzt sah.

ROBERT *höflich:* Es tut mir aber wirklich leid, daß ich nicht gewußt habe, daß du kommst. Ich hätte dich doch am Zug abgeholt. Warum hast du das denn gemacht? Du hast manchmal eine komische Art, Beatty, wirklich.

BEATRICE *im selben Ton:* Vielen Dank, Robert. Ich bin durchaus gewöhnt, mich allein zurechtzufinden.

ROBERT Ja, aber ich meine doch... Wie auch immer, du bist auf deine spezielle Weise gekommen.

Man hört ein Geräusch am Fenster und man hört die Stimme eines Jungen ›Mr. Hand!‹ rufen. ROBERT *dreht sich um:* Donnerwetter, auch Archie kommt auf eine spezielle Weise!

ARCHIE *klettert durch das offene Fenster links ins Zimmer und richtet sich dann auf, rot im Gesicht und außer Atem.* ARCHIE *ist ein achtjähriger Junge, in weißen Kniehosen, Strickjacke und Mütze. Er trägt eine Brille, ist lebhaft und spricht mit leicht ausländischem Akzent.*

BEATRICE *geht auf ihn zu:* Du liebe Güte, Archie! Was ist denn los?

ARCHIE *sich aufrichtend, außer Atem:* Eh! Ich bin die ganze Allee gerannt.

ROBERT *lächelt und streckt ihm die Hand hin:* Guten Tag, Archie. Warum bist du denn gerannt?

ARCHIE *gibt ihm die Hand:* Guten Tag. Wir haben Sie oben auf der Elektrischen gesehen, und ich habe geschrien M r. H a n d ! Aber Sie haben mich nicht gesehen. Aber wir haben Sie gesehen, Mama und ich. Sie wird jeden Augenblick da sein. Ich bin gerannt.

BEATRICE *streckt ihm die Hand hin:* Und ich?

ARCHIE *gibt ihr etwas schüchtern die Hand:* Guten Tag, Miss Justice.

BEATRICE Bist du enttäuscht gewesen, daß ich letzten Freitag nicht zur Stunde gekommen bin?

ARCHIE *sieht sie kurz an, lächelt:* Nein.

BEATRICE Froh?

ARCHIE *plötzlich:* Aber heute ist es zu spät.

BEATRICE Eine sehr kurze Stunde?

ARCHIE *erfreut:* Ja.

BEATRICE Aber jetzt mußt du lernen, Archie.

ROBERT Bist du im Schwimmbad gewesen?

ARCHIE Ja.

ROBERT Bist du ein guter Schwimmer jetzt?

ARCHIE *lehnt sich an den Sekretär:* Nein, Mama läßt mich nicht ins Tiefe. Können Sie gut schwimmen, Mr. Hand?

ROBERT Hervorragend. Wie ein Stein.

ARCHIE *lacht:* Wie ein Stein! *Deutet hinunter.* So runter?

ROBERT *deutend:* Ja, runter; gerade runter. Wie sagt ihr das in Italien?

ARCHIE Das? Giù. *Deutet nach unten und oben.* Das ist giù und das ist sù. Wollen Sie meinen Pappie sprechen?

ROBERT Ja. Wegen ihm bin ich da.

ARCHIE *geht auf das Arbeitszimmer zu:* Ich sag es ihm. Er ist da drin und schreibt.

BEATRICE *gelassen,* ROBERT *ansehend:* Nein; er ist weg. Er ist Briefe auf die Post bringen gegangen.

ROBERT *leichthin:* Na, das macht ja nichts. Ich warte, wenn er nur zur Post gegangen ist.

ARCHIE Aber Mama kommt. *Er sieht zum Fenster.* Da ist sie!

ARCHIE rennt zur linken Tür hinaus. BEATRICE geht langsam zum Sekretär. ROBERT bleibt stehen. Kurzes Schweigen. ARCHIE und BERTHA kommen durch die linke Tür herein. BERTHA ist eine junge, graziöse Frau. Sie hat dunkelgraue Augen, die geduldig blicken, und sanfte Züge. Sie gibt sich herzlich und beherrscht. Sie trägt ein lavendelfarbenes Kleid und hat ihre cremefarbenen Handschuhe an die Krücke ihres Sonnenschirms geknotet.

BERTHA *reicht die Hand:* Guten Tag, Miss Justice. Wir dachten, Sie wären noch in Youghal.

BEATRICE *reicht die Hand:* Guten Tag, Mrs. Rowan.

BERTHA *neigt den Kopf:* Guten Tag, Mr. Hand.

ROBERT *neigt den Kopf:* Guten Tag, Signora! Stellen Sie sich vor, ich hab auch nicht gewußt, daß sie wieder da ist, bevor ich zu Ihnen kam.

BERTHA *zu beiden:* Sind Sie nicht zusammen gekommen?

BEATRICE Nein. Ich bin zuerst gekommen. Mr. Rowan war am Ausgehen. Er sagte, Sie wären jede Minute zurück.

BERTHA Das tut mir leid. Hätten Sie geschrieben oder durch das Mädchen heut morgen Bescheid sagen lassen ...

BEATRICE *lacht nervös:* Ich bin vor anderthalb Stunden erst gekommen. Ich hab dran gedacht, ein Telegramm zu schikken, aber das schien mir zu dramatisch.

BERTHA Was? Sie sind eben erst angekommen?

ROBERT *breitet die Arme aus, mit milder Ironie:* Ich ziehe mich vom öffentlichen und privaten Leben zurück. Ihr Vetter ersten Grades und Journalist dazu, und weiß nichts von ihren Unternehmungen.

BEATRICE *nicht direkt zu ihm:* Meine Unternehmungen sind nicht sehr interessant.

ROBERT *im selben Ton:* Die Unternehmungen einer Dame sind immer interessant.

BERTHA Aber setzen Sie sich doch bitte. Sie müssen sehr müde sein.

BEATRICE *rasch:* Nein, gar nicht. Ich bin nur wegen Archies Stunde gekommen.

BERTHA Das wäre ja noch schöner, Miss Justice, nach Ihrer langen Reise.

ARCHIE *plötzlich zu* BEATRICE: Und außerdem haben Sie die Noten nicht mitgebracht.

BEATRICE *etwas verwirrt:* Die hab ich vergessen. Aber wir haben ja das alte Stück.

ROBERT *kneift* ARCHIE *ins Ohr:* Du kleiner Schlauberger. Du willst ja nur keine Stunde haben.

BERTHA So lassen Sie doch die Stunde. Sie müssen sich jetzt setzen und eine Tasse Tee trinken. *Geht auf die Tür rechts zu.* Ich sag Brigid Bescheid.

ARCHIE Ich sags ihr, Mama. *Er will gehen.*

BEATRICE Nein, bitte Mrs. Rowan. Archie! Ich möchte wirklich lieber...

ROBERT *ruhig:* Ich schlage einen Kompromiß vor. Er kriegt eine halbe Stunde.

BERTHA Aber sie muß doch erschöpft sein.

BEATRICE *rasch:* Nicht im mindesten. Ich habe im Zug schon an die Stunde gedacht.

ROBERT *zu* BERTHA: Sie sehen, was es heißt, ein Gewissen zu haben, Mrs. Rowan?

ARCHIE An meine Stunde, Miss Justice?

BEATRICE *schlicht:* Seit zehn Tagen habe ich kein Klavier mehr gehört.

BERTHA Na also gut. Wenn es das ist...

ROBERT *nervös, heiter:* Das Klavier wollen wir doch um keinen Preis missen. Ich weiß, was in diesem Moment Beatty in den Ohren klingt. *Zu* BEATRICE. Soll ichs sagen?

BEATRICE Wenn dus weißt.

ROBERT Das Rauschen des Harmoniums in ihres Vaters Wohnzimmer. *Zu* BEATRICE. Gestehs.

BEATRICE *lächelnd:* Ja. Ich kanns hören.

ROBERT *finster:* Ich auch. Die asthmatische Stimme des Protestantismus.

BERTHA Haben Sie denn da unten keine schöne Zeit gehabt, Miss Justice?

ROBERT *unterbricht:* Ganz sicher nicht, Mrs. Rowan. Sie zieht sich dahin zu Exerzitien zurück, wenn das Protestantische in ihr übermächtig wird – das Düstere, Ernste, Gerechte.

BEATRICE Ich fahre zu meinem Vater.

ROBERT *fährt fort:* Aber sie kommt zurück hierher zu meiner Mutter, wissen Sie. Die pianistische Begabung stammt aus unserem Teil der Familie.

BERTHA *zögernd:* Ja, Miss Justice, wenn Sie gern etwas spielen möchten... Aber bitte, machen Sie sich nicht mit Archie müde.

ROBERT *verbindlich:* Komm, Beatty. Das möchtest du doch.

BEATRICE Wenn Archie mitkommt?

ARCHIE *achselzuckend:* Zum Zuhören.

BEATRICE *nimmt seine Hand:* Und zum ein bißchen Spielen. Ganz kurz.

BERTHA Hinterher müssen Sie jedenfalls zum Tee bleiben.

BEATRICE *zu* ARCHIE: Komm.

BEATRICE *und* ARCHIE *gehen zusammen durch die linke Tür ab.*

BERTHA *geht zum Sekretär, nimmt den Hut ab und legt ihn mit dem Sonnenschirm auf die Schreibplatte. Dann nimmt sie einen Schlüssel aus einer kleinen Blumenvase, öffnet eine Schublade des Sekretärs, nimmt einen Zettel heraus und schließt die Schublade wieder.* ROBERT *steht, sie beobachtend, dabei.*

BERTHA *kommt mit dem Zettel in der Hand auf ihn zu:* Das haben Sie mir gestern abend zugesteckt. Was bedeutet es?

ROBERT Wissen Sie es nicht?

BERTHA *liest:* E s g i b t e i n W o r t, d a s i c h n i e g e w a g t h a b e I h n e n z u s a g e n. Was für ein Wort ist das?

ROBERT Daß ich eine tiefe Neigung zu Ihnen gefaßt habe.

Eine kurze Pause. Man hört schwach das Klavier aus dem Zimmer im oberen Stock.

ROBERT *nimmt den Rosenstrauß vom Stuhl:* Die habe ich Ihnen mitgebracht. Nehmen Sie sie an von mir?

BERTHA *nimmt sie:* Danke. *Sie legt sie auf den Tisch und entfaltet wieder den Zettel.* Warum haben Sie nicht gewagt, mir das gestern abend zu sagen?

ROBERT Ich konnte weder mit Ihnen sprechen noch Ihnen nachgehen. Es waren zu viele Leute auf der Wiese. Ich wollte, daß Sie darüber nachdachten, und deshalb hab ich Ihnen das zugesteckt, als Sie fortgingen.

BERTHA Jetzt haben Sie gewagt, es zu sagen.

ROBERT *streicht sich mit den Händen langsam über die Augen:* Sie gingen vorüber. Die Allee war fahl vom Dämmerlicht. Ich konnte die dunklen grünen Massen der Bäume sehen.

Und Sie gingen an ihnen vorüber. Sie waren wie der Mond.

BERTHA *lacht:* Warum wie der Mond?

ROBERT In diesem Kleid, mit Ihrem schlanken Körper, wie Sie mit kleinen, ebenmäßigen Schritten dahinglitten. Ich sah den Mond in der Dämmerung vorüberziehn, bis Sie vorüberwaren, und mir aus den Augen.

BERTHA Haben Sie an mich gedacht gestern nacht?

ROBERT *kommt näher:* Ich denke immer an Sie – wie an etwas Schönes und Fernes – den Mond oder eine innige Musik.

BERTHA *lächelnd:* Und gestern nacht – was war ich da?

ROBERT Ich lag die halbe Nacht wach. Ich konnte Ihre Stimme hören. Ich konnte Ihr Gesicht im Dunkeln sehen. Ihre Augen ... Ich möchte mit Ihnen sprechen. Hören Sie mich an? Darf ich sprechen?

BERTHA *sich setzend:* Bitte.

ROBERT *sich neben sie setzend:* Sind Sie mir böse?

BERTHA Nein.

ROBERT Ich hatte es geglaubt. Sie haben meine Blumen so rasch beiseite gelegt.

BERTHA *nimmt sie vom Tisch und hält sie sich vors Gesicht:* Soll ich so damit machen?

ROBERT *sieht ihr zu:* Auch Ihr Gesicht ist eine Blume – nur schöner. Eine wilde Blume, die in einer Hecke blüht. *Schiebt seinen Stuhl näher an sie heran.* Warum lächeln Sie? Über meine Worte?

BERTHA *legt die Blumen auf ihren Schoß:* Ich überlege, ob das dasselbe ist, was Sie den andern sagen.

ROBERT *überrascht:* Welchen andern?

BERTHA Den andern Frauen. Ich höre, Sie haben so viele Verehrerinnen.

ROBERT *spontan:* Und deshalb sind auch Sie ...?

BERTHA Aber es stimmt doch, oder?

ROBERT Gute Bekannte, ja.

BERTHA Sprechen Sie mit denen genauso?

ROBERT *in beleidigtem Ton:* Wie können Sie mich so etwas fragen? Was für ein Mensch bin ich denn in Ihren Augen?

Warum hören Sie mich eigentlich an? Hat es Ihnen mißfallen, daß ich so zu Ihnen gesprochen habe?

BERTHA Was Sie gesagt haben, war sehr freundlich. *Sie sieht ihn einen Augenblick an.* Vielen Dank, daß Sie das sagten – und dachten.

ROBERT *beugt sich vor:* Bertha!

BERTHA Ja?

ROBERT Ich habe das Recht, Sie bei Ihrem Namen zu nennen. Von früher her – vor neun Jahren. Wir waren Bertha – und Robert – damals. Können wir das nicht auch jetzt sein?

BERTHA *bereitwillig:* Oh ja. Warum denn nicht?

ROBERT Bertha, Sie wußten es. Schon seit dem Abend, als Sie am Pier in Kingstown ankamen. Da kam mir alles wieder zum Bewußtsein. Und Sie wußten es. Sie sahen es.

BERTHA Nein. Nicht an dem Abend.

ROBERT Wann?

BERTHA An dem Abend, als wir ankamen, fühlte ich mich sehr müde und schmutzig. *Schüttelt den Kopf.* An diesem Abend hab ichs Ihnen nicht angesehen.

ROBERT *lächelt:* Sagen Sie mir, was Sie an dem Abend gesehen haben – Ihren allerersten Eindruck.

BERTHA *runzelt die Stirn:* Sie standen mit dem Rücken zum Fallreep und sprachen mit zwei Damen.

ROBERT Mit zwei unscheinbaren ältlichen Damen, ja.

BERTHA Ich habe Sie sofort erkannt. Und ich sah, daß Sie dick geworden waren.

ROBERT *nimmt ihre Hand:* Und dieser arme dicke Robert – mißfällt er Ihnen dann also so sehr? Glauben Sie nichts von dem, was er sagt?

BERTHA Ich glaube, Männer sprechen so zu allen Frauen, die sie mögen oder bewundern. Was soll ich Ihnen denn glauben?

ROBERT Alle Männer, Bertha?

BERTHA *mit plötzlicher Traurigkeit:* Ich glaube.

ROBERT Ich auch?

BERTHA Ja, Robert. Ich glaube, Sie auch.

ROBERT Alle also – ohne Ausnahme? Oder mit einer Ausnahme? *Mit leiser Stimme.* Oder ist er auch – ist Richard auch – wie wir alle – darin wenigstens? Oder anders?

BERTHA *sieht ihm in die Augen:* Anders.

ROBERT Sind Sie ganz sicher, Bertha?

BERTHA *leicht verwirrt, versucht ihm ihre Hand zu entziehen:* Ich habe Ihnen geantwortet.

ROBERT *plötzlich:* Bertha, darf ich Ihre Hand küssen? Lassen Sie mich. Darf ich?

BERTHA Wenn Sie wollen. *Er zieht ihre Hand langsam an seine Lippen. Sie steht plötzlich auf und horcht.*

BERTHA Haben Sie das Gartentor gehört?

ROBERT *steht ebenfalls auf:* Nein. *Eine kurze Pause. Man kann schwach das Klavier aus dem Zimmer im oberen Stock hören.*

ROBERT *inständig:* Gehen Sie nicht fort. Sie dürfen jetzt nicht mehr fortgehen. Hier ist Ihr Leben. Auch deshalb bin ich heute gekommen – um mit ihm zu sprechen – um ihn zu drängen, diese Stellung zu akzeptieren. Er muß. Und Sie müssen ihn davon überzeugen. Sie haben großen Einfluß auf ihn.

BERTHA Sie wollen, daß er hierbleibt.

ROBERT Ja.

BERTHA Warum?

ROBERT Um Ihretwillen, weil Sie unglücklich sind – so weit weg. Und auch um seinetwillen, weil er an seine Zukunft denken sollte.

BERTHA *lacht:* Erinnern Sie sich, was er gesagt hat, als Sie gestern abend mit ihm sprachen?

ROBERT Über ...? *denkt nach:* Ja. Er zitierte das Vater Unser, die Stelle über unser täglich Brot. Er sagte, wer sich um die Zukunft sorge, zerstöre Hoffnung und Liebe in der Welt.

BERTHA Finden Sie nicht, er ist sonderbar?

ROBERT Darin, ja.

BERTHA Ein bißchen – verrückt?

ROBERT *kommt näher:* Nein. Das ist er nicht. Vielleicht sind wirs. Warum, glauben Sie ...?

BERTHA *lacht:* Ich frage Sie, weil Sie intelligent sind.

ROBERT Sie dürfen nicht fortgehen. Ich werde Sie nicht lassen.

BERTHA *sieht ihn ganz an:* Sie?

ROBERT Diese Augen dürfen nicht fortgehen. *Er nimmt ihre Hand.* Darf ich Ihre Augen küssen?

BERTHA Tun Sies.

Er küßt ihre Augen und streicht dann mit der Hand über ihr Haar.

ROBERT Kleine Bertha!

BERTHA *lächelnd:* Aber ich bin nicht so klein. Warum nennen Sie mich klein?

ROBERT Kleine Bertha! Einmal umarmen? *Er legt seinen Arm um sie.* Sehn Sie mir wieder in die Augen.

BERTHA *sieht hin:* Ich kann die kleinen Goldpünktchen sehen. So viele haben Sie.

ROBERT *entzückt:* Ihre Stimme! Geben Sie mir einen Kuß, einen Kuß mit Ihrem Mund.

BERTHA Holen Sie ihn sich.

ROBERT Ich hab Angst. *Er küßt ihren Mund und streicht mit der Hand viele Male über ihr Haar.* Endlich halte ich dich in meinen Armen!

BERTHA Und sind Sie zufrieden?

ROBERT Laß mich deine Lippen auf meinen spüren.

BERTHA Und dann sind Sie zufrieden?

ROBERT *murmelt:* Deine Lippen, Bertha!

BERTHA *schließt die Augen und küßt ihn rasch:* Da. *Legt ihre Hände auf seine Schulter.* Warum sagst du nicht: danke!

ROBERT *seufzt:* Mein Leben ist am Ende – vorbei.

BERTHA Ach sprich doch jetzt nicht so, Robert.

ROBERT Vorbei, vorbei. Ich wills beenden und nichts mehr davon wissen.

BERTHA *besorgt aber leichthin:* Du bist dumm!

ROBERT *drückt sie an sich:* Alles beenden – Tod. Von einer großen hohen Klippe stürzen, runter, tief runter ins Meer.

BERTHA Bitte, Robert...

Robert Zu den Klängen von Musik und in den Armen der Frau, die ich liebe – das Meer, Musik und Tod.

Bertha *sieht ihn einen Augenblick an:* Der Frau, die du liebst?

Robert *hastig:* Ich möchte mit dir sprechen, Bertha – allein – nicht hier. Wirst du kommen?

Bertha *mit niedergeschlagenen Augen:* Auch ich möchte mit dir sprechen.

Robert *zärtlich:* Ja, Liebe, ich weiß. *Er küßt sie wieder.* Ich will mit dir sprechen; dir dann alles sagen. Ich will dich dann küssen, lange lange Küsse – wenn du zu mir kommst – lange lange süße Küsse.

Bertha Wohin?

Robert *in leidenschaftlichem Ton:* Deine Augen. Deine Lippen. Deinen ganzen himmlischen Körper.

Bertha *löst sich aus seiner Umarmung, verwirrt:* Ich habe gemeint, wohin willst du, daß ich komme.

Robert In mein Haus. Nicht in das meiner Mutter da drüben. Ich schreibe dir die Adresse auf. Wirst du kommen?

Bertha Wann?

Robert Heut abend. Zwischen acht und neun. Komm. Ich werde auf dich warten heut abend. Und jeden Abend. Du kommst?

Er küßt sie leidenschaftlich, hält dabei ihren Kopf zwischen seinen Händen. Nach ein paar Augenblicken macht sie sich von ihm los. Er setzt sich.

Bertha *horcht:* Das Tor ist gegangen.

Robert *beschwörend:* Ich werde auf dich warten.

Er nimmt den Zettel vom Tisch. Bertha *geht langsam von ihm fort.* Richard *kommt vom Garten herein.*

Richard *kommt näher und nimmt seinen Hut ab:* Guten Tag.

Robert *steht auf, mit nervöser Freundlichkeit:* Guten Tag, Richard.

Bertha *am Tisch, nimmt die Rosen in die Hand:* Sieh mal, was für schöne Rosen Mr. Hand mir mitgebracht hat.

Robert Leider sind sie schon etwas verblüht.

RICHARD *plötzlich:* Entschuldigt mich bitte einen Augenblick.

Er kehrt um und geht rasch in sein Arbeitszimmer. ROBERT *nimmt einen Stift aus der Tasche und schreibt ein paar Wörter auf den Zettel; dann gibt er ihn rasch* BERTHA.

ROBERT *sehr schnell:* Die Adresse. Nimm die Elektrische an Lansdowne Road und sag, man soll dich da in der Nähe aussteigen lassen.

BERTHA *nimmt den Zettel:* Ich verspreche nichts.

ROBERT Ich werde warten.

RICHARD *kommt aus dem Arbeitszimmer zurück.*

BERTHA *im Gehen:* Ich muß die Rosen ins Wasser tun.

RICHARD *gibt ihr seinen Hut:* Ja, tu das. Und bitte häng meinen Hut an den Haken.

BERTHA *nimmt den Hut:* Da überlasse ich euch also eurer Unterhaltung. *Sieht sich um.* Wollt ihr etwas haben? Zigaretten?

RICHARD Danke. Wir haben sie hier.

BERTHA Dann kann ich gehen?

Sie geht links ab mit RICHARDS *Hut, den sie im Flur läßt, und kommt sofort wieder herein; sie bleibt einen Augenblick am Sekretär stehen, legt den Zettel wieder in die Schublade, verschließt sie und legt den Schlüssel wieder an seinen Platz und geht, die Rosen in der Hand, nach rechts.* ROBERT *geht ihr voraus, um ihr die Tür zu öffnen. Sie verneigt sich und geht hinaus.*

RICHARD *zeigt auf den Sessel neben dem Tischchen rechts:* Dein Ehrenplatz.

ROBERT *setzt sich:* Danke. *Streicht sich mit der Hand über die Stirn.* Lieber Gott, wie warm es heute ist! Die Hitze tut mir hier im Auge weh. Das Geflimmer.

RICHARD Das Zimmer ist doch ziemlich dunkel, find ich, mit dem heruntergelassenen Rouleau, aber wenn du willst...

ROBERT *rasch:* Aber gar nicht. Ich weiß, was es ist – das Ergebnis der Nachtarbeit.

RICHARD *setzt sich auf die Chaiselongue:* Mußt du denn?

ROBERT *seufzt:* Hm, ja. Ich muß einen Teil der Zeitung jeden

Abend selbst imprimieren. Und dann meine Leitartikel. Wir nähern uns einer schwierigen Situation. Und nicht nur hier.

RICHARD *nach einer kleinen Pause:* Hast du irgendwelche Neuigkeiten?

ROBERT *in anderem Ton:* Ja. Ich möchte ernsthaft mit dir sprechen. Der heutige Tag kann für dich wichtig sein – oder vielmehr der heutige Abend. Ich habe den Prorektor heute morgen gesprochen. Er hat die höchste Meinung von dir, Richard. Er hat dein Buch gelesen, wie er sagt.

RICHARD Hat ers gekauft oder hat er sichs geliehen?

ROBERT Gekauft, hoff ich.

RICHARD Ich werde eine Zigarette rauchen. Siebenunddreißig Exemplare sind bis jetzt in Dublin verkauft worden.

Er nimmt eine Zigarette aus der Schachtel auf dem Tisch und steckt sie an.

ROBERT *verbindlich, entmutigt:* Na, die Akte ist vorläufig geschlossen. Du hast heute deine steinerne Maske aufgesetzt.

RICHARD *raucht:* Laß mich den Rest hören.

ROBERT *wieder ernst:* Richard, du bist zu mißtrauisch. Das ist ein Defekt in dir. Er hat mir versichert, daß er die allerhöchste Meinung von dir hat, wie ja jeder. Du bist der Mann für das Amt, sagt er. Er hat mir sogar versichert, daß er sich, wenn dein Name auf die Liste kommt, mit Macht und Kraft beim Senat für dich einsetzen will und ich ... werde mein Teil natürlich dazu beitragen, in der Presse und privat. Es ist mir das eine Pflicht vor der Öffentlichkeit. Du hast dir den Lehrstuhl für romanische Literatur rechtmäßig verdient, als Gelehrter, als Schreibender.

RICHARD Die Bedingungen?

ROBERT Bedingungen? Du meinst wegen der Zukunft?

RICHARD Ich meine wegen der Vergangenheit.

ROBERT *lässig:* Die Episode aus deiner Vergangenheit ist vergessen. Eine Impulshandlung. Wir alle sind impulsiv.

RICHARD *sieht ihn fest an:* Du nanntest es damals eine Wahnsinnshandlung – vor neun Jahren. Du sagtest mir, ich würde mir ein Gewicht an den Hals hängen.

ROBERT Ich habe mich geirrt. *Verbindlich.* Die Sache steht so, Richard. Jeder weiß, daß du vor Jahren mit einem jungen Mädchen durchgegangen bist... Wie soll ich sagen?... Mit einem jungen Mädchen, das nicht ganz auf deinem Niveau war. *Freundlich.* Entschuldige, Richard, das ist nicht meine Meinung und auch nicht meine Sprache. Ich benutze lediglich die Sprache der Leute, deren Meinungen ich nicht teile.

RICHARD Und schreibst jetzt also praktisch einen deiner Leitartikel.

ROBERT Wenn du so willst. Die Sache hat jedenfalls damals viel von sich reden gemacht. Ein mysteriöses Verschwinden. Auch mein Name war darein verwickelt, als Trauzeuge, sozusagen, bei dem illustren Anlaß. Natürlich, man denkt, ich habe aus falsch verstandener Freundschaft gehandelt. Nun, das alles ist bekannt. *Mit einigem Zögern.* Aber was danach geschah, ist nicht bekannt.

RICHARD Nein?

ROBERT Natürlich, es ist deine Angelegenheit, Richard. Dennoch, du bist jetzt nicht mehr so jung wie damals. Das ist ganz im Stil meiner Leitartikel formuliert, wie?

RICHARD Willst du, oder willst du nicht, daß ich mein vergangenes Leben Lügen strafe?

ROBERT Ich denke an dein künftiges Leben – hier. Ich begreife deinen Stolz und deinen Sinn für Freiheitlichkeit. Ich begreife auch den Standpunkt der Leute. Es gibt trotzdem einen Ausweg; der ist ganz einfach so. Sollten dir Gerüchte zu Ohren kommen über das, was geschah ... oder nicht geschah nach deinem Weggang, so widersprich ihnen nicht. Den Rest überlaß mir.

RICHARD Du wirst diese Gerüchte in Umlauf setzen?

ROBERT Das werde ich. Mit Gottes Hilfe.

RICHARD *ihn beobachtend:* Um gesellschaftlicher Konventionen willen?

ROBERT Und um etwas anderen willen – unserer Freundschaft, unserer lebenslangen Freundschaft willen.

RICHARD Danke.

ROBERT *leicht verletzt:* Und ich will dir die ganze Wahrheit sagen.

RICHARD *lächelt und verneigt sich:* Ja. Ich bitte darum.

ROBERT Nicht nur um deinetwillen. Auch um – deiner derzeitigen Lebensgefährtin willen.

RICHARD Ich verstehe.

Er zerdrückt seine Zigarette gelassen im Aschenbecher und lehnt sich dann vor, langsam die Hände reibend.

RICHARD Warum um ihretwillen?

ROBERT *beugt sich ebenfalls vor, ruhig:* Richard, bist du ihr gegenüber ganz fair gewesen? Es war ihre eigene freie Entscheidung, wirst du sagen. Aber war sie wirklich frei, sich zu entscheiden? Sie war ein junges Mädchen. Sie ging auf alles ein, was du vorschlugst.

RICHARD *lächelt:* Das ist deine Art zu sagen, daß sie vorschlug, worauf ich nicht eingehen mochte.

ROBERT *nickt:* Ich erinnere mich. Und sie ging fort mit dir. Aber tat sie das aus eigener freier Entscheidung? Antworte mir ehrlich.

RICHARD *wendet sich zu ihm, gelassen:* Ich habe um sie gespielt, gegen alles, was du sagst oder sagen kannst; und ich habe gewonnen.

ROBERT *nickt wieder:* Ja, du hast gewonnen.

RICHARD *steht auf:* Entschuldige meine Vergeßlichkeit. Willst du einen Whisky?

ROBERT Dem Wartenden fällt alles in den Schoß.

RICHARD *geht zum Büfett und holt ein kleines Tablett mit Karaffe und Gläsern zum Tisch, auf den er es niedersetzt.*

RICHARD *setzt sich wieder und lehnt sich auf der Chaiselongue zurück.* Bedienst du dich bitte selbst?

ROBERT *bedient sich:* Und du? Standhaft? RICHARD *schüttelt den Kopf.* Herrgott, wenn ich an unsre wilden Nächte von damals denke – stundenlange Gespräche, Pläne, Trink- und Zechgelage ...

RICHARD In unserm Haus.

ROBERT Es gehört jetzt mir. Ich habe es seit damals behalten, obwohl ich nicht oft hingehe. Wann immer du Lust hast, hinzukommen, sags mir. Du mußt einen Abend mal kommen. Es wird wieder wie in alten Zeiten sein. *Er hebt sein Glas und trinkt.* Skål!

RICHARD Es war nicht nur ein Haus für Zechgelage; es sollte die Brutstätte eines neuen Lebens sein. *Versonnen.* Und in diesem Namen wurden alle unsere Sünden begangen.

ROBERT Sünden! Trinken und Gotteslästerei, *er zeigt auf sich*, von meiner Seite. Und Trinken und Ketzerei, viel schlimmer, *er zeigt auf* RICHARD, von deiner – sind das die Sünden, die du meinst?

RICHARD Und gewisse andere.

ROBERT *leichthin, unbehaglich:* Du meinst die Frauen. Ich habe keine Gewissensbisse. Vielleicht hast du welche. Wir hatten zwei Schlüssel für solche Fälle. *Boshaft.* Hast du?

RICHARD *gereizt:* Für dich war das alles ganz natürlich?

ROBERT Für mich ist es ganz natürlich, eine Frau zu küssen, die ich mag. Warum nicht? Sie ist schön für mich.

RICHARD *spielt mit dem Kissen auf der Chaiselongue:* Küßt du alles, was du schön findest?

ROBERT Alles – wenn es sich küssen läßt. *Er nimmt einen flachen Stein in die Hand, der auf dem Tisch liegt.* Dieser Stein, zum Beispiel. Er ist so kühl, so blank, so zart, wie die Schläfe einer Frau. Er ist stumm, er duldet unsere Leidenschaft; und er ist schön. *Er führt ihn an seine Lippen.* Und also küsse ich ihn, weil er schön ist. Und was ist eine Frau? Ein Werk der Natur, genauso wie ein Stein oder eine Blume oder ein Vogel. Ein Kuß ist ein Akt der Huldigung.

RICHARD Er ist ein Akt der Vereinigung zwischen Mann und Frau. Wenn uns auch oft die Empfänglichkeit für Schönheit zum Begehren treibt – kann man sagen, daß es das Schöne ist, was wir begehren?

ROBERT *preßt den Stein an seine Stirn:* Ich kriege Kopfschmerzen, wenn du heute von mir verlangst, ich soll denken. Ich kann heute nicht denken. Ich fühle zu natürlich, zu gewöhnlich. Was ist denn letzten Endes selbst bei der schönsten Frau das Anziehendste?

RICHARD Was?

ROBERT Nicht die Eigenschaften, die sie besitzt und andere Frauen nicht, sondern die Eigenschaften, die sie mit ihnen gemein hat. Ich meine ... die gewöhnlichsten. *Er dreht den Stein um und preßt die andere Seite sich an die Stirn.* Ich meine, wie ihr Körper sich erhitzt, wenn man ihn preßt, die Bewegung ihres Bluts, die rasche Verwandlung dessen, was sie ißt, durch die Verdauung in – das was wir ungenannt sein lassen wollen. *Lacht.* Ich bin heute sehr gewöhnlich. Vielleicht ist dir die Idee nie gekommen?

RICHARD *trocken:* Einem Mann, der mit einer Frau neun Jahre zusammengelebt hat, kommen viele Ideen.

ROBERT Ja. Vermutlich ... Dieser schöne kühle Stein tut mir gut. Ist er ein Briefbeschwerer oder ein Kopfschmerzmittel?

RICHARD Bertha hat ihn einmal vom Strand mitgebracht. Sie sagt auch, daß er schön ist.

ROBERT *legt den Stein ruhig hin:* Sie hat recht.

Er erhebt sein Glas und trinkt. Eine Pause.

RICHARD Ist das alles, was du mir sagen wolltest?

ROBERT *rasch:* Ich hab noch etwas anderes. Der Prorektor lädt dich, durch mich, für heute abend ein – zum Essen bei sich zu Hause. Du weißt, wo er wohnt? RICHARD *nickt.* Ich dachte, du hättest es vielleicht vergessen. Ganz privat, natürlich. Er möchte dich wiedersehen und lädt dich sehr herzlich ein.

RICHARD Für wieviel Uhr?

ROBERT Acht. Aber wie du ist er sehr lax, was die Zeit betrifft. Also, Richard, du mußt dahin. Das ist alles. Ich fühls, heute abend ist der Wendepunkt in deinem Leben. Du wirst hier leben und hier arbeiten und hier denken und hier geehrt werden – inmitten deines Volkes.

RICHARD *lächelt:* Ich kann mir fast ausmalen, wie zwei Abgesandte in hundert Jahren nach den Vereinigten Staaten reisen, um Spenden für mein Denkmal zu sammeln.

ROBERT *gefällig:* Ich habe einmal einen kleinen Sinnspruch über Denkmäler gemacht. Alle Denkmäler zerfallen in zwei Arten. *Er faltet seine Arme über der Brust.* Das eine Denkmal sagt: Wie komme ich da bloß herunter? Und *die andere Art – er löst die Arme und streckt seinen rechten Arm aus, den Kopf wegwendend – sagt:* Zu meiner Zeit war der Misthaufen so hoch.

RICHARD Für mich bitte die zweite Art.

ROBERT *lax:* Gibst du mir eine von deinen langen Zigarren?

RICHARD *nimmt eine Virginia aus dem Kistchen auf dem Tisch und reicht sie ihm mit herausgezogenem Strohhalm.*

ROBERT *steckt sie an:* Diese Zigarren europäisieren mich. Wenn aus Irland ein neues Irland werden soll, muß es erst europäisch werden. Und dafür bist du hier, Richard. Der Tag wird kommen, da wir zwischen England und Europa wählen müssen. Ich stamme von den dunklen Fremden ab: darum gefällt es mir hier. Vielleicht bin ich kindisch. Aber wo kann ich denn sonst in Dublin eine Banditenzigarre wie die oder eine Tasse schwarzen Kaffee kriegen? Der Mann, der schwarzen Kaffee trinkt, wird Irland erobern. Und jetzt trinke ich noch einen Einfachen von dem Whisky da, Richard, damit du siehst, daß ich nichts gegen dich habe.

RICHARD *zeigt hin:* Bedien dich.

ROBERT *tut es:* Danke. *Er trinkt und fährt im selben Ton fort.* Dann du selber, die Art, wie du dich auf der Chaiselongue rekelst: dann die Stimme deines Jungen und schließlich – ja Bertha. Erlaubst du, daß ich sie so nenne, Richard? Ich meine, als alter Freund von euch beiden.

RICHARD Oh warum nicht?

ROBERT *lebhaft:* Du hast diesen glühenden Zorn, der das Herz eines Swift zerriß. Du bist aus einer höheren Welt heruntergefallen, Richard, und du bist von glühendem Zorn geschüttelt, wenn du siehst, daß das Leben feig und nichtswürdig ist. Während ich ... soll ichs dir sagen?

RICHARD Aber bitte.

Robert *hinterhältig:* Ich bin aus einer niederen Welt heraufgekommen und mich überkommt ein Staunen, wenn ich sehe, daß es Menschen gibt, die auch nur die Spur einer erlösenden Kraft in sich haben.

Richard *setzt sich plötzlich auf und lehnt seinen Ellbogen auf den Tisch:* Du bist also mein Freund?

Robert *feierlich:* Ich habe für dich gekämpft, die ganze Zeit, die du fort warst. Ich habe dafür gekämpft, daß du zurückkommen kannst. Ich habe darum gekämpft, daß dir dein Platz hier blieb. Und ich werde weiter für dich kämpfen, weil ich an dich glaube, es ist der Glaube des Jüngers an seinen Herrn. Mehr kann ich nicht sagen. Es kommt dir vielleicht merkwürdig vor ... Gib mir ein Streichholz.

Richard *steckt ein Streichholz an und reicht es ihm:* Es gibt einen Glauben, der merkwürdiger ist als der Glaube des Jüngers an seinen Herrn.

Robert Und der wäre?

Richard Der Glaube eines Herrn an den Jünger, der ihn verraten wird.

Robert Die Kirche hat an dir einen Theologen verloren, Richard. Aber du grübelst zu viel übers Leben nach. *Er steht auf, drückt* Richards *Arm.* Sei fröhlich. Das Leben ist es nicht wert.

Richard *ohne aufzustehen:* Gehst du?

Robert Ich muß. *Er dreht sich um und sagt in freundlichem Ton:* Dann ist also alles klar. Wir sehen uns heute abend beim Prorektor. Ich komme so gegen zehn vorbei. Da habt ihr erst einmal rund eine Stunde für euch. Wirst du warten, bis ich komme?

Richard Gut.

Robert Jetzt noch ein Streichholz und ich bin glücklich.

Richard *steckt noch ein Streichholz an, gibt es ihm und steht ebenfalls auf.* Archie *kommt zur linken Tür herein, hinter ihm* Beatrice.

Robert Du kannst mir gratulieren, Beatty. Ich habe Richard herumgekriegt.

ARCHIE *läuft zur Tür rechts und ruft:* Mamma, Miss Justice will gehen.

BEATRICE Wozu soll man dir gratulieren?

ROBERT Zu einem Sieg, natürlich. *Legt seine Hand leicht auf* RICHARDS *Schulter.* Der Nachkomme Archibald Hamilton Rowans ist heimgekehrt.

RICHARD Ich bin kein Nachkomme Hamilton Rowans.

ROBERT Was tut das?

BERTHA *kommt von rechts mit einer Schale Rosen.*

BEATRICE Hat Mr. Rowan ...?

ROBERT *wendet sich an* BERTHA: Richard kommt heute abend zu dem Essen beim Prorektor. Man isset das gemästet Kalb: gebraten, hoff ich. Und das nächste Semester wird den Nachkommen eines Namensvetters von Soundso, Soundso auf einem Lehrstuhl der Universität sehen. *Er streckt seine Hand hin.* Auf Wiedersehn, Richard. Wir sehen uns dann heute abend.

RICHARD *gibt ihm flüchtig die Hand:* Bei Philippi.

BEATRICE *gibt ihm ebenfalls die Hand:* Ich wünsche Ihnen alles Gute, Mr. Rowan.

RICHARD Danke. Aber glauben Sie ihm nicht.

ROBERT *lebhaft:* Glaub mir, glaub mir. *Zu* BERTHA. Auf Wiedersehn, Mrs. Rowan.

BERTHA *gibt ihm die Hand, aufrichtig:* Auch ich danke Ihnen. *Zu* BEATRICE. Sie bleiben nicht zum Tee, Miss Justice?

BEATRICE Nein, vielen Dank. *Verabschiedet sich von ihr.* Ich muß gehn. Auf Wiedersehn. Wiedersehn, Archie. *Schickt sich zu gehen.*

ROBERT Addio, Archibald.

ARCHIE Addio.

ROBERT Wart, Beatty. Ich begleite dich.

BEATRICE *geht mit* BERTHA *rechts ab:* Bitte bemüh dich nicht.

ROBERT *ihr nachgehend:* Aber ich bestehe darauf – als dein Vetter.

BERTHA, BEATRICE *und* ROBERT *gehen durch die Tür links ab.*

RICHARD *steht unschlüssig am Tisch.* ARCHIE *schließt die*

Tür, die zum Flur führt, geht dann zu ihm und zupft ihn am Ärmel.

ARCHIE Hier, Pappie!

RICHARD *abwesend:* Was ist denn?

ARCHIE Ich will dich was fragen.

RICHARD *setzt sich ans Ende der Chaiselongue und starrt vor sich hin:* Was ist denn?

ARCHIE Fragst du die Mamma, ob sie mich morgen früh mit dem Milchmann mit läßt?

RICHARD Mit dem Milchmann?

ARCHIE Ja. Auf dem Milchwagen. Er sagt, ich darf lenken, wenn wir auf die Straßen kommen, wo keine Leute sind. Das Pferd ist sehr brav. Darf ich mit?

RICHARD Ja.

ARCHIE Frag Mamma jetzt, ob ich darf. Machst dus?

RICHARD *mit einem flüchtigen Blick auf die Tür:* Bestimmt.

ARCHIE Er hat gesagt, er zeigt mir die Kühe, die er auf dem Feld hat. Weißt du, wie viele Kühe er hat?

RICHARD Na wie viele?

ARCHIE Elf. Acht rote und drei weiße. Aber eine ist jetzt krank. Nein, nicht krank. Aber sie ist hingefallen.

RICHARD Kühe?

ARCHIE *mit einer Handbewegung:* Eh! Nicht Stiere. Weil Stiere keine Milch geben. Elf Kühe. Die müssen eine Menge Milch geben. Wie kommt das eigentlich, daß Kühe Milch geben?

RICHARD *nimmt ihn bei der Hand:* Wer weiß? Begreifst du, was das ist – etwas geben?

ARCHIE Geben? Ja.

RICHARD Solang du etwas hast, kann es dir abgenommen werden.

ARCHIE Von Räubern? Nein?

RICHARD Aber wenn du es gibst, hast dus gegeben. Kein Räuber kann es dir mehr abnehmen. *Er neigt den Kopf und drückt die Hand seines Sohns sich an die Wange.* Es gehört dir dann für immer, wenn dus gegeben hast. Es wird dir ewig gehören. Das heißt geben.

ARCHIE Aber, Pappie?
RICHARD Ja?
ARCHIE Wie kann denn ein Räuber eine Kuh stehlen? Da sieht ihn doch jeder. In der Nacht, vielleicht.
RICHARD In der Nacht, ja.
ARCHIE Gibt es hier Räuber wie in Rom?
RICHARD Überall gibt es arme Leute.
ARCHIE Haben die Revolver?
RICHARD Nein.
ARCHIE Messer? Haben die Messer?
RICHARD *düster:* Ja, ja. Messer und Revolver.
ARCHIE *macht sich los:* Frag jetzt Mamma. Sie kommt.
RICHARD *will aufstehen:* Ich tus gleich.
ARCHIE Nein, bleib da sitzen, Pappie. Warte du und frag sie, wenn sie zurückkommt. Ich will nicht dabeisein. Ich bin im Garten.
RICHARD *lehnt sich wieder zurück:* Ja. Geh.
ARCHIE *küßt ihn flüchtig:* Danke.
Er rennt rasch durch die Tür hinten in den Garten hinaus.
BERTHA *kommt zur Tür links herein. Sie geht auf den Tisch zu und bleibt daneben stehen, sie spielt mit den Blütenblättern der Rosen und sieht* RICHARD *an.*
RICHARD *sie beobachtend:* Na?
BERTHA *abwesend:* Na. Er sagt er mag mich.
RICHARD *stützt sein Kinn auf die Hand:* Du hast ihm seinen Zettel gezeigt?
BERTHA Ja. Ich habe ihn gefragt, was er bedeuten soll.
RICHARD Was hat er gesagt, daß er bedeutet?
BERTHA Er sagte, das müßte ich doch wissen. Ich sagte, ich hätte eine Idee. Dann hat er mir gesagt, er hätte mich sehr gern. Daß ich schön wäre – und all sowas.
RICHARD Seit wann!
BERTHA *wieder abwesend:* Seit wann – was?
RICHARD Seit wann, sagt er, hat er dich gern?
BERTHA Schon immer, sagte er. Aber noch mehr, seit wir wieder zurück sind. Er sagte, ich wäre wie der Mond in dem

Lavendelkleid hier. *Sieht ihn an.* Hast du mit ihm gesprochen – über mich?

RICHARD *begütigend:* Nur das Übliche. Nicht über dich.

BERTHA Er war sehr nervös. Hast dus gesehen?

RICHARD Ja. Ich habs gesehen. Was war sonst?

BERTHA Er bat mich, ihm meine Hand zu geben.

RICHARD *lächelnd:* Zum ehelichen Bunde?

BERTHA *lächelnd:* Nein, nur zum Halten.

RICHARD Hast du sie gegeben?

BERTHA Ja. *Reißt ein paar Blütenblätter ab.* Dann hat er meine Hand gestreichelt und gefragt, ob ich sie ihn küssen ließe. Ich hab ihn gelassen.

RICHARD Und?

BERTHA Dann hat er mich gefragt, ob er mich umarmen könnte – einmal wenigstens? ... Und dann ...

RICHARD Und dann?

BERTHA Hat er den Arm um mich gelegt.

RICHARD *starrt einen Augenblick auf den Boden, sieht sie dann wieder an.* Und dann?

BERTHA Er sagte, ich hätte schöne Augen. Und fragte, ob er sie küssen könnte. *Mit einer Geste.* Ich sagte: Tun Sies.

RICHARD Und er tats?

BERTHA Ja. Erst das eine und dann das andere. *Sie bricht plötzlich ab.* Sag, Dick, regt dich das alles auf? Weil – ich hab dir gesagt, daß ich das nicht will. Ich glaube, du tust nur so, als obs dir gleich ist. Mir ists gleich.

RICHARD *ruhig:* Ich weiß, du. Aber ich möchte herausbekommen, was er meint, oder fühlt, genau wie du.

BERTHA *zeigt auf ihn:* Denk dran, du hast mir erlaubt, weiterzumachen. Ich hab dir alles von Anfang an erzählt.

RICHARD *wie vorher:* Ich weiß, du ... Und dann?

BERTHA Hat er um einen Kuß gebeten. Ich sagte: Holen Sie ihn sich.

RICHARD Und dann?

BERTHA *zerdrückt eine Handvoll Rosenblätter:* Hat er mich geküßt.

RICHARD Deinen Mund?
BERTHA Ein- oder zweimal.
RICHARD Lange Küsse?
BERTHA Ziemlich lange. *Denkt nach.* Ja, beim letzten Mal.
RICHARD *reibt langsam seine Hände; dann:* Mit seinen Lippen? Oder ... die andere Art?
BERTHA Ja, beim letzten Mal.
RICHARD Hat er auch gesagt, du sollst ihn küssen?
BERTHA Ja.
RICHARD Und?
BERTHA *zögert, und sieht ihn dann direkt an:* Ja. Ich hab ihn geküßt.
RICHARD Auf welche Art?
BERTHA *zuckt die Achseln:* Och, einfach.
RICHARD Warst du aufgeregt?
BERTHA Na, du kannst dirs vorstellen. *Runzelt plötzlich die Stirn.* Nicht sehr. Er hat keine schönen Lippen ... Trotzdem war ich natürlich aufgeregt. Aber nicht wie bei dir, Dick.
RICHARD War ers?
BERTHA Aufgeregt? Ja, ich glaub schon. Er hat geseufzt. Er war schrecklich nervös.
RICHARD *stützt seine Stirn auf die Hand:* Ich verstehe.
BERTHA *geht zur Chaiselongue und bleibt bei ihm stehen:* Bist du eifersüchtig?
RICHARD *wie vorher:* Nein.
BERTHA *ruhig:* Du bists aber, Dick.
RICHARD Das ist nicht wahr. Eifersüchtig auf was?
BERTHA Weil er mich geküßt hat.
RICHARD *blickt auf:* Ist das alles?
BERTHA Ja, das ist alles. Außer daß er mich gefragt hat, ob ich mich mit ihm treffen würde.
RICHARD Ausgehn?
BERTHA Nein. In seinem Haus.
RICHARD *überrascht:* Da drüben bei seiner Mutter, hm?
BERTHA Nein, sein eigenes Haus. Er hat mir die Adresse aufgeschrieben.

Sie geht zum Sekretär, nimmt den Schlüssel aus der Vase, schließt die Schublade auf und kommt mit dem Zettel zu ihm.

RICHARD *halb zu sich:* Unser Cottage.

BERTHA *reicht ihm den Zettel:* Da.

RICHARD *liest ihn:* Ja. Unser Cottage.

BERTHA Euer ...?

RICHARD Nein, seins. Ich sag nur unser. *Sieht sie an.* Das Cottage, von dem ich dir so oft erzählt habe – für das wir zwei Schlüssel hatten, er und ich. Es gehört jetzt ihm. Wo wir unsere wilden Nächte abgehalten haben, mit Reden, Saufen, Pläneschmieden – in der Zeit. Wilde Nächte; ja. Er und ich zusammen. *Er wirft den Zettel auf die Couch und steht abrupt auf.* Und manchmal ich allein. *Starrt sie an.* Aber doch nicht ganz allein. Ich habs dir erzählt. Du erinnerst dich?

BERTHA *schockiert:* Der Ort?

RICHARD *entfernt sich ein paar Schritte von ihr und bleibt in Gedanken stehen, sich das Kinn haltend.* Ja.

BERTHA *nimmt den Zettel wieder in die Hand.* Wo ist das?

RICHARD Weißt du das nicht?

BERTHA Er hat gesagt, ich soll die Elektrische an Lansdowne Road nehmen und den Schaffner bitten, daß er mich da aussteigen läßt. Ist es ... ist es eine verrufene Gegend?

RICHARD Nein, nein, Cottages. *Er geht zur Chaiselongue zurück und setzt sich.* Was für eine Antwort hast du gegeben?

BERTHA Gar keine. Er hat gesagt, er würde warten.

RICHARD Heute abend?

BERTHA Jeden Abend, hat er gesagt. Zwischen acht und neun.

RICHARD Und ich soll also heute abend zur Besprechung gehen – zu dem Professor. Wegen der Berufung, um die ich ansuchen soll. *Sieht sie an.* Die Besprechung hat er für heute abend ausgemacht – zwischen acht und neun. Merkwürdig, hm? Die selbe Zeit.

BERTHA Sehr.

RICHARD Hat er dich gefragt, ob ich Verdacht schöpfe?

BERTHA Nein.

RICHARD Hat er meinen Namen genannt?

BERTHA Nein.

RICHARD Nicht einmal?

BERTHA Nicht, daß ich wüßte.

RICHARD *aufspringend:* O ja! Ganz klar!

BERTHA Was?

RICHARD *geht in großen Schritten auf und ab:* Ein Lügner, ein Dieb und ein Narr! Ganz klar! Ein gewöhnlicher Dieb! Was denn? *Mit rauhem Lachen.* Mein großer Freund! Und Patriot dazu! Ein Dieb – sonst nichts! *Er bleibt stehen und steckt die Hände in die Taschen.* Aber auch ein Narr!

BERTHA *sieht ihn an:* Was willst du machen?

RICHARD *kurz:* Ihm nachgehn. Ihn finden. Ihm das sagen. *Ruhiger.* Ein paar Worte genügen. Dieb und Narr.

BERTHA *wirft den Zettel auf die Chaiselongue:* Jetzt seh ich alles!

RICHARD *dreht sich um:* Eh!

BERTHA *hitzig:* Das Werk eines Teufels.

RICHARD Der?

BERTHA *ihn attackierend:* Nein, du! Das Werk eines Teufels, ihn gegen mich aufzuhetzen, genauso wie du versucht hast, mein eigenes Kind gegen mich aufzuhetzen. Nur ist dir das nicht gelungen.

RICHARD Wie? Um Gotteswillen wie?

BERTHA *erregt:* Ja, ja. Was ich gesagt hab. Das hat jeder gesehn. Immer wenn ich ihn auch nur ein klein bißchen ausgeschimpft habe, bist du bei deinem Unfug geblieben und hast mit ihm geredet, als wär er ein Erwachsener. Hast das arme Kind verdorben, oder es wenigstens versucht. Dann war natürlich ich die grausame Mutter und nur du hast ihn geliebt. *Mit wachsender Erregung.* Aber du hast ihn nicht gegen mich aufhetzen können – gegen seine eigene Mutter. Und warum? Weil das Kind viel zu natürlich empfindet.

RICHARD Ich habe doch nie versucht, sowas zu tun, Bertha. Du weißt, ich kann mit einem Kind nicht streng sein.

BERTHA Weil du deine eigene Mutter nie geliebt hast. Eine Mutter ist immer eine Mutter, ganz gleich wie sie ist. Ich habe noch von keinem Menschen gehört, daß er seine Mutter, die ihn in die Welt gesetzt hat, nicht geliebt hat, außer von dir.

RICHARD *ruhig auf sie zu gehend:* Bertha, sag nicht Sachen, die dir später leid tun. Bist du nicht froh darüber, daß mein Sohn mich liebt?

BERTHA Wer hats ihm denn beigebracht? Wer hat ihm beigebracht, daß er dir entgegenrennt? Wer hat ihm gesagt, du würdest ihm Spielsachen mitbringen, wenn du auf deinen Streifzügen im Regen herumzogst und ihn ganz vergessen hattest – und mich? Das war ich. Ich hab ihm beigebracht, dich zu lieben.

RICHARD Ja, du. Ich weiß, daß dus warst.

BERTHA *fast weinend:* Und dann versuchst du, alle gegen mich aufzuhetzen. Alles soll für dich da sein. Alle außer dir sollen mich für falsch und grausam halten. Weil du meine Naivität ausnutzt wie schon einmal – damals.

RICHARD *heftig:* Und du hast die Stirn, mir das zu sagen?

BERTHA *läßt sich nicht einschüchtern:* Ja, allerdings! Damals wie heute. Weil ich naiv bin, denkst du, du kannst mit mir tun, was du willst. *Gestikulierend.* Geh ihm jetzt nach. Beschimpf ihn. Mach, daß er sich vor dir demütigt, und mach, daß er mich verachtet. Geh ihm nach!

RICHARD *sich zusammennehmend:* Du vergißt, daß ich dir völlige Freiheit gelassen habe – und sie dir auch jetzt lasse.

BERTHA *verächtlich:* Freiheit!

RICHARD Ja, völlige. Aber er muß wissen, daß ich weiß. *Beherrschter.* Ich werde ruhig mit ihm sprechen. *Eindringlich.* Bertha, glaub mir, Liebe! Es ist nicht Eifersucht. Du hast völlige Freiheit zu tun, was du willst – du und er. Aber nicht so. Er wird dich nicht verachten. Du willst mich doch nicht betrügen, oder so tun, als ob du mich betrögst – mit ihm, hm?

BERTHA Nein, das nicht. *Sieht ihn ganz an.* Wer von uns beiden ist der Betrüger?

RICHARD Von uns? Dir und mir?

BERTHA *in ruhig-bestimmtem Ton:* Ich weiß, warum du mir das, was du völlige Freiheit nennst, gelassen hast.

RICHARD Warum?

BERTHA Um völlige Freiheit zu haben mit – dem Mädchen da.

RICHARD *gereizt:* Aber, guter Gott, davon hast du schon immer gewußt. Ich habs nie geheimgehalten.

BERTHA Doch. Ich habe gedacht, es bestünde zwischen euch eine Art Freundschaft – bis wir zurückkamen, und da sah ichs.

RICHARD Aber das ists doch, Bertha.

BERTHA *schüttelt den Kopf:* Nein, nein. Es ist viel mehr; und deshalb gibst du mir völlige Freiheit. Alles das, worüber du nächtelang, *zeigt auf das Arbeitszimmer,* da drin sitzt und schreibst – über sie. Das nennst du Freundschaft?

RICHARD Glaub mir doch, Bertha, du. Glaub mir, so wie ich dir glaube.

BERTHA *impulsiv:* Mein Gott, ich fühls! Ich weiß es! Was ist denn sonst zwischen euch, wenn nicht Liebe?

RICHARD *ruhig:* Du willst mir den Gedanken in den Kopf setzen, nur muß ich dir leider sagen, daß ich meine Gedanken nicht von anderen übernehme.

BERTHA *hitzig:* Es ist doch so, doch! Und nur deshalb läßt du ihn machen. Natürlich! Es berührt dich nicht. Du liebst sie.

RICHARD Liebst! *Streckt mit einem Seufzer die Arme von sich und geht von ihr weg.* Ich kann mich mit dir nicht streiten.

BERTHA Du kannst es nicht, weil ich recht habe. *Folgt ihm ein paar Schritte.* Was würden die Leute sagen?

RICHARD *wendet sich ihr zu:* Glaubst du, das interessiert mich?

BERTHA Aber mich interessierts. Was würde er sagen, wenn er das wüßte? Du, der du soviel von den tiefen Gefühlen sprichst, die du für mich hast, sprichst dich in dieser Weise einer anderen Frau gegenüber aus. Wenn er das täte, oder andere Männer, könnt ichs verstehn, denn das sind Falschspieler. Aber du, Dick! Warum sagst dus ihm denn dann nicht?

RICHARD Das kannst du, wenn du willst.

BERTHA Ich tus auch. Ich tus ganz bestimmt.

RICHARD *kühl:* Er wird dirs dann erklären.

BERTHA Er sagt nicht erst so und handelt dann umgekehrt. Er ist auf seine eigne Weise ehrlich.

RICHARD *zieht eine der Rosen aus dem Strauß und wirft sie ihr vor die Füße:* Jawohl, allerdings! Die Ehrlichkeit selbst!

BERTHA Du kannst dich über ihn lustig machen soviel du willst. Ich verstehe mehr als du denkst von der Sache. Und er genauso. Über Jahre diese langen Briefe an sie schreiben, und sie an dich. Über Jahre. Aber seit ich wieder da bin, weiß ich, was es bedeutet.

RICHARD Das weißt du nicht. Und er genauso wenig.

BERTHA *lacht verächtlich:* Natürlich. Weder er noch ich könnens verstehn. Nur sie kanns. Weil es so tiefsinnig ist!

RICHARD *zornig:* Weder er noch du – noch sie! Keiner von euch!

BERTHA *mit großer Bitterkeit:* Sie ja! Sie wird es verstehn! Diese Kranke!

Sie wendet sich ab und geht zu dem kleinen Tisch nach rechts.

RICHARD *unterdrückt eine jähe Geste. Kurze Pause.*

RICHARD *ernst:* Bertha, paß auf, was du sagst!

BERTHA *dreht sich um, erregt:* Ich hab es nicht bös gemeint! Ich habe mehr Mitgefühl für sie, als du es haben kannst, denn ich bin eine Frau. Ich hab es wirklich. Aber was ich sage ist wahr.

RICHARD Ist das anständig? Denk mal nach.

BERTHA *deutet auf den Garten:* Sie ist es, die nicht anständig ist. Merk dir, was ich dir jetzt sage.

RICHARD Was?

BERTHA *kommt näher; in ruhigerem Ton:* Du hast dieser Frau sehr viel gegeben, Dick. Und vielleicht ist sie es wert. Und vielleicht versteht sie das alles auch. Ich weiß, sie ist so eine.

RICHARD Glaubst du das?

BERTHA Ja. Aber ich glaube auch, daß du sehr wenig von ihr dafür wiederkriegst – von ihr oder von irgendeiner aus ihrer Sippschaft. Merk dir meine Worte, Dick. Weil sie nicht anständig ist und die nicht anständig sind. Ist alles falsch, was ich sage? Ja?

RICHARD *düster:* Nein. Nicht alles.

Sie bückt sich, hebt die Rose vom Boden auf und stellt sie in die Vase zurück. Er beobachtet sie. BRIGID *erscheint in der Schiebetür rechts.*

BRIGID Der Tee ist auf dem Tisch, gnädge Frau.

BERTHA Schön.

BRIGID Ist der Herr Archie im Garten?

BERTHA Ja. Rufen sie ihn rein.

BRIGID *geht durchs Zimmer und in den Garten hinaus.* BERTHA *geht auf die Tür rechts zu. Bei der Chaiselongue bleibt sie stehen und hebt den Zettel auf.*

BRIGID *im Garten:* Herr Archie! Du sollst zum Tee kommen.

BERTHA Soll ich dahin gehn?

RICHARD Möchtest du gehn?

BERTHA Ich möchte herausfinden, was er meint. Soll ich gehn?

RICHARD Was fragst du mich? Entscheide du.

BERTHA Sagst du, ich soll gehn?

RICHARD Nein.

BERTHA Verbietest du mir zu gehn?

RICHARD Nein.

BRIGID *vom Garten:* Du mußt schnell kommen, Archie! Dein Tee wartet auf dich.

BRIGID *kommt durchs Zimmer und geht durch die Schiebetür ab.* BERTHA *faltet den Zettel, verstaut ihn in der Taillengegend ihres Kleides und geht langsam nach rechts. Bei der Tür dreht sie sich um und bleibt stehen.*

BERTHA Sag, ich soll nicht gehn, und ich geh nicht.

RICHARD *ohne sie anzusehen:* Entscheide du.

BERTHA Machst du mir dann Vorwürfe?

RICHARD *erregt:* Nein, nein! Ich mache dir keine Vorwürfe.

Du bist frei. Ich kann dir keine Vorwürfe machen.

ARCHIE *erscheint in der Tür zum Garten.*

BERTHA Ich habe dich nicht hintergangen.

Sie geht durch die Schiebetür ab. RICHARD *bleibt am Tisch stehen.* ARCHIE *rennt, sobald seine Mutter draußen ist, vor zu* RICHARD.

ARCHIE *rasch:* Na, hast du sie gefragt?

RICHARD *fährt zusammen:* Was?

ARCHIE Ob ich mit kann?

RICHARD Ja.

ARCHIE Morgen früh? Sie hat ja gesagt?

RICHARD Ja. Morgen früh.

Er legt den Arm um die Schultern seines Sohnes und sieht zärtlich auf ihn hinunter.

Zweiter Akt

Ein Zimmer in Robert Hands Cottage in Ranelagh. Rechts vorn ein kleines schwarzes Klavier, auf dessen Brett aufgeschlagene Noten stehen. Weiter hinten eine Tür, die auf die Haustür hinausgeht. In der Wand hinten eine von dunklen Vorhängen umrahmte Schiebetür, die in ein Schlafzimmer führt. Beim Klavier ein großer Tisch, auf dem eine hohe Petroleumlampe mit weitem, gelbem Schirm steht. Am Tisch stehen Polsterstühle. Weiter vorn ein kleiner Spieltisch. An der Hinterwand ein Büchergestell. In der linken Wand, hinten, ein Fenster, das auf den Garten hinausgeht, und, weiter vorn, Tür und Veranda, die zum Garten führen. An mehreren Stellen Sessel. Pflanzen in der Veranda und an der umrahmten Schiebetür. An den Wänden viele gerahmte Schwarzweißzeichnungen. In der rechten Ecke, hinten, ein Büfett; und in der Mitte des Zimmers, links vom Tisch, ein Arrangement, bestehend aus einer türkischen Pfeife, einem niedrigen Ölofen, der nicht brennt, und einem Schaukelstuhl. Es ist der Abend des gleichen Tages.

ROBERT HAND, *im Gesellschaftsanzug, sitzt am Klavier. Die Kerzen sind nicht angezündet, nur die Lampe auf dem Tisch brennt. Er spielt leise im Baß die ersten Takte von Wolframs Lied aus dem letzten Akt des ›Tannhäuser‹. Dann bricht er ab, stützt einen Ellbogen auf die Kante vor den Tasten und denkt nach. Dann steht er auf, holt hinter dem Klavier einen Zerstäuber hervor, geht im Zimmer umher und sprüht aus dem Zerstäuber Parfüm in die Luft. Er zieht die Luft langsam ein und stellt dann den Zerstäuber wieder hinter das Klavier. Er setzt sich auf einen Stuhl am Tisch und seufzt, das Haar sorgfältig glattstreichend, mehrmals. Dann steckt er seine Hände in die Hosentaschen, lehnt sich zurück, streckt die Beine aus und wartet. Man hört es an der Haustür klopfen. Er steht rasch auf.*

ROBERT *stößt hervor:* Bertha!

Er eilt durch die Tür rechts hinaus. Man hört eine verwirrte Begrüßung. Nach ein paar Augenblicken tritt ROBERT *ein, hinter ihm* RICHARD ROWAN, *der wie früher einen grauen Tweedanzug trägt, aber in der einen Hand einen dunklen Filzhut und in der anderen einen Schirm hält.*

ROBERT Laß mich doch das erst mal raustun.

Er nimmt Hut und Schirm, bringt sie in den Flur und kommt wieder herein.

ROBERT *zieht einen Stuhl heran:* Da bist du also. Du kannst von Glück reden, daß ich da bin. Warum hast du mir denn heute nichts gesagt? Du hast immer deinen teuflischen Spaß an Überraschungen gehabt. Meine Beschwörung der Vergangenheit war wohl zu viel für dein wildes Blut. Schau mal, wie kunstfreudig ich geworden bin. *Er zeigt auf die Wände.* Das Klavier ist auch dazugekommen, seit deiner Zeit. Ich hab grad Wagner geklimpert, als du kamst. Zeit totzuschlagen. Du siehst, ich bin für den Kampf gerüstet. *Lacht.* Ich hab mir grade überlegt, wie du und der Prorektor euch vertragt. *Mit übertriebener Bestürzung.* Aber du gehst doch nicht in dem Anzug? Na ja, so wichtig ist das ja wohl nicht. Aber was sagt die Uhr? *Er zieht seine Uhr heraus.* Schon zwanzig nach acht, ich muß ja sagen!

RICHARD Hast du eine Verabredung?

ROBERT *lacht nervös:* Mißtrauisch bis zum Exzeß!

RICHARD Dann darf ich mich also setzen?

ROBERT Aber sicher, sicher. *Sie setzen sich beide.* Ein paar Minuten wenigstens. Dann können wir beide zusammen gehen. Wir sind an keine Zeit gebunden. Zwischen acht und neun, hat er gesagt, stimmt doch? Wie spät wird es denn sein? *Will wieder auf seine Uhr sehen, hält aber ein.* Zwanzig nach acht, ja.

RICHARD *müde, traurig:* Deine Verabredung war auch zu dieser Stunde. Hier.

ROBERT Was für eine Verabredung?

RICHARD Mit Bertha.

Robert *starrt ihn an:* Bist du verrückt?

Richard Bist dus?

Robert *nach einer langen Pause:* Wer hat dir das gesagt?

Richard Sie.

Kurzes Schweigen.

Robert *mit leiser Stimme:* Ja. Ich muß verrückt gewesen sein. *Schnell.* Hör zu, Richard. Es ist für mich eine große Erleichterung, daß du gekommen bist – die größte Erleichterung. Ich versichere dir, daß ich seit heute nachmittag überlegt und überlegt habe, wie ich diese Verabredung rückgängig machen könnte, ohne als Trottel dazustehn. Eine große Erleichterung! Ich habe sogar vorgehabt, eine Nachricht zu schicken ... einen Brief, ein paar Zeilen. *Plötzlich.* Aber dann wars zu spät ... *Streicht sich mit der Hand über die Stirn.* Ich will offen mit dir reden; ich will dir alles sagen.

Richard Ich weiß alles. Ich habe es seit längerem gewußt.

Robert Seit wann?

Richard Seit das zwischen dir und ihr angefangen hat.

Robert *wieder schnell:* Ja, ich war verrückt. Aber es war nur Leichtsinnigkeit. Ich gebe zu, es war ein Fehler, sie zu bitten, heute abend hier herauszukommen. Ich kann dir alles erklären. Und ich werde es. Offen und ehrlich.

Richard Erklär mir, was ist das für ein Wort, das du ihr nie zu sagen wagtest, obwohl du dich danach gesehnt hast. Wenn du das kannst oder willst.

Robert *sieht zu Boden, hebt dann seinen Kopf:* Ja. Ich wills. Ich bewundere so sehr die Person deiner ... deiner ... Frau. Das ist das Wort. Ich kann es sagen. Es ist kein Geheimnis.

Richard Warum wolltest du dann dein Werben geheimhalten?

Robert Mein Werben?

Richard Deine Annäherungsversuche, Stückchen für Stückchen, Tag um Tag, Blicke, Geflüster. *Mit einer nervösen Handbewegung.* Insomma, dein Werben.

Robert *konsterniert:* Aber wieso weißt du das alles?

RICHARD Sie hats mir erzählt.

ROBERT Heute nachmittag?

RICHARD Nein. Mal für mal, jeweils danach.

ROBERT Du wußtest es? Von ihr? RICHARD *nickt.* Du hast uns die ganze Zeit beobachtet?

RICHARD *sehr kalt:* Ich habe dich beobachtet.

ROBERT *rasch:* Das mein ich, mich beobachtet. Und du hast nie etwas gesagt! Du hättest nur ein Wort sagen müssen – um mich vor mir selbst zu retten. Du hast mich auf die Probe gestellt. *Streicht sich wieder mit der Hand über die Stirn.* Es war eine schreckliche Prüfung: jetzt auch. *Verzweifelt.* Na, es ist vorbei. Es wird mir mein ganzes Leben eine Lehre sein. Du haßt mich jetzt wegen dem, was ich getan habe, und wegen ...

RICHARD *ruhig, sieht ihn dabei an:* Habe ich gesagt, daß ich dich hasse?

ROBERT Tust dus denn nicht? Du mußt doch.

RICHARD Selbst wenn Bertha mir nichts erzählt hätte, hätte ichs gewußt. Hast du nicht gemerkt, daß ich, als ich heute nachmittag heimkam, plötzlich einen Augenblick in mein Arbeitszimmer gegangen bin?

ROBERT Das stimmt. Ich erinnere mich.

RICHARD Damit du Zeit hattest, dich zu fassen. Es hat mich traurig gemacht, deine Augen zu sehen. Und dazu die Rosen. Ich kann nicht sagen warum. Diesen großen Berg verblühter Rosen.

ROBERT Ich dachte, ich müßte sie ihr mitbringen. War das merkwürdig? *Sieht mit gequältem Ausdruck* RICHARD *an.* Zu viele, vielleicht? Oder zu alte, oder zu gewöhnlich?

RICHARD Das wars, deshalb konnte ich dich nicht hassen. Das ganze machte mich mit einem Mal traurig.

ROBERT *zu sich:* Und das ist wirklich. Das passiert – mit uns.

Er starrt einige Augenblicke schweigend und wie betäubt vor sich hin; dann fährt er fort, ohne den Kopf zu wenden.

ROBERT Und auch sie hat mich auf die Probe gestellt; hat um deinetwillen ein Experiment mit mir gemacht!

RICHARD Du kennst die Frauen besser als ich. Sie sagt, sie hätte Mitleid mit dir gehabt.

ROBERT *sinniert:* Mitleid mit mir gehabt, weil ich kein... idealer Liebhaber mehr bin. Wie meine Rosen. Gewöhnlich, alt.

RICHARD Wie alle Männer hast du ein törichtes, streunendes Herz.

ROBERT *langsam:* Nun, endlich hast du gesprochen. Du hast den richtigen Augenblick gewählt.

RICHARD *beugt sich vor:* Robert, doch nicht so. Zwischen uns beiden, nein. Jahre, ein ganzes Leben, in Freundschaft. Denk einmal nach. Seit der Kindheit, der Jugend... Nein, nein. Nicht auf die Art – wie Diebe – in der Nacht. *Blickt sich um.* Und an dem Ort. Nein, Robert, das ist nicht für Leute wie uns.

ROBERT Was für eine Lektion! Richard, ich kann dir nicht sagen, was für eine Erleichterung es für mich ist, daß du gesprochen hast – daß die Gefahr vorbei ist. Ja, ja. *Etwas verzagt.* Denn ... es war auch eine gewisse Gefahr für dich dabei, wenn dus bedenkst. Das stimmt doch?

RICHARD Was für eine Gefahr?

ROBERT *im selben Ton:* Ich weiß nicht. Ich meine, wenn du nicht gesprochen hättest. Wenn du weiter beobachtet und gewartet hättest bis...

RICHARD Bis?

ROBERT *tapfer:* Bis ich sie immer mehr und mehr gemocht hätte (denn ich kann dir versichern, das ganze ist nur eine leichtsinnige Idee von mir), bis ich sie innig gemocht, sie geliebt hätte. Hättest du dann so zu mir gesprochen wie eben jetzt? RICHARD *schweigt.* ROBERT *fährt kühner fort.* Es wäre anders gewesen, nicht wahr? Denn dann hätte es zu spät sein können, während es jetzt nicht zu spät ist. Was hätte ich dann sagen können? Ich hätte nur sagen können: Du bist mein Freund, mein lieber guter Freund. Es tut mir sehr leid, aber ich liebe sie. *Mit einer plötzlichen inbrünstigen Gebärde.* Ich liebe sie und ich will sie dir wegnehmen, wie immer ich kann, denn ich liebe sie. *Sie sehen einander einige Augenblicke schweigend an.*

RICHARD *ruhig:* Das ist die Sprache, die ich oft gehört und der ich nie geglaubt habe. Meinst du heimlich oder mit Gewalt? Stehlen konntest du nicht in meinem Haus, weil die Türen offen waren; noch mit Gewalt nehmen, wenn es keinen Widerstand gäbe.

ROBERT Du vergißt, daß das Himmelreich Gewalt leidet: und das Himmelreich ist wie eine Frau.

RICHARD *lächelnd:* Nur weiter.

ROBERT *zaghaft, doch tapfer:* Glaubst du, du hast ein Recht auf sie – auf ihr Herz?

RICHARD Nicht das geringste.

ROBERT Für das, was du für sie getan hast? So viel! Forderst du nichts?

RICHARD Nichts.

ROBERT *schlägt sich nach einer Pause mit der Hand an die Stirn:* Was sage ich nur? Oder was denke ich? Ich wünschte, du würdest mir Vorwürfe machen, mich verfluchen, mich hassen, wie ichs verdiene. Du liebst diese Frau. Ich weiß noch alles, was du mir vor langer Zeit erzählt hast. Sie ist die Deine, dein Werk. *Plötzlich.* Und darum habe auch ich mich zu ihr hingezogen gefühlt. Du bist so stark, daß du mich durch sie hindurch sogar noch anziehst.

RICHARD Ich bin schwach.

ROBERT *enthusiastisch:* Du, Richard! Du bist die Inkarnation der Stärke.

RICHARD *streckt seine Hände aus:* Faß mal die Hände an.

ROBERT *nimmt seine Hände:* Ja. Meine sind stärker. Aber ich habe eine andere Art Stärke gemeint.

RICHARD *düster:* Ich glaube, du würdest versuchen, sie dir mit Gewalt zu nehmen.

Er entzieht ihm langsam seine Hände.

ROBERT *schnell:* Das sind Augenblicke des hellsten Wahnsinns, wenn uns ein heftiges Verlangen nach einer Frau überkommt. Wir sehen nichts. Wir denken an nichts. Wollen sie nur besitzen. Nenns brutal, bestialisch, was du willst.

RICHARD *etwas kleinlaut:* Nur ist leider dieser Wunsch, eine Frau zu besitzen, nicht Liebe.

ROBERT *ungeduldig:* Es hat noch keinen Mann auf dieser Welt gegeben, der nicht die Frau, die er liebt, besitzen – ich meine: fleischlich besitzen – wollte. Das ist ein Naturgesetz.

RICHARD *verächtlich:* Was soll mir das? Habe ich dafür gestimmt?

ROBERT Aber wenn du liebst... Was ist es denn dann?

RICHARD *zögernd:* Der Wunsch, daß es ihr gutgeht.

ROBERT *glühend:* Aber das Verlangen, sie zu besitzen, das Tag und Nacht in uns brennt. Du fühlst es wie ich. Und es ist nicht das, was du eben gesagt hast.

RICHARD Hast du...? *Er unterbricht sich einen Augenblick.* Hast du die strahlende Gewißheit, daß dein Hirn es ist, durch das hindurch sie denken und verstehen muß, und daß dein Körper es ist, durch den hindurch ihr Körper fühlen muß? Hast du diese Gewißheit in dir?

ROBERT Hast du sie?

RICHARD *bewegt:* Ich hatte sie einmal, Robert: eine so strahlende Gewißheit, wie die meiner eigenen Existenz – oder eine so strahlende Illusion.

ROBERT *vorsichtig:* Und jetzt?

RICHARD Wenn du sie hättest und ich spüren könnte, daß du sie hättest – sogar jetzt...

ROBERT Was würdest du tun?

RICHARD *ruhig:* Weggehen. Dich, und nicht mich, hätte sie dann nötig. Allein, wie ichs war, bevor ich sie fand.

ROBERT *reibt sich nervös die Hände:* Eine schöne kleine Last auf meinem Gewissen!

RICHARD *in Gedanken:* Du hast meinen Sohn gesehn, als du heute nachmittag in mein Haus kamst. Er hats mir erzählt. Was hast du dabei empfunden?

ROBERT *sofort:* Freude.

RICHARD Sonst nichts?

ROBERT Sonst nichts. Falls ich nicht an zwei Sachen gleichzeitig gedacht habe. Ich bin so. Wenn mein bester Freund im Sarg läge und sein Gesicht einen komischen Ausdruck hätte, müßte ich lächeln. *Mit einer leichten Geste der Verzweiflung.* Ich bin so. Aber ich würde gleichzeitig leiden, ganz aufrichtig.

RICHARD Du hast von Gewissen gesprochen ... Ist er dir nur wie ein Kind vorgekommen – oder auch wie ein Engel?

ROBERT *schüttelt den Kopf:* Nein. Weder ein Engel noch ein Angel-Sachse. Zwei Sachen, übrigens, für die ich sehr wenig übrig habe.

RICHARD Also nie? Nie sogar ... mit ihr? Sags mir. Ich will es wissen.

ROBERT Ich spüre in meinem Herzen etwas anderes. Ich glaube, daß am jüngsten Tag (falls es den je geben wird), wenn wir alle versammelt sind, daß dann der Allmächtige so zu uns sprechen wird. Wir werden sagen, daß wir züchtig gelebt haben, mit einer einzigen anderen Kreatur ...

RICHARD *bitter:* Ihn belügen?

ROBERT Oder daß wirs versucht haben. Und Er wird zu uns sagen: Ihr Toren! Wer hat euch geheißen, daß ihr euch nur einem Wesen geben sollt? Ihr wurdet gemacht, daß ihr euch vielen einschränkungslos gebt. Ich schrieb dies Gesetz mit Meinem Finger in eure Herzen.

RICHARD Auch ins Herz der Frau?

ROBERT Ja. Können wir unser Herz gegen eine Neigung verschließen, die wir aufrichtig verspüren? Sollten wir es verschließen? Sollte sies?

RICHARD Es ist die Rede von körperlicher Vereinigung.

ROBERT Die Neigung zwischen Mann und Frau muß dazu führen. Wir machen zuviel davon her, weil unser Geist verbogen ist. Für uns heute hat das nicht mehr Bedeutung als jede andere Art von Kontakt – als ein Kuß.

RICHARD Wenn es keine Bedeutung hat, warum bist du dann unzufrieden, bis du dieses Ziel erreichst? Warum hast du dann heute abend hier gewartet?

ROBERT Das Verlangen geht gewöhnlich so weit wie es kann;

aber, du kannst es mir glauben oder nicht, nicht das hab ich im Kopf gehabt – dieses Ziel zu erreichen.

RICHARD Erreich es, wenn du kannst. Ich werde keine Waffe gegen dich gebrauchen, die die Welt mir in die Hände gibt. Wenn das Gesetz, das Gottes Finger in unsre Herzen geschrieben hat, das Gesetz ist, das du genannt hast, dann bin auch ich Gottes Kreatur.

Er steht auf und geht schweigend einige Augenblicke auf und ab. Dann geht er auf die Veranda zu und lehnt sich an den Türrahmen. ROBERT *beobachtet ihn.*

ROBERT Ich hab es immer gespürt. In mir und in anderen.

RICHARD *abwesend:* Ja?

ROBERT *mit einer vagen Geste:* Allerdings. Daß auch eine Frau das Recht hat, es mit vielen Männern zu versuchen, bis sie die Liebe findet. Eine unmoralische Vorstellung, was? Ich wollte einmal ein Buch darüber schreiben. Ich habs angefangen ...

RICHARD *wie vorher:* Ja?

ROBERT Denn ich kannte eine Frau, von der mir schien, daß sie das tat – daß sie diese Vorstellung in ihrem eignen Leben verwirklichte. Sie hat mich sehr interessiert.

RICHARD Wann war das?

ROBERT Ach, das ist länger her. Als du fort warst.

RICHARD *verläßt seinen Standort ziemlich unvermittelt und geht wieder auf und ab.*

ROBERT Du siehst, ich bin ehrlicher als du gedacht hast.

RICHARD Ich wünschte, du hättest jetzt nicht an sie gedacht – wer immer sie war, oder ist.

ROBERT *leger:* Sie war und ist die Frau eines Börsenmaklers.

RICHARD *dreht sich um:* Du kennst ihn?

ROBERT Bestens.

RICHARD *setzt sich wieder auf seinen alten Platz, beugt sich vor und stützt den Kopf auf die Hand.*

ROBERT *rückt seinen Stuhl etwas näher heran:* Darf ich dich etwas fragen?

RICHARD Bitte.

ROBERT *mit einigem Zögern:* Ist es dir nie passiert in all den Jahren – ich meine, wenn du vielleicht weg von ihr warst, oder auf der Reise – daß du sie ... mit einer andern betrogen hast. Sie betrogen, ich meine, nicht aus Liebe. Ich meine fleischlich ... Ist das nie passiert?

RICHARD Doch.

ROBERT Und was hast du getan?

RICHARD *wie vorher:* Ich erinnere mich an das erste Mal. Ich kam nach Hause. Es war Nacht. Mein Haus war still. Mein kleiner Sohn schlief in seinem Bettchen. Auch sie hat geschlafen. Ich weckte sie aus dem Schlaf und sagte ihrs. Ich weinte an ihrem Bett; und ich durchbohrte ihr Herz.

ROBERT Ach, Richard, warum hast du das getan?

RICHARD Sie betrogen?

ROBERT Nein. Aber ihrs gesagt, sie aus dem Schlaf geweckt, um ihrs zu sagen. Da hast du ihr Herz durchbohrt.

RICHARD Sie muß mich kennen, wie ich bin.

ROBERT Aber das warst nicht du, wie du bist. Ein schwacher Augenblick.

RICHARD *gedankenverloren:* Und ich habe die Flamme ihrer Unschuld mit meiner Schuld genährt.

ROBERT *brüsk:* Sprich doch nicht von Schuld und Unschuld. Du hast aus ihr das gemacht, was sie ist. Eine merkwürdige und wundervolle Person – in meinen Augen, wenigstens.

RICHARD *düster:* Oder ich habe sie gemordet.

ROBERT Sie gemordet?

RICHARD Die Jungfräulichkeit ihrer Seele.

ROBERT *ungeduldig:* Welch ein Verlust! Was wäre sie denn ohne dich?

RICHARD Ich habe ihr ein neues Leben geben wollen.

ROBERT Und das hast du. Ein neues und reiches Leben.

RICHARD Wiegt das auf, was ich ihr genommen habe – ihre Jugend, ihr Lachen, ihre junge Schönheit, die Hoffnungen in ihrem jungen Herzen?

ROBERT *bestimmt:* Ja. Und ob es das aufwiegt. *Er sieht* RICHARD *einige Augenblicke schweigend an.* Hättest du sie vernachlässigt, wild gelebt, sie so weit fortgeschleppt, nur um sie unglücklich zu machen...

Er bricht ab. RICHARD *hebt den Kopf und sieht ihn an.*

RICHARD Wenn ich das hätte?

ROBERT *leicht verwirrt:* Du weißt, es gab hier Gerüchte über dein Leben im Ausland – ein wildes Leben. Leute, die dich in Rom gekannt oder getroffen oder dort von dir gehört hatten. Erlogene Gerüchte.

RICHARD *kalt:* Fahr nur fort.

ROBERT *lacht etwas grell:* Sogar ich habe sie zeitweilig für ein Opfer gehalten. *Glatt.* Und natürlich, Richard, habe ich immer gewußt und gespürt, daß du ein sehr begabter Mensch warst – ja mehr als begabt. Und das war deine Entschuldigung – in meinen Augen eine durchaus berechtigte Entschuldigung.

RICHARD Hast du gedacht, daß es vielleicht jetzt ist – in diesem Augenblick –, daß ich sie vernachlässige? *Er faltet nervös seine Hände und beugt sich zu* ROBERT *vor.* Ich könnte weiter schweigen. Und sie könnte sich dir endlich hingeben – ganz und viele Male.

ROBERT *weicht sofort zurück:* Mein lieber Richard, mein lieber Freund, ich schwöre dir, ich könnte dich nicht leiden sehen.

RICHARD *fortfahrend:* Erfahren könntest du dann an Leib und Seele, hundertfältig, und ewig ruhelos, was ein alter Theologe, Duns Scotus glaube ich, einen Tod des Geistes genannt hat.

ROBERT *eifrig:* Den Tod. Nein; es ist Bejahung! Den Tod! Den höchsten Augenblick des Lebens, aus dem alles künftige Leben entsteht, das ewige Gesetz der Natur.

RICHARD Und dieses andere Naturgesetz, wie du es nennst: Wechsel. Wie wird es sein, wenn du dich gegen sie und gegen mich kehrst; wenn ihre Schönheit, oder was dir jetzt als Schönheit erscheint, dich anödet und meine Hinneigung zu dir dir verlogen und hassenswert erscheint?

ROBERT Das wird nie der Fall sein. Nie.

RICHARD Und du kehrst dich sogar gegen dich selbst, weil du mich gekannt oder mit uns beiden Umgang gepflogen hast?

ROBERT *ernst:* Das wird nie so kommen, Richard. Du kannst sicher sein.

RICHARD *verächtlich:* Mich kümmert es sehr wenig, ob es dazu kommt oder nicht, denn es gibt etwas, wovor ich viel mehr Angst habe.

ROBERT *schüttelt den Kopf:* Du hast Angst? Das glaube ich dir nicht, Richard. Seit unserer Jungenzeit bin ich deinem Denken gefolgt. Du weißt nicht, was moralische Angst ist.

RICHARD *legt die Hand auf seinen Arm:* Sagen wir, sie ist tot. Sie liegt auf meinem Bett. Ich betrachte ihren Körper, den ich betrogen habe – gemein und viele Male. Und auch geliebt und mit Tränen bedeckt. Und ich weiß, daß ihr Körper stets mein treuer Sklave war. Mir, nur mir gab sie ... *Er bricht ab und wendet sich zur Seite, unfähig weiterzusprechen.*

ROBERT *leise:* Du sollst nicht leiden, Richard. Du brauchst es nicht. Sie ist dir treu, mit Leib und Seele. Was hast du Angst?

RICHARD *wendet sich zu ihm, fast wild:* Nicht diese Angst. Sondern daß ich mir dann Vorwürfe machen werde, weil ich alles für mich beansprucht habe, denn ich wollte es ihr nicht gestatten, daß sie einem andern gab, was ihr, nicht mir, gehörte; denn ich akzeptierte von ihr die Treue und machte ihr Leben ärmer in Liebe. Das ist meine Angst. Daß ich zwischen ihr und bestimmten Augenblicken im Leben stehe, die ihr gehören sollten, zwischen ihr und dir, zwischen ihr und jedem andern, zwischen ihr und allem. Ich will das nicht. Ich kanns nicht und wills nicht. Ich wags nicht.

Er lehnt sich atemlos im Stuhl zurück, mit glänzenden Augen.

ROBERT *steht ruhig auf und stellt sich hinter seinen Stuhl.*

ROBERT Nun hör, Richard. Wir haben alles gesagt, was gesagt werden mußte. Lassen wir jetzt die Vergangenheit Vergangenheit sein.

RICHARD *rasch und brüsk:* Warte. Noch etwas. Denn auch du mußt mich kennen, wie ich bin – jetzt bin.

ROBERT Noch etwas? Gibt es das?

RICHARD Ich habe dir erzählt, daß ich traurig war, als ich heute nachmittag deine Augen sah. Ich hatte das Gefühl, daß deine Demut und Verwirrtheit uns wie Brüder vereinigte. *Er dreht sich halb zu ihm um.* In diesem Augenblick kam mir unser ganzes gemeinsames Leben in der Vergangenheit wieder zum Bewußtsein, und ich hätte so gern meinen Arm um deinen Hals gelegt.

ROBERT *von Herzen und plötzlich gerührt:* Es ist groß von dir, Richard, mir so zu verzeihn.

RICHARD *mit sich kämpfend:* Ich habe dir schon gesagt, ich wollte nicht, daß du etwas Verlogenes und Heimliches gegen mich tätest – gegen unsere Freundschaft, gegen sie; nicht von mir stehlen solltest du sie, listig, heimlich, gemein – im Dunkeln, in der Nacht – du, Robert, mein Freund.

ROBERT Ich weiß. Und das war groß von dir.

RICHARD *sieht mit festem Blick zu ihm hoch:* Nein. Nicht groß. Niederträchtig.

ROBERT *macht eine spontane Geste:* Wie? Warum?

RICHARD *sieht wieder fort; mit leiserer Stimme:* Auch das muß ich dir sagen. Weil ich es mir im Innersten meines niederträchtigen Herzens wünschte, von dir und von ihr betrogen zu werden – im Dunkeln, in der Nacht – heimlich, gemein, listig. Von dir, meinem besten Freund, und von ihr. Ich habe mir das inbrünstig und niederträchtig gewünscht, in der Liebe und in der Lust für immer entehrt zu sein, für immer ...

ROBERT *beugt sich hinunter und legt* RICHARD *die Hand auf den Mund:* Hör auf. Hör auf. *Er nimmt die Hand weg.* Doch nein. Sprich weiter.

RICHARD Für immer eine geschändete Kreatur zu sein und meine Seele aus den Trümmern ihrer Schande neu aufzubauen.

ROBERT Und deshalb hast du gewollt, daß sie ...

RICHARD *besonnen-ruhig:* Sie hat immer von ihrer Unschuld gesprochen, so wie ich immer von meiner Schuld gesprochen habe, mich zu demütigen.

ROBERT Aus Stolz also?

RICHARD Aus Stolz und aus niederträchtigem Verlangen. Und aus einem noch tiefer liegenden Motiv.

ROBERT *entschieden:* Ich verstehe dich. *Er kehrt an seinen Platz zurück und beginnt, seinen Stuhl näher rückend, sofort zu sprechen.*

ROBERT Kann es nicht sein, daß wir hier und jetzt vor einem Augenblick stehen, der uns beide – mich wie dich – von den letzten Fesseln dessen, was man Moral heißt, befreit. Meine Freundschaft zu dir hat mir Fesseln auferlegt.

RICHARD Leichte Fesseln, offenbar.

ROBERT Ich habe im Dunkeln gehandelt, heimlich. Das werde ich jetzt nicht mehr tun. Hast du den Mut, mich frei handeln zu lassen?

RICHARD Ein Duell – zwischen uns?

ROBERT *mit wachsender Erregung:* Ein Kampf unserer beiden Seelen, verschieden wie sie sind, gegen alles was verlogen in ihnen und in der Welt ist. Ein Kampf deiner Seele gegen das Gespenst der Treue, meiner Seele gegen das Gespenst der Freundschaft. Das ganze Leben ist eine Unterwerfung, der Sieg des menschlichen Verlangens über die Gebote der Feigheit. Willst du, Richard? Hast du den Mut? Selbst wenn das unsere Freundschaft in Atome zerstäubt, selbst wenn das die letzte Illusion in deinem eignen Leben auf immer zerstört? Es gab eine Ewigkeit, bevor wir geboren wurden: eine andere wird kommen, wenn wir gestorben sind. Nur der Moment des Verlangens, der uns blind macht – eines bedingungslos-freien, nicht verschämten, unwiderstehlichen Verlangens – das ist das einzige Tor, durch das wir dem Elend, das nur Sklaven Leben nennen, entrinnen können. Ist nicht das die Sprache deiner eigenen Jugend, die ich so oft von dir gehört habe – hier, an dieser Stelle, wo wir jetzt sitzen? Hast du dich geändert?

RICHARD *streicht sich mit der Hand über die Stirn:* Ja. Es ist die Sprache meiner Jugend.

ROBERT *eifrig, beschwörend:* Richard, du hast mich bis zu

diesem Punkt getrieben. Sie und ich haben nur deinem Willen gehorcht. Du hast selber diese Worte in meinem Hirn erzeugt. Deine eignen Worte. Sollen wir? Frei? Gemeinsam?

RICHARD *beherrscht seine Gefühle:* Gemeinsam nein. Fechte du deinen Kampf alleine aus. Ich werde dich nicht befreien. Und laß mich meinen ausfechten.

ROBERT *steht auf, entschlossen:* Du erlaubst es mir also?

RICHARD *steht ebenfalls auf, ruhig:* Befreie dich selbst.

Man hört es an der Haustür klopfen.

ROBERT *erschrickt:* Was soll das heißen?

RICHARD *ruhig:* Offensichtlich Bertha. Hattest du sie nicht gebeten zu kommen?

ROBERT Ja, aber ... *Blickt um sich.* Dann geh ich also, Richard.

RICHARD Nein. Ich gehe.

ROBERT *verzweifelt:* Richard, ich flehe dich an. Laß mich gehn. Es ist vorbei. Sie gehört dir. Behalte sie und vergebt mir, beide.

RICHARD Weil du so edelmütig bist, mirs zu erlauben?

ROBERT *hitzig:* Richard, du machst mich wütend, wenn du das sagst.

RICHARD Wütend oder nicht, ich will nicht von deinem Edelmut leben. Du hast sie gebeten, sich mit dir heute abend hier zu treffen, allein. Löst das Problem unter euch.

ROBERT *sofort:* Geh an die Tür. Ich werde im Garten warten. *Er geht auf die Veranda zu.* Erklär es ihr, Richard, so gut dus kannst. Ich kann sie jetzt nicht sehen.

RICHARD Ich werde gehn, ich sags dir. Warte da draußen, wenn du willst.

Er geht durch die Tür rechts hinaus. ROBERT *geht rasch durch die Veranda ab, kommt aber im selben Augenblick zurück.*

ROBERT Ein Schirm! *Mit einer jähen Geste.* Oh!

Er geht wieder durch die Veranda ab. Man hört, wie die Haustür geöffnet und wieder geschlossen wird. RICHARD *kommt herein, hinter ihm* BERTHA, *die ein dunkelbraunes Kostüm und einen kleinen dunkelroten Hut trägt. Sie hat weder Schirm noch Regenmantel.*

RICHARD *heiter:* Willkommen im alten Irland!

BERTHA *nervös, ernst:* Ist das das Haus?

RICHARD Ja, das ist es. Wie hast dus gefunden?

BERTHA Ich habe dem Kutscher die Adresse gegeben. Ich wollte mich nicht durchfragen. *Sieht sich neugierig um.* Hat er nicht gewartet? Ist er weggegangen?

RICHARD *zeigt auf den Garten:* Er wartet. Da draußen. Er hat gewartet, als ich kam.

BERTHA *wieder beherrscht:* Siehst du, du bist doch gekommen.

RICHARD Dachtest du, ich käme nicht?

BERTHA Ich wußte, du könntest nicht fortbleiben. Siehst du, du bist eben doch wie alle anderen Männer. Du mußtest kommen. Du bist eifersüchtig wie die andern.

RICHARD Es scheint dich zu ärgern, daß du mich hier findest.

BERTHA Was ist zwischen euch passiert?

RICHARD Ich sagte ihm, ich wüßte alles, und daß ich es schon lange gewußt hätte. Er fragte wieso. Ich sagte, von dir.

BERTHA Haßt er mich?

RICHARD Ich kann in seinem Herzen nicht lesen.

BERTHA *setzt sich hilflos hin:* Ja. Er haßt mich. Er glaubt, ich habe ihn zum Narren gehalten – ihn betrogen. Ich wußte, daß er so reagiert.

RICHARD Ich habe ihm gesagt, daß du nicht mit ihm spielst.

BERTHA Das glaubt er nicht. Niemand würde das glauben. Ich hätte es ihm sagen müssen – nicht du.

RICHARD Ich habe ihn für einen gewöhnlichen Räuber gehalten, der sogar wenn nötig Gewalt gegen dich angewendet hätte. Davor mußte ich dich schützen.

BERTHA Das hätte ich selbst besorgen können.

RICHARD Bist du sicher?

BERTHA Es hätte genügt, ihm zu sagen, daß du wüßtest, ich wäre hier. Jetzt kann ich nichts mehr herauskriegen. Er haßt mich. Er hat recht, wenn er mich haßt. Schlecht habe ich ihn behandelt, schändlich.

RICHARD *nimmt ihre Hand:* Bertha, sieh mich an.

BERTHA *wendet ihm den Kopf zu:* Und?

RICHARD *sieht ihr in die Augen und läßt dann ihre Hand fallen.* Auch in deinem Herzen kann ich nicht lesen.

BERTHA *sieht ihn weiter an:* Du konntest nicht fortbleiben. Traust du mir nicht? Du siehst, ich bin völlig ruhig. Ich hätte dir alles verheimlichen können.

RICHARD Das bezweifle ich.

BERTHA *mit einem leichten Schnicken des Kopfes:* Oh, leicht, wenn ich gewollt hätte.

RICHARD *düster:* Vielleicht tuts dir jetzt leid, daß du es nicht getan hast.

BERTHA Ja vielleicht.

RICHARD *giftig:* Wie dumm du doch warst, mirs zu sagen! Es wär so schön gewesen, wenn dus geheim gehalten hättest.

BERTHA Wie dus tust, nein?

RICHARD Wie ichs tue, ja. *Wendet sich zum Gehen.* Einstweilen auf Wiedersehn.

BERTHA *erschreckt, steht auf:* Gehst du weg?

RICHARD Natürlich. Meine Rolle hier ist ausgespielt.

BERTHA Wohl zu ihr?

RICHARD *erstaunt:* Zu wem?

BERTHA Zu dem gnädigen Fräulein. Es ist wohl alles aufeinander abgestimmt, so daß du eine gute Gelegenheit hast. Damit du sie treffen und ein geistiges Gespräch haben kannst!

RICHARD *mit grobem Zornausbruch:* Damit ich des Teufels Großmutter treffen kann!

BERTHA *nimmt den Hut ab und setzt sich:* Ist ja gut. Du kannst gehn. Jetzt weiß ich, was ich zu tun habe.

RICHARD *kommt zurück und auf sie zu:* Du glaubst doch selbst kein Wort von dem, was du sagst.

BERTHA *ruhig:* Du kannst gehn. Warum gehst du nicht?

RICHARD Dann bist du also um meinetwegen hergekommen, hast ihn deshalb in dieser Weise ermutigt. Steht es so?

BERTHA Es ist nur einer in dem ganzen Spiel, der kein Narr

ist. Und das bist du. Denn ich bin einer. Und er auch.

RICHARD *fährt fort:* Wenn das stimmt, hast du ihn allerdings schlecht und schändlich behandelt.

BERTHA *zeigt auf ihn:* Ja. Aber du bist schuld. Und ich werde jetzt ein Ende machen. Ich bin nichts als ein Werkzeug für dich. Du achtest mich nicht. Und hast es nie getan, weil ich tat was ich tat.

RICHARD Und achtet er dich?

BERTHA Ja. Von allen Menschen, die ich getroffen habe, seit ich wieder hier bin, ist er der einzige, der das tut. Und er weiß, was die anderen nur ahnen. Und darum habe ich ihn von Anfang an gemocht und mag ihn noch. Wie ungeheuer sie mich achtet! Warum hast du eigentlich vor neun Jahren sie nicht gefragt, ob sie mit dir weggeht?

RICHARD Du weißt warum, Bertha. Frag dich doch selbst.

BERTHA Ja, ich weiß warum. Du wußtest, welche Antwort du bekommen hättest. Das ist der Grund.

RICHARD Das ist nicht der Grund. Dich habe ich auch nicht gefragt.

BERTHA Ja. Du wußtest, daß ich mitgegangen wäre, ob du mich gefragt hättest oder nicht. Ich handele. Und wenn ich das einmal bewiesen habe, kann ich es auch ein zweites Mal beweisen. Da ich in dem Ruf schon stehe, kann ich davon auch profitieren.

RICHARD *mit wachsender Erregung:* Bertha, ich beuge mich dem, was sein muß. Ich habe dir vertraut. Ich vertraue dir auch jetzt.

BERTHA Damit du mir das dann vorhalten, damit du mich dann verlassen kannst. *Fast leidenschaftlich.* Warum verteidigst du mich denn dann nicht gegen ihn? Warum gehst du jetzt ohne ein Wort von mir fort? Dick, mein Gott, sag mir, was ich tun soll.

RICHARD Ich kann nicht, du. *Mit sich kämpfend.* Dein Herz wird es dir sagen. *Er ergreift ihre Hände.* Es ist ein wildes Frohlocken in meiner Seele, Bertha, da ich dich ansehe. Ich sehe dich, wie du wirklich bist. Daß ich als erster in dein

Leben getreten bin oder immerhin vor ihm – das muß dir nichts bedeuten. Dennoch kannst du ihm mehr gehören als mir.

BERTHA Das nicht. Nur empfinde ich auch für ihn etwas.

RICHARD Und ich ja auch. Du kannst ihm und mir gehören. Ich vertraue dir, Bertha, und ihm auch. Ich muß. Ich kann ihn nicht hassen, wo er dich in seinen Armen gehalten hat. Du hast uns eng zusammengeführt. Es ist etwas in deinem Herzen, das weiser ist als Weisheit. Wer bin denn ich, daß ich mich den Herrn deines Herzens nennen könnte, oder des Herzens irgendeiner Frau? Bertha, lieb ihn, gehör ihm, gib dich ihm hin, wenn dich danach verlangt – oder wenn du kannst.

BERTHA *träumerisch:* Ich bleibe da.

RICHARD Auf Wiedersehn.

Er läßt ihre Hand los und geht rasch rechts ab. BERTHA *bleibt sitzen. Dann steht sie auf und geht zaghaft auf die Veranda zu. Sie bleibt davor stehen und ruft, nach einigem Zögern, in den Garten.*

BERTHA Ist jemand da draußen?

Gleichzeitig weicht sie bis zur Mitte des Zimmers wieder zurück. Dann ruft sie von neuem auf dieselbe Art.

BERTHA Ist da jemand?

ROBERT *erscheint in dem offenen Gang, der zum Garten führt. Seine Jacke ist zugeknöpft und der Kragen hochgestellt. Mit den Händen lehnt er sich leicht an den Türrahmen und wartet, daß* BERTHA *ihn sieht.*

BERTHA *schreckt zurück, als sie ihn erblickt: dann rasch:* Robert!

ROBERT Bist du allein?

BERTHA Ja.

ROBERT *blickt auf die Tür rechts:* Wo ist er?

BERTHA Fort. *Nervös.* Du hast mich erschreckt. Wo bist du denn hergekommen?

ROBERT *mit einer Kopfbewegung:* Von da draußen. Hat er dir nicht gesagt, daß ich da draußen wäre – und wartete?

BERTHA *rasch:* Ja, er hats mir gesagt. Aber ich hab Angst

gehabt hier allein. Bei der offenen Tür, und zu warten. *Sie geht zum Tisch und stützt ihre Hand auf die Kante.* Warum stehst du so da im Gang?

ROBERT Warum? Auch ich hab Angst.

BERTHA Wovor?

ROBERT Vor dir.

BERTHA *blickt zu Boden:* Haßt du mich jetzt?

ROBERT Ich fürchte dich. *Verschränkt die Hände auf dem Rücken, ruhig, doch ein wenig trotzig.* Ich fürchte eine neue Folter – eine neue Falle.

BERTHA *wie vorher:* Was wirfst du mir vor?

ROBERT *kommt ein paar Schritte vor, bleibt stehen: dann impulsiv:* Warum hast du mich ermutigt? Tag um Tag, mehr und mehr. Warum hast du mich nicht gebremst? Du hättst es gekonnt – mit einem Wort. Aber nicht einmal ein Wort! Ich habe mich und ihn vergessen. Du hasts gesehn. Daß ich mich in seinen Augen zu Grunde richtete, seine Freundschaft verlor. Hast du das gewollt?

BERTHA *blickt auf:* Du hast mich nie gefragt.

ROBERT Dich was gefragt?

BERTHA Ob er Verdacht hätte – oder wüßte.

ROBERT Und hättest dus mir gesagt?

BERTHA Ja.

ROBERT *zögernd:* Hast du ihm – alles erzählt?

BERTHA Ja.

ROBERT Ich meine – Einzelheiten.

BERTHA Alles.

ROBERT *mit erzwungenem Lächeln:* Ah ja. Du hast um seinetwillen ein Experiment gemacht. Mit mir. Warum eigentlich nicht? Ich bin offenbar ein gutes Versuchsobjekt gewesen. Trotzdem, es war etwas grausam von dir.

BERTHA Versuch mich zu verstehn, Robert. Du mußt es versuchen.

ROBERT *mit einer höflichen Geste:* Na, ich wills versuchen.

BERTHA Warum stehst du da so an der Tür? Es macht mich nervös, wenn ich dich ansehe.

ROBERT Ich versuche zu verstehen. Und dann hab ich Angst.

BERTHA *streckt ihre Hand aus:* Du brauchst keine Angst zu haben.

ROBERT *geht rasch zu ihr hin und nimmt ihre Hand.*

ROBERT *unsicher:* Habt ihr dann über mich gelacht – gemeinsam? *Zieht seine Hand weg.* Aber jetzt muß ich brav sein, sonst lacht ihr wohl wieder über mich – heute nacht.

BERTHA *betrübt, legt ihre Hand auf seinen Arm:* Bitte hör mir doch zu, Robert... Aber du bist ja ganz naß, durch und durch! *Sie befühlt seine Jacke.* Ach du armer Kerl! Die ganze Zeit da draußen im Regen! Das hatte ich vergessen.

ROBERT *lacht:* Ja, das Klima hast du vergessen.

BERTHA Aber du bist wirklich durch und durch naß. Du mußt eine andere Jacke anziehn.

ROBERT *nimmt ihre Hände:* Sag mir, ist es also Mitleid, was du für mich empfindest, wie er – wie Richard – sagt?

BERTHA Bitte zieh eine andere Jacke an, Robert, wenn ich dich darum bitte. Du kannst dir eine schlimme Erkältung holen. Komm bitte, tu es.

ROBERT Was tut das denn jetzt schon?

BERTHA *sieht sich um:* Wo hast du hier deine Kleider?

ROBERT *zeigt auf die Tür hinten:* Da drin. Ich habe wohl einen Rock hier. *Boshaft.* In meinem Schlafzimmer.

BERTHA Dann geh also rein und zieh das aus.

ROBERT Und du?

BERTHA Ich warte hier auf dich.

ROBERT Befiehlst du es mir?

BERTHA *lachend:* Ja, ich befehle es dir.

ROBERT *prompt:* Dann will ichs tun. *Er geht rasch auf die Schlafzimmertür zu; dreht sich dann um.* Du gehst nicht weg?

BERTHA Nein, ich warte. Aber mach nicht so lang.

ROBERT Nur einen Moment.

Er geht ins Schlafzimmer, dessen Tür er offenläßt. BERTHA *blickt sich neugierig um und schaut dann unschlüssig auf die Tür hinten.*

ROBERT *aus dem Schlafzimmer:* Du bist nicht fortgegangen?
BERTHA Nein.
ROBERT Ich bin hier im Dunkeln. Ich muß die Lampe anstecken. *Man hört ihn ein Streichholz anzünden und einen Glasschirm auf eine Lampe setzen. Ein rosa Licht fällt durch die Tür herein.* BERTHA *schaut auf ihre Armbanduhr und setzt sich dann an den Tisch.*
ROBERT *wie vorher:* Gefällt dir dieses Licht?
BERTHA Oh ja.
ROBERT Kannst du es auch gebührend bewundern, von da, wo du bist?
BERTHA Ja, durchaus.
ROBERT Es war für dich bestimmt.
BERTHA *verwirrt:* Nicht einmal das bin ich wert.
ROBERT *klar, brüsk:* Verlorne Liebesmüh.
BERTHA *steht nervös auf:* Robert!
ROBERT Ja?
BERTHA Komm her, schnell! Schnell hab ich gesagt!
ROBERT Ich bin fertig.

Er erscheint in der Tür, in dunkelgrünem Samtrock. Als er sieht, wie erregt sie ist, kommt er rasch auf sie zu.

ROBERT Was ist denn, Bertha?
BERTHA *zitternd:* Ich hatte Angst.
ROBERT Allein zu sein?
BERTHA *greift nach seinen Händen:* Du weißt, was ich meine. Meine Nerven sind ganz durcheinander.
ROBERT Daß ich ...?
BERTHA Versprich mir, Robert, daß du an sowas nicht denkst. Nie. Wenn du mich auch nur ein bißchen magst. Ich habe in dem Moment gedacht ...
ROBERT Was für eine Idee!
BERTHA Aber versprichs mir, wenn du mich magst.
ROBERT Wenn ich dich mag, Bertha! Ich verspreche es. Natürlich, ich verspreche es. Du zitterst ja am ganzen Körper.
BERTHA Laß mich irgendwo hinsetzen. Es ist im Moment vorbei.

Robert Meine arme Bertha! Setz dich, komm.

Er führt sie zu einem Stuhl am Tisch. Sie setzt sich. Er steht neben ihr.

Robert *nach einer kurzen Pause:* Ist es vorbei?

Bertha Ja. Es war nur ein Moment. Ich war sehr dumm. Ich hatte Angst, daß ... Ich wollte, daß du in meiner Nähe bist.

Robert Daran ... daran hast du mich versprechen lassen nicht zu denken?

Bertha Ja.

Robert *scharf:* Oder etwas anderes?

Bertha *hilflos:* Robert, ich habe vor irgend etwas Angst gehabt. Was, weiß ich nicht genau.

Robert Und jetzt?

Bertha Jetzt bist du da. Ich kann dich sehn. Jetzt ist es vorbei.

Robert *resigniert:* Vorbei. Ja. Verlorne Liebesmüh.

Bertha *sieht zu ihm hoch:* Hör doch, Robert. Ich möchte dir das erklären. Ich könnte Dick nicht hintergehen. Niemals. In nichts. Ich habe ihm alles erzählt – von Anfang an. Dann ging es weiter und weiter: und trotzdem hast du nie etwas gesagt oder mich gefragt. Obwohl ich es wollte.

Robert Ist das die Wahrheit, Bertha?

Bertha Ja, weil es mich geärgert hat, daß du denken könntest, ich wäre wie ... wie die andern Frauen, die du unter solchen Umständen vermutlich gekannt hast. Außerdem glaube ich, daß Dick recht hat. Wozu Geheimnisse?

Robert *sanft:* Immerhin, Geheimnisse können sehr süß sein. Oder nicht?

Bertha *lächelt:* Doch, das weiß ich schon. Aber, siehst du, ich könnte vor Dick nichts verheimlichen. Außerdem, was nützts? Am Ende kommt es doch immer heraus. Ist es nicht besser, wenn man weiß, was ist?

Robert *sanft und etwas schüchtern:* Wie konntest du, Bertha, ihm alles erzählen? Hast du das wirklich? Jede Einzelheit, die zwischen uns gewesen ist?

BERTHA Ja. Alles, wonach er mich gefragt hat.
ROBERT Hat er dich – viel gefragt?
BERTHA Du kennst ja seine Art. Er fragt nach allem. Nach den winzigsten Kleinigkeiten.
ROBERT Auch wie wir uns geküßt haben?
BERTHA Freilich. Ich hab ihm alles erzählt.
ROBERT *schüttelt langsam seinen Kopf:* Sonderbare kleine Person! Hast du dich nicht geschämt?
BERTHA Nein.
ROBERT Kein bißchen?
BERTHA Nein. Wieso? Ist das schrecklich?
ROBERT Und wie hat er es aufgenommen? Sag mirs. Auch ich möchte alles wissen.
BERTHA *lacht:* Es hat ihn erregt. Mehr als sonst.
ROBERT Wieso? Ist er erregbar – jetzt noch?
BERTHA *kokett:* Ja, sehr. Wenn er nicht gerade in seiner Philosophie versunken ist.
ROBERT Mehr als ich?
BERTHA Mehr als du? *Überlegt.* Was soll ich sagen? Ihr seid beide erregbar, denk ich.
ROBERT *wendet sich ab und starrt auf die Veranda. Er streicht sich mit der Hand ein- oder zweimal nachdenklich über das Haar.*
BERTHA *sanft:* Bist du mir jetzt wieder böse?
ROBERT *verdrossen:* Du bist mir böse.
BERTHA Nein, Robert. Warum sollte ich?
ROBERT Weil ich dich gebeten habe, hierherzukommen. Ich habe versucht, das alles hier auf dich einzustimmen. *Er deutet vag auf das und jenes.* Ein Eindruck von Ruh und Frieden.
BERTHA *faßt seine Jacke an:* Und auch das. Dein hübscher Samtrock.
ROBERT Der auch. Ich will dir nichts verheimlichen.
BERTHA Du erinnerst mich an jemand auf einem Bild. Du gefällst mir da drin ... Aber du bist nicht böse, oder?
ROBERT *düster:* Doch. Es war mein Fehler. Dich hierher-

zubitten. Ich habe das gespürt, als ich dich vom Garten aus betrachtete und dich – dich, Bertha – hier stehen sah. *Resigniert.* Aber was hätte ich denn machen sollen?

BERTHA *ruhig:* Du meinst, weil andere hier gewesen sind?

ROBERT Ja. *Er geht ein paar Schritte von ihr fort. Durch einen Windstoß gerät die Lampe auf dem Tisch ins Flackern. Er verkürzt den Docht ein wenig.*

BERTHA *folgt ihm mit den Augen:* Aber das wußte ich doch, bevor ich kam. Ich bin dir deswegen nicht böse.

ROBERT *zuckt die Achseln:* Warum solltest du mir auch böse sein? Du bist ja nicht einmal ihm böse – wegen derselben Dinge – oder schlimmerer.

BERTHA Hat er dir die Sache über sich erzählt?

ROBERT Ja. Er hats mir erzählt. Wir beichten uns hier alle gegenseitig. Mach dir das bewußt.

BERTHA Ich versuchs zu vergessen.

ROBERT Es quält dich nicht?

BERTHA Nicht jetzt. Nur denke ich nicht gern daran.

ROBERT Es ist lediglich brutal, denkst du? Kaum wichtig?

BERTHA Es quält mich nicht – jetzt nicht mehr.

ROBERT *sieht sie über die Schulter an:* Aber es gibt etwas, das dich sehr quälen würde und das du auch nicht versuchen würdest, zu vergessen?

BERTHA Was?

ROBERT *wendet sich ihr zu:* Wenn es nicht nur brutal wäre – mit diesem oder jenem Menschen – ein paar Augenblicke lang. Wenn es schön und geistig wäre – mit nur einem Menschen – mit e i n e r Frau. *Lächelt.* Und vielleicht auch brutal. Dazu kommt es gewöhnlich früher oder später. Würdest du das zu vergessen und zu vergeben versuchen?

BERTHA *spielt mit ihrem Armband:* Wem?

ROBERT Egal wem. Mir.

BERTHA *ruhig:* Du meinst Dick.

ROBERT Ich sagte mir. Aber würdest dus?

BERTHA Du denkst ich würde mich rächen? Darf Dick denn nicht auch frei sein?

Robert *zeigt auf sie:* Das kommt dir nicht aus dem Herzen, Bertha.

Bertha *stolz:* Doch; auch er soll seine Freiheit haben. Mir läßt er sie ja auch.

Robert *hartnäckig:* Und du weißt warum? Und verstehst es? Und dir gefällts? Und du willst es so haben? Und es macht dich glücklich? Und es hat dich glücklich gemacht? Immer? Die Freiheit, die er dir geschenkt hat – vor neun Jahren?

Bertha *starrt ihn mit weitgeöffneten Augen an:* Aber warum stellst du mir so viele Fragen, Robert?

Robert *streckt ihr beide Hände entgegen:* Weil ich damals etwas anderes hatte, was ich dir schenken wollte – etwas ganz Gewöhnliches, Simples – wie ich selber bin. Wenn du es wissen willst, sag ichs dir.

Bertha *sieht auf ihre Uhr:* Vorbei ist vorbei, Robert. Und ich glaube, ich muß jetzt wirklich gehen. Es ist fast neun.

Robert *heftig:* Nein, nein. Noch nicht. Es steht noch ein Geständnis aus, und wir haben das Recht zu sprechen.

Er geht mit raschen Schritten vor dem Tisch vorbei und setzt sich neben sie.

Bertha *wendet sich ihm zu und legt ihre linke Hand auf seine Schulter:* Ja, Robert. Ich weiß, daß du mich gern hast. Du mußt es mir nicht sagen. *Freundlich.* Du mußt heut abend nichts mehr gestehn.

Ein Windstoß fährt durch die Veranda herein, mit einem Geräusch rauschender Blätter. Die Lampe flackert aufgeregt.

Bertha *zeigt über seine Schulter:* Sieh doch! Sie ist zu hoch.

Ohne aufzustehen beugt er sich zum Tisch und verkürzt den Docht noch mehr. Das Zimmer ist halbdunkel. Durch die Schlafzimmertür kommt jetzt das Licht stärker herein.

Robert Es geht ein Wind. Ich mache mal die Tür zu.

Bertha *horcht:* Nein, es regnet noch. Es war nur ein Windstoß.

Robert *berührt ihre Schulter:* Sags mir, wenn es dir zu kalt ist. *Will aufstehen.* Ich mach sie zu.

BERTHA *hält ihn zurück:* Nein. Mir ist nicht kalt. Außerdem geh ich jetzt, Robert. Ich muß.

ROBERT *bestimmt:* Nein, nein. Es gibt jetzt kein M u ß. Darum sind wir ja hier gelassen worden. Und du irrst dich, Bertha. Vorbei ist nicht vorbei. Das Vergangene ist hier und jetzt gegenwärtig. Meine Gefühle für dich sind heute die gleichen, die sie damals waren, denn damals – hast du sie abgetan.

BERTHA Nein, Robert. Das ist nicht wahr.

ROBERT *fortfahrend:* Doch, doch. Und ich habe es immer gespürt, all die Jahre, ohne es zu wissen – bis jetzt. Selbst als ich das Leben lebte – das Leben, das du kennst, und das du dir ungern vorstellst – das Leben, zu dem du mich verdammt hast.

BERTHA Ich?

ROBERT Ja, als du es abtatst – dieses Gewöhnliche und Simple, das ich dir zu schenken hatte – und statt dessen annahmst, was er dir zu schenken hatte.

BERTHA *sieht ihn an:* Aber du hast nie ...

ROBERT Nein. Weil du ihn gewählt hattest. Ich sah das. Ich sah es am ersten Abend, an dem wir uns trafen, wir drei zusammen. Warum hast du ihn gewählt?

BERTHA *senkt ihren Kopf:* Ist das nicht Liebe?

ROBERT *fortfahrend:* Und jeden Abend, wenn wir beide – er und ich – an die Ecke kamen, um dich zu treffen, sah und spürte ich es. Du erinnerst dich an die Ecke, Bertha?

BERTHA *wie vorher:* Ja.

ROBERT Und wenn du und er fortgingt, spazieren, und ich allein durch die Straßen ging, spürte ich es. Und wenn er mir von dir erzählte und sagte, er werde fortgehn – da am allermeisten.

BERTHA Warum da am allermeisten?

ROBERT Weil es da war, daß ich meinen ersten Verrat an ihm beging.

BERTHA Robert, was sagst du da? Dein erster Verrat an Dick?

Robert *nickt:* Und nicht mein letzter. Er erzählte von dir und von sich. Davon, wie euer gemeinsames Leben sein würde – frei und das alles. Frei, ja! Er würde dich nicht einmal fragen, mit ihm zu gehen. *Bitter.* Er hat dich auch nicht gefragt. Und du bist geradesogut mitgegangen.

Bertha Ich wollte bei ihm sein. Du weißt... *Sie hebt den Kopf und sieht ihn an.* Du weißt doch, wie wir damals waren – Dick und ich.

Robert *ohne auf ihre Worte zu achten:* Ich habe ihm geraten, allein zu gehen – dich nicht mitzunehmen – allein zu leben, um zu sehen, ob das, was er für dich empfand, nur eine Laune wäre, die dein Glück und seine Karriere zerstören könnte.

Bertha Aber, Robert. Das war nicht freundlich von dir mir gegenüber. Doch ich verzeihe dir, weil du an sein Glück und meins gedacht hast.

Robert *beugt sich näher zu ihr:* Nein, Bertha. Das tat ich nicht. Und das war mein Verrat. Ich habe an mich gedacht – daran, daß du dich von ihm wenden könntest, wenn er fort wäre, und er sich von dir. Dann hätte ich dir angetragen, was ich dir zu schenken hatte. Jetzt weißt du, was das war. Das Simple und ganz Gewöhnliche, das Männer Frauen antragen. Nicht das Beste vielleicht. Das Beste oder nicht – es hätte dir gehört.

Bertha *wendet sich von ihm ab:* Er hat auf deinen Rat nicht gehört.

Robert *wie vorher:* Nein. Und in der Nacht, in der ihr beiden euch davongemacht habt – Oh, wie glücklich war ich da!

Bertha *drückt seine Hände:* Bleib ruhig, Robert. Ich weiß, du hast mich immer gern gehabt. Warum hast du mich nicht vergessen?

Robert *lächelt bitter:* Wie glücklich hab ich mich gefühlt, als ich die Kais zurückging und in der Ferne das erleuchtete Schiff sah, das den schwarzen Fluß dahinzog und dich von mir nahm. *In ruhigerem Ton.* Aber warum hast du ihn gewählt? Hattest du mich denn kein bißchen gern?

BERTHA Doch. Weil du sein Freund warst, hatte ich dich gern. Wir haben oft von dir gesprochen. Oft und oft. Jedesmal, wenn du Dick geschrieben oder Zeitungen oder Bücher geschickt hast. Und ich habe dich noch immer gern, Robert. *Sieht ihm in die Augen.* Ich habe dich nie vergessen.

ROBERT Und ich dich auch nicht. Ich wußte, ich würde dich wiedersehn. Ich wußte es in der Nacht, als du fortgingst – daß du wiederkommen würdest. Und darum habe ich geschrieben und darauf hingearbeitet, dich wiederzusehn – hier.

BERTHA Und hier bin ich. Du hattest recht.

ROBERT *langsam:* Neun Jahre. Und neunmal schöner!

BERTHA *lächelnd:* Bin ich das? Was siehst du in mir?

ROBERT *sieht sie staunend an:* Eine fremde, schöne Dame.

BERTHA *fast angeekelt:* Nein, bitte, nenn mich sowas nicht!

ROBERT *ernsthaft:* Du bist mehr. Eine junge, schöne Königin.

BERTHA *lacht plötzlich auf:* Oh, Robert!

ROBERT *senkt die Stimme und beugt sich zu ihr:* Aber weißt du nicht, daß du eine schöne Frau bist? Weißt du nicht, daß du einen schönen Körper hast? Schön und jung?

BERTHA *ernst:* Einmal werde ich alt sein.

ROBERT *schüttelt den Kopf:* Ich kanns mir nicht vorstellen. Heut nacht bist du jung und schön. Heut nacht bist du zu mir zurückgekommen. *Leidenschaftlich.* Wer weiß, was morgen ist? Vielleicht seh ich dich nie mehr wieder, oder nie mehr so wie jetzt.

BERTHA Würdest du leiden?

ROBERT *sieht sich im Zimmer um, ohne zu antworten:* Dies Zimmer und die Stunde waren für dich gemacht. Wenn du fort bist – ist alles fort.

BERTHA *besorgt:* Aber du siehst mich doch wieder, Robert... wie früher.

ROBERT *sieht sie ganz an:* Damit er – Richard – leidet.

BERTHA Er leidet nicht.

ROBERT *senkt den Kopf:* Doch, doch. Ich weiß es.

BERTHA Er weiß, daß wir uns mögen. Ist denn das etwas Schlimmes?

ROBERT *hebt den Kopf:* Nein, das ist nichts Schlimmes. Warum sollen wir uns nicht mögen? Noch weiß er nicht, was ich fühle. Er hat uns hier allein gelassen, in der Nacht, zu dieser Stunde, weil er endlich wissen will – endlich erlöst werden will.

BERTHA Wovon?

ROBERT *rückt näher an sie heran und drückt ihren Arm, während er spricht:* Von jedem Gesetz, Bertha, von jeder Fessel. Sein Leben lang hat er sich zu erlösen getrachtet. Jede Kette bis auf eine hat er zerrissen, und diese eine bleibt uns zu zerreißen, Bertha – dir und mir.

BERTHA *fast unhörbar:* Bist du sicher?

ROBERT *noch erregter:* Ich bin sicher, daß kein von Menschen geschaffenes Gesetz dem Drang der Leidenschaft heilig ist. *Fast wild.* Wer hat uns für nur einen Menschen geschaffen? Es ist ein Verbrechen gegen uns selbst, wenn wir so sind. Vor diesem Drang gilt kein Gesetz. Gesetze sind für Sklaven da. Bertha, sag meinen Namen! Laß ihn mich mit deiner Stimme sagen hören. Leise!

BERTHA *leise:* Robert!

ROBERT *legt seinen Arm um ihre Schulter:* Nur der Drang zur Jugend und zur Schönheit wird nicht sterben. *Er deutet auf die Veranda.* Horch!

BERTHA *erschreckt:* Was?

ROBERT Wie der Regen fällt. Sommerregen auf die Erde. Nachtregen. Dunkel und Wärme und die Flut der Leidenschaft. Heute nacht wird die Erde geliebt – geliebt und besessen. Um sie sind die Arme ihres Liebsten; und sie ist stumm. Sprich, Liebste!

BERTHA *beugt sich plötzlich vor und horcht gespannt:* Sch!

ROBERT *horcht, lächelt:* Nichts. Niemand. Wir sind allein.

Ein Windstoß fährt durch die Veranda herein, dazu das Geräusch geschüttelter Blätter. Die Flamme der Lampe flackert unmäßig.

BERTHA *auf die Lampe zeigend:* Schau!

ROBERT Nur der Wind. Wir haben Licht genug vom andern Zimmer.

Er reicht mit der Hand über den Tisch und macht die Lampe aus. Das Licht aus der Tür zum Schlafzimmer wirft einen Strahl auf die Stelle, wo sie sitzen. Das Zimmer ist ganz dunkel.

ROBERT Bist du glücklich? Sags mir.

BERTHA Ich geh jetzt, Robert. Es ist sehr spät. Sei zufrieden.

ROBERT *streichelt ihr Haar:* Noch nicht, noch nicht. Sag mir, liebst du mich ein wenig?

BERTHA Ich hab dich gern, Robert. Ich glaube, du bist ein guter Mensch. *Im Aufstehen.* Bist du zufrieden?

ROBERT *hält sie zurück, küßt ihr Haar:* Geh nicht, Bertha! Es ist noch Zeit. Liebst du mich auch? Ich habe lange gewartet. Liebst du uns beide – ihn und mich auch? Ja, Bertha? Die Wahrheit! Sags mir. Sags mir mit deinen Augen. Oder sprich!

Sie antwortet nicht. In der Stille hört man, wie der Regen fällt.

Dritter Akt

Der Salon von Richard Rowans Haus in Merrion. Die Schiebetür rechts ist geschlossen und ebenso die Doppeltür, die zum Garten führt. Die grünen Plüschvorhänge am Fenster links sind zugezogen. Das Zimmer ist halbdunkel. Es ist früh am Morgen des nächsten Tags. Bertha sitzt am Fenster und sieht durch die Vorhänge hindurch nach draußen. Sie trägt einen weiten, safrangelben Morgenrock. Ihr Haar ist locker über die Ohren gekämmt und im Nacken geknotet. Ihre Hände sind im Schoß gefaltet. Ihr Gesicht ist bleich und abgespannt.

BRIGID *kommt durch die Schiebetür rechts mit Federbesen und Staubtuch herein. Sie will durchs Zimmer hindurchgehen, bleibt aber, wie sie* BERTHA *sieht, abrupt stehen und bekreuzigt sich instinktiv.*

BRIGID Was für ne gottlose Zeit, gnädge Frau. Mir ist ja das Herz stehngeblieben. Warum sind Sie so früh denn schon auf?

BERTHA Wie spät ist es?

BRIGID Nach sieben, gnädge Frau. Sind Sie schon lang auf?

BERTHA Etwas.

BRIGID *kommt näher:* Haben Sie schlecht geträumt, daß Sie aufgewacht sind?

BERTHA Ich habe die ganze Nacht nicht geschlafen. Da bin ich aufgestanden, um zu sehn, wie die Sonne aufgeht.

BRIGID *öffnet die Doppeltür:* Der Morgen ist herrlich jetzt, nach dem ganzen Regen, den wir gehabt haben. *Dreht sich um.* Aber Sie müssen ja todmüde sein, gnädge Frau. Was wird nur der Herr sagen, wenn er hört, was Sie gemacht haben? *Sie geht zur Tür des Arbeitszimmers und klopft.* Herr Richard!

BERTHA *wendet den Kopf:* Er ist nicht da. Er ist vor einer Stunde schon weggegangen.

BRIGID Hinaus, zum Strand, hm?

BERTHA Ja.

BRIGID *geht zu ihr und beugt sich über eine Stuhllehne:* Drückt Sie irgendwas, gnädge Frau?

BERTHA Nein, Brigid.

BRIGID Das braucht Sie auch nicht. Er ist immer so gewesen, ist für sich allein da irgendwo herumgestiegen. Er ist schon ein komischer Kauz, der Herr Richard, und das war er schon immer. Es gibt bestimmt kein Fetzchen an ihm, das ich nicht kenn. Bedrückt Sies vielleicht jetzt, weil er da darin – *zeigt auf das Arbeitszimmer* – die halbe Nacht bei seinen Büchern steckt? Lassen Sie ihn gehn. Der kommt schon wieder zu Ihnen. Bestimmt: wo Sie sind, scheint für ihn die Sonne, gnädge Frau.

BERTHA *traurig:* D i e Zeit ist vorbei.

BRIGID *vertraulich:* Und ich hab guten Grund, mich dran zu erinnern – die Zeit, wie er Ihnen den Hof gemacht hat. *Sie setzt sich neben* BERTHA, *fährt leiser fort.* Wissen Sie, daß er mir damals alles von Ihnen erzählt hat und nichts seiner Mutter, Gott hab sie selig? Ihre Briefe und alles.

BERTHA Was? Meine Briefe an ihn?

BRIGID *freudig:* Ja. Ich seh ihn noch, wie er auf dem Küchentisch sitzt und mit den Beinen baumelt und sein Garn Geschichten spinnt, über Sie und sich und Irland und alle möglichen Faxen – zu einer ungebildeten alten Frau wie mir. Aber so war er schon immer. Wenn er sich aber mit einem hohen großen Herrn treffen gemußt hat, dann ist er selbst mindestens zweimal so groß gewesen. *Sieht* BERTHA *plötzlich an.* Ja, Sie weinen doch jetzt nicht gar? Aber wer wird denn weinen. Es kommen auch wieder gute Zeiten.

BERTHA Nein, Brigid, d i e Zeit kommt nur einmal im Leben. Das restliche Leben taugt zu nichts, als daß man sich an jene Zeit erinnert.

BRIGID *schweigt einen Augenblick, dann sagt sie freundlich:* Möchten Sie eine Tasse Tee haben, gnädge Frau? Die täte Ihnen gut.

BERTHA Ja, gerne. Aber der Milchmann ist noch nicht dagewesen.

BRIGID Nein. Der junge Herr Archie hat mir gesagt, ich soll ihn wecken, bevor er kommt. Er will einen Ausflug machen, mit dem Wagen. Aber ich hab noch eine Tasse von gestern. Der Kessel kocht im Augenblick. Möchten Sie auch ein schönes Ei dazu?

BERTHA Nein, danke.

BRIGID Oder eine schöne Scheibe Toast?

BERTHA Nein, Brigid, danke. Bloß eine Tasse Tee.

BRIGID *geht in Richtung der Schiebetür:* Es dauert keine Minute. *Sie bleibt stehen, kehrt um und geht auf die Tür links zu.* Aber erst muß ich den jungen Herrn Archie wecken oder ich kann was erleben.

Sie geht durch die linke Tür hinaus. Nach kurzer Zeit erhebt sich BERTHA *und geht zum Arbeitszimmer. Sie macht die Tür weit auf und blickt hinein. Man sieht ein kleines, unaufgeräumtes Zimmer mit vielen Bücherregalen und einen großen Schreibtisch mit Papieren und eine erloschene Lampe und davor einen Polsterstuhl. Sie bleibt einige Zeit in der Tür stehen und schließt diese dann wieder, ohne das Zimmer zu betreten. Sie kehrt zu ihrem Stuhl am Fenster zurück und setzt sich.*

ARCHIE, *gekleidet wie zuvor, kommt durch die Tür rechts herein, hinter ihm* BRIGID.

ARCHIE *geht zu ihr, hält ihr sein Gesicht zum Kuß hin und sagt:* Buon giorno, Mamma!

BERTHA *ihn küssend:* Buon giorno, Archie! *Zu Brigid.* Haben Sie ihm noch ein Wams unter das da gezogen?

BRIGID Er hat mich nicht gelassen, gnädge Frau.

ARCHIE Ich frier nicht, Mamma!

BERTHA Ich hab gesagt, du sollst das anziehn. Weißt du das nicht mehr?

ARCHIE Aber wieso ist denn kalt?

BERTHA *nimmt einen Kamm aus ihrem Haar und kämmt seine Haare an beiden Seiten nach hinten.* Und der Schlaf sitzt dir noch in den Augen.

BRIGID Er ist sofort ins Bett gekommen, nachdem Sie fortgegangen waren gestern abend, gnädge Frau.

ARCHIE Der läßt mich nämlich auch lenken, Mamma.

BERTHA *steckt den Kamm in ihr Haar zurück und umarmt ihn plötzlich:* Oh, was für ein großer Mann, ein Pferd kann er lenken!

BRIGID Ja, er ist ganz närrisch auf Pferde.

ARCHIE *sich losmachend:* Ich laß es ganz schnell gehn. Du kannst vom Fenster zugucken, Mamma. Mit der Peitsche. *Er macht die Geste des Peitschenknallens und brüllt so laut er kann.* Avanti!

BRIGID Das arme Pferd schlagen willst du?

BERTHA Komm her, daß ich dir den Mund abwische. *Sie nimmt ihr Taschentuch aus der Tasche ihres Morgenrocks, befeuchtet es mit der Zunge und wischt ihm den Mund ab.* Du bist ja ganz voll Ruß oder was, du kleiner Dreckfink.

ARCHIE *wiederholt, lachend:* Ruß! Was ist das, Ruß?

Man hört das Geräusch einer Milchkanne, die scheppernd ans Gitter vor dem Fenster gehängt wird.

BRIGID *zieht die Vorhänge zur Seite und sieht hinaus:* Da ist er ja!

ARCHIE *hastig:* Wart. Ich bin fertig. Wiedersehn, Mamma! *Er küßt sie flüchtig und wendet sich zum Gehen.* Ist Pappie auf?

BRIGID *nimmt ihn am Arm:* Na jetzt komm aber.

BERTHA Paß auf dich auf, Archie, und bleib nicht so lang, sonst laß ich dich nicht wieder fort.

ARCHIE Ja bestimmt. Und guck aus dem Fenster, dann siehst du mich. Wiedersehn.

BRIGID *und* ARCHIE *gehen durch die linke Tür hinaus.* BERTHA *steht auf, zieht die Vorhänge noch weiter zur Seite, stellt sich in die Fensterfüllung und sieht hinaus. Man hört die Haustür gehen: dann ein undeutliches Geräusch von Stimmen und Kannen. Die Tür wird geschlossen. Kurz darauf sieht man* BERTHA *munter mit der Hand winken.* BRIGID *kommt herein, stellt sich hinter sie und sieht ihr über die Schulter.*

BRIGID Sehn Sie nur, wie er dasitzt! So ernst wies nur geht.

BERTHA *verläßt mit einemmal ihren Posten:* Gehn Sie vom Fenster weg. Ich will nicht gesehn werden.

BRIGID Wieso, gnädge Frau, was ist denn los?

BERTHA *geht auf die Schiebetür zu:* Sagen Sie, ich bin noch nicht auf, daß ich mich nicht wohlfühle. Ich kann niemand sehn.

BRIGID *folgt ihr:* Wer ist es denn, gnädge Frau?

BERTHA *stehenbleibend:* Warten Sie mal.

Sie horcht. Man hört ein Klopfen an der Haustür.

BERTHA *steht einen Augenblick zweifelnd da, dann:* Nein, sagen Sie, ich bin da.

BRIGID *zweifelnd:* Hier!

BERTHA *hastig:* Ja. Sagen Sie, ich bin gerade aufgestanden.

Brigid geht links hinaus. BERTHA *geht zur Doppeltür und zupft nervös an den Vorhängen, wie um sie zu richten. Man hört die Haustür gehen. Dann tritt* BEATRICE JUSTICE *ein und bleibt, da* BERTHA *sich nicht sofort umdreht, zögernd bei der Tür links stehen. Sie ist gekleidet wie vorher und hat eine Zeitung in der Hand.*

BEATRICE *geht ungestüm auf sie zu:* Mrs. Rowan, entschuldigen Sie, daß ich um so eine Zeit komme.

BERTHA *dreht sich um:* Guten Morgen, Miss Justice. *Sie geht auf sie zu.* Ist etwas passiert?

BEATRICE *nervös:* Ich weiß nicht. Das ist es, was ich Sie fragen wollte.

BERTHA *betrachtet sie neugierig:* Sie sind ja außer Atem. Wollen Sie sich nicht setzen?

BEATRICE *setzt sich:* Danke.

BERTHA *setzt sich ihr gegenüber, auf die Zeitung zeigend:* Steht da was in der Zeitung?

BEATRICE *lacht nervös, schlägt die Zeitung auf:* Ja.

BERTHA Über Dick?

BEATRICE Ja. Hier. Ein langer Artikel, ein Leitartikel, von meinem Vetter. Sein ganzes Leben steht hier. Wollen Sie sehen?

BERTHA *nimmt die Zeitung und schlägt sie auf:* Wo ist es?

BEATRICE In der Mitte. Der Titel ist: Ein bedeutender Ire.

BERTHA Ist das ... für Dick oder gegen ihn?

BEATRICE *lebhaft:* Oh für ihn! Sie können schon lesen, was er über Mr. Rowan sagt. Und ich weiß, daß Robert bis sehr spät in die Nacht gestern in der Stadt geblieben ist, um das zu schreiben.

BERTHA *nervös:* Ja. Sind Sie sicher?

BEATRICE Ja. Bis sehr spät. Ich hab ihn heimkommen hören. Es war lange nach zwei.

BERTHA *sie beobachtend:* Es hat Sie beunruhigt? Ich meine, so früh am Morgen geweckt zu werden.

BEATRICE Ich habe einen leichten Schlaf. Aber ich wußte, daß er aus der Redaktion kam und da ... hatte ich den Verdacht, daß er einen Artikel über Mr. Rowan geschrieben hätte und daß er deshalb so spät käme.

BERTHA Wie schnell Sie darauf gekommen sind!

BEATRICE Na, nach dem, was hier gestern nachmittag vor sich gegangen ist – ich meine, was Robert sagte, daß Mr. Rowan diese Berufung angenommen hätte. Es war da nur natürlich, daß ich auf den Gedanken gekommen bin ...

BERTHA Ah ja. Natürlich.

BEATRICE *rasch:* Aber nicht das war es, was mich beunruhigt hat. Aber unmittelbar darauf habe ich ein Geräusch im Zimmer meines Vetters gehört.

BERTHA *zerknüllt die Zeitung in ihrer Hand, atemlos:* Mein Gott! Was ist los? Reden Sie.

BEATRICE *sie beobachtend:* Warum regt Sie das so auf?

BERTHA *sinkt zurück, mit gezwungenem Lachen:* Ja, natürlich, das ist sehr töricht von mir. Ich bin mit den Nerven ganz fertig. Auch ich habe sehr schlecht geschlafen. Darum bin ich so früh aufgestanden. Aber sagen Sie mir, was war es denn?

BEATRICE Nur das Geräusch seines Koffers, der über den Boden geschleift wurde. Dann hörte ich ihn – leise pfeifend – in seinem Zimmer hin und her gehn. Und dann, wie er ihn abschloß und zuschnallte.

BERTHA Er geht fort!

BEATRICE Das wars, was mich beunruhigt hat. Ich hatte Angst, er hätte einen Streit mit Mr. Rowan gehabt, und daß sein Artikel eine Attacke sei.

BERTHA Aber warum sollten sie streiten? Hatten Sie denn den Eindruck, daß etwas zwischen ihnen war?

BEATRICE Ich glaube ja. Sie wirkten kühl zueinander.

BERTHA Neuerdings?

BEATRICE Seit langer Zeit schon.

BERTHA *streicht die Zeitung glatt:* Kennen Sie den Grund?

BEATRICE *zögernd:* Nein.

BERTHA *nach einer Pause:* Nun gut, aber wenn dieser Artikel für ihn ist, wie Sie sagen, dann haben sie nicht gestritten. *Sie überlegt einen Augenblick.* Und gestern nacht außerdem noch geschrieben.

BEATRICE Ja. Ich habe sofort die Zeitung gekauft, um nachzusehn. Aber warum geht er denn dann so plötzlich fort? Ich habe das Gefühl, daß da etwas nicht stimmt. Ich habe das Gefühl, daß etwas zwischen ihnen vorgefallen ist.

BERTHA Täte Ihnen das leid?

BEATRICE Das täte mir sehr leid. Sehen Sie, Mrs. Rowan, Robert ist mein Vetter ersten Grades, und es würde mich sehr betrüben, wenn er Mr. Rowan schlecht behandelte, jetzt, wo er zurückgekommen ist, oder wenn sie einen ernsten Streit hätten, gerade weil...

BERTHA *mit der Zeitung spielend:* Weil?

BEATRICE: Weil mein Vetter es war, der Mr. Rowan immer drängte, zurückzukommen. Das drückt auf mein Gewissen.

BERTHA Es sollte auf Mr. Hands Gewissen drücken, oder?

BEATRICE *unsicher:* Auf meins auch. Denn – ich habe mit meinem Vetter über Mr. Rowan gesprochen, als er fort war, und, bis zu einem gewissen Grade, war ich es...

BERTHA *nickt langsam:* Ich verstehe. Und das drückt auf Ihr Gewissen. Nur das?

BEATRICE Ich glaube ja.

BERTHA *fast heiter:* Es sieht aus, als ob Sie es waren, Miss Justice, die meinen Mann zurück nach Irland geholt hat.

BEATRICE Ich, Mrs. Rowan?

BERTHA Ja, Sie. Durch Ihre Briefe an ihn und dadurch, daß Sie mit Ihrem Vetter sprachen, wie Sie es gerade erzählt haben. Glauben Sie nicht, daß Sie diejenige sind, die ihn zurückgeholt hat?

BEATRICE *errötet plötzlich:* Nein. Das könnt ich nicht denken.

BERTHA *beobachtet sie einen Augenblick; wendet sich dann ab:* Sie wissen, daß mein Mann sehr viel schreibt, seit er zurück ist.

BEATRICE Ach ja?

BERTHA Wußten Sie das nicht? *Sie zeigt auf das Arbeitszimmer.* Den größten Teil der Nacht bringt er da drin zu und schreibt. Nacht um Nacht.

BEATRICE In seinem Arbeitszimmer?

BERTHA Arbeitszimmer oder Schlafzimmer. Nennen Sie es wie Sie wollen. Er schläft auch da, auf einem Sofa. Letzte Nacht hat er da geschlafen. Ich kanns Ihnen zeigen, wenn Sie mir nicht glauben.

Sie steht auf und will zum Arbeitszimmer gehen. BEATRICE *erhebt sich rasch ein Stück und macht eine abwehrende Geste.*

BEATRICE Aber ich glaube Ihnen doch, Mrs. Rowan, wenn Sies mir sagen.

BERTHA *setzt sich wieder:* Ja. Er schreibt. Und es muß um etwas gehen, das erst neuerdings in sein Leben getreten ist – seit wir wieder nach Irland gekommen sind. Irgendeine Veränderung. Wissen Sie, ob eine Veränderung über sein Leben gekommen ist? *Sie sieht sie prüfend an.* Wissen Sie es oder fühlen Sie es?

BEATRICE *hält ihrem Blick stand:* Mrs. Rowan, das ist keine Frage, die Sie mir stellen dürfen. Wenn eine Veränderung über sein Leben gekommen ist, seit er wiedergekommen ist, so müssen Sie das wissen und fühlen.

BERTHA Sie könnten es genauso wissen. Sie gehen doch in diesem Haus hier ein und aus.

BEATRICE Ich bin nicht die einzige Person, die hier ein und aus geht. *Sie sehen einander einige Augenblicke kalt und schweigend an.* BERTA *legt die Zeitung beiseite und setzt sich näher zu* BEATRICE.

BERTHA *legt ihre Hand auf Beatrices Knie:* So hassen auch Sie mich, Miss Justice?

BEATRICE *gepreßt:* Sie hassen? Ich?

BERTHA *eindringlich, aber sanft:* Ja. Sie wissen, was es heißt, jemand hassen?

BEATRICE Warum sollte ich Sie hassen? Ich habe nie jemanden gehaßt.

BERTHA Haben Sie je jemand geliebt? *Sie legt ihre Hand auf* BEATRICES *Handgelenk.* Sagen Sies mir. Sie haben geliebt?

BEATRICE *ebenfalls sanft:* Ja. Früher.

BERTHA Nicht jetzt?

BEATRICE Nein.

BERTHA Können Sie mir das – wahrhaftig sagen? Sehen Sie mich an.

BEATRICE *sieht sie an:* Ja, wirklich.

Eine kurze Pause. BERTHA *zieht ihre Hand fort und wendet den Kopf mit einiger Verlegenheit ab.*

BERTHA Sie haben eben gesagt, daß eine andere Person in diesem Haus hier ein und aus geht. Sie meinten Ihren Vetter ... War ers?

BEATRICE Ja.

BERTHA Haben Sie ihn nicht vergessen?

BEATRICE *ruhig:* Ich habs versucht.

BERTHA *faltet ihre Hände:* Sie hassen mich. Sie glauben, daß ich glücklich bin. Wenn Sie nur wüßten, wie sehr Sie sich irrten!

BEATRICE *schüttelt den Kopf:* Nein, nein.

BERTHA Glücklich! Wenn ich nichts von dem verstehe, was er schreibt, wenn ich ihm in nichts helfen kann, wenn ich manchmal nicht einmal die Hälfte von dem verstehe, was er zu mir sagt! Sie konnten es und könnens. *Erregt.* Aber ich habe Angst um ihn, Angst um alle zwei. *Sie steht plötzlich auf und geht zum Sekretär.* So darf er doch nicht fortgehn. *Sie nimmt einen Schreibblock aus der Schublade und schreibt in großer Hast ein paar Zeilen.* Nein, das ist unmöglich! Ist er verrückt, daß er so etwas macht? *Wendet sich zu* BEATRICE. Ist er noch zu Hause?

BEATRICE *beobachtet sie verwundert:* Ja. Haben Sie ihm geschrieben, um ihn herzubitten?

BERTHA *steht auf:* Ja. Ich will Brigid damit hinüberschicken. Brigid! *Sie geht rasch durch die Tür links hinaus.*

BEATRICE *starrt ihr nach, unwillkürlich:* So ist es also wahr!

Sie blickt zur Tür von RICHARDS *Arbeitszimmer und verbirgt ihren Kopf in ihren Händen. Dann, sich fangend, nimmt sie die Zeitung von dem kleinen Tisch, schlägt sie auf, nimmt ein Brillenetui aus ihrer Handtasche, setzt eine Brille auf und beugt sich nieder, um zu lesen.* RICHARD ROWAN *tritt vom Garten her ein. Er ist gekleidet wie zuvor, trägt aber einen weichen Hut und hat einen dünnen Spazierstock in der Hand.*

RICHARD *steht in der Tür und beobachtet sie eine Zeitlang.* Es sind Dämonen – *zeigt nach dem Strand hin* – da draußen. Ich habe sie schnattern gehört seit Morgengrauen.

BEATRICE *fährt hoch:* Mr. Rowan!

RICHARD Ich schwörs Ihnen. Die Insel ist voll von Stimmen. Auch Ihre. Sonst könnte ich Sie nicht sehen, sagte die. Und Berthas Stimme. Aber, ich schwörs Ihnen, das sind alles Dämonen. Ich habe das Zeichen des Kreuzes verkehrt herum gemacht, und da sind sie verstummt.

BEATRICE *stammelnd:* Ich bin so früh hierher gekommen, Mr. Rowan, weil ... um Ihnen das zu zeigen ... Robert hats geschrieben ... über Sie ... gestern nacht.

RICHARD *nimmt seinen Hut ab:* Meine liebe Miss Justice, Sie haben mir gestern, denk ich, erzählt, warum Sie hierher kämen, und ich vergesse nie etwas. *Kommt, mit ausgestreckter Hand, auf sie zu.* Guten Morgen.

BEATRICE *nimmt plötzlich ihre Brille ab und gibt ihm die*

Zeitung: Ich bin deshalb gekommen. Es ist ein Artikel über Sie. Robert hat ihn gestern nacht geschrieben. Wollen Sie ihn lesen?

RICHARD *verbeugt sich:* Jetzt lesen? Aber gewiß.

BEATRICE *sieht ihn verzweifelt an:* Oh, Mr. Rowan, es schneidet mir ins Herz, wenn ich Sie ansehe.

RICHARD *schlägt die Zeitung auf und liest:* Tod von Hochwürden Herrn Kanonikus Mulhall. Ist es das?

BERTHA *erscheint an der Tür links und bleibt stehen, um zuzuhören.*

RICHARD *schlägt eine Seite um:* Ja, das ist es! Ein bedeutender Ire. *Er beginnt mit recht lauter, harter Stimme zu lesen.* Bei weitem nicht das unbedeutendste Problem, das sich unserem Lande stellt, ist das Problem, welche Haltung es jenen Landeskindern gegenüber einnehmen soll, die, nachdem sie es in der Stunde der Not verlassen haben, jetzt, am Vorabend seines heiß ersehnten Sieges, zu ihm zurückgerufen worden sind, zu diesem Land, das sie, in Einsamkeit und Verbannung, endlich lieben gelernt haben. In der Verbannung, haben wir gesagt, doch hier müssen wir unterscheiden. Es gibt eine ökonomische und es gibt eine geistige Verbannung. Da gibt es jene, die ihr Vaterland verließen und auszogen, um das Brot, von dem der Mensch lebt, zu suchen, und da gibt es andere, ja wahrlich, die begnadetsten Kinder ihres Landes, die auszogen, um in andern Landen jenes Brot des Geistes zu suchen, mit dem ein Volk, damit es leben kann, gespeist wird. Wer an das geistige Leben Dublins von vor einem Dezennium zurückdenkt, dem wird manch eine Erinnerung an Mr. Rowan in den Sinn kommen. Etwas von jenem glühenden Zorn zerriß das Herz ...

Er hebt seine Augen von der Zeitung und sieht BERTHA *in der Tür stehen. Dann legt er die Zeitung beiseite und sieht sie an. Ein langes Schweigen.*

BEATRICE *gepreßt:* Sie sehen, Mr. Rowan, Ihr Tag ist endlich angebrochen. Sogar hier. Und Sie sehen, daß Sie einen wahren Freund in Robert haben, einen Freund, der Sie versteht.

RICHARD Ist Ihnen die kleine Wendung am Anfang aufgefallen: jene, die es in der Stunde der Not verlassen haben?

Er sieht BERTHA *prüfend an, dreht sich um, geht in sein Arbeitszimmer und macht die Tür hinter sich zu.*

BERTHA *spricht halb zu sich:* Ich habe alles für ihn aufgegeben: Religion, Familie, meinen inneren Frieden.

Sie läßt sich in einen Sessel sinken. BEATRICE *geht zu ihr.*

BEATRICE *schwächlich:* Aber spüren Sie denn nicht auch, daß Mr. Rowans Ideen ...

BERTHA *bitter:* Ideen und Ideen! Aber die Menschen dieser Welt haben andere Ideen oder tun so. Doch sie müssen sich mit ihm abfinden trotz seiner Ideen, weil er die Kraft hat, etwas zu schaffen. Ich nicht. Ich bin nichts.

BEATRICE Sie stehen an seiner Seite.

BERTHA *mit wachsender Bitterkeit:* Ach Unsinn, Miss Justice! Ich bin nur ein Ding, in das er sich verstrickt hat, und mein Sohn ist – na, der hübsche Name, den man diesen Kindern gibt. Glauben Sie, ich bin ein Stein? Glauben Sie, ich seh es nicht in den Augen der Leute und in ihrem Benehmen, wenn sie mit mir zusammensein müssen?

BEATRICE Lassen Sie sich von denen nicht demütigen, Mrs. Rowan.

BERTHA *hochmütig:* Mich demütigen! Ich bin sehr stolz auf mich, wenn Sie das interessiert. Was haben die denn jemals für ihn getan? Ich habe einen Mann aus ihm gemacht. Was sind die denn alle in seinem Leben? Nicht mehr als der Dreck unter seinen Schuhen! *Sie steht auf und geht erregt auf und ab.* Er kann auch mich verachten, wie die andern – jetzt. Und Sie können mich verachten. Aber ihr könnt mich nie demütigen, keiner von euch.

BEATRICE Warum beschuldigen Sie mich?

BERTHA *geht impulsiv zu ihr:* Ich bin so zerquält. Verzeihen Sie mir, wenn ich ausfallend gewesen bin. Ich möchte, daß wir Freunde sind. *Sie streckt ihre Hand aus.* Wollen Sie?

BEATRICE *ergreift ihre Hand:* Gern.

Bertha *sieht sie an:* Was für schöne lange Wimpern Sie haben! Und Ihre Augen haben einen so traurigen Ausdruck!

Beatrice *lächelnd:* Ich sehe sehr wenig mit ihnen. Sie sind sehr schwach!

Bertha *herzlich:* Aber schön.

Sie umarmt sie still und küßt sie. Dann macht sie sich etwas scheu von ihr los. Brigid *kommt von links herein.*

Brigid Ich habs ihm selbst gegeben, gnädge Frau.

Bertha Läßt er etwas ausrichten?

Brigid Er war grad am Ausgehn, gnädge Frau. Ich soll ausrichten, er wär gleich nach mir da.

Bertha Danke.

Brigid *im Gehen:* Möchten Sie jetzt den Tee und den Toast haben, gnädge Frau?

Bertha Nicht jetzt, Brigid. Nachher vielleicht. Wenn Mr. Hand kommt, führen Sie ihn sofort hinein.

Brigid Ja, gnädge Frau. *Sie geht links ab.*

Beatrice Ich werde jetzt gehn, Mrs. Rowan, bevor er kommt.

Bertha *etwas zaghaft:* Dann sind wir also Freunde?

Beatrice *im selben Ton:* Wir wollens versuchen. *Dreht sich.* Erlauben Sie mir, daß ich durch den Garten gehe? Ich möchte meinem Vetter jetzt nicht gern begegnen.

Bertha Natürlich. *Sie ergreift ihre Hand.* Es ist so merkwürdig, wie wir jetzt miteinander gesprochen haben. Aber ich habe es mir immer gewünscht. Sie nicht auch?

Beatrice Ich glaube, ich auch.

Bertha *lächelnd:* Selbst in Rom. Wenn ich mit Archie spazierenging, habe ich oft über Sie nachgedacht, und wie Sie wohl aussähen, denn ich wußte ja von Ihnen durch Dick. Ich habe mir immer die Menschen angeschaut, wie sie aus Kirchen kamen oder in Kutschen vorbeifuhren, und gedacht, daß die vielleicht wie Sie aussähen. Denn Dick hatte mir erzählt, daß Sie dunkelhaarig wären.

Beatrice *wieder nervös:* Wirklich?

Bertha *ihr die Hand drückend:* Also auf Wiedersehn – für jetzt.

BEATRICE *macht ihre Hand los:* Guten Morgen.

BERTHA Ich bringe Sie noch bis ans Tor.

Sie begleitet sie durch die Doppeltür hinaus. Sie gehen durch den Garten. RICHARD ROWAN *kommt aus dem Arbeitszimmer. Er bleibt an der Doppeltür stehen und schaut hinaus in den Garten. Dann kehrt er sich ab, geht zu dem kleinen Tisch, nimmt die Zeitung und liest.* BERTHA *erscheint nach einigen Augenblicken in der Tür und bleibt, ihn beobachtend, stehen, bis er fertig gelesen hat. Er legt die Zeitung wieder fort und will zurück in sein Arbeitszimmer gehen.*

BERTHA Dick!

RICHARD *stehenbleibend:* Nun?

BERTHA Du hast mit mir nicht gesprochen.

RICHARD Ich habe nichts zu sagen. Du vielleicht?

BERTHA Willst du denn nicht wissen – was gestern nacht geschehn ist?

RICHARD Das werde ich niemals wissen.

BERTHA Ich werds dir sagen, wenn du mich fragst.

RICHARD Du wirsts mir sagen. Aber ich werde es niemals wissen. Niemals in dieser Welt.

BERTHA *kommt auf ihn zu:* Ich werde dir die Wahrheit sagen, Dick, wie ich sie dir immer gesagt habe. Ich habe dich niemals belogen.

RICHARD *ballt seine Hände in der Luft, heftig:* Ja, ja. Die Wahrheit! Aber ich werde es niemals wissen, ich sags dir doch.

BERTHA Und warum hast du mich dann gestern nacht verlassen?

RICHARD *bitter:* In deiner Stunde der Not.

BERTHA *drohend:* Du hast mich dazu gedrängt. Nicht weil du mich liebst. Wenn du mich liebtest oder wenn du wüßtest, was Liebe ist, hättest du mich nicht verlassen. Um deiner selbst willen hast du mich dazu gedrängt.

RICHARD Ich habe mich nicht selbst gemacht. Ich bin was ich bin.

BERTHA Um mir das immer vorhalten zu können. Um mich

vor dir zu demütigen, wie du das immer getan hast. Um selber frei zu sein. *Deutet auf den Garten.* Mit ihr! Und das ist deine Liebe! Jedes Wort, das du sagst, ist gelogen.

RICHARD *beherrscht sich:* Es ist sinnlos, dich zu bitten, mir zuzuhören.

BERTHA Dir zuzuhören! Das kann sie besser besorgen. Warum solltest du deine Zeit mit mir verschwenden? Sprich mit ihr.

RICHARD *nickt:* Ich verstehe. Jetzt hast du sie von mir getrieben, wie du jeden anderen von meiner Seite getrieben hast – jeden Freund, den ich je hatte, jeden Menschen, der je versucht hat, sich mir zu nähern. Du haßt sie.

BERTHA *lebhaft:* Nicht so! Ich glaube, du hast sie unglücklich gemacht wie mich, und wie du deine tote Mutter unglücklich gemacht und gemordet hast. Frauenmörder! Das ist der richtige Name für dich.

RICHARD *wendet sich zum Gehen:* Arrivederci!

BERTHA *erregt:* Sie ist ein gebildeter, freundlicher Mensch. Ich mag sie. Sie ist alles, was ich nicht bin – durch Geburt und Erziehung. Du hast versucht, sie zu zerstören, aber du konntest es nicht. Denn sie kann es mit dir aufnehmen – was ich nicht kann. Und du weißt das.

RICHARD *fast schreiend:* Warum zum Teufel redest du denn von ihr?

BERTHA *ihre Hände ringend:* O wie sehr ich wünschte, ich wäre dir nie begegnet! Wie ich diesen Tag verfluche!

RICHARD *bitter:* Ich bin also im Weg, ist es das? Du möchtest jetzt frei sein. Du brauchst es nur zu sagen.

BERTHA *stolz:* Wann immer du es willst – ich bin bereit.

RICHARD Damit du deinen Geliebten treffen kannst – einschränkungslos?

BERTHA Ja.

RICHARD Nacht um Nacht?

BERTHA *starrt vor sich hin und spricht mit großer Leidenschaft:* Meinen Geliebten zu treffen! *Streckt die Arme aus.* Mein Geliebter! Ja! Mein Geliebter!

Sie bricht plötzlich in Tränen aus, sinkt auf einen Stuhl und verbirgt ihr Gesicht in den Händen. RICHARD *nähert sich ihr langsam und berührt ihre Schulter.*

RICHARD Bertha! *Sie antwortet nicht.* Bertha, du bist frei.

BERTHA *stößt seine Hand fort und springt hoch:* Faß mich nicht an! Du bist ein Fremder für mich. Gar nichts in mir verstehst du – nicht Eines in meinem Herzen oder in meiner Seele. Ein Fremder! Ich lebe mit einem Fremden!

Man hört es an der Haustür klopfen. BERTHA *trocknet sich die Augen rasch mit ihrem Taschentuch und schiebt ihren Morgenrock vorne zurecht.* RICHARD *horcht einen Augenblick, sieht sie scharf an, wendet sich ab und geht in sein Arbeitszimmer.* ROBERT HAND *kommt von links herein. Er ist dunkelbraun angezogen und trägt in der Hand einen braunen Berghut.*

ROBERT *schließt leise hinter sich die Tür:* Du wolltest mich sehen.

BERTHA *steht auf:* Ja. Bist du verrückt, einfach so davongehen zu wollen, ohne wenigstens hierher zu kommen – ohne auch nur ein Wort zu sagen?

ROBERT *geht auf den Tisch zu, auf dem die Zeitung liegt, wirft einen Blick darauf:* Was ich zu sagen habe, habe ich hier gesagt.

BERTHA Wann hast du das geschrieben? Gestern nacht – nachdem ich gegangen war?

ROBERT *verbindlich:* Um ganz genau zu sein: einen Teil davon habe ich – im Kopf – bevor du gingst geschrieben. Den Rest – das Schlechteste – habe ich danach geschrieben. Viel später.

BERTHA Und du konntest schreiben, gestern nacht!

ROBERT *zuckt die Achseln:* Ich bin ein wohldressiertes Tier. *Er kommt näher zu ihr.* Ich habe eine lange irre Nacht verbracht danach ... in meiner Redaktion, im Haus des Prorektors, in einem Nachtklub, auf den Straßen, in meinem Zimmer. Dein Bild stand mir immer vor Augen, deine Hand in meiner Hand, Bertha, ich werde die letzte Nacht niemals vergessen. *Er legt seinen Hut auf den Tisch und nimmt ihre Hand.* Warum siehst du mich nicht an? Darf ich dich nicht anfassen?

BERTHA *zeigt auf das Arbeitszimmer:* Dick ist da drin.

ROBERT *läßt ihre Hand gehen:* Dann also: Kinder, benehmt euch.

BERTHA Wo gehst du hin?

ROBERT In ferne Lande. Das heißt, zu meinem Vetter Jack Justice, alias Doggy Justice, in Surrey. Er hat ein hübsches Landhaus da und die Luft ist mild.

BERTHA Warum gehst du?

ROBERT *sieht sie schweigend an:* Kannst du dir keinen Grund denken?

BERTHA Meinetwegen?

ROBERT Ja. Es ist nicht angenehm für mich, gerade jetzt hier zu sein.

BERTHA *setzt sich hilflos:* Aber das ist grausam von dir, Robert. Grausam für mich und auch für ihn.

ROBERT Hat er gefragt ... was geschehen ist?

BERTHA *schlägt verzweifelt die Hände zusammen:* Nein. Er weigert sich, mich irgend etwas zu fragen. Er sagt, er wird es doch niemals wissen.

ROBERT *nickt ernst:* Er hat recht. Er hat immer recht.

BERTHA Aber, Robert, du mußt mit ihm sprechen.

ROBERT Was soll ich ihm sagen?

BERTHA Die Wahrheit! Alles!

ROBERT *überlegt:* Nein, Bertha. Ich spräche von Mann zu Mann. Ich kann ihm nicht alles sagen.

BERTHA Er wird glauben, daß du deshalb fortgehst, weil du Angst hast, ihm nach gestern abend noch unter die Augen zu treten.

ROBERT *nach einer Pause:* Gut, ich bin ebensowenig ein Feigling wie er. Ich spreche mit ihm.

BERTHA *steht auf:* Ich rufe ihn.

ROBERT *faßt ihre Hände:* Bertha! Was ist gestern nacht geschehen? Was ist die Wahrheit, die ich sagen soll? *Er sieht ihr ernst in die Augen.* Warst du mein in dieser heiligen Liebesnacht? Oder hab ichs geträumt?

BERTHA *lächelt schwach:* Erinnere dich an deinen Traum von mir. Du hast geträumt, daß ich dein war, gestern nacht.

ROBERT Und das ist die Wahrheit – ein Traum? Das ists, was ich sagen soll?

BERTHA Ja.

ROBERT *küßt ihre beiden Hände:* BERTHA! *Mit leiserer Stimme.* In meinem ganzen Leben ist nur dieser Traum die Wirklichkeit. Den Rest vergesse ich. *Er küßt wieder ihre Hände.* Und jetzt kann ich ihm die Wahrheit sagen. Ruf ihn.

BERTHA *geht an die Tür von* RICHARDS *Arbeitszimmer und klopft. Es kommt keine Antwort. Sie klopft noch einmal.*

BERTHA Dick! *Es kommt keine Antwort.* Mr. Hand ist hier. Er möchte mit dir sprechen, sich verabschieden. Er fährt fort. *Es kommt keine Antwort. Sie schlägt fest mit der Hand an die Holztäfelung der Tür und ruft beunruhigt.* Dick! Antworte mir!

RICHARD ROWAN *kommt aus dem Arbeitszimmer. Er geht sofort auf* ROBERT *zu, hält ihm aber nicht die Hand hin.*

RICHARD *ruhig:* Ich danke dir für deinen freundlichen Artikel über mich. Stimmt es, daß du gekommen bist, um dich zu verabschieden?

ROBERT Du hast mir für nichts zu danken, Richard. Jetzt und in alle Zukunft bin ich dein Freund. Jetzt mehr denn je zuvor. Glaubst du mir, Richard?

RICHARD *setzt sich auf einen Stuhl und vergräbt sein Gesicht in seinen Händen.* BERTHA *und* ROBERT *sehen einander schweigend an. Dann dreht sie sich um und geht leise rechts hinaus.* ROBERT *geht auf* RICHARD *zu, bleibt in seiner Nähe stehen, stützt sich mit den Händen auf eine Stuhllehne und sieht auf ihn hinunter. Langes Schweigen. Man hört draußen auf der Straße eine vorbeigehende* FISCHERSFRAU *ihre Ware ausschreien.*

FISCHERSFRAU Frische Dublin-Bay-Heringe! Frische Dublin-Bay-Heringe! Dublin-Bay-Heringe!

Robert *ruhig:* Ich will dir die Wahrheit sagen, Richard. Hörst du zu?

Richard *hebt den Kopf und lehnt sich zurück, um zu hören:* Ja.

Robert *setzt sich auf den Stuhl neben ihm. Man hört die* Fischersfrau *aus größerer Entfernung rufen.*

Fischersfrau Frische Heringe! Dublin-Bay-Heringe!

Robert Ich habe keinen Erfolg gehabt, Richard. Das ist die Wahrheit. Glaubst du mir?

Richard Ich höre.

Robert Ich hab keinen Erfolg gehabt. Sie gehört dir, genau wie vor neun Jahren, als du ihr zum erstenmal begegnet bist.

Richard Als wir ihr zum erstenmal begegnet sind, meinst du.

Robert Ja. *Blickt einige Augenblicke lang zu Boden.* Soll ich fortfahren?

Richard Ja.

Robert Sie ging fort. Ich blieb allein zurück – zum zweitenmal. Ich ging zum Prorektor und speiste. Ich sagte, du wärst krank und kämst ein andermal. Ich habe Sinnsprüche produziert, neue und alte – auch das über die Denkmäler. Ich trank gekühlte Rotweinbowle. Ich ging in meine Redaktion und schrieb meinen Artikel. Dann . . .

Richard Dann?

Robert Dann ging ich in einen gewissen Nachtklub. Da waren Männer – aber auch Frauen. Wenigstens sahen sie wie Frauen aus. Mit einer hab ich getanzt. Sie bat mich, sie nach Hause zu bringen. Soll ich fortfahren?

Richard Ja.

Robert Ich brachte sie in einer Droschke nach Hause. Sie wohnt in der Nähe von Donnybrook. In der Droschke fand statt, was der scharfsinnige Duns Scotus einen Tod des Geistes nennt. Soll ich fortfahren?

Richard Ja.

Robert Sie weinte. Sie erzählte mir, sie wäre die geschiedene Frau eines Rechtsanwalts. Ich bot ihr einen Sovereign an, als sie sagte, sie wäre knapp bei Kasse. Sie wollte ihn aber nicht nehmen und weinte sehr. Dann trank sie etwas Melissengeist aus einem Fläschchen, das sie in ihrer Schultertasche hatte. Ich sah sie in ihr Haus gehn. Dann ging ich zu Fuß nach Hause. In meinem Zimmer merkte ich, daß mein Rock ganz fleckig war von dem Melissengeist. Nicht mal mit meinen Röcken hatte ich gestern Glück: das war der Zweite. Da kam mir der Gedanke, meinen Anzug zu wechseln und mit dem Morgenschiff wegzufahren. Ich packte meinen Koffer und ging ins Bett. Ich fahre nun mit dem nächsten Zug zu meinen Vetter, Jack Justice, nach Surrey. Vielleicht für vierzehn Tage. Vielleicht für länger. Bist du angewidert?

RICHARD Warum hast du nicht das Schiff genommen?

ROBERT Ich hab verschlafen.

RICHARD Du wolltest gehen, ohne dich zu verabschieden – ohne hierherzukommen?

ROBERT Ja.

RICHARD Warum?

ROBERT Meine Geschichte ist nicht sehr hübsch, oder?

RICHARD Aber du bist gekommen.

ROBERT Bertha hat mir eine Nachricht geschickt, ich möge kommen.

RICHARD Sonst...?

ROBERT Sonst wär ich nicht gekommen.

RICHARD Ist dir der Gedanke nicht gekommen, daß ich, wenn du ohne herzukommen weggefahren wärst, das auf meine Weise verstanden hätte?

ROBERT Doch, schon.

RICHARD Was also soll ich dir glauben?

ROBERT Du sollst mir glauben, daß ich keinen Erfolg gehabt habe. Daß Bertha dir gehört, jetzt genau wie vor neun Jahren, als du – als wir – ihr zum erstenmal begegnet sind.

RICHARD Hast du wissen wollen, was ich getan habe?

ROBERT Nein.

RICHARD Ich bin sofort heimgegangen.

ROBERT Hast du Bertha nach Hause kommen hören?

RICHARD Nein. Ich hab die ganze Nacht geschrieben. Und gedacht. *Zeigt auf das Arbeitszimmer.* Da drin. Vor dem Morgengrauen ging ich hinaus und lief den Strand entlang von einem Ende zum andern.

ROBERT *schüttelt den Kopf:* Hast gelitten. Dich zerquält.

RICHARD Stimmen habe ich um mich her gehört. Die Stimmen derer, die sagen, daß sie mich lieben.

ROBERT *zeigt auf die Tür rechts:* Eine. Und meine?

RICHARD Und noch eine.

ROBERT *lächelt und greift sich mit dem rechten Zeigefinger an die Stirn:* Stimmt. Meine interessante, doch etwas melancholische Kusine. Und was haben die dir gesagt?

RICHARD Sie haben mir gesagt, ich sollte verzweifeln.

ROBERT Eine komische Art, ihre Liebe zu zeigen, ich muß schon sagen! Und wirst du verzweifeln?

RICHARD *sich erhebend:* Nein.

Man hört ein Geräusch am Fenster. Man sieht ARCHIES *Gesicht gegen eine der Scheiben gepreßt. Man hört ihn rufen.*

ARCHIE Machts Fenster auf! Machts Fenster auf!

ROBERT *sieht* RICHARD *an:* Hast du auch seine Stimme gehört, Richard, mit den andern – da draußen am Strand? Die Stimme deines Sohns. *Lächelnd.* Hör doch! Wie verzweifelt die klingt!

ARCHIE Machts Fenster auf, bitte, hört ihr nicht?

ROBERT Vielleicht liegt da die Freiheit, die wir suchen, Richard – du auf eine Art, ich auf eine andere. In ihm und nicht in uns. Vielleicht ...

RICHARD Vielleicht ...?

ROBERT Ich sagte v i e l l e i c h t. Ich würde beinah sicher sagen, wenn ...

RICHARD Wenn was?

ROBERT *mit schwachem Lächeln:* Wenn es meiner wäre.

Er geht ans Fenster und öffnet es. ARCHIE *klettert herein.*

ROBERT Wie gestern – eh?

ARCHIE Guten Morgen, Mr. Hand. *Er rennt zu* RICHARD *und küßt ihn.* Buon giorno, babbo.

RICHARD Buon giorno, Archie.

ROBERT Und wo bist du gewesen, junger Herr?

ARCHIE Fort mit dem Milchmann. Ich hab das Pferd gelenkt. Wir sind bis Booterstown gefahren. *Er nimmt seine Mütze ab und wirft sie auf einen Stuhl.* Ich hab einen Hunger.

ROBERT *nimmt seinen Hut vom Tisch:* Richard, leb wohl. *Hält ihm seine Hand hin.* Bis zum nächstenmal!

RICHARD *steht auf, berührt leicht seine Hand:* Leb wohl.

BERTHA *erscheint in der Tür rechts.*

ROBERT *bemerkt sie; zu* ARCHIE: Nimm deine Mütze. Komm mit mir. Ich kauf dir Kuchen und erzähl dir eine Geschichte.

ARCHIE *zu* BERTHA*:* Darf ich, Mamma?

BERTHA Ja.

ARCHIE *nimmt seine Mütze:* Ich bin fertig.

ROBERT *zu* RICHARD *und* BERTHA: Verabschiede dich von dem Pappa und von der Mamma. Aber keine große Verabschiedung.

ARCHIE Erzählen Sie mir eine Märchengeschichte, Mr. Hand?

ROBERT Eine Märchengeschichte? Warum nicht? Ich bin dein Märchenonkel.

Sie gehen zusammen durch die Doppeltür hinaus und durch den Garten. Als sie fort sind, geht BERTHA *zu* RICHARD *und legt ihren Arm um seine Taille.*

BERTHA Dick, Lieber, glaubst du mir jetzt, daß ich dir treu gewesen bin? Gestern nacht und immer.

RICHARD *traurig:* Frag mich nicht, Bertha.

BERTHA *drückt ihn fester:* Ich wars doch, Lieber. Bestimmt glaubst du mir. Ich habe dir mich gegeben – alles. Ich habe alles für dich aufgegeben. Du hast mich genommen – und mich verlassen.

RICHARD Wann habe ich dich verlassen?

BERTHA Du hast mich verlassen: und ich habe gewartet, daß du zurück zu mir kommst. Dick. Lieber, komm her zu mir. Setz dich. Wie müde du sein mußt!

Sie zieht ihn zur Chaiselongue. Er setzt sich so, daß er fast liegt, und stützt sich dabei auf seinen Arm. Sie setzt sich auf den Läufer vor der Chaiselongue und hält seine Hand.

BERTHA Ja, Lieber. Ich habe auf dich gewartet. Himmel, was habe ich gelitten – als wir in Rom waren! Erinnerst du dich an die Terrasse von unserm Haus?

RICHARD Ja.

BERTHA Da habe ich immer gesessen und gewartet, mit dem armen Kind mit seinem Spielzeug, gewartet bis es müde wurde. Ich konnte alle Dächer der Stadt sehen und den Fluß, den Tevere. Wie heißt er noch?

RICHARD Tiber.

BERTHA *streichelt ihre Wange mit seiner Hand:* Es war wundervoll, Dick, nur ich war so traurig. Ich war allein, Dick, vergessen von dir und von allen. Ich spürte, daß mein Leben vorbei war.

RICHARD Es hatte noch nicht angefangen.

BERTHA Und ich habe immer zum Himmel hinaufgesehn, so schön war der, ohne eine Wolke, und zur Stadt, die so alt war, hattest du mir gesagt: und dann habe ich an Irland gedacht und an uns.

RICHARD Uns?

BERTHA Ja. Uns. Es vergeht kein Tag, an dem ich uns nicht sehe, dich und mich, wie wir waren, als wir uns zum erstenmal begegnet sind. Jeden Tag meines Lebens seh ich das vor mir. Bin ich dir nicht treu gewesen diese ganze Zeit?

RICHARD *seufzt tief auf:* Ja, Bertha. Du warst meine Braut in der Verbannung.

BERTHA Wohin du auch gehst, ich folge dir. Wenn du jetzt fort von hier willst – ich komme mit dir.

RICHARD Ich werde bleiben. Es ist noch zu früh, zu verzweifeln.

BERTHA *wieder seine Hand streichelnd:* Es ist nicht wahr, daß ich alle von dir wegtreiben will. Ich wollte euch nah zueinander bringen – dich und ihn. Sag mir etwas. Sag mir alles, was dir auf dem Herzen liegt. Was du fühlst und was dich quält.

RICHARD Ich bin verwundet, Bertha.

BERTHA Wie verwundet, Lieber? Erklär mir, was du meinst. Ich will versuchen, alles zu verstehen, was du sagst. In welcher Weise bist du verwundet?

RICHARD *löst seine Hand, nimmt ihren Kopf in seine Hände, biegt ihn zurück und sieht ihr lange starr in die Augen.* Ich habe eine tiefe, tiefe Wunde des Zweifels in meiner Seele.

BERTHA *reglos:* Zweifel an mir?

RICHARD Ja.

BERTHA Ich gehöre dir. *Flüsternd.* Und wenn ich auf der Stelle sterben müßte: ich gehöre dir.

RICHARD *sieht sie immer noch starr an und spricht wie zu einer Abwesenden:* Ich habe meine Seele für dich verwundet – eine tiefe Wunde des Zweifels, die nie geheilt werden kann. Ich kanns niemals wissen, niemals auf dieser Welt. Ich will auch nicht wissen, noch glauben. Es ist mir gleich. Nicht im Dunkel des Glaubens begehre ich dich. Sondern in rastlosem ständigem verwundendem Zweifel. Dich ohne jede Bindung, nicht einmal die der Liebe, zu halten, mit dir in Leib und Seele in äußerster Nacktheit vereint zu sein – danach habe ich mich gesehnt. Und jetzt bin ich müde für eine Weile, Bertha. Meine Wunde macht mich müde.

Er streckt sich ermattet auf der Chaiselongue aus. BERTHA *hält seine Hand und spricht immer noch sehr leise.*

BERTHA Vergiß mich, Dick. Vergiß mich und liebe mich wieder wie dus das erstemal tatst. Ich will meinen Geliebten. Ihn treffen, zu ihm gehn, mich ihm geben. Dich, Dick. Oh mein fremder wilder Geliebter, komm wieder zu mir zurück!

Sie schließt ihre Augen.

Bemerkungen des Autors

RICHARD – ein Auto-Mystiker
ROBERT – ein Auto-Mobil
Wie der Körper kann auch die Seele eine Jungfräulichkeit besitzen. Daß die Frau sie hingibt, oder der Mann sie nimmt, ist der Liebesakt. Die Liebe (wenn man darunter den Wunsch versteht, daß es einem andern wohl ergehe) ist in Wirklichkeit ein so unnatürliches Phänomen, daß es sich kaum wiederholen kann: der Seele ist es unmöglich, wieder jungfräulich zu werden, und sie hat nicht Kraft genug, sich wieder ins Meer der Seele eines anderen zu werfen. Das unterdrückte Bewußtsein dieser Unfähigkeit und ein Mangel an geistiger Kraft sind es, die Berthas mentale Paralyse erklären.
Ihr Alter: 28. Robert vergleicht sie dem Mond wegen ihres Kleides. Ihr Alter ist die Vollendung eines lunaren Rhythmus. Vgl. Oriani über die Monatsblutung – *la malattia sacra che in un rituo lunare prepara la donna per il sacrificio.*
Robert möchte, daß Richard gegen ihn die Waffen verwendet, die gesellschaftliche Konventionen und Moral dem Gatten an die Hand geben. Richard lehnt ab. Auch Bertha möchte, daß Richard diese Waffen zu ihrer Verteidigung verwendet. Richard lehnt auch das ab und aus dem nämlichen Grund. Seine Verteidigung ihrer Seele und ihres Körpers ist ein unsichtbares und unwägbares Schwert. Als Beitrag zum Studium der Eifersucht ist Shakespeares *Othello* unvollkommen. Er und Spinozas Analyse entstammen dem sensualistischen Standpunkt – Spinoza spricht von *pudendis et excrementis alterius jungere imaginem rei amatae.* Bertha hat über diese Empfindung als solche nachgedacht – jenseits von Haß oder vereitelter Lust, die scholastische Definition der Eifersucht als einer *passio irascibilis* kommt näher – denn ihr Gegenstand ist schwer zu fassen. In diesem Stück wird Richards Eifersucht ihrem innersten Kern einen Schritt näher

gebracht. Da der Haß in ihr keinen Platz hat, ihre vereitelte Lust in einen erotischen Stimulus verkehrt ist und sie überdies das Hindernis – die Schwierigkeit, die sie ausgelöst hat – in der eigenen Gewalt hat, muß sie sich im wahrsten Sinne als die Opferung der Freude des Besitzens auf dem Altar der Liebe offenbaren. Er ist eifersüchtig, will und kennt seine eigene Schande und die ihre, sie, mit der vereint zu sein in jeder Faser ihres Wesens das Ziel der Liebe ist: und um jene Vereinigung im Bereich des Schwierigen zu erringen, sind Leere und Unmöglichkeit die notwendige Tendenz.

Es wird schwerhalten, Beatrice dem Interesse des Publikums anzuempfehlen, denn jeder Mann im Publikum ist Robert und wäre gerne Richard – in jedem Falle Berthas Mann. Der Ton des Mitleids kann angeschlagen werden, wenn sie die Brille aus der Tasche nimmt, um zu lesen. Die Kritiker mögen sagen, was sie wollen, alle Personen – sogar Bertha – leiden während der Handlung.

Warum der Titel *Exiles*? Ein Volk verlangt eine Buße von denen, die gewagt haben, es zu verlassen, zahlbar bei der Heimkehr. Der ältere Bruder im Gleichnis vom Verlorenen Sohn ist Robert Hand. Der Vater nahm die Seite des Verlorenen. Dies ist wahrscheinlich nicht der Lauf der Welt – mit Sicherheit nicht in Irland: aber Jesu Königreich war nicht von dieser Welt, noch war oder ist es seine Weisheit.

Berthas Verfassung, als sie von Richard geistig im Stich gelassen worden ist, muß von der Schauspielerin so zum Ausdruck gebracht werden, als befinde sie sich bis zu einem gewissen Grad in Hypnose. Sie ist in der nämlichen Verfassung wie Jesus am Ölberg. Es ist die Seele der Frau, die nackt und allein gelassen wurde, auf daß sie zu einem Verständnis ihrer eigenen Natur komme. Auch muß es so aussehen, als werde sie bis zum Letzten in Einklang mit ihrer Immunität vom Gang der Handlung getragen, und sie muß sogar eine Spur von Unmut gegen den Mann an den Tag legen, der es ablehnt, ihr eine rettende Hand hinzuhalten. Durch diese Erfahrung wird sie ihr eigenes wiedergeborenes Naturell mit der Verwunderung ihrer Seele über deren Einsamkeit und die Schönheit ihres Körpers überströmen – geformt und ewig wieder zergehend inmitten der Wolken der Sterblichkeit.

Die sekundäre und untergeordnetere Seite von Roberts Position ist der Verdacht, daß Richard ein verschlagener Abenteurer ist, der Berthas Körper als Köder benutzt, um Roberts Freundschaft und Unterstützung zu gewinnen. Die entsprechende Seite in der Einstellung Richards ist der Verdacht, daß Roberts Bewunderung und die Freundschaft, die er ihm entgegenbringt, simuliert sind, um seine innere Wachsamkeit einzulullen und zu betäuben. Beide Verdächtigungen drängen sich den Gestalten auf Grund rein äußerlicher Indizien auf und entspringen weder im einen noch im andern Fall spontan dem Boden des jeweiligen Naturells.

Es ist eine Ironie des Stückes, daß einerseits Robert, nicht Richard, der Schönheitsapostel ist, andererseits aber Schönheit in ihrer sichtbaren und unsichtbaren Gestalt unter Richards Dach wohnt.

Seit der Veröffentlichung der verlorenen Seiten der *Madame Bovary* scheint der Kern der Sympathie sich vom Liebhaber oder Galan auf den Gatten oder Hahnrei ästhetisch verschoben zu haben. Diese Verlagerung erfährt zugleich durch das allmähliche Anwachsen eines umfassenden praktischen Realismus, der sich den veränderten ökonomischen Bedingungen in der Masse der Menschen verdankt, die ein ihrem eigenen Leben verwandtes Kunstwerk zu hören und nachzuempfinden aufgerufen sind, eine solidere Verankerung. Dieser Veränderung wird in *Exiles* Rechnung getragen, obschon die Verbindung zwischen Richard und Bertha bis zu dem Grade irregulär ist, daß die geistige Revolte Richards, die andernfalls befremdend und ungebührlich wäre, mit Roberts abgelebter Klügelei den Kampf aufnehmen kann – mit einer gewissen Chance, sich vor dem Publikum ein unentschiedenes Gefecht zu liefern. Praga in *La Crisi* und Giacosa in *Tristi Amori* haben diese Veränderung verstanden und von ihr profitiert, haben sie technisch jedoch nicht, wie es hier geschieht,

als Schild zum Schutze eines empfindlichen, fremdartigen und höchst sensiblen Bewußtseins genutzt.
Robert ist von der Nicht-Existenz, von der Unwirklichkeit der geistigen Fakten überzeugt, die für Richard existieren und wirklich sind. Die Handlung des Stückes sollte Robert indessen von der Existenz und Wirklichkeit von Richards mystischer Verteidigung seiner Frau überzeugen. Wenn diese Verteidigung Wirklichkeit ist, wie können dann jene Fakten, auf denen sie sich gründet, unwirklich sein?
Es wäre interessant, ein paar Skizzen von Bertha zu machen, wenn sie ihr Leben neun Jahre lang mit dem Roberts vereinigt hätte – nicht unbedingt dramatische Skizzen, eher impressionistische. Zum Beispiel, Mrs. Robert Hand (er hätte ja der Wohlanständigkeit Genüge tun wollen) bestellt Teppiche in Grafton Street, bei den Rennen in Leopardstown, hat einen Platz auf der Tribüne bei der Enthüllung eines Denkmals, löscht die Lichter im Salon nach einer Abendgesellschaft im Hause ihres Gatten, kniet vor einem Beichtstuhl in der Jesuitenkirche.
Richard ist aus einer höheren Welt herabgefallen und ist empört, als er in den Menschen Niedertracht entdeckt. Robert ist aus einer niederen Welt heraufgestiegen, und so fern steht er der Entrüstung, daß es ihn überrascht, daß die Menschen nicht niederträchtiger und gemeiner sind.

ROBERT, *nickt:* Ja, du hast gewonnen. Ich habe deinen Triumph gesehen.

RICHARD, *steht plötzlich auf:* Entschuldige, das hab ich ganz vergessen. Willst du einen Whisky?

ROBERT: Dem Wartenden fällt alles in den Schoß.

RICHARD *geht zum Büfett, zapft aus der Karaffe ein Glas Whisky ab und bringt es mit einem kleinen Krug Wasser zum Tisch.*

RICHARD, *streckt sich wieder auf der Couch aus:* Gießt du dir das Wasser bitte selber zu?

ROBERT, *bedient sich:* Und du?

RICHARD, *schüttelt den Kopf:* Nichts.

ROBERT, *das Glas in der Hand:* Ich denk an unsre wilden Nächte von damals, unsre durchfeierten und durchredeten und durchzechten Nächte.

RICHARD: In unserm Haus.

ROBERT, *erhebt sein Glas:* Skål!

Als Richard der Kirche den Rücken kehrte, traf er viele Männer vom gleichen Typ wie Robert.
Problem: Archie, Richards Sohn, wird nach Roberts Prinzipien großgezogen.
Beatrice hat ein Gespräch mit ihrer Mutter gehabt, bevor sie im ersten Akt auftritt.
Bertha bezieht sich auf Beatrice per gnädiges Fräulein.

N. (B.)[1]–13. Nov. 1913
Strumpfband: preciös, Precioso[2], Bodkin[3], Musik, blaßgrün, Armband, Sahnebonbons, Maiglöckchen, Klostergarten (Galway), Meer.
Ratte: Krankheit, Ekel, Armut, Käse, Frauenohr, (Kinderohr?)
Dolch: Herz, Tod, Soldat, Krieg, Heerzug, Gericht, König.

N. (B.) –12. Nov. 1913
Mond: Shelleys Grab in Rom. Er ersteht auf aus ihm: blond weint sie um ihn. Er hat vergebens für ein Ideal gekämpft und ist gestorben, gemordet von der Welt. Doch ersteht er auf. Friedhof in Rahoon im Mondlicht, wo Bodkins Grab ist. Er liegt im Grab. Sie sieht seinen Grabstein (Familiengruft) und weint. Der Name ist heimelig. Der Shelleys ist

1 N. (B.) = Nora Barnacle, Joyces Frau.
2 Roberto Prezioso, Journalist (Herausgeber des *Piccolo della Sera*) und Englischschüler Joyces in Triest. Machte Nora monatelang, zunächst mit Joyces Billigung, den Hof, wurde aber, als er zu weit zu gehen versuchte, von Joyce an die Luft gesetzt. Eins der Vorbilder für Robert Hand.
3 Michael (Sonny) Bodkin, Jugendverehrer Noras in Galway. Starb sehr jung an Tuberkulose.

wild und fremd. Er ist dunkel, nicht auferstanden, gemordet vom Leben und der Liebe, jung. Die Erde hält ihn.

Bodkin starb. Kearns starb. Im Kloster nannten sie sie Männermörderin: (Frauenmörder war einer der Namen, die sie mir gab.) Ich lebe mit Leib und Seele.

Sie ist die Erde, dunkel, formlos, Mutter, schön geworden durch die mondbeschienene Nacht, dunkel ihrer Instinkte sich bewußt. Shelley, den sie in ihrem Schoß oder Grab getragen hat, ersteht auf: der Teil Richards, den weder die Liebe noch das Leben umbringen kann; der Teil, um deswillen sie ihn liebt: der Teil, den sie versuchen muß zu morden und nie morden kann, um über ihr Unvermögen zu frohlocken. Ihre Tränen sind Tränen der Anbetung, Magdalena, die den wieder auferstandenen Herrn in dem Garten, wo man ihn ins Grab gelegt hatte, sieht. Rom ist die fremde Welt und das fremde Leben, zu denen Richard sie bringt. Rahoon ihre Leute. Sie weint auch über Rahoon, über ihn, den ihre Liebe gemordet hat, den dunkelhaarigen Jungen, den sie, als die Erde, in Tod und Zerfall umarmt. Er ist ihr begrabenes Leben, ihre Vergangenheit. Seine Begleitbilder sind der Tand und Flitter der Mädchenzeit (Armband, Sahnebonbons, blaßgrünes Maiglöckchen, der Klostergarten). Seine Symbole sind Musik und das Meer, liquide formlose Erde, in der die ertrunkene Seele, der ertrunkene Leib, begraben sind. Da gibt es weiter Tränen der Anteilnahme. Sie ist Magdalena, die im Gedenken an die vielfache Liebe, die sie nicht erwidern konnte, weint.

Wenn Robert wirklich Richards Anerkennung den Weg bereitet und auf sie hofft, während er gleichzeitig im geheimen diese Anerkennung zu bekämpfen sucht, indem er das Vertrauen, das Richard in ihn setzt, auf einen Streich zerstört, so entspricht die Rolle der Wotans, der, indem er Siegfrieds Geburt und Auferziehung bewußt will, sich nach der eigenen Vernichtung sehnt. Für jeden Schritt, den die Menschheit

durch Richard vorwärtskommt, geht der Typus, für den Robert steht, einen Schritt zurück.
Richard fürchtet die Reaktion, die bei Roberts Naturell unvermeidlich ist: und nicht nur um Berthas willen, das heißt, nicht wegen des Gefühls, daß er, indem er sich abseits gestellt hat, sie ihren eigenen Weg durch eine vorübergehende Liebe bis zum Verlassenwerden hat gehen lassen, sondern wegen des Gefühls, daß eine Frau, die er gewählt hat, wegen einer anderen, die er nicht gewählt hat, beiseite geschoben wird.
Beatrices Inneres ist ein verlassener kalter Tempel, in dem in grauer Vorzeit Hymnen himmelwärts gestiegen sind, wo aber jetzt ein zitteriger Priester allein und hoffnungslos dem Allerhöchsten Gebete aufsagt.
Richard, der das Wesen der Unschuld erst verstand, als er die seine verloren hatte, fürchtet sich zu glauben, daß Bertha, um die Keuschheit ihres Wesens zu verstehen, diese erst im Ehebruch verlieren muß.

Bläschen – Bernstein – Silber – Orangen – Äpfel – Zuckerstange – Haar – Biskuit – Efeu – Rosen – Band.
Das Bläschen erinnert sie daran, wie sie sich als Mädchen die Hand verbrannt hat. Sie sieht ihr eignes bernsteinfarbenes Haar und das silberne Haar ihrer Mutter. Dieses Silber ist die Krone des Alters, doch auch das Stigma der Sorge und des Kummers, die sie und ihr Liebster daraufgelegt haben. Diese Straße des Gedankens wird ganz und gar vermieden; und der andere Aspekt, Bernstein, der sich mit den Jahren in Silber verwandelt, ihre Mutter eine Prophezeiung dessen, was sie eines Tages wohl sein wird, wird kaum eines Blickes gewürdigt. Orangen, Äpfel, Zuckerstange – diese nehmen die Stelle der vermiedenen Gedanken ein und sind sie selber wie sie einmal war: ihre Mädchenfreuden. Haar: wieder wandert der Sinn dahin, ohne allerdings auf die Farbe hinzuweisen, hinweisend nur auf ein deutliches Geschlechtsmerkmal und auf sein Wachsen und Geheimnis statt auf sein Geheimnis. Das sanft wachsende Symbol ihrer Mädchenzeit. Biskuit; ein

schwacher Blitz wieder von Freuden, die jetzt mehr als die eines Kindes denn als die eines Mädchens zu erscheinen beginnen. Efeu und Rosen: oft, wenn abends mit den Mädchen draußen, pflückte sie Efeu. Rosen hatten dann einen jähen Scharlachton in der Erinnerung, was eine dunkle Anspielung auf die Rosen des Körpers sein mag. Der Efeu und die Rosen tragen, von der Idee des Wachsens her, durch krauchendes vegetabilisches Leben ins glühende duftende Blumenleben das Symbol des geheimnisvoll wachsenden Mädchentums, ihr Haar, weiter und hinan. Band für ihr Haar. Sein passendes Ornament für die Augen anderer, und schließlich für seine Augen. Aus Mädchentum wird Jungfräulichkeit und appliziert sich ›das Kränzlein, das des Magdtums Zeichen ist‹. Ein stolzer und scheuer Instinkt verbietet ihr, das aufgebundene Haar zu lösen – wie immer süß oder ersehnt oder unausweichlich – und sie umarmt das, was allein ihr gehört und nicht ihr, sondern auch ihm – glückliche ferne tanzende Tage, fern, für immer vorbei, tot, oder gemordet?

vgl.

Robert: Du hast aus ihr das gemacht, was sie ist. Eine merkwürdige und wundervolle Person.
Richard *düster:* Oder ich habe sie gemordet.
Robert: Sie gemordet?
Richard: Die Jungfräulichkeit ihrer Seele.

Richard darf nicht wie ein Anwalt der Frauenrechte erscheinen. Seine Sprache muß manchmal der Sprache Schopenhauers gegen die Frauen näher sein, und er muß manchmal eine tiefe Verachtung für das langhaarige, kurzbeinige Geschlecht an den Tag legen. Er kämpft ja in Wirklichkeit auf eigene Rechnung, für seine eigene emotionale Dignität und Befreiung, in die Bertha, nicht weniger und nicht mehr als Beatrice oder jede andere Frau, nur mit hineinverwickelt ist. Er benutzt nicht die Sprache der Anbetung, und sein Charakter muß ein wenig lieblos erscheinen. Aber es ist ein Faktum, daß fast zweitausend Jahre lang die Frauen des Christentums das nackte Bildnis von jemand angebetet und geküßt haben, der weder Frau noch Mätresse noch Schwester hatte und kaum mit seiner Mutter assoziiert worden wäre, hätte nicht die italienische Kirche, mit ihrem unfehlbaren praktischen Instinkt, die reichen Möglichkeiten der Figur der Madonna entdeckt.

Schnee:
  Frost, Mond, Bilder, Stechpalme und Efeu, Rosinenkuchen, Limonade, Emily Lyons, Klavier, Fenstersims,
Tränen:
  Schiff, Sonnenschein, Garten, Traurigkeit, Schürzchen, Knöpfstiefelchen, Brot und Butter, ein großes Feuer.

Im ersten ist der Ideenfluß langsam. Es ist Weihnachten in Galway, ein mondbeschienener Heiliger Abend mit Schnee. Sie bringt Bilderkalender zum Haus ihrer Großmutter, damit sie mit Stechpalme und Efeu geschmückt werden. Die Abende werden im Haus einer Freundin verbracht, wo man ihr Limonade gibt. Limonade und Rosinenkuchen sind auch das Weihnachtsmahl, das ihr die Großmutter gibt. Sie drischt aufs Klavier und sitzt mit ihrer dunkelhäutigen, zigeunerisch aussehenden Freundin Emily Lyons auf dem Fenstersims.

Im zweiten laufen die Ideen rascher. Es ist am Kai des Galwayer Hafens an einem hellen Morgen. Das Auswandererschiff liegt vor Anker und Emily, ihre dunkle Freundin, steht an Deck, um nach Amerika zu fahren. Sie küssen sich und weinen bitterlich. Aber sie glaubt, daß ihre Freundin eines Tages zurückkommen wird wie sie es verspricht. Sie weint aus Schmerz über die Trennung und wegen der Gefahren der See, die dem Mädchen, das fortgeht, drohen. Das Mädchen ist älter als sie und hat keinen Liebsten. Auch sie hat keinen Liebsten. Ihre Traurigkeit ist kurz. Sie ist allein, freundelos im Garten ihrer Großmutter und kann den jetzt einsamen Garten sehen, in dem sie am Tag zuvor noch mit ihrer Freundin gespielt hat. Ihre Großmutter tröstet sie, gibt ihr ein neues sauberes Schürzchen zum Umbinden und Knöpfstiefelchen, ein Geschenk von ihrem Onkel, und gutes Brot und Butter zum Essen und ein großes Feuer, an das sie sich setzen kann. Heimweh und Schmerz über tote Mädchentage treten wieder deutlich hervor. Eine nachhaltige und empfindliche Sinnenhaftigkeit (visuell: Bilder, mit Stechpalme und Efeu verziert; geschmacklich: Rosinenkuchen, Brot und Butter, Limonade; taktil: Sonnenschein im Garten, ein großes Feuer, die Küsse ihrer Freundin und ihrer Großmutter) läuft durch beide Vorstellungsreihen. Gleichzeitig eine nachhaltige und empfindliche Eitelkeit, sogar in ihrem Kummer: ihr Schürzchen und die Knöpfstiefelchen. Kein Gedanke an eine rezentere Bewunderung, die so stark ist, daß sie an Fetischismus grenzt und durchaus von ihr beobachtet worden ist, geht ihr jetzt durch den Sinn. Die Stiefelchen lassen an den denken, der sie ihr schenkte, ihren Onkel, und sie fühlt verschwommen die vergessenen Sorgen und die Liebe, zwischen denen sie aufwuchs. Sie gedenkt ihrer freundlich, nicht weil sie freundlich zu ihr waren, sondern weil sie zu ihrem Mädchen-Ich freundlich waren, das jetzt vergangen ist, und weil sie ein Teil davon sind, verborgen sogar vor ihr in der Tiefe ihres Gedächtnisses. Der schmerzliche Ton zieht sich durch alles und äußert sich schließlich in den Tränen, mit denen sich ihre Augen füllen, als sie ihre Freundin fortgehn sieht. Eine Abreise. Eine Freundin, ihre eigene Jugend, die fortgeht. Ein schwacher Schimmer von Lesbianismus erhellt dieses Gemüt. Auch dieses Mädchen ist dunkel, sogar wie eine Zigeunerin, und auch sie, wie der dunkle Liebste, der in Rahoon schläft, geht fort von ihr, der Männermörderin und vielleicht zugleich der Liebesmörderin, übers dunkle Meer, was Entfernung bedeutet, Erlöschen des Interesses und Tod. Sie haben keine Liebsten und werden vag einander zugetrieben, die Freundin ist älter, stärker, kann allein reisen, tapferer, Prophezeiung eines späteren dunklen Mannes. Die Passivität ihres Charakters gegenüber allem, das für dessen Existenz nicht lebensnotwendig ist, und dennoch eine Passivität, die von Zärtlichkeit durchtränkt ist. Die Meuchelmörderin ist allein und still inmitten des milden Sonnenlichts und der milden Sorgen und Dienste ihrer Großmutter, glücklich, daß das Feuer warm ist, röstet sie ihre Zehen.

Was also ist diese Zärtlichkeit und freundschaftliche Aufmerksamkeit, die zu erweisen Tod, oder Mißmut, oder Entfernung oder das Erlöschen des Interesses bedeuten? Sie hat keine Gewissensbisse, denn sie weiß, was sie geben kann, wenn sie in dunklen Augen Begehren liest. Tut es ihnen nicht not, da sie verlangen und fragen? Es zu verweigern, das sagt ihr ihr Herz, hieße, grausamer und gnadenloser jene morden, die die Wogen oder eine Krankheit oder das Vergehen der Jahre mit Sicherheit aus ihrem Leben schwemmen werden, der Entfernung zu, frühem Tod und jenem Erlöschen der Persönlichkeit, die lebendigen Tod bedeutet.

In der Ungewißheit der beiden weiblichen Charaktere hat Bertha den Vorteil ihrer Schönheit – ein Faktum, hinter dem sich sogar der Charakter einer schlechten Frau sicher verbergen kann, wieviel leichter erst ein Charakter, der moralisch nicht schlecht ist.

Bertha möchte die geistige Vereinigung Richards und Roberts und *glaubt* (?), daß diese Vereinigung nur durch ihren Körper vollzogen, und dadurch perpetuiert, werden kann.
Richard akzeptiert den Tribut, den Robert Bertha zollt, da er diesen dadurch Berthas Bäuerinnen raubt und sich und seine verbotene Liebe an ihnen rächt.
Das Stück ist drei Katz-und-Maus-Akte.
Der körperliche Besitz Berthas durch Robert würde, öfter wiederholt, die beiden Männer gewiß in beinah fleischlichen Kontakt bringen. Wünschen sie das? Vereinigt zu sein, das heißt fleischlich durch die Person und den Leib Berthas, da sie nicht, ohne Unbefriedigtheit und Entwürdigung, fleischlich von Mann zu Mann wie von Mann zu Frau vereinigt sein können?
Exiles – auch weil am Ende entweder Robert oder Richard in die Verbannung gehen muß. Vielleicht können im neuen Irland nicht beide sein. Robert wird gehen. Aber ihre Gedanken, werden sie ihm in die Verbannung folgen, wie jene ihrer Liebesschwägerin, die Isoldens, Tristan folgen?
Alle glauben, daß Bertha Roberts Mätresse ist. Der *Glaube* reibt sich an seinem eigenen *Wissen* von dem, was gewesen ist, aber er akzeptiert den Glauben als bittere Kost.
Von Richards Freunden ist Robert der einzige, der Richards Inneres durch das Tor von Berthas Zuneigung betreten hat.
Das Stück, eine wilde Keilerei zwischen dem Marquis de Sade und dem Freiherrn von Sacher-Masoch. Sollte Robert nicht vielleicht Bertha ein wenig beißen, als sie sich küssen? Richards Masochismus erfordert kein Beispiel.
Im letzten Akt (oder im zweiten) kann Robert auch andeuten, daß er von Anfang an wußte, daß Richard über sein Verhalten orientiert war, und daß er selber beobachtet worden wäre, und daß er beharrte, weil er es mußte, und weil er sehen wollte, bis zu welchem Grade Richards stumme Langmut gehen würde.
Bertha widerstrebt es, die Gastlichkeit ihres Schoßes Roberts

Samen zu gewähren. Aus diesem Grund möchte sie lieber, daß er ein Kind von einer anderen Frau, als daß er ein Kind von ihr hat. Stimmt das? Für ihn ist die Frage Kind oder kein Kind gegenstandslos. Ist ihr Widerstreben sich zu geben noch dasselbe Widerstreben, wenn die Möglichkeit eines Kindes ausgeschlossen ist, oder ist es ein Überbleibsel davon, oder ein Überbleibsel der (rein physischen) Ängste einer Jungfrau? Es ist gewiß, daß ihr Instinkt zwischen den Zugeständnissen unterscheiden kann, und für sie ist das höchste Zugeständnis jenes, welches die Kirchenväter *emissio seminis inter vas naturale* nennen. Was den ansonsten äußerlichen Vollzug des Geschlechtsakts betrifft, durch Reibung, oder im Mund, so bedarf die Frage noch weiterer Prüfung. Ließe sie sich von ihrer Lust so weit davontragen, daß sie seinen Samenerguß in irgendeiner anderen Körperöffnung empfinge, wo die Kräfte ihres geheimen Fleisches nicht auf ihn, wenn er einmal ausgestoßen ist, einwirken könnten?

Bertha wird durch die rastlose wißbegierige Energie von Richards Geist erschöpft und abgestoßen, und ihre Erschöpfung wird durch Roberts gelassene Höflichkeit gelindert.

Ihr Geist ist ein grauer Seenebel, in dem gewöhnliche Dinge – Abhänge, die Masten von Schiffen und kahle Inseln – mit seltsamen und doch erkennbaren Umrissen auftauchen.

Der Sadismus in Roberts Charakter – sein Wunsch, Grausamkeit zuzufügen, als notwendiger Teil sinnlichen Vergnügens – zeigt sich nur oder hauptsächlich in seinem Umgang mit Frauen, für die er fortwährend attraktiv, weil fortwährend aggressiv, ist. Männern gegenüber ist er indessen sanftmütig und demutsvollen Herzens.

Europa ist sogar der Skandinavierinnen überdrüssig (Hedda Gabler, Rebecca Rosmer, Asta Allmers), die das poetische Genie Ibsens schuf, als die slawischen Heldinnen Dostojewskis und Turgenjews schal zu werden begannen. Auf welche Frau wird das Licht des Dichtergeistes jetzt scheinen? Vielleicht endlich auf die Keltin. Vergebliche Frage. Lock dir das Haar wie du willst und ziehs wieder grad wenn du willst.

Richard, ungeeignet für ehebrecherischen Verkehr mit den Frauen seiner Freunde, weil das seinerseits zu viel Verstellung verlangte, weniger weil er von irgendwelcher Ehrlosigkeit dabei überzeugt wäre, möchte, so scheint es, den Schauer des Ehebruchs stellvertretend erleben und eine Frau, die sich gebunden hat, Bertha, durch das Organ seines Freundes besitzen.

Bertha, auf dem Höhepunkt der Erregung im dritten Akt, unterstreicht ihre Rede mit dem Wort ›Himmel‹.

Der Zweifel, der das Ende des Stücks überwölkt, muß dem Publikum nicht nur durch Richards Fragen an beide, sondern auch vom Dialog zwischen Robert und Bertha her vermittelt werden.

Alle keltischen Philosophen schienen zur Ungewißheit oder zum Skeptizismus geneigt zu haben – Hume, Berkeley, Balfour, Bergson.

Die vorhandenen Anweisungen zum Dialog sind viel zu langstilig. Sie müssen im Sieb der Handlung gesiebt werden. Möglicherweise ist der beste Weg dahin, den nächsten Akt (II) so zu skizzieren, daß es den Charakteren überlassen wird, sich selber zum Ausdruck zu bringen. Es ist nicht nötig, sie an das in den Anweisungen Ausgedrückte zu binden.

Die größte Gefahr beim Schreiben dieses Stückes ist Zärtlichkeit in Rede oder Stimmung. Im Falle Richards überzeugt das nicht, und im Fall der anderen beiden ist es fragwürdig.

Im zweiten Akt muß, solange Bertha nicht auf der Bühne ist, ihre Gestalt doch durch die Gedanken der Reden der anderen vor dem Publikum erscheinen. Das ist keineswegs einfach.

Der Charakter Archies führt im dritten Akt die Sorglosigkeit Richards fort, die hin und wieder im ersten und zweiten Akt sichtbar gewesen ist. Da indessen Richards geistige Zuneigung zu seinem Sohn (ebenso seine Sohnesgefühle dem eigenen Vater gegenüber) in den früheren Akten hinlänglich dargestellt worden ist, um das im Gleichgewicht zu halten, muß Berthas Liebe zu ihrem Kind so stark und so einfach und so früh wie möglich im dritten Akt herausgearbeitet werden. Diese muß

natürlich durch den Zustand der Traurigkeit, in dem sie sich befindet, akzentuiert sein.
Vielleicht wäre es gut, das, was jede der vier Hauptpersonen während der Nacht tut, separat zu skizzieren, einschließlich jener, deren Tun dem Publikum nicht im Dialog entdeckt wird, nämlich Beatrice und Richard.
Robert ist froh, in Richard eine Persönlichkeit zu haben, der er den Tribut vollständiger Bewunderung zollen kann, das will sagen, eine Persönlichkeit, deren eingeschränktes und halbherziges Loblied immer nur zu singen nicht nötig ist. Dies verwechselt er mit Verehrung.
Ein schlagendes Beispiel für den veränderten Standpunkt der Literatur diesem Thema gegenüber ist Paul de Kock – gewiß ein Abkömmling des Rabelais, Molières und der alten *Souche Gauloise.* Doch man vergleiche *George Dandin* oder *Le Cocu Imaginaire* von Molière mit *Le Cocu* von dem genannten Autor. Es mangelte dem Autor gewiß nicht an Lüsternheit, Humor, Unanständigkeit, Lebendigkeit, und doch produziert er eine lange, stockende, qualvolle Geschichte, die dazu noch in der ersten Person geschrieben ist. Offensichtlich ist diese Feder irgendwo gesprungen.
Die Beziehungen zwischen Mrs. O'Shea und Parnell sind im wesentlichen nicht bezeichnend für Irland – erstens, weil Parnell einen Sprachfehler hatte, und zweitens, weil sie Engländerin war. Genau die Züge seines Charakters, die von Interesse hätten sein können, sind mit Schweigen übergangen worden. Ihre Art zu schreiben ist nicht irisch – ja, ihre Art zu lieben ist nicht irisch. Der Charakter O'Sheas ist viel typischer für Irland. Die beiden größten Iren der neueren Zeit – Swift und Parnell – zerstörten ihr Leben wegen Frauen. Und es war das ehebrecherische Weib des Königs von Leinster, das den ersten Sachsen an die irische Küste brachte.

Nachtrag

Zu Dickens' hundertstem Geburtstag

Der Einfluß, den Dickens auf die englische Sprache ausgeübt hat (und der wohl nur noch von Shakespeare übertroffen wird), beruht weitgehend auf der Volkstümlichkeit seines Werks. Wenn man nach Maßstäben literarischer Kunst oder auch nur des literarischen Handwerks urteilt, gebührt ihm kaum ein Platz unter den ersten. Der Stil, den er sich aussuchte – langatmiges Schreiben, mit minutiöser und häufig irrelevanter Detailbeobachtung überladen und in regelmäßigen Abständen gewissenhaft durch die obligate humoristische Einlage aufgelockert – das kann gewiß nicht als die überzeugendste Form des Romans gelten. Dickens haben seine allzu glühenden Bewunderer nicht wenig geschadet. In der letzten Zeit vor dem Jubiläum ließ sich so etwas wie eine kritischere Tendenz erkennen. Gegen Ende der viktorianischen Periode wurde die Ruhe des literarischen England durch den Einbruch der russischen und skandinavischen Schriftsteller gestört, deren künstlerische Vorstellungen sich grundlegend von denen unterschieden, nach denen zumindest die großen Romanschriftsteller des neunzehnten Jahrhunderts ihre Werke gestaltet hatten. Eine wilde, hartnäckige Aufrichtigkeit, fest entschlossen, dem Leser die nackte, ja abgehäutete und blutende Realität vorzuführen, dazu noch das eher jugendliche Bedürfnis, den affektierten Sentimentalismus des in viktorianischer Denk- und Schreibweise erzogenen Mittelstands zu schockieren – all diese provozierenden Eigenschaften verbanden sich, um die hergebrachten Geschmacksmaßstäbe über den Haufen zu werfen, oder vielleicht sollte man besser sagen, zu entthronen. Gegen den strengen Realismus Tolstois, Zolas, Dostojewskis, Björnsons und anderer ultramoderner Romanciers schien Dickens' Werk zu verblassen, seine Frische zu verlieren. Daher setzte, wie ich schon erwähnte, eine negative Reaktion auf sein Werk ein, und so wankelmütig wie die öffentliche Meinung in literarischen Dingen nun eben ist, griff man ihn nun fast ebenso ungerechtfertigt an wie man ihn vorher gerühmt hatte. Fast überflüssig zu sagen, daß der ihm gebührende Platz zwischen diesen beiden Extremen der Kritik liegt: er ist weder der hochherzige, tiefsinnige und edelbeseelte Schriftsteller, dem seine Anbeter soviel Weihrauch entzünden, noch ist er der primitive Lieferant von häuslichem Drama und Gefühlsduselei, als der er in den Augen der Kritiker neuerer Schule erscheint.

Man hat ihm den Spitznamen »Der große Cockney« gegeben: keine andere Bezeichnung könnte ihn genauer und umfassender beschreiben. Wann immer er sich in die Ferne wagte – nach Amerika (in *American Notes*) oder nach Italien (in *Pictures from Italy*) –, scheint seine Zauberkraft ihn verlassen, seine Hand ihr gewohntes Geschick verloren zu haben. Es läßt sich kaum etwas Öderes und daher für Dickens Untypischeres vorstellen als die amerikanischen Kapitel von *Martin Chuzzlewit*. Wenn Dickens einen anrühren soll, darf man ihm nicht erlauben, sich aus der Hörweite der Glocken von Bow Bells zu begeben. Dort ist er auf seinem angestammten Boden, dort liegen sein Königreich und seine Macht. Das Londoner Leben ist die Luft, die er atmet; er erfühlt es wie kein anderer Schriftsteller vor oder nach ihm es erfühlt hat. Farben, vertraute Geräusche, ja sogar die Gerüche der großen Metropole vereinen sich in seinem Werk wie in einer machtvollen Sinfonie, in der Humor und Pathos, Leben und Tod, Hoffnung und Verzweiflung unauflösbar verwoben sind. Wir können dies heute kaum mehr gebührend würdigen, weil wir zu nah an der von ihm beschriebenen Szenerie stehen und seine komischen oder rührenden Gestalten uns allzu vertraut sind. Und doch sind es die Erzählungen aus dem London seiner eigenen Zeit, an denen seine Bedeutung sich letztlich erweisen wird. Selbst in *Barnaby Rudge*, das zumeist in London spielt und einige Seiten enthält, die nicht unwürdig wären, Defoes *Pesttagebuch* zur Seite gestellt zu werden (eines Schriftstellers übrigens, wenn ich das anmerken darf, von weitaus größerer Bedeutung als man gemeinhin annimmt) –, zeigt sich Dickens nicht von seiner stärksten Seite. Sein Terrain ist nicht London zur Zeit Lord George Gordons, sondern London zur Zeit der Reform Bill. Freilich, die Provinz, die englische Landschaft der »Wiesen, mit Blumenschmuck besät«, erscheinen auch in seinem Werk, doch immer nur als Hintergrund oder als Vorbereitung. Dickens hätte Lord Palmerstons berühmten Ausspruch »Civis Romanus sum« viel wahrer und zutreffender auf sich anwenden können. Dem edlen Lord gelang es allerdings bei jener denkwürdigen Gelegenheit (und es war, wenn mein Gedächtnis mich nicht trügt, Gladstone, der dies mit aller Sorgfalt nachwies), genau das Gegenteil von dem auszudrücken, was er hatte sagen wollen. Er wollte nämlich sagen, daß er Anhänger des Imperialismus sei, sagte aber stattdessen, daß er ein Verfechter der Kleinengland-Idee sei. Dickens ist in der Tat ein Londoner im besten und weitesten Sinne des Wortes. Die Kirchenglocken, die über seiner trübseligen, schmutzigen Kindheit erklangen, über den Kämpfen seiner Jugend, seinem tatkräftigen und erfolgreichen Mannestum, scheinen ihn zurückgerufen zu haben, wann immer er sich mit Ränzel und Wanderstab aus der Stadt entfernen wollte, und ihm, wie einem zweiten Dick Whittington, die Rückkehr geboten und dreifache Größe versprochen zu haben – ein Versprechen, das reichlich erfüllt wurde. Aus diesem Grund hat er auf ewig einen Platz im Herzen seiner Mitbürger, und aus eben diesem Grund war die Kritik an seinem Werk in nicht unbeträchtlichem Maß von der berechtigten Sympathie der großen Stadt für ihn gefärbt. Um Dickens recht zu würdigen, um seinen Platz in dem, was wir die Nationalgalerie der englischen Literatur nennen könnten, genauer einzuschätzen, wäre es gut, nicht nur die Lobeshymnen der Londoner, sondern auch die Ansicht repräsentativer Schriftsteller aus Schottland oder den Kolonien oder Irland zu hören. Es wäre interessant, eine Würdigung Dickens' zu hören, die sozusagen aus der richtigen Entfernung vom Original geschrieben wäre, von Schriftstellern seiner eigenen Klasse und eines vergleichbaren, vielleicht auch etwas geringeren Formats – in Einstellung und

Form und Sprechweise ähnlich genug, um ihn zu begreifen, und doch in Geist und Temperament weit genug entfernt, um kritisieren zu können. Man wüßte gern, wie der große Cockney in den Augen von Robert Louis Stevenson oder Mr. Kipling oder Mr. George Moore abschneiden würde.
Ohne solch endgültigem Urteil vorgreifen zu wollen, können wir ihm doch einen Platz unter den großen literarischen Schöpfern zuweisen. Zahl und Länge seiner Romane belegen eindeutig, daß der Schriftsteller von einer Art schöpferischer Wut besessen ist. Was nun das Wesen des so geschaffenen Werks angeht, so können wir gewiß behaupten, daß Dickens ein großer Karikaturist und ein großer Sentimentaliker ist (wobei wir diese Termini in ihrem wörtlichen Sinn und ohne jede Bosheit verwenden) – ein großer Karikaturist in dem Sinne wie Hogarth ein großer Karikaturist ist, ein Sentimentaliker in dem Sinn, den Goldsmith dem Wort gegeben hätte. Es genügt, auf eine Reihe seiner Gestalten zu verweisen, um zu erkennen, daß er in der Kunst der Charakterdarstellung nur wenige, wenn überhaupt seinesgleichen hat. Grundnatürlich sind sie, und vielleicht mit gerade einer seltsamen, willkürlichen, unberechenbaren moralischen oder physischen Deformation, die das Gleichgewicht unterbricht und den Charakter heraushebt aus der eintönigen Realität bis an die Grenzen des Fantastischen. Vielleicht sollte ich sagen: des Menschlich-Fantastischen, denn wo in der Literatur gibt es menschlichere und warmherzigere Gestalten als Micawaber, Pumlechook, Simon Tapertit, Peggoty, Sam Weller (von seinem Vater ganz zu schweigen), Sara Gamp, Joe Gargery? An sie und eine Vielzahl von anderen aus der dicht bevölkerten Dickens-Galerie denken wir nicht als an tragische oder komische Gestalten oder auch als national- oder lokaltypische Charaktere wie wir zum Beispiel an Shakespeares Gestalten denken. Wir sehen sie nicht einmal mit den Augen ihres Erfinders, in jenem wundersamen Geist liebenswürdiger und feiner Beobachtung, in dem wir die Pilger im Tabard Inn beobachten und lächelnd und duldsam auch noch die kleinsten

und flüchtigsten Eigenheiten in Kleidung oder Sprache und Gang wahrnehmen. Nein, bei Dickens sehen wir jede Gestalt im Lichte einer stark ausgeprägten oder sogar übertriebenen moralischen oder physischen Eigenschaft – Schläfrigkeit, schrulliges Geltungsbedürfnis, monströse Fettleibigkeit, konfuser Leichtsinn, reptilienhafte Unterwürfigkeit, empfindsame, kulleräugige Dummheit, weinerlich-absurde Melancholie. Und doch gibt es ein paar schlichte Leute, die sich darüber beklagen, daß sie Dickens zwar sehr lieben und auch Little Nells Schicksal und den Tod des armen Joe beweint und die abenteuerlichen Eskapaden von Pickwick und seinen Mitstreitern belacht hätten, auch Uriah Heep und Fagin den Juden gehaßt, wie es einem guten Menschen wohl ansteht – daß er aber am Ende doch ein *bißchen* übertreibe. Das von ihm zu sagen, heißt nun wirklich ihm einen Freifahrschein in die Unsterblichkeit auszustellen, wie sie es wohl im Land der seltsamen Ausdrücke, in Amerika, nennen. Denn genau durch dieses bißchen an Übertreibung ist sein Werk so fest im allgemeinen Geschmack verwurzelt, haften seine Gestalten so fest im allgemeinen Gedächtnis. Genau durch dieses bißchen an Übertreibung hat Dickens die gesprochene Sprache der Bewohner des British Empire wie kein anderer Schriftsteller seit Shakespeare beeinflußt und sich einen Platz tief im Herzen seiner Mitbürger erworben, eine Ehre, die seinem großen Rivalen Thackeray vorenthalten blieb. Ist aber Thackeray in seinen besten Werken nicht größer als Dickens? Die Frage ist müßig. Der englische Geschmack hat Dickens zum Herrscher erhoben und duldet, wie der Türke, keinen Bruder neben seinem Thron.

Der universale literarische Einfluß der Renaissance

Die Evolutionstheorie, in deren Licht unsere Gesellschaft sich sonnt, lehrt, daß wir, als wir klein waren, noch nicht erwachsen waren. Wenn wir also die europäische Renaissance als Trennlinie verstehen, müssen wir zu dem Schluß gelangen, daß die Menschheit bis zu dieser Epoche lediglich Körper und Seele eines Jugendlichen besaß und sich erst nach dieser Epoche moralisch und körperlich so entwickelte, daß man sie wirklich als erwachsen bezeichnen konnte. Das ist ein recht drastischer Schluß, und kein sehr überzeugender. So würde ich gern mit gezücktem Schwert dagegen ankämpfen – müßte ich nicht befürchten, als *laudator temporis acti* zu erscheinen. Der vielbeschrieene Fortschritt dieses Jahrhunderts besteht im wesentlichen aus einem Haufen von Maschinen, deren eigentliche Aufgabe darin besteht, die verstreuten Elemente von Nützlichkeit und Wissen hastig und heftig zusammenzusuchen und sie an jedes Mitglied der Gemeinschaft wieder auszuteilen, das in der Lage ist, ein kleines Entgelt dafür zu zahlen. Ich gebe zu, daß dieses soziale System sich großer mechanischer Eroberungen und großer nutzbringender Entdeckungen rühmen kann. Um sich davon zu überzeugen, genügt es schon, eine Liste von all den Dingen zu machen, die man in den Straßen einer modernen Stadt zu sehen bekommt: die elektrische Trambahn, die Telegrafendrähte, den unersetzlichen, biederen Postboten, die Zeitungsjungen, die großen Geschäftshäuser etc. Doch mitten in dieser komplexen und vielseitigen Zivilisation fühlt sich der menschliche Geist, fast erschreckt von der materialistischen Unendlichkeit, verwirrt; er gibt sich selbst auf und verwelkt. Müssen wir also zu dem Schluß gelangen, daß der heutige Materialismus, der sich in direkter Linie von der Renaissance herleitet, die geistigen Fähigkeiten des Menschen verkümmern läßt, ihre Entwicklung hindert und ihrer Verfeinerung abstumpft? Wir wollen sehen.

Zur Zeit der Renaissance kämpfte der menschliche Geist gegen den scholastischen Absolutismus, gegen jenes immense und in vieler Hinsicht bewunderungswürdige philosophische System, das seine tiefsten Fundamente im aristotelischen Denken hat – kalt, klar und unerschrocken –, während sein Gipfel sich ins verlockende und geheimnisvolle Licht der christlichen Ideologie erhebt. Wenn aber der menschliche Geist gegen dieses System ankämpfte, dann nicht, weil das System selbst ihm fremd gewesen wäre. Das Joch war süß und leicht, doch war es ein Joch. Und als die großen Rebellen der Renaissance den europäischen Völkern die frohe Botschaft verkündeten, daß keine Tyrannei mehr existierte, daß menschliches Leid und Elend sich aufgelöst hätten wie Nebel vor der aufgehenden Sonne und der Mensch nicht länger Gefangener sei – da erfuhr der menschliche Geist wohl die Faszination des Unbekannten; er hörte die Stimme der sichtbaren, faßbaren, veränderlichen Welt, in der man lebt und stirbt, sündigt und bereut – und er verließ den klösterlichen Frieden, in dem er dahindämmerte, und warf sich dem neuen Evangelium in die Arme. Er verließ den Frieden, seinen wahren Zufluchtsort, weil er seiner müde war – wie Gott (möge meine etwas respektlose Bemerkung verziehen werden), seiner göttlichen Vollkommenheit überdrüssig, die Schöpfung aus dem Nichts hervorrief; wie die Frau, überdrüssig der Ruhe und des Friedens, die ihr Herz bedrücken, sich nach den Versuchungen des Lebens sehnt. Giordano Bruno selbst sagt, daß jede Kraft, in der Natur oder im Geist, eine Gegenkraft hervorbringen muß, ohne die sie sich nicht vollenden kann, und er fügt hinzu, daß in jeder solchen Trennung der Ansatz zur Vereinigung bereits enthalten ist. Der Dualismus des erhabenen Nolaners spiegelt das Phänomen der Renaissance getreu wider. Auch wenn es ein wenig willkürlich erscheint, einen Zeugen gegen sich selbst zu zitieren, die genauen Worte eines Erneuerers zu zitieren, um das Werk, dessen Autor er ist, zu verdammen oder doch wenigstens zu beurteilen, so muß ich damit antworten, daß ich nur dem Beispiel von Bruno selbst folge, der in seiner

langen, beharrlichen und spitzfindigen Selbstverteidigung die Waffen der Anklage gegen die Ankläger richtete.
Es wäre ein Leichtes, diese Seiten mit den Namen großer Autoren zu füllen, die die Welle der Renaissance zu den Wolken hinauf (oder aus ihnen herunter) trug, die Größe ihrer Werke zu rühmen (die aber ohnehin niemand anzweifelt) und mit der rituellen Anbetung zu schließen; aber das zu tun wäre wohl ziemlich feige, denn das Absingen einer Litanei ist keine philosophische Untersuchung. Der Kern des Problems liegt anderswo. Wir müssen überlegen, was die Renaissance für die Literatur wirklich bedeutet und auf welches Ziel – froh oder tragisch – sie uns hinführt. Um genau zu sein: die Renaissance hat den Journalisten in den Stuhl des Mönches gesetzt, d. h., sie hat eine scharfsinnige, begrenzte und formale Mentalität abgesetzt, um das Szepter einer Mentalität zu überlassen, die (um es in der Sprache der Theaterjournale zu sagen) gewandt ist und weitreichend, eine ruhelose und reichlich amorphe Mentalität. Shakespeare und Lope de Vega haben bis zu einem gewissen Grad das Kino auf dem Gewissen. Die unermüdliche schöpferische Kraft, das hitzige und lebhaft-leidenschaftliche Temperament, der intensive Wunsch zu sehen und zu erfahren, die exzessive, überall ansetzende Neugier degenerieren nach drei Jahrhunderten zu frenetischem Sensationalismus. Wir können in der Tat behaupten, daß der moderne Mensch mehr Epidermis als Seele hat. Die sensorischen Fähigkeiten seines Körpers haben sich ungeheuer entwickelt, aber sie haben sich auf Kosten der geistigen Fähigkeiten entwickelt. Es fehlt uns an moralischem Gefühl und vielleicht auch an Einbildungskraft. Die charakteristischsten literarischen Werke, die wir heute besitzen, sind schlicht amoralisch: *Die Krise* von Marco Praga, Maeterlincks *Pellèas und Melisande*, *Crainquebille* von Anatole France und Turgenjews *Rauch*. Die Beispiele sind vielleicht etwas willkürlich gewählt, doch das tut nichts zur Sache. Sie reichen aus, um meine These zu belegen. Ein großer moderner Künstler, der das Gefühl der Liebe in Musik umsetzen will, reproduziert, soweit seine Kunst das

gestattet, jedes Pulsieren, jedes Zittern, das leichteste Erschauern, den zartesten Seufzer. Die Harmonien verweben sich ineinander und heben sich insgeheim auf: man liebt und wird zugleich immer grausamer, leidet gerade wenn und in dem Maß, in dem man genießt. Haß und Zweifel glühen in den Augen der Liebenden, ihre Körper werden ein einziges Fleisch. Man stelle *Tristan und Isolde* neben das *Inferno*, und es wird deutlich, wie der Haß des Dichters sich von Abgrund zu Abgrund fortbewegt, auf den Spuren einer Idee, die sich intensiviert; und je intensiver sich der Dichter im Feuer des Hasses verzehrt, desto heftiger wird die Kunst, in der der Künstler seine Leidenschaft vermittelt. Das eine ist die Kunst der Umstände, die andere ist ideenbildend. Als im Hochmittelalter die ersten Atlanten zusammengestellt wurden, ließen die Verfasser sich nicht aus der Ruhe bringen, wenn sie nicht weiter wußten: in den ungeklärten Raum schrieben sie die Worte: *Hic sunt leones.* Die Vorstellung der Einsamkeit, der Schrecken der wilden Tiere, des Unbekannten waren ausreichend für sie. Unsere Kultur hat eine grundsätzlich andere Art, die Dinge zu sehen; sie ist detailgierig. Aus diesem Grund spricht unser literarischer Slang nur noch von Lokalkolorit, Ambiente und Atavismus; daher die fieberhafte Suche nach dem Neuen und Besonderen, die Anhäufung von beobachteten oder angelesenen Details, die allgemeine Zurschaustellung von Kultur.

Die Renaissance im eigentlichen Sinn sollte eine Geburt nach dem Tod bezeichnen, eine unerwartete Fruchtbarkeit wie die Sarahs nach langer Sterilität. In Wirklichkeit kam die Renaissance, als die Kunst an formaler Perfektion zugrundeging und das Denken sich in müßigen Subtilitäten verloren hatte. Ein Gedicht wurde zum algebraischen Problem reduziert, das man nach den Regeln in menschlichen Symbolen betrachtete und auflöste. Philosophen waren hochgelehrte Sophisten wie Bellarmin oder Giovanni Mariana, der, während er den Massen die Lehren Jesu predigte, eine moralische Verteidigung des Tyrannenmords zu entwerfen unternahm. Die Renaissance brach wie ein Hurrikan in das Zentrum dieser Flaute ein, und in ganz Europa erhob sich ein Stimmentumult, und wenn auch die Sänger längst vergangen sind – ihre Werke sind wie die großen Muscheln, in denen das Meer rauscht, wenn wir sie ans Ohr halten.

Wer dies Rauschen hört, dem scheint es wie eine Klage zu klingen, oder wenigstens interpretiert unser Empfinden es so. Das ist freilich seltsam. All die modernen Siege über Luft, Erde und Meer, über Krankheit und Unwissenheit lösen sich sozusagen im Schmelztiegel des Bewußtseins auf und verwandeln sich in einen Tropfen Wasser, in eine Träne. Wenn die Renaissance sonst nichts geleistet hätte, hätte sie schon viel getan, als sie in uns und in unserer Kunst das Gefühl des Mitleidens für jedes Ding, das lebt und hofft und stirbt und sich betrügt, geweckt hat. Und hierin übertreffen wir die Antike: hier ist der gewöhnliche Journalist größer als der Theologe.

Nachbemerkung

Im vorliegenden Band sind, abgesehen von den Gedichten, die wichtigsten Nebenwerke von Joyce zusammengestellt, und zwar sowohl die vom Autor selbst publizierten, wie die zur Veröffentlichung offensichtlich nicht bestimmten und aus dem Nachlaß herausgegebenen.

Bei den *Epiphanien* handelt es sich um die uns erhaltenen Etüden, die Joyce von 1900 bis 1903 niederschrieb und die zum Teil, abgeändert oder wörtlich, in die späteren Romane *Stephen der Held* und *Ein Porträt des Künstlers als junger Mann* aufgenommen wurden. Die Übersetzung folgt dem Text und der Zählung von *The Workshop of Daedalus*, herausgegeben von Robert Scholes und Richard M. Kain, Evanston 1965.

In der zweiten Textgruppe sind die tagebuchmäßigen ästhetischen Notate zusammengestellt, die ebenfalls in die genannten Romane eingegangen sind. Zwischen diesen Stichworten zur Ästhetik entstand der Essay *Ein Porträt des Künstlers*, die früheste ›Fassung‹ des späteren Romans. Die Übersetzung und die Anordnung der Stücke folgt wiederum dem Text von Scholes und Kain.

Die Gruppe der Vorträge und Aufsätze folgt den *Critical Writings of James Joyce*, herausgegeben von Ellsworth Mason und Richard Ellmann, London 1959. Einige kurze, unserer Meinung nach belanglose Rezensionen wurden fortgelassen. Hinzugekommen ist der Vortrag über Daniel Defoe, den Joseph Prescott 1964 in den Buffalo Studies (vol I, nr 1) herausgegeben hat. Die deutsche Übersetzung dieser Arbeiten erschien 1973 unter dem Titel *Kritische Schriften*. In den hier vorliegenden Band wurden drei weitere – frühe – Stücke aufgenommen.

Die ›Erzählung‹ *Giacomo Joyce*, entstanden etwa 1914, wurde von Richard Ellmann entdeckt und von ihm als ganze 1968 herausgegeben und kommentiert. Die deutsche Übersetzung, die für diesen Band in einigen Kleinigkeiten den

übrigen Übersetzungen angeglichen wurde, erschien im selben Jahr – wie die Originalausgabe mit den Faksimiles des Manuskripts sowie Anmerkungen.
Gegenüber der ersten deutschen Ausgabe der *Kleinen Schriften I* von 1974 sind die beiden Texte des Nachlasses hinzugekommen: »Zu Dickens' hundertstem Geburtstag« und »Der universale literarische Einfluß der Renaissance«. Joyce schrieb diese Aufsätze als Prüfungsaufgabe an der Universität Padua im Frühjahr 1912, um als Englischlehrer an italienischen höheren Schulen zugelassen zu werden (was ihm trotz bester Benotung nicht gelang). Die Arbeiten wurden von Louis Berrone 1977 entdeckt und publiziert. Sie erschienen erstmals auf deutsch in den *Akzenten*, Heft 1, Frühjahr 1978.

K. R., F. S.

Inhalt